献给我们共同挣扎过的岁月

愿所有青春历经痛楚

依然完整

陈建兴 著

图书在版编目（CIP）数据

燃情岁月/陈建兴著. —上海：文汇出版社，
2015.12
ISBN 978-7-5496-1653-4
Ⅰ.①燃... Ⅱ.①陈... Ⅲ.①散文集-中国-当代
Ⅳ.①I267
中国版本图书馆CIP数据核字（2015）第292057号

燃情岁月

出 版 人 / 桂国强

作 者 / 陈建兴
责任编辑 / 金 蕴
策划出品 / HOZZIE文治

封面题字 / 叶 辛

出版发行 / 文匯出版社
上海市威海路755号
（邮政编码200041）
经 销 / 全国新华书店
排 版 / 郭欣中
印刷装订 / 江苏省启东市人民印刷厂
版 次 / 2015年12月第1版
印 次 / 2016年2月第2次印刷
开 本 / 787×1092 1/16
字 数 / 350千
印 张 / 24.5

ISBN 978-7-5496-1653-4
定 价 / 60.00元

序

　　打开任何一本和知青岁月相关的文集，读者朋友都能读到"难以忘却""永难忘怀""不舍追寻""珍藏心底"这样的字眼。无论是分散在村村寨寨插队落户的知青们的合集，还是在国营农场、军垦农场的知青们的合集；无论是一个公社、一个县知青们的合集，还是一个连队、一个分场、一个兵团知青们的合集，都会在他们的回忆中读到知青生活的方方面面，他们的劳动、他们的生活、他们的饮食起居、他们的旅途奔波、他们朦胧美好的有时又是苦涩的初恋……离开知青生活以后，沿着人生的路走来，他们中不少人后来有过很多经历，有的当上了外交官，有的成了博士、教授、专家、学者，有的成了高级军官、当上了将军，还有的成了省部级甚至更大的官员，当然更多的还是千千万万的普通民众、老百姓。他们虽然大多已经步入晚年，但是，只要回忆起往事，谈及青春，他们都会不约而同地讲起知青岁月，讲起上山下乡的经历，讲起那一段日子对他们人生的影响和启迪，且百讲不厌。这是为什么呢？我的解释就是，每一个有过上山下乡经历的人，都有一股知青情结，而且会延续一辈子。

　　陈建兴先生的这一本《燃情岁月》，又是一个明证。

以知青的资格算来，陈建兴先生的年龄，只能属于"小知青""晚期知青"。在我的感觉里，1974年的上山下乡，因为有了毛泽东主席对李庆霖书信的批示，有了周恩来总理的不断关注，已经逐渐规范起来，农场有人重视，社队有人管，知青缺吃少穿、男知青被捆绑吊打、女知青遭奸污等类似的事件已鲜有所闻。陈建兴先生是在1976年那个震撼天地的时间去往上海市郊农场的，他的知青岁月，他在市郊农场的四年时间，是怎样度过的呢？

用他自己的话来说：那些逝去的日子，仿佛电影似的一幕幕展现在眼前，痛并快乐着。

怎么个痛？怎么个快乐呢？

陈建兴先生以他明快的、节奏感很强的文字，向我们叙述着他所亲历的一件件往事。

谁没有去小卖部买过东西的经历？谁没有过逃票的感受？在《小卖部》和《逃票》中，陈建兴先生栩栩如生地给我们描述了他的亲见亲闻。

而在《我的第一双皮鞋叫765》和《"假领头"的尴尬》中，他形象地写到了那个年代知青的衣着特征，一双皮鞋，一只假领头，既写出了那个时代的特征，又让我们在莞尔一笑中不由地流出了眼泪。

那一篇《记忆"炒麦粉"》和似乎浑然不同的《顺手牵羊》，则写出了知青的"吃"。同样的细节，同样的"偷鸡摸狗"，天南地北的知识青年们一定会回想起很多有情节的往事。

《终于成为"表"哥了》，则以坦诚的笔墨写出了当年知青对"表"这一稀罕物的向往和追求。而《露天电影》更把陈建兴先生下乡那几年的知青精神生活描绘得活灵活现。几乎没有一本大大小小、厚厚薄薄的知青文集中不写到看露天电影，陈建兴的这一篇，既写出了知青看电影的共性，又写出了他们那个年代知青看电影的个性，比如在我插队落户的日子里，是绝对看不得《追捕》《人证》这种电影的。

而像《涩并快乐的杭州游》和《那些年的爱情》，更是写出了情窦初开的青年男女他们的初涉旅游和纯真的感情。

　　陈建兴先生的100篇回忆，最大的特点就是短小精悍、言简意赅，一篇记一件事，讲一个人，决不拖泥带水，让读者闲暇下来便能体会一二。其第二个特点呢，是陈建兴先生的语言有他的个性，坦诚直爽，干脆利落，上海话叫"刮拉松脆、一拍两响"，让人读来清清楚楚、明明白白，都说文如其人，只要接触过他本人，就会发现他的性格也是这样。

　　故而我很愿意把他的这本书推荐给读者，尤其是一代有过上山下乡经历的知识青年。

　　是为序。

叶辛

2015年10月

自序

　　每个人的记忆都会有一个起始，就像每一幅泼墨写意的巨著，都会有它的始笔一样，只是要待作画之人才能分辨。我将这段记忆的开端定格在那多事之秋的1976年。那一年，我卷起铺盖离开了上海，下了乡，来到了奉贤星火农场。四载有余，期间种过田、养过猪、盖过房、筑过路，还烧过"老虎灶"……在"广阔天地，大有作为"。顶着星星出工，披着月亮收工，俨然混成一个老农，落得一身病痛，几度昏厥田间，劳作之苦、强度之大，实难想象。"三十八年过去，弹指一挥间"，"忆往昔，峥嵘岁月稠……"那些逝去的日子，似电影一样在眼前一幕幕地回放，构成我整个的记忆脉络。

　　一个人要写出自己的回忆，写一个孤立的跌宕人生，很可能只是偶然；可是，个人境遇的总和，就必定有它鲜活的社会缘起和发展本身，这便是生活的魅力所在。我一直在想，要约上三五战友，一起写那段共同的农场回忆。尔来终于实现了，这样的一个小集合，就不再是纯粹的个人史，而是一个单位，一个镶有无数零件的社会滚轴，这也算是对历史所谓的记录价值作出了一丝微薄贡献吧。

　　如今，把记忆的碎片串联在一起，诉诸文字，以飨众友。

当然，我只是一个业余的写作者，也希望做一个真诚的倾诉者，本文集里的全部故事也都是源于农场四年多生活经历随性而作的。于我而言，写作就像是去构建一个时空的壳子，然后去装在生活中领悟到的东西。所以必须要找一个很合适我的时空之壳，就像一个模具一样适合。我找到的便是我一生熟悉和难忘的那段经历，其中安放着的是那个富含真实感的自己，而完成本部作品，其确切而言是一种焦虑感的释放，因为深怕时间会带走属于我的一点点记忆和感动。通过笔耕不辍地去写，写农场，写战友，写自己的成长，写艰苦的现实，写历史背景，甚至写思想，通过这些东西，我感觉好像在偿还一笔永远都还不清的债，然后让这种紧张感慢慢地得到舒缓，最后获得一种释然和放松。

所以说，生活的根最初起源于成长，起源于青春阶段，不管经验和洞见扎得多么深，又往上伸延得多么高，一个人的成长经历决定了其一生的方向。对世界的最基本图像就是这时候来到一个人的内心深处的，如同复刻机似的，一幅又一幅地复刻在一个人的成长里。很多时候，我只能说，四年多经历的风雨甘苦，要么是命中注定，要么就是时代的造就，那些在青年时代即被铸成的命运，就像魔咒一样限定了之后的每一步路。

事实上，我们每个人都在努力地活着，每个人在成长阶段都曾有过漫长黑夜里的悲哀、无助，然而依旧咬牙坚持。也许我当时的日子过得有点苦，有点难，可苦难算什么呢？又有什么了不起的？真正的生命力，往往就来自于时代的矛盾，苦中用的力最大，出来的也就是真正的力，所谓"风与水搏，海水壁立，如银墙然"。

近四十年来，我数十次地重回那片往昔的土地。离开农场的最后一眼，那些年少轻狂的岁月，似乎也随着车的驶离愈行愈远，直至变成苍茫的一点后消失不见。在不断的回眸后，我知道应该继续向前走，把它连同它的影子及回忆深埋于心。的确，生活中邂逅一个人或一件事是常有的。有的邂逅只是正常生活的一刻，一种形态，一段经历，一点趣味而已，但有的邂逅却可以改变你的生活，甚至是命途。和战友们在一起生活了四年多，或许都不是什么大事，或许有些回忆也已有所淡然，但世事浮沉、千帆过尽后再忆起时还能感悟到极大的收获和最纯粹的快乐，正如当华美的叶片落尽，生命的脉络才历历可见。

2015年10月

目录

萍　寄

率　真

如 昨

情 切

选择

选　择

　　1976年春节前后，学校里就有不少同学贴出了"毛主席挥手我前进，上山下乡干革命"的决心书，红纸黑字，铺天盖地，校领导也要求我们学生干部不失时机地扩大宣传声势，我们几个连夜在校园里刷出了毛主席语录"知识青年到农村去，接受贫下中农的再教育很有必要""农村是一个广阔的天地，在那里是可以大有作为的"等巨大的横幅标语，特别醒目。那时的学校里，弥漫着"到边疆去，到祖国最需要的地方去"的气氛，作为学生干部的我，也毫不例外地贴出了奔赴农村的决心书。

　　曾经在愚园路多次夹道欢送去黑龙江、去云南、去江西的"学哥""学姐"们的我，如今终于也要"被欢送"、作选择了。当时的知青楷模也时常为我们作"上山下乡"的报告，动员我们去他们那里"插队落户"，他们所做的一场场报告会，听得我热血沸腾、摩拳擦掌，至今回忆起来，仍然难以忘怀。

　　令我"心潮澎湃"而后"逐浪高"的是听了延安中学同龄人、黑龙江生产建设兵团考察回来的吴同学，那场精彩的《"北大荒"——与天奋斗，其乐无穷；与地奋斗，其乐无穷》的报告会，使我入夜辗转不能成寐，跃跃欲试。那"火红

从左至右：陈家兴（弟）、陈慧芬（姐）、陈荣兴（哥）、陈建兴

的年代"，无人不想奏出一曲"青春之歌"，一激动，就会做出意想不到的事情来，咬破手指头以疾写"请战书""决心书"之类的也不难看到。我，当然也没"超凡脱俗"，未经家长的同意，就自作主张地报名去黑龙江了，回到家里还兴奋不已地告诉了母亲，谁知，话音刚落，母亲那慈祥的脸庞，立刻变得怒气冲冲，手还不停地颤抖着，眼眶里满是泪珠，旋而就是一顿臭骂。

以后的几天，不要说在家里，即使在弄堂里碰到，我抖豁地叫声"妈"，她也是看也不看我一眼。在饭桌旁，她总是紧锁着眉头，自顾自地吃，这种"冷战"的氛围，令我无所适从。当时正热播一部名为《决裂》的电影，我先后看过几遍，深受其感染，"马尾巴的功能"等台词朗朗上口。我下定决心要走"与工农兵相结合的道路"，不管三七二十一，就与家庭闹起了"决裂"，暗自决意要去黑龙江生产建设兵团。

能穿军装、能扛钢枪、能拿工资，在那个年代的学生心中，是多么令人"羡慕嫉妒恨"啊！然而，事情的发展却并不如我所愿，一天傍晚，我刚进门，母亲便把一床打包好的棉被扔到了家门口，愤怒地咆哮着："侬死出去，侬死出去，永远不要回来了！"我望着情绪几乎失控的母亲，半日无语，去"北大荒"的心，被浇了一盆冰水。往后的几天，母亲的心神不安，内心的焦虑，我也是看得真真切切，说实话，我备受煎熬，学校领导和班主任都希望我报名，带个好头，可家里拦着，一时叫我不知如何是好。

......

在外溜达的我，不知不觉走到了熟悉的中山公园大草坪，在那里久久徘徊着，往事犹如电影似的，一幕幕展现在我的眼帘，思绪万千。母亲虽然识字不多，是里弄生产组的一名普通女工，可却是家里的"顶梁柱"，家中大小事都是由母亲一手拍板做主的，她对我成长的影响太大了。从小，我非常顽皮，是弄堂里出了名的"捣蛋鬼"，隔三差五就"生非"，给母亲惹事。有时，去我家告状的邻居、家长和老师可谓是"络绎不绝"，父骂母揍也是我的"家常便饭"，类似周立波曾说过的"鞋底板抽人"段子的场景，对我来说也只是"小菜一碟"，而我惹出的事也都是母亲出面一一"搞定"的。

那时我家，哥在崇明农场，姐在上海工作，按政策，争取一下，装个什么病，编个什么故事，要求照顾读个技校，也是有可能的，同学中也有此先例。可我却因为是校学生干部，以及对"上山下乡"的氛围无法抗拒，报名越远越显积极，走得越边疆越先进，去越苦的地方越有志向……

三天的激烈思想斗争，我终于成为一只泄了气的皮球，我看到母亲茶饭不思、寝食不安的样子，最终乖乖地表示愿意听从她的安排，母亲的脸上因此掠过了一丝不易被人察觉的笑容。此时，她又在弄堂里不知听到了些什么，又跑去学校找到了我的班主任，同样没有与我商量，便帮我报名去南京"9424梅山基地"。我根本不知什么是"9424"，也搞不清"梅山基地"为何物，过了几天才打听到这是个煤矿基地，属上海市领导，叫"外工"（外地工厂）。母

1973年，担任长宁中学红团委员时摄于长宁中学操场

1976年下乡前与哥哥合影，摄于长影照相馆

1976年下乡前与同学合影，摄于长宁中学操场

亲为我选择南京，可能考虑离上海近点，又是工厂的缘故吧。

没过多少时日，我哥从崇明农场"上调"到上海工作了，母亲在为哥高兴之余，又在我的去向上变了卦，她看到了哥哥的"革命道路"后，决意让我去郊区农场，这样隔几年也可"上调"。母亲打着如意算盘，又拉着我去了学校，硬是回绝了"9424"。我因报名去黑龙江未果，退下阵来便没了话语权，学校领导和老师也不再找我了。母亲就像战场上的一名指挥官那样，她指向哪里，我只得奔向哪里，这种妥协，只是不想再让母亲有太多担心和伤心，儿时调皮捣蛋的我已让母亲伤心的泪水流得太多了……

最后，在报名截止之前的几天里，母亲断然帮我选择了奉贤星火农场，此时已是1976年4月了，离动身去农场的日子所剩无几。后来得知，去星火农场的75届学生中，我是最后报名的一位。

我的选择，其实是"被选择"，母亲的选择，才是我真正的选择，今天看来，我的"被选择"未必不是正确的选择。

行前准备

母亲在帮我做出选择后，去星火农场的申请很快就批准了，4月的一天，我冒着霏霏细雨，跑到学校领取了通知书。当我站在了熟悉的操场上时，一种莫名的惆怅感悄然袭来，终于要告别学生时代了。

走在回家的路上，步子迈得很小，脑子里说不清楚在想些什么，回到家里，给父母看了去农场的通知书，父亲默默地接受，母亲则神情笃定，看得出，她对我的去向还是蛮满意的。

"咚咚锵、咚咚锵……"一群里弄干部敲锣打鼓地在我家门上贴出了红色喜报，祝贺我响应伟大领袖毛主席的号召，积极报名上山下乡，他们喊了一阵口号后又去别人家报喜了，这样的镜头在那个年代的弄堂里是不难看见的。

拿到农场通知书没几天，我家便忙碌了起来。当时商品还非常匮乏，什么东西都要凭票购买，我拿着一张随通知书一起下发的购货券，在哥的陪同下去曹家渡"抗美"百货商店买了一条7元多的灰红条子线毯，算是我去农场买的奢侈品；在13路车站忻康里的那家百货店里，我又买了一顶纱布型的蚊帐，软疲疲的，质地也不咋地，不过是按母亲嘱咐尽量挑便宜点的买罢了，倒是突然映入眼球的一顶雷锋帽吸引住了我——就是

雷锋紧握钢枪戴的那种帽子。哥咬咬牙，帮我买了一顶，我顿时喜出望外，非常激动。

后来我俩又来到了江苏路的江南百货商店，买了一只竹壳热水瓶，记得是1元4角3分，还想挑一个脸盆，店里全是什么"工业学大庆""农业学大寨""为人民服务"诸如此类印有标语的，我去的是农场，所以就买了一个"农业学大寨"的脸盆。哥还对我说，去农场最好别穿新鞋，容易起泡，他就陪着我去了九江路的"中央商场"，这是上海著名的旧货商场，我们淘了两双从部队淘汰下来的草绿色的解放胶鞋，七毛一双，挺便宜的，哥说"这鞋在农场劳动非常实惠"。回到家里，哥又把从农场带回来的旧被子、床单、枕头套等翻出来，姐拿去给水站洗得干干净净，又成了我去农场的生活用品。哥从崇明带回的那双高筒雨靴，已用车胎补了好几个红色"补丁"，在黑黑的高帮上显得格外扎眼，它又将第二次踏进农场了。

母亲在那些日子也特别辛苦，她担心奉贤海边风大，把当时工厂作为劳防用品的纱手套，一连拆掉了六七副，夜深人静、万籁俱寂时，在昏黄的灯盏下，一针一线，针针线线，花了整整四天时间，编结成了一条纱裤，彻底诠释了什么才是真正的母爱。姐姐还去长宁路476弄口的那家粮店买来了十斤富强面粉，整整一下午，母亲躬腰在煤球炉上分三次为我炒"炒麦粉"。看得出，此时母亲的心里也是十五只吊水桶打水——七上八下。她炒炒停停，停停炒炒，心神不安。母亲是很舍不得我去农场受苦的，但也无可奈何了。后来，我在农场吃"炒麦粉"时，看到一块块焦黑的小结块，我知道，这是母亲在心事重重下炒成的，我没有丁点抱怨，相反每当冲成一碗碗"炒麦粉"时，都感到有一股暖流，涌上心头。

去农场最重要的"家当"便是箱子了，母亲舍不得花钱让我买新的，就把哥从农场带回来的那只破箱子拿了出来，叫我自己动手"整旧如新"。我从曹家渡"战斗"文具店买回了花纹装饰纸，在江苏路十四五金店又买来了猪血老粉、清漆、全套镀铜箱子配件。撕去箱子上斑驳的旧纸，用粗砂皮反复擦，再用猪血拌老粉，把箱子上的小洞、裂缝全部嵌好，阴干后又用细砂皮擦了几回，用花纹装饰纸糊好箱子内壁，刷上几遍清漆，把泡钉、包角、搭扣等一一装到位，这样一只新箱子终于诞生了。

离去农场的日子越来越近了，"五一"节那天，哥哥知道农场的连队没有浴室，他便带我到江苏路上小有名气的"乌龙池"浴室，搓了学生时代的最后一把澡。

节后，同窗好友纷纷来为我送行。"小四眼"蒋耀华在长宁支路口的那家小饮食店请我吃了碗"鸡鸭血汤"，还陪我去万航渡路后路口利群旧货店，花了四毛钱买了一支半新不旧的"英雄"钢笔给我；"小黑皮"曹建明陪我在长宁电影院看了场电影，叫《难忘的战斗》，还送了我一本内有革命样板戏剧照的笔记本；"中山装"俞民力，送了我一本苏联小说《钢铁是怎样炼成的》；我的班主任杨耀宗也到我家送别，叮嘱我"好好锻炼，好好作为"，他还送了一套精装版的《毛泽东选集》给我，这已是我家第七套了，因为精装，所以珍贵，我也舍不得带去农场。至今，这套《毛泽东选集》仍然在我的书架上摆放着。

5月5日，我带着户口本，走进了华阳派出所，注销了上海户口，转到了奉贤星火农场，正式成为了一名农场职工。

离家

整个晚上翻来覆去睡不着，去的农场连队"是一个怎样的连队""离家多远""多久才能回家""有食堂吗，吃得饱吗""每天干多长时间农活""活重活累吃不消怎么办""几个人一间寝室"……我反反复复想着这些问题，因为天一亮我就要独立地走向生活，到一个陌生的地方去种田了。

离家的日子终于来到了。1976年5月7日凌晨五点多，我就悄悄地起床了，无限眷恋地环顾了养育我十八年的家，又走出家门，把前前后后的几条弄堂走了一遍，那是我童年的回忆。

由于我在孩提时代特别调皮，在弄堂里也就"出了名"，七点多，邻居们看到"捣蛋鬼"要去农场了，从此弄堂里再难看到那个熟悉的身影了，也都依依不舍地来道别。我家对面的煤球店，是我小时候"恶作剧"的地方，《地雷战》看多了，经常会去把一个个煤球当作地雷踩碎，煤球店的邓阿姨，看到我就头皮发麻，经常上我家告状。今天，邓阿姨居然也来送别我，让我惭愧不已。弄堂里烟杂店丁老太，迈着一双小脚跌跌冲冲走到我家，送我一条"414"毛巾。从小，我在她小店的水井旁，也做了不少淘气的事。邻居们的热情，着实让我感动。与往常一样，早上我照例吃了泡饭、腐乳、酱瓜，母亲还

买来豆浆、油条、粢饭糕，让我尽量多吃点。母亲说："你中午饭还不知道什么时候吃、在哪吃、吃什么呢。"

母亲看到我动身去农场了，眼眶里噙满着泪花，颤巍巍地对我说："现在家里只有你一人在农村了，你要照顾好自己。"沉默寡语的父亲摘下眼镜，用手指抹去眼角的泪痕，动情地说："要与同去的人相处好，不要惹麻烦。"姐姐一边拿出她喜欢的一个草绿色军用书包让我背上，一边嘱咐我："到了农场就写信，别让家里担心。"弟弟大清早也从莘庄"学农"基地赶了回来，把他喜欢的一顶军帽套到了我的头上，还悄悄地塞给我2元钱，我知道，这是他全部的零花钱啊。

还有姑母，她也来了。

"侬要去农场了，姑母送侬一样实惠的东西。"说着，她从拎来的篮子中，捧出一只精致的瓷罐来，它的形状犹如冬瓜，上宽下略窄，瓶口与盖子均有几处小裂口，罐身上还有《民国才女游春图》。

"姑母，这个瓷罐真好看。"我由衷地赞许道。

"侬喜欢，姑母就高兴，这罐青萝卜是我亲手腌的，蛮脆的，送拨侬带得去，慢慢吃。"姑母笑嘻嘻地对我说。

"带萝卜干去做啥，农场会唔没？"我不解姑母的用意。

"唉，萝卜干拨侬过早饭，侬唔没啥事体也可当水果吃，不咸的，甜咪咪的。"我不由地点头，便按照姑母的吩咐，用旧衣服把罐子包得严严实实。说着说着，时针不由地指向了八点，该出门了，就这样，我拎着一罐萝卜干踏上了去农场的路。

母亲和姑母等几个邻居帮我拎着一个网兜，里面有热水瓶、面盆、肥皂盒之类的，箱子已在早一天送到学校托运了。我们边说边走，至今，我依然清晰地记得，从家走到长宁支路，再到曹家渡44路公交站，一路上，母亲轻声嘱咐我那些早在前几天收拾行李时已经嘱咐过的话，从吃饭、穿衣、睡觉、挂蚊帐、劳动……无一不关照到了，真是"儿行千里母担忧"啊。我一边听一边在想：今天出去，不知什么时候才能回家呢？

到了44路车站，没有握别。我上了车，倚窗默默地站着，相对无语，我硬是摒住，不想流泪，却还是滚下了两行泪水。车在铃声中发动，我不顾一切从车窗里探出身子，和母亲、姑母、姐姐、弟弟及邻居们挥手告别。母亲此时没有说话，只是默默地点头。我明白，母亲的千言万语都在这沉默之中了。车越开越快，越驶越远，终于看不见亲人了。我内心无比失落、惆怅，好在还有哥陪伴，送我去集中出发点。

车到小木桥路四新中学，跃入眼帘的却是另一番景象，锣鼓喧天、红旗招展，高音喇叭里传出一阵阵口号，送别的人汇成一堆堆、一群群，口号声、喇叭声、哭声、笑声汇成一片。我上了农场专车，只见车厢里挤得水泄不通。中间并排堆着一只只鼓鼓囊囊的旅行袋和捆扎得整整齐齐的纸板箱，连坐椅下不大的地方也塞满了马桶包、网线袋。整个车厢弥漫着一股混沌的酸味，当然，我也"贡献"了我的萝卜干味。

不一会儿，车要开了，我挥手向哥道别，车挤得实在无处坐、无处站，我干脆就坐在了上车的踏步台阶上。过了一会，有一个戴眼镜的家伙坐到了我身边。我理着"小平头"，他是只"小四眼"，我们相互注视了一会，"小四眼"终于率先发话，问我是什么中学的，在学校担任什么职务云云。互相一番介绍后，我才发现"小四眼"居然穿着洗得发白的"四开袋"军装（军装上衣有四个口袋的是军官的服装，那在当时是非常时髦的）。

那时起，"小四眼"便成了我一生的挚友……

车驶向了打浦桥隧道，途经浦东三林公社，然后直达奉贤，不到两小时，就到了星火农场新三连。我们来到一座粮仓前，门上挂着欢迎的横幅标语，旁边的彩旗迎风猎猎作响。一位卷着裤腿、干部模样的女同志，自我介绍是我们的指导员，叫陆珠。她掸去刚才打扫粮仓时落在衣服上的灰尘，忙着帮我们拎行李，整理床铺。突然，几个女生抽抽噎噎起来——她们想家了。几个男生也在一旁发着牢骚。住的竟是里面还堆着稻谷的粮仓，随意放着几张上下铺的铁床，算是我们的宿舍了，没有电灯、没有厕所，没有一切生活设施。之后几个女生就干脆哭了起来，指导员急忙安慰我们："这里条件差，会逐步改善的。以后我们自己盖新房，希望大家经得起眼前的艰苦……"她讲得头头是道，我们听得目瞪口呆。"原来房子要我们自己造啊，我们又不会造房子的喽。"我在一旁喃喃自语。

指导员陆珠在男生宿舍"指导"了一番后，又去隔壁女生宿舍了。整个仓库只剩下我们七八个男生，大家默默无语，有的打开了行李，有的吊蚊帐，有的铺床，也有的趴在未打开的行李上写些什么，也许是给父母写信，也许是在记日记……我端坐在自己的箱子上，托着腮帮，不知在想些什么。

傍晚，我心情好多了，走出了粮仓，沐浴在夕阳中，漫步田野。却见夕阳西下，蓝天被落日的余晖染得通红，田野好似被施了重彩，绚丽而又有点朦胧。田里，农场职工种的油菜花开了，金黄的油菜花成了蝴蝶的天地，美丽的蝴蝶在金黄色的舞台上跳着柔软而又优美的舞蹈。偶尔一阵微风吹来，金黄色的油菜花立即涌起了高低起伏的金浪花，远远望去，美不胜收。河畔，黄土与残叶中渐渐冒出些柔细微黄的小绿芽，使人感到一种生机和活力。正是这些美丽的景色给农场的春天增添了不少乐趣，使来农场的不快一扫而光。

『高射炮』

粮仓的模样至今依然清晰可忆，孤寂在田野中，除了蛙鸣，四周静悄悄的。门口的打谷场，一盏昏暗的路灯，飞蛾乱扑，不远处是一大片菜地，种着绿油油的小青菜。粮仓不大，约六七十平方，里面堆着两坨稻谷，用草席子围着，散发出阵阵谷香，让人禁不住会抓起一把放在鼻尖上嗅嗅，旁边杂七杂八地置放着扁担、锄头、镰刀、铁锹、竹畚箕、扬谷筛等不少农具。

我们八个男生住在粮仓里面，居然没放一个便桶，晚上要解手，只能顶着星星、借着月光，在门外的蔬菜田里"自由发挥"。若碰到下雨，就更惨了，要踩着泥泞的小道，撑着伞或穿着硕大的雨披，"潜伏"到菜地里去，一不小心，还会把"东西"弄到雨披上来，其"提心吊胆"的样子，可想而知。隔壁的女生更苦，夜里要上厕所，需摸黑跑到几百米远的其他连队去。

良沪来农场时，带着一个在弄堂里常见的、类似卖"光明牌"棒冰的紫酱红的箱子，想不到第一天就派上了用场：

仓库里堆着稻谷，引来老鼠一群，晚上"吱吱吱"叫不停，上窜下跳，闹得我们的"初夜"心烦意乱，加上离家的第

一天，想家、念亲人、环境的变化使大家久久不能入睡，一直"享受"着老鼠们的欢腾，直到下半夜才迷迷糊糊地睡去。

刚闭上眼睛不久，只听见一阵悉悉索索的声音，黑暗中，有个人影，在我的床前团团转，起初，我还以为是在做梦，梦见了什么。当我揉了揉眼睛，不知是谁，已点亮了宿舍的煤油灯，我定睛一看，竟然是良沪，他没戴眼镜，上穿"海魂衫"，下穿平脚裤，手捂着小腹，一副急不可耐的样子。这时大家都醒了，聚在一起问缘由，才知道粮仓被人反锁了，里面的人出不去了，良沪半夜起来"解手"，拉坏了把手，门纹丝不动，又不敢大声呼叫，生怕惊动了隔壁宿舍的女生。情急之中，我看到了仓库内的两扇气窗，灵机一动，把良沪的"棒冰箱"搬到了气窗下，大家好像一下子明白了我的用意，七手八脚地把随身带来农场的小凳子，一个个叠上去，一连叠了七个，高过了气窗，才让良沪爬了上去，在众室友扶住棒冰箱上的七个凳子后，良沪才放心地朝气窗外"喷"了起来，"喷"了好久，良沪才小心翼翼地从高凳上下来，连连说："好了，好了，哦哟，憋死我了，憋死我了！"看着他如释重负的样子，我们都哈哈大笑起来，这时也有几个室友，不放过这个千载难逢的机会，纷纷爬了上去，学着良沪的动作，一个接一个地朝气窗外"喷"，自然，也少不了我噢……

良沪来农场的首日"表演"，在我们的劳动中一直被当成"笑谈"，一次次被提及，一次次被模仿。有一段日子，我们互相还叫不出名字的时候，"高射炮"就成了良沪的代名词。

间苗

到农场没几天。春光明媚的日子，空气中飘荡着麦苗的清香，一片浸绿的苗苗铺天盖地涌上田野，灿烂地在微风中歌唱。指导员连续三天帮我们举办学习班，学习《毛泽东选集》，学习"两报一刊"（《人民日报》《解放军报》《红旗杂志》）社论，学习知识青年上山下乡的先进事迹。

第四天，我们就出工下地了。我们都穿好了从家里带来的劳动装，我也穿上了草绿色的解放胶鞋，大家摩拳擦掌，犹如上战场一样，跃跃欲试。连长把我们第一批进连队的22个人带到一片棉花田，我们纷纷围拢起来，听着他布置劳动的内容，叫什么"间苗"来着，他边讲边弯腰在棉花田里示范着，不少人点头称是，也有人似懂非懂。说完，连长让我们分开到一垄一垄的棉花田里，一人一垄，每垄约200米长，一上午要间五垄的苗。

所谓的"间苗"，又叫疏苗，眼下一垄垄的地里，棉花苗长得太密了，播种量大大超过了留苗量，造成幼苗拥挤。为了保证幼苗有足够的生长空间和营养，需要合理密植，要将过密的幼苗拔掉，以扩大幼苗间的距离，使幼苗间空气流通，日照充足。

说到第一天的劳动，不得不提一下小李子（李进）。他身材不高，瘦瘦的，浓眉大眼，穿着一身绿军装，斜背着一只军用水壶，像个部队的小兵。那天他异常兴奋，精神抖擞的样子像上前线一样。他把一辈子的务农当成一阵子的"学农"了，只见他下了地，弯腰拔几棵便往前窜，抓满几把就"噔噔噔"往前跑，远远地把我们甩在后面，一旁看在眼里的赵鸣也不甘示弱，照着小李子的间苗法，拔几棵就窜上去一大截，两人你追我赶，全然不顾什么留匀、留齐、留良和去劣等连长的叮嘱，只想到要争第一。小李子看到赵鸣把自己抛在了后面，当即抓起身边的泥块，朝着前面的赵鸣扔了过去，痛得他嗷嗷直叫，连连说："友谊第一，比赛第二嘛。"不想说话间，小李子已闷头窜到前面去了，"你去'友谊'吧。"小李子自鸣得意地说。

小李子与赵鸣比得热火朝天之时，隔壁的几垄田里，却是另外一番景象。女生们三三两两地坐着，说说笑笑有之、吃零食者有之，更"过分"的是那一部分悠闲的男生们，躺在棉花田里，仰望着天空，晒着暖意绵绵的阳光。还有几个男生，干脆在地里打起了"泥战"，互扔泥块，劈劈啪啪，全然不顾脚底下踩歪踏死的棉苗。在旁的女生见及如此，纷纷发出连连的尖叫声，可男生们倒自得其乐，似乎把这些都当成了呐喊声。当然，也有几个女生是认真做事的，她们小心翼翼一棵棵、一株株、一垄垄地在拔着棉苗……

我呢，始终掉在他们的后面，看到谁拔得快就用泥巴砸谁，然后疾速低头间苗，一副很认真的模样。被砸中的人第一反应是迁怒于后一名的人，看着他们骂骂咧咧的样子，我打从心底里开心，我反复做着这样的动作，旁边几名不知名的女生还"咯咯咯"笑不停，也有两三个男生一道起哄，笑声却如老鸭子一般，我蹲在后面，冲着他们喊道："喂，笑起来认真点好伐，笑出这种声音，我夜里要做噩梦的。"话音未落，一旁的女生竟然坐在地上"哈哈哈"大笑起来，引得前面间苗的人纷纷回过头来，一脸疑惑地看着我们。我煞有介事地又认真低头间苗了，好像什么事也没发生过。

小李子终于汗涔涔地冲到了最前面，获得了第一名，他一手拿着头上脱下来的帽子扇凉，一手撑腰，显得天下无敌之状，俨然一副胜利者的样子，唾沫四溅地向后来者介绍着他的"经验"。

不知谁嚷了一句："连长来了。"只见连长怒气冲冲地来到大家面前，指着小李子间苗的田垄："这是谁间的苗？"小李子一看连长的脸色，自知不妙，小声嘟囔着："是我间的苗。"话音刚落，连长就冲着小李子大发雷霆："你把好苗拔了，坏苗留着，还有的地方剃光头了，怎么回事？""回去，重新间苗，其他人，收工。"看到小李子一脸委屈、垂头丧气的样子，大家在一旁窃窃私笑——搞了半天，原来"第一名"是倒数的！

1989年5月7日，在离开农场十年后，新三连第一批男职工重返连队

做小工的日子

我是一个喜欢怀旧的人，是如此地喜欢粘贴往日岁月的纸片，有时候看着那一叠被撕下的、一边满是岁月锯齿的日历，才发现不知不觉的：将来已成为现在，现在已成为过去，过去已成为遥远的历史。

刚到农场没几天，我就做起了建造连队宿舍的施工队小工。小工就是做杂活的，比如活也不轻，挑砖头、抬黄沙、扛钢筋、背水泥、刷石灰、拌砂浆、装玻璃、清垃圾之类的。

我与施工队师傅爬上了屋顶，他盖瓦，我递瓦，斜坡的屋顶离地面约有十米，我手脚并用趴在房顶的油毛毡上，胆战心惊，生怕脚下一滑滚下屋顶摔死。我传瓦的动作十分僵硬，毒辣辣的太阳晒在脑门上，晕乎乎的，脚底下的油毛毡被晒得黏乎乎的，我吓得连忙找来一根长长的草绳，一头拴住自己的腰，一头系在房梁上。师傅看我这个熊样，笑着说："摔不下去的，不用怕。"他叫我脚板横移，身体尽量不要前倾，可我的腿仍像筛子般发抖，一手递瓦，一手死死攥紧草绳，心里直盼着下面的人慢点传瓦上来。师傅见状，便让我下了房顶去为砌墙的师傅递砖，我脚底抹油般地下了房顶。

我将红砖在水中浸泡一下再递给砌墙师傅。他砌墙时，用

一根绳子拴住一块砖头，使所砌的墙与绳线之间的缝隙上下保持一致，每块砖头边沿对得齐，受力均匀，我看得很是惊讶。

赵鸣也被安排在房顶传瓦，他还未站稳脚跟，下面的人就接二连三将瓦片传了上来，他打着赤膊却披着一件外套，不多久，他就大汗淋漓了，一热水瓶的深井水喝了下去却没有上厕所的念想，要命的是下面传瓦的小工们更加拼命了。原来传两块瓦片的加到了三块，赵鸣手要不停地接瓦还要保持身体平衡，以防摔下房顶，喘着粗气的他不时用手去揉滴进眼睛里的汗水。

突然，赵鸣传瓦的手在半空中凝固了，他见楼下坐着一对戴着安全帽的帅哥美女，颈围毛巾，手握"正广和"汽水，对着自己指指点点，示意他将瓦片堆得靠屋檐点，热得晕头转向的赵鸣只当没听见，故意将一块瓦片失手摔到了楼下，惊出帅哥美女一身冷汗。休息时，赵鸣顺着脚手架爬了下来，看到刚才指点自己的女生竟然是个大美女，骂人的话到了嘴边又咽了回去。大美女穿着连衣裙，坐在树荫下与穿着短袖衬衣的帅哥一边喝着汽水，一边谈"山海经"，看到此情景，赵鸣不由嫉妒了起来：我挥汗如雨冒着摔下来的危险干活，你们倒好，树荫、汽水、扇子、安全帽，特别是帅哥，坐着还有美女陪伴。正当赵鸣愣神的时候，那美女还向赵鸣瞟去了不屑的目光，气得赵鸣对着地上重重地"呸"的一声吐了一口痰，故意拍着屁股上的灰，走过他俩跟前——"也吃点灰吧"。做完这个动作，赵鸣顿感心里舒畅多了。想不到三年后，赵鸣在上海财经学院校园里晨读英语时，居然又遇见了这位美女。此时的赵鸣已是二年级学生了，他瞧美女的样子像是刚入学的新生，赵鸣心想："真是太有缘了。"刚想上去搭讪几句时，那美女又瞟了赵鸣一眼，飘飘然走了，美女根本没有认出赵鸣，失落的赵鸣呆立在电线杆下，手中的书也悄然滑下。此后数次，赵鸣与美女在校园里擦肩而过，他有些自卑，始终不敢上去聊几句，暗中却偷偷打听到美女是79级基建财务班的。毕业后，赵鸣去了中国银行，美女去了建设银行，赵鸣居然还知道她经常跑工地，可见当时赵鸣对美女同学是多么的一见倾心。至今，聊及此事，赵鸣还不无惋惜道："痛失了机会，往事不堪回首。"李进揶揄道："当时你能在校园里与美女同学聊上几句，也许你的生活轨迹就不是现在这个样子啦。"

李进刚到连队时，人瘦瘦小小的，可他喜欢挑战自己。休息时，男生们围在一堆水泥旁，打起赌来——谁能挑起两包二百斤重的水泥，好胜心和冲动驱使着他跃跃欲试，李进使出了吃奶的力气，终于挑起了两包水泥，但他无论如何也走不动路了，他感到腰瞬间被电击似的，他扔掉了担子，蹲在了地上。从此，他的腰伤落下了根。时间已过了四十年，那次拼力气留下的老伤至今阴雨天还酸痛。

这种好胜心并非李进所独具。挑砖时，我欲与一施工员比高低，他挑四十块砖，我挑五十块，双方不断加码。我挑着，一站起来，两腿便不由自主地向前滑动，慌得身体前俯后仰，根本站不稳，紧咬牙根好不容易能走了，挑着的砖筐还不时地撞击着脚后跟，痛得眼睛直冒金星。一根扁担挑成了一张弓，"弓"断了，换根扁担继续挑，我两眼紧盯着竹篱笆铺成的路面，上牙咬着下唇，汗水顺着我的面颊直淌下来。

女生的小工活比我们男生稍轻，但也并不轻松。徐芝慧一根扁担挑着两簸箕的黄沙，仅仅一天就把自己的肩胛挑肿了，罗红与王洁萍抬着百余斤重的水泥踏着斜坡艰难地上梯，几次滑倒在斜坡上，好在一旁的男生见状总是上去助一臂之力。

一艘装满钢筋、黄沙、水泥、红砖、碎石子的水泥船靠岸了。小工们挑的挑，抬的抬，扛的扛，又忙碌在了中心河畔。

也有琴声袅袅的时候

印度诗人泰戈尔说："不要试图填满生命的空白，因为音乐就在那空白深处。"在农场四年多的时间里，我深深感叹连队知青中还真有不少人多才多艺，他们吹拉弹唱，各有所长，在那个文化生活匮乏的年代，自娱自乐，也寻得了许多"风雅"的乐趣。

路菁有一只48贝司的手风琴，红色的琴身，黑色的风箱，雪白的琴键，亮得耀眼。1976年5月7日，手风琴随她一起来到了新三连。闲暇之余，路菁扎劲地拉着手风琴，手指在琴键上跳来跳去，她轻轻拉动着折叠的风箱，在手指的舞动下，抒发着自己的情感，那琴声时而像飞驰的骏马强劲有力，时而像小桥流水般舒畅，我陶醉于她悠扬悦耳的琴声中。《莫斯科郊外的晚上》《三套车》等这些曲子大都是我们在"广阔天地"里学会的。在那些岁月里，唱着这些歌，拉着那些曲，多少减轻了我们心中的苦恼和忧愁。路菁说："白天捏锄头柄，晚上拉手风琴，手指的转换不好使，可这绝对是当时收工后最好的娱乐方式了。"如今，路菁的手风琴依然"健在"，琴键已经微黄，红色的外壳上划痕几许，看着它，路菁仿佛又回到农场寝室里拉琴的峥嵘岁月。

果园一连要举办文艺会演，指导员陆珠交给路菁一个任务，让新三连也上一个节目，在不到一周的时间里，路菁与罗红、周文华排练了一个女声二重唱《洪湖水浪打浪》。天蒙蒙亮，罗红就约了周文华去小条河边的防风林中吊嗓子，她俩听说吃生鸡蛋清有亮嗓功效，就去钱桥镇用粮票换来十几个鸡蛋，每天吃一个鸡蛋清，真是"功夫不负有心人"，伴随着她俩的清亮甜美的声音和路菁澎湃激情的伴奏，演唱获得了成功，为新三连赢得了荣誉。陆珠高兴地跳了起来："我要送你们去场部参加会演。"

朱继利至今还清晰地记得："我们第一批新三连的人排练的第一个节目叫《夜航之歌》。"他说："现在还记得歌词，还会唱上几句。"朱继利的话在微信上一出，严卫平一看便来劲了，连夜翻箱倒柜从几十本农场日记中找出了《夜航之歌》的全部歌词："夜沉沉，海茫茫，战舰奔驰在领海线上。炮塔旁，静悄悄，甲板上，无声响。夜色里，只看见机警的目光。啊，水兵们百倍警惕守海航，我们在海边巡逻站岗，保卫祖国繁荣富强。"严卫平在微信上晒出了歌词，立即引来朱良沪等人，纷纷表示，还会唱这首歌。朱继利回忆道："那个年代，都是红歌，总感觉缺少情感特点，后来鞠敏提出要唱《夜航之歌》，可大家都不会唱，于是鞠敏就先唱了一小段，大家觉得蛮好听的，就定排练这首歌了，既抒情又有军人的刚强气息。"当初鞠敏只是一个小小的建议而已，想不到我们新三连二十多个"创始者"，四十年后的今天仍然会唱这首歌，不容易吧。

当夜深人静的时候，月光斜照到连队医务室的一角，落在墙上挂着的小提琴上，黑暗中，这把小提琴好像发出一种银光，那凸出的琴腹亮得尤其强烈，在这皓皓的月光中，凹进去的琴腰、琴弦和弯把都十分清晰，琴钮亮得就像萤火，琴就像一根银条。我的民兵连长办公室就在医务室隔壁，中间隔着一个楼梯口，时常聆听着"医生"林青在练习演奏《梁祝》。那如歌如泣的旋律，饱含了人间至悲至美的爱恋，于天籁般的恬静中徐徐飘来，有多少人闻曲饮泪啊，又有多少人辗转难眠啊。曾记何时，林青到农场没几天，就开始练习拉小

这是林青留给我们的唯一照片

1978年秋，蔡伟祥（中）与孙浩、高荣科在上海豫园

提琴了，每天清晨，她就在我与良沪的寝室夹道旁拼命拉起我听着有点"皮鞋跟，等等等"的小提琴音，扰得我与良沪睡不好觉还逼着我们听"皮鞋跟"声音，有一天早晨，趁着晨雾，我俩把一只"老K皮鞋"对着她扔了过去，从此，"皮鞋跟"的声音不再在我俩的寝室旁响起，它从远远的小条河边悠悠地传来，仿佛是催促着我俩的起床号。

有段时间，我经常去隔壁四排生产排长蔡伟祥寝室，听他吹口琴，其中有一首我儿童时代就非常熟悉的曲子《听妈妈讲那过去的事情》，令我印象深刻。伟祥吹得细腻、缠绵、委婉，如丝如缕，丝丝缕缕扣人心弦，他倾注了全部的感情，随着琴声跌宕起伏，一种念家的情绪悄悄滋生。室友们都沉湎于绕梁的口琴声，寝室里没有一点儿嘈杂，那个情景常常萦绕在我的脑海里，定格在我的记忆深处。

逝去的岁月有时会让我感到些许隐痛，但我们追忆的是一种时代的精神，我们怀念的是在艰苦生活中建立起来的纯真友谊。如今，林青、蔡伟祥两个当初的音乐爱好者都去了天国，但我们一起走过的日子，那片栀子花绽放的最美的时刻，点点滴滴，一如你，一如我。虽然你们已悄悄离开，但请不要害怕一个人的旅程，也不要感到孤单，无论何时何地，我们永远相伴在那个春天里。

果园淘气

1976年6月，连队还在筹建中，我们先期到达的人除了做些基建小工活之外，还去相邻的二十四连、果园一连参加一些劳动。

当我踏进果园时，阳光沉静而执着地洒遍沃野，葱葱笼笼的草木，硕果累累，挂满枝头，果树上开满了各种鲜艳的花朵，随风摇曳，引来无数蜂蝶在丛间采蜜嬉戏，果香和花香交融，虫鸣蝉噪。葡萄架下，一串串的葡萄"你贴着我的脸、我挨着你的背"，相拥在一起，结成上面庞大、下面尖细的一串串。一颗颗葡萄滚圆饱满，晶莹的葡萄粒更是惹人喜爱，它们像是用水晶和玉石琢磨出来的，那么光滑、圆润、娇嫩、柔美，还带着光、闪着亮，胜过美丽的珍珠。这一切，我以前只是在小说、电影里看过，现在身临其中，新鲜、神奇，给人一种回归大自然的感觉。

到果园劳动的前一天晚上，指导员陆珠在食堂召开了全连

大会，进行"三大纪律、八项注意"教育，还让我们唱了一遍，引导我们进了果园要抵得住诱惑，经得住考验。因此，尽管烈日炎炎，就像火烧一样，可谁也不敢吃遍地的水果。李韵华说："看得到，摸得到，闻得到，吃不到，折磨人啊。"众人边割草边泄愤解馋，地上四处开花的西瓜随处可见，有人用镰刀砸碎桃子，有人以西瓜练拳头。李韵华捧着一只大西瓜，随着众女生"一、二、三"的口令，双拳猛击，把面前的西瓜击得四分五裂，她正得意洋洋时，我悄悄地出现在她身后，惊得她一身冷汗，不知如何是好。我绷着脸："还不赶快埋掉啊。"众人连忙将一地的碎瓜埋进了土里。

苹果树葱郁的绿叶闪闪发亮、密密层层，一个个小苹果像翡翠似的镶嵌在绿叶下。一串串熟透了的果实，在我们周围飘香。采摘中，有人禁不住地咬上一口，怕人看见又把咬过的生梨塞进了袖套里，待人走开时，又拿出来偷偷地啃了起来。有男生干脆将生梨、桃子当起了手榴弹，看谁扔得远。我蹲在地上拔草，见地上有不少苹果，便抓起一个扔向前面拔草的女生，只听"啪"的一声，不偏不倚砸中她脑袋，痛得她"哎哟"叫了起来，待她回过头来时，我已将草帽沿拉下，专注拔草了。那种小木梨很硬，打在头上硬生生的痛。

大热天，渴得要命，喉咙直冒烟，又没水喝，虽然头上有苹果生梨，脚下有西瓜、黄金瓜，却少有人明目张胆地拿来吃。自然也有人受不了西瓜的诱惑，起了强烈的食欲，于是就偷偷地吃了起来。一只西瓜瞬间被囫囵吞枣地吃掉了，从嘴里甜到心里，美滋滋的，有人摘了一个未成熟的小苹果，情不自禁地咬了一口，蓦地发现李进反背手走了过来，慌忙塞进了裤袋里，李进跟她说话，她"嗯啊，哈啊"口中的苹果咽在喉咙里，幸好李进未发现。

酷暑，实在是太"热"了！我不断地咽着口水，尽管我也关照排里的人不准偷吃，可田间那只只又大又圆的西瓜，我还是没抵挡住它们对我的诱惑，我利用解手之机，见四下无人，抱起一个大西瓜躲进了树丛中。一拳击破西瓜，立刻露出了红色的瓜瓤，溢出了瓜汁，我便狼吞虎咽啃了起来，只一根烟的功夫，我就吃得肚饱气胀，甜美的汁水顺着嘴角流到了下颚，甜甜的果汁和咸咸的汗水混在一起，滋润了脚下的果地。我抹干嘴巴，抖落身上的瓜籽，悄悄回到了拔草的队伍。刘贤云慢慢凑到我跟前："排长，你也吃瓜了？"我一怔，心想："被人看见了？"正犹豫着，刘贤云指指我的右嘴角，我一摸，一粒西瓜籽居然还粘在嘴上——啊呀，不打自招了。我笑嘻嘻地说："你也去吃一个吧。"贤云听后哈哈大笑，拍了拍我的肩膀："排长，你落后啦。"说着，他撩起汗衫，拍了拍自己胀如西瓜的肚皮，"嘿嘿嘿"地笑着走了。我想，在这个酷暑日，大家在不同的地点以不同的方式都给自己解了渴。

我头顶烈日，戴着草帽，蹲在地上有气无力地拔着草，蓦然间，草丛中一条土褐色的蛇蜷缩在那里，约摸中指粗，二尺来长。我定睛一看，蛇是三角脑袋，曾有老职工指认过这种蛇是剧毒的腹蛇，似眼熟。我用镰刀去拨弄它，腹蛇"嗞嗞"地吐着信子，令人毛骨悚然，女生们惊叫着四处逃散，我用镰刀头按住它，反而被它一口咬住了镰刀，吓得我忙扔掉了手头的工具。有人找来了灭果虫的"666"农药粉，一股脑儿地倒在了蛇身上，才把毒蛇毒死。

七月某日，大风骤起，果园受到了天降的打击，苹果生梨在风雨中噼里啪啦往下掉，一片青青的苹果和黄黄的梨"雨"。拳头般大小的苹果落了一地，连队又组织大家去拣拾苹果，太多了，一筐又一筐。拣回的生梨分到了各排，各人都端着面盆去装，一人一面盆。这下吃得够爽的，一个接一个，男生挑一个梨，用衣角一擦，根本不洗不削皮，就啃了起来。不到一小时，男生基本把分的梨啃光了。梨吃多了，晚上可忙乎开了，一趟又一趟地上厕所，你刚出来我进去，整整一夜，通往男女厕所的路上始终闪烁着手电筒的亮光，像两行不灭的灯光。看来，诱人的生梨让大家整整一夜没睡好。

果园里不知哪来那么多的癞蛤蟆，一不小心踩到，软软的，捡起来，飞起一脚，踢到了女生那边，引来尖叫无数。我发现杨长余靠在梨树下悠闲地闭着眼睛在瞌睡，我灵机一动抓起一个癞蛤蟆，捡起一个套苹果的纸袋，把癞蛤蟆仔细地装进了纸袋，我踢了一脚长余："有个好东西要送给你。"他迷迷糊糊地睁开眼睛："什么东西呀？"我把一团包得好好的纸团扔给了他，他还以为是什么吃食，面露喜色，开心地拿在手里："软绵绵的嘛，糯米团子啊？"话音刚落，一只癞蛤蟆跳到了他身上，长余从地上跳了起来，那速度堪比闪电，就那么一眨眼的功夫，还斜躺树杆干他，已经站着瑟瑟发抖，睡意全消。纸袋被他扔到了地上，那只癞蛤蟆一蹦一跳地逃走了，大家乐得，那叫前仰后翻。

插秧

　　凌晨四点多，出工的铃声就已响起，我从睡梦中惊醒，伸着懒腰，打着哈欠，心里极不情愿地起了床。借着月光，我用深井水泡了一点冷饭，吃了几片腌茄子，算是早饭。拿着镰刀下地割麦，昏昏沉沉地走在田埂上，人还在东摇西摆……

　　天蒙蒙亮，一大片麦子已整整齐齐地躺倒在地，在田里把它们捆扎好，抱到田埂上，算是割完了。紧接着就是撒猪榭，忍着恶心将一堆堆猪榭（猪粪和稻草发酵后的混合物，作为基肥），用双手均匀地撒到麦田的四周。赤手抓猪榭，此等"臭"事，从小到大大家都没有做过，可不管是指导员、连长，还是排长、职工们都一字排开，齐刷刷地干着，那些娇气的女职工也不甘示弱，硬着头皮跟着去撒，不多时，小山般的猪榭就被我们的双手撒到了麦田的角角落落。

　　耕牛被牵到了田头，套上犁耙，一垄垄地被翻了起来，拖拉机也来了，地犁得更快了。此时，我们又被连长派去拔秧，秧苗密密麻麻地长到韭菜般高。我们蹲在湿漉漉的地里，拔秧拔得掌上长满水泡，有的女职工拔到后来，精疲力尽干脆坐在了秧田里拔秧，拔好还要捆扎好，男职工还要将秧苗挑到已淌平的水稻田里，早晨还是麦浪滚滚的麦田，到了下午已是水波

新三连职工在插秧

粼粼的水稻田了。

一担秧苗起码要重一百五十斤，我们刚到农场，只知道拼命干活，"自讨苦吃"，把扁担挑成了一张弓，还要你追我赶、越挑越多、越挑越重，晃晃悠悠地走在田埂上……这时，女职工已从拔秧的秧田移步到淌平的水稻田里开始插秧了，所谓的插秧，就是将水稻秧苗从秧田移植到稻田里，育种的时候，水稻比较密集，不利于生长，经过人工移植，让水稻有更大的生存空间。只见女职工们把裤脚管卷到了膝盖上，一下稻田就有人双脚陷在泥中，动弹不得，更是有人重心不稳，跌倒在稻田，全身沾满泥巴。为将秧插得整齐，细心的女职工已拉好了秧绳，从几十米到几百米，拉得笔直笔直。插秧是往后退的，也是有技巧的，左手分秧，右手插秧，我们一般从一束秧苗中分出五至七株，插到秧田中，不能太深，会烂秧，也不能太浅，否则一放水，秧苗就会被水冲走。我开始插的时候，未掌握要领，只求速度，插了许久，抬头一看，啊，不由一惊，那些秧苗歪的歪，斜的斜，还有的直接倒在了泥上。这时，指导员淌着泥水过来做了示范，纠正了我的错误动作。插秧是一个累活，我人高，弯腰幅度大，一周半月插下来，腰好像脱了节一样，不少时候，秧插到了头，爬上田埂，一头倒在路上不想起来。碰到雨天，为了抢季节，照样下田插秧，淋在雨中，泡在泥水中。插秧弄得满身泥水，连队根本没有浴室，中午收工时只是洗个手，简单地吃个午饭，便躺倒在寝室外的水泥地上，不一会儿竟能呼呼入睡……午后的太阳晒在脸上，没几天就黝黑黝黑了，活脱脱一个个"小黑皮"。女职工们学着农场老职工的做法，用毛巾缝成一个"毛巾帽"，把脸遮得严严实实的，或是把草帽帽沿弯下来，用绳子系住，太阳就晒不到了，当然，脸也看不见了。

插秧插到后面又要"恶作剧"了。插得快的人往后退得快，插得慢的人慢慢地变成了"领军人物"，后面插秧的人故意一个向左插、一个往右插，把她要插的秧田全部插满。插得慢的人没了退路，就会孤零零地被包围在秧田中央，任凭田埂上的人故意朝她扔泥巴，把她当作"活靶子"打。一阵"劈里啪啦"，背上全是泥印，也不能发火，因为你插得慢，别人帮你插掉了本该自己插的。更有甚者，有的男职工在田埂上负责抛秧（把秧苗扔到插秧人身边供其插秧），遇到平时不是能够"投缘"的人，就故意将秧苗抛得高高的，重重落到了"领军人物"的身旁，溅得她一身一身的泥水，引得田埂上的人哈哈大笑。

学游泳

　　我从小怕水。有一次在长宁游泳池学游泳，误入深水区，呛水，吃水，大呼救命，被教练救上了岸。从此，对水的恐惧与不安与日俱增，再也没跨进游泳池一步。

　　连队对面就是一条清澈的中心河，酷暑收工，不少男生跳入河中，一阵清凉和爽快。风吹拂着水面，波光粼粼，荡起的阵阵涟漪，轻轻拍打着河岸，仿佛是轻舟荡漾的桨音，给人以一种安逸的感觉，那气息盈盈，扑在燥热的脸上，微醉而舒适。不少女生也跑来凑热闹，摸着河堤下水，离得男生远远的。

　　看着他们像一条条泥鳅似地在河里穿梭往来，我不知有多羡慕呢，无奈自己却是一只旱鸭子，伫立在河旁。河中的人不断呼喊着我下水，我犹豫时，腿肚子就开始打抖。在他们的一片起哄声中，我壮着胆子下得河去，可我一到水中就像一只螃蟹似的，张牙舞爪。

　　那时，没有救生圈。朱良沪、顾鸿耀、滕满福等人在水中围成了一个圈，让我学游泳。他们示意我先学习闷水，看我笨手笨脚的样子，无心恋"教"，都开始在河中摸蚌、捉虾了……陈迺民还是忍不住地游了过来，并捉了几个青蛙扔在水

1977年4月，陈建兴、顾鸿耀、朱良沪在中心河畔合影

中，让我观察蛙泳的动作，一边还做着示范："你两腿使劲往后蹬，双手向两边划。"迺民从小生活在吴泾，河边长大，有着一副好水性，他教了我一会，见我的泳姿尚可，便松了手，谁知道"扑通"一声，我沉了下去，一连呛了好几口水。良沪、鸿耀、满福听见咳嗽声都游了过来，将我扶住。我鼻子酸酸的，耳朵也好像给什么东西堵住了，非常难受。他们见我这副狼狈相，却在一旁暗自窃笑，我想趁机爬上岸，又被他们拽住了短裤拖下了水。

顾鸿耀站在河中，认真地对我说："我来教你游泳，保证让你学会。"说着，他叫我趴在水面上，他双手托住我的肚子，我一个劲地拍水，顿时水花四溅，模糊了我的眼睛。我想求助人，可一张嘴就"咕噜、咕噜"喝上了几口水，又是一阵猛烈的咳嗽，鸿耀拍着我的背让我稍停片刻后，嘱我手掌并拢，往后划水。旁人也七嘴八舌地辅导着我，我划着划着，刚想抬头呼吸，鸿耀却一放手，我鼻子里又呛进了不少水，呛得我透不过气来。

滕满福也在一旁耐心地给我做着示范："闷水的时候先吸一口气，然后屏气闷水。"他还教我在水中吐气，说："这样在水里闷的时间可长些。"满福还教我在水中踩水，可我一旦脚不着地就心慌意乱，总想扶住或拉住什么，心里才踏实些。

我终于学着游了。我吸足了气，闭上眼睛，身体往水里一扑，手舞足蹈地拼命向前游，一口气完了，人只好站了起来。良沪又过来纠正着我的动作，他做着蹬蛙泳腿，叫我也学着做。我一不小心蹬到了良沪的小肚子上去了，他"哎哟"一声："动作不协调，踢人蛮痛的嘛。"又说："肩膀要放松，不要僵直，腿用力蹬出去要立刻收拢。"他揪着我的耳朵："游的时候太紧张了，身体没有放松，游时又太用力，手臂外划姿势不对，全身协调欠佳。"俨然一个教练员的口吻。

我又游了起来，头居然抬着，动作协调又规范，众人齐声说好，不知是谁戳穿了我——"他在划水走路！"立马，众人游过来，把我的头按入水中，让我喝了不少河水，我只好"重蹈覆辙"地闷头游。"屁股撅得太高啦。"众人看着我在河中屁股一撅一撅的笨姿，笑得前仰后翻，岸上有人竟然用石子砸中了我的屁股。至今，良沪还能有声有色地描绘着这一幕。有时，我按要领做，动作也标准了，自以为一口气闷着游到老远了。可一抬头，嘿，还在原地附近打转呢，引得河中河岸看热闹的人忍俊不禁，哈哈大笑。

不远处，女生游泳在静悄悄中追逐着。翟玲游泳在女生中算是一个佼佼者，她的泳姿远远望去很优美、很流畅，一会儿像泥鳅般钻入水中，一会儿又在远处露出一个水淋淋的脑袋，悠然自得。我听翟玲说过，她中学时代的72年、73年、74年连续三年是长宁区100米和200米的蛙泳冠军。14岁前，她曾三次横渡黄浦江，最长一次游了12000米，用时3小时20分钟。为此，她在娄山关路的天山二村里还小有名气。有一次场休，孙立伟从闵行到天山二村找翟玲家，没有地址，他就在弄堂里问别人："那个游泳冠军翟玲住哪儿？"居然有人领着立伟去了翟家，翟玲为此还开心了一阵子……

中心河里充满着欢声笑语，游泳上得岸来，路菁等人觉得穿着泳衣走回连队有点害羞，还是翟玲想得周到，她居然带了几件雨衣出来，女生们一个个穿上了雨衣小跑似地回了连队。

我依旧在河中勤学苦练，良沪、鸿耀等人却在水中相互戏闹，打来打去，打不过的人只得逃上岸去，河中追的人眼明手快，一把抓住"逃跑者"的短裤，"哗啦"一声，短裤被撕坏了，露出了光腚，吓得连忙跳进河里不敢露身。

在河里学游泳呛了几次水，也喝了不少水，学游泳的兴致一下子降了好多，我与廼民干脆在河旁捉起河虾来。小小河虾，活蹦乱跳，廼民捉虾熟门熟路，一捉一把，他捉我吃（生吃）。小河虾有点甜味，我一连吃了三十多个，廼民还在河边草丛中摸了好几个螺蛳。

1977年夏天，农场里发生了"五号病"（某传染病代号），在河水中易传染，场部一声令下："任何人不得下河游泳。"从此，我那即将学会的游泳戛然而止，一直到现在，我还是一只旱鸭子。

当兵梦

小时候，大人问我长大后做什么，我会肯定地说："当一个解放军叔叔。"这是我当时最深刻、最直观的念头，我觉得那是我长大后应该做的事。

中学毕业，弄堂同学去当兵，居委干部敲锣打鼓在他家门上贴出"光荣之家"，同学身穿军装，胸佩大红花，好不容光焕发，神采奕奕，实现了当兵梦，我很是羡慕。

记忆的童年里，我们看的电影、读过的书都是关于革命战争的，里边满是共产党领导的红军、八路军、新四军、解放军的战斗足迹，《红日》《红岩》等优秀著作也无不是反映和描绘着英雄人物的故事。对军人的那种崇拜到了如痴如醉的程度，那一身迷人的军绿色，让我神往，我的心中充满着无数的梦想，看到那英姿飒爽的军人风采，就好像自己是其中一员。我曾穿过仿制的黄军装，玩的是英雄们冲锋陷阵的游戏，就连小女孩跳橡皮筋，口中吟唱的儿歌都是歌咏黄继光、邱少云的。尤其是影片中的战斗场面，总让我们心潮澎湃，激动万分："长江，长江，我是黄河，请回答，请回答。""向我开炮。"这些耳熟能详、铿锵有力的电影台词，今天想来依然让人热血沸腾。那时，我们一帮弄堂赤膊小子唯一的梦想便是长

1978年，新三连基干民兵排在连队食堂前合影

大了一定要当兵。

1975年底，学校要征兵了，部队也来了征兵组，同学们群情激奋，写决心书有之，打入党申请报告有之，我当兵心切，竟然咬破指头写下了血书贴在了校园里，直到现在，我还记忆犹新。我应召航空兵，参加了体检，从头检查到脚，从内查到外，眼耳口鼻到五脏六腑，视力、听力、嗅觉、肝功能。内科量心跳，我异常紧张，手心的汗都出来了，所幸过关；外科还要查身体上有否大的疤痕，双脚对称否，双肩有否"塌肩"，有没有驼背，是不是平脚板……在一个房间里，我与另外几个男生被令脱光全部衣服，也不管你害羞不害羞，要我们在屋子里赤身裸体地跑步，在那个青涩年代，非常尴尬和无奈，更意想不到的是医生随时可以让我们停下来，上来东摸摸、西摸摸，我皱着眉头也只能任医生摆布。最终，我通过了极其严格的航空兵体检，征兵的军人也找我谈过

话并家访，可最终，我还是未能穿上军装。班主任杨耀宗对我说："你已经报名上山下乡了，学校与部队商量过了，让你也带头去农村。"我顿感如晴天霹雳，回到家告知了父母，从母亲失落的眼神里，也看到了她的无奈与忧伤。

第一次当兵的梦就这样梦碎校园，但我心中那团梦想的火焰却一直没有熄灭，我仍然向往着军营里那特有的艰苦而又严整的生活。我欣赏军人身上透出的那种特殊的气质，我更倾情那带着浓郁军营气息的步伐和雄壮奔放的口号以及嘹亮的歌声，我仍然坚定地认为：男人应该去当兵，应该在火红的军营里百炼成钢。

1976年5月，我来到了星火农场新三连，没过几个月，连队又有招兵的消息了，我欣喜万分，彻夜难眠，我的当兵梦再次激情燃烧。我与连队一些战友都跃跃欲试，当时连队指导员陆珠不赞成我去当兵，因为那时我们第一批到新三连的人基本上都成了连队的骨干，我担任了民兵连长与治保主任。某日晚上，三排生产排长霍海华拖住我，说是要一同去说服陆珠，我俩战战兢兢来到她的办公室，未等我俩开口，她便知来意，反而做起我们要扎根农场一辈子的工作来，任凭我俩口干舌燥磨破嘴皮子，陆珠"我自岿然不动"。无奈，我与海华只好悻悻而出。

回寝室的路上，忽然，海华拉住我："再去争取一下吧，说不定她会心软。""你开什么玩笑？你又不知道她的脾气，要去你去，我回寝室了。""我要参军去，我再去争取下。"说完，我俩"背道而驰"，不多时，海华又气喘吁吁来到我寝室，告诉我陆珠同意他报名参军了。我听完这一番话真不相信自己的耳朵，一骨碌从床上爬起来，飞奔而至陆珠办公室，她见我又来敲门，便说："我就知道你会来，你们都走了，连队怎么办？"陆珠连珠炮似地发问，弄得我哑口无言，我像做错了事一样，呆若木鸡地低着头，听任陆珠"训话"，看到我一时语塞，陆珠缓和了语气："这样吧，今年你别走，明年让你报名。"我略微抬起头，看着她，陆珠重复了一遍她刚才讲的话，我冲着她尴尬地一笑，心里想：也只能这样了。回到寝室，我整个夜里辗转不能成

1978年4月，新三连部分女民兵在练习实弹射击

1978年4月，新三连部分女民兵在练习对空射击

眠……

两年的苦苦等待，等来的只是一场失望，我的当兵梦在"广阔天地"上再次破碎。如果第一次当兵的失意是一种无奈的话，第二次的失落几乎是一种痛苦的绝望。两次"落伍"是我今生最大的缺憾。"天行健，君子以自强不息"，我心中仍然燃烧着当兵梦不灭的火焰，常常军魂缠绕，燃起对军营生活的深深向往。

时间像沙漏里的沙子，一不留神一年过去了，转眼又到了1977年的征兵季节，这次陆珠没有食言，她同意我去体检了，可是经过一年多农场没日没夜的艰苦劳动，体检中查出了肝肿大、脾大，身体强壮的我体检竟然没有通过，我被无情地淘汰了。

可怜啊，可悲啊，老天为何总是打击有梦想的人，难道我的命就该那么差吗？梦想就那么遥远不可企及吗？夜已深，难入梦，我思忖着："梦想，梦想，成为梦里想想的事了，命运总是让我与军营擦肩而过，这辈子与军旅生活不再有缘。"

追寻梦想的路上，永远充满着坎坷与曲折，追寻梦想之路也从来不是一帆风顺的，然后，当自己无法实现想要追寻的梦想时，换一种方式来实现梦想，也许是一个明智选择。

我一头扎进了新三连基干民兵连的建设，组织民兵夜间巡逻，练拼刺刀、投掷手榴弹、实弹射击，连队同样有四十多支枪，我组织大家反复训练，在1978年星火农场民兵实弹射击时我获得了第一名。

我的思绪从时光的隧道中折返。青春就像流星一样在天空中闪过，一去不复返，且没有留下哪怕像一颗最小的行星划出的微光的痕迹，我的当兵梦也似乎早已黄花流水。"醉里挑灯看剑，梦回吹角连营"，没有梦的人生是遗憾的，我心中的那份情结，并没因为岁月的流逝而淡薄，那烙印已深深刻入了我的脑海，渗入了我的骨髓，印入了我的灵魂记忆深处。此生虽然未能身着戎装去当兵，但对当兵的人，我却永远羡慕。

1978年4月，新三连部分男民兵在练习武装泅渡

赌饭

钱钟书在《写在人生边上·吃饭》中幽默地调侃道："名义上的吃饭事实上只是吃菜，吃讲究的饭更是如此，吃饭的档次越高，吃的菜就越好，继而得出一个结论：名义上最重要的东西，其实往往是附属品。"钱钟书先生独具慧眼，分析了当下社会名不符实、相互背离的现象。事实上，我们总是打着吃饭的名义赴宴，吃的却是山珍海味。这让我想到了在农场时的赌饭。那是实实在在的吃饭，一口菜都不让吃的。

1976年7月，我被指导员陆珠派去星火农场民兵团受训两个月，这是一批从各连队抽调的年轻力壮的民兵干部，主要任务是在场域范围内巡逻、训练和为派出所看管"流氓阿飞"。18岁的我，正是身体发育期，需要营养却又缺油少肉，所以饭量大得惊人，一顿饭吃下八两一斤不算什么稀奇。记得有次雨天不出操训练，隔晚又在整个农场区域巡逻了一遍，走了足足六小时，又累又饿，一觉睡到了上午十一时多。中午开饭，七连小黄当着众人面拍着胸脯，立下军令状，要一刻钟内吃掉三斤饭，赌一条"大前门"香烟。我与另外两个民兵"合资"与他赌。有人即刻用面盆打来了又糙又硬的籼米饭，足足有半面盆多。只见小黄放松了裤带，调节了呼吸，双手扶盆俯下身

子，张开大嘴开始狼吞虎咽，在一片"加油"声中，那盆米饭顿时减少了许多，不料小黄求胜心切，饭粒噎住，不断打嗝，使他进食的速度骤然放慢，他骂骂咧咧地挺身轻揉胃部，长舒一口气，表情复杂。哄笑声中，有人开始倒计时，旁人都屏住了呼吸，被这平时难以看到的场面所吸引住了。而此时的小黄可能吃得实在太多了，反应迟钝，行动迟缓，终于未能在规定的时间内吃完面盆里的饭。看到面盆底稀稀拉拉还有些米饭，小黄眼睛里涌出了晶莹的泪水，止不住滚滚而下，滴滴哒哒落进面盆里，我们三个与他赌的人，看着他的模样真是作孽，便去场部商店买来三包"大前门"香烟送给他，结束了这场赌饭。而小黄在场部马路上溜达了一个多小时之后才回到寝室。

男人经常赌饭，女人也不甘示弱。一次，在钱桥镇上的小饭店里，看到两个姑娘酒后赌饭，令我印象深刻。

一个姑娘个子较矮，一身白嵌条蓝运动服，齐目短发，黑瘦黑瘦的，脸略微有些长，大大咧咧的样子，与之对饮的姑娘一直呼她"假小子"。另一个姑娘眼睛炯炯有神，胖乎乎的身体，肉嘟嘟的手，脸蛋圆圆的红彤彤的，似个"红富士"，"假小子"一个劲地叫她"苹果"。"假小子"与"苹果"的脚都翘在旁边的方凳上，衣袖卷得高高的，她俩拿着啤酒瓶直接对着嘴喝。喝掉一瓶用牙又咬开另一瓶啤酒的瓶盖，"铛"地一声对碰了一下，又干了起来，看得出，已是"酒过三巡"了。为了今天谁"买单"，她俩先是"采冬里采"，后是"乒呤乒郎气"，直至赌方桌上一木桶的白米饭，"假小子"将木桶里的饭全部盛到了四个蓝边粗瓷碗中，粗瓷碗口个个有小豁口，两个姑娘不管三七二十一抓起筷子就开始扒饭，"苹果"的嘴角被小豁口划出了血还浑然不知，"假小子"为了争速度，一边扒饭一边喝汤，一不小心呛了饭，连汤带饭"哗哗"吐了一地，一股股的污秽酒气令旁边吃饭的人纷纷躲避，"假小子"却还在那里摇摆着手，有气无力地说："我买单。"

说着便伸手向裤子里掏钱，看得出，"假小子"还清醒着呢。

国庆过后，农场新大米上市了，米饭粒粒珠圆玉润，晶莹剔透，胃口大开，拌上猪油、白沙塘，香喷喷的更好吃。新大米没有涨性，一斤饭四两的饭碗刚装满，有人一口气可以连吃三碗新大米饭而不吃一口菜。

有一次，我在田间劳动时就与鸿耀相约好了，中午赌吃新米饭。太阳晒到头顶，这场战斗拉开了序幕，其他寝室的人也纷纷前来观战，箱子上又亮又糯的白米饭足足放了六碗，我与鸿耀赌三客红烧肉、三只狮子头，看谁把各自眼前的三碗饭，约两斤半先吃掉。围观的人既兴趣十足又幸灾乐祸这场赌饭的游戏，第一碗，我俩狼吞虎咽，旁人还说笑打趣，猜测着谁夺得"饭桶"的桂冠；第二碗我俩各自风卷残云，吃得肚皮滚瓜溜圆，一伙人还催促我们"加油"，也有人提醒我们"别吃撑了"；吃到第三碗，我吃得太饱了，赶紧松裤带，个别女生笑得前仰后合，鸿耀见状也连忙抽掉了皮带，这下众人又大笑了起来，吃到后面，我每扒一口饭便要咀嚼半天才咽下，最后，碗里的小半碗饭，我俩咽了几口再也吞不下去了，肚子胀得难受，不断地响起饱嗝，腰也弯不下去，挺着肚子去田埂上消食去了。

三年前，我与良沪同去加拿大多伦多，见到了阔别多年的鸿耀兄。承蒙鸿耀盛情款待，品尝了加国的大龙虾，酒酣耳热，忆起农场，聊及那次赌饭，我俩时而大笑，时而流泪，然后沉默无言，都若有所思。

毛主席逝世了

1976年是中国的龙年，也是中华民族不堪回首的大灾之年。那一年，敬爱的周总理、朱德委员长先后辞世，紧接着又是唐山大地震，24万鲜活的生命被夺走了。

9月9日，本是个很吉利的日子，可天无应物、地无征兆，我正在田间干活，电线杆上的广播喇叭突然传来伟大领袖毛主席逝世的消息。我简直不敢相信自己的耳朵，木然地站在那里，泪水顺着面颊流了下来，伫立在风中，一直聆听着凄婉的哀乐，心里泛起一阵阵惆怅。平日里田间嘻嘻哈哈的声音都倏忽静谧起来，只看见指导员陆珠眼里噙着泪水，愣在那里好长时间才缓过神来。

晚上，寝室的墙上也恭恭敬敬贴出了毛主席遗像，我记得那是一张《红旗》杂志的增页。根据连队安排，各排自行组织职工裁布条，缝黑纱，扎花圈，做小白花。扎花圈没有皱纸，职工们纷纷拿出自己的手纸，用墨汁染成黑纸，扎成黑花，每人胸前的一朵小白花也是用大家的手纸做成的。男职工扎稻草、绑铁丝，女职工扎花，每个排里都制成了一只黑白两色的大花圈。大家怀着对毛主席的深情，几乎人人动手，熬了一个通宵，使9月10日一早，每个职工都戴上了一个黑纱，胸前佩

戴上了小白花。

李进用他的一手好字，连夜在食堂门口贴出了"沉痛悼念伟大领袖和导师毛泽东主席逝世"的大标语。连队将食堂改建成了灵堂，挂上了黑纱镶边的毛主席遗像，两边的挽联是："继承毛主席遗志，将革命进行到底"。横批是："伟大领袖和导师毛泽东主席永垂不朽"。一些女职工去其他连队采来不少翠柏、苍松和小花，编织成了一只只小花圈，放在毛主席遗像前，寄托哀思。灵堂设置得庄严肃穆，两旁有指导员陆珠带着政治排长站立着，为毛主席守灵。灵堂里反复播放着哀乐，职工们面带戚容缓缓入场。悲伤的泪水飘洒在人们的脸颊。指导员陆珠宣布"沉痛悼念伟大领袖毛泽东同志"仪式开始，默哀三分钟。队伍中传来了女职工的泣声，随即哭声一片，哀伤的嚎啕回荡在灵堂大厅，职工们哭毛主席，那种悲痛欲绝渗透到我的心底，我知道，那是发自内心的啊。我们这代人从上小学的第一天起，学的第一首歌就是《东方红》，以后又学会了《天大地大没有党的恩情大，爹亲娘亲没有毛主席亲》一类的歌曲，写的第一行字是"毛主席万岁"，画的第一张图是天安门广场，屋里挂的是毛主席的像，桌子上放的是毛主席的石膏像，身上背的是毛主席语录袋，胸前别着的是毛主席像章，上课前要唱毛主席语录歌，所读的书也大都是"听毛主席话、跟共产党走"的教材，所以，我们从小就接受着这样的教育。现在，比爹比娘亲的亲人去世了，许多职工对着毛主席的遗像一把眼泪、一把鼻涕的痛哭，哀天恸地，如丧考妣，那确是真实的感情流露，那情景至今都刻骨铭心，每个亲身经历过的人都会终身难忘。

连队的灵堂，职工每天都要去吊唁，据倪春雁回忆："由于设立灵堂，食堂的窗户用麻袋密封住了，空气不流通，有的女生哭到后来晕过去了。"在灵堂的毛主席遗像前，各排职工都要轮流去表决心。在严卫平日记中有记载："我要化悲痛为巨大的力量，继承毛主席的遗志，制订学习马列和毛主席著作的规划，接过先辈的战旗，踏着先辈的足迹，向着共产主义的目标，将革命进行到底。革命战士豪杰，刀山火海我闯，革命重任我挑，粉身碎骨心甘……"

现在看看这些"决心"，有些好笑，可当时却是发自内心的。远在美国的瞿玲给我说了这样一件事："在毛主席遗像前表决心中，六排一个男职工将'抛头颅、洒热血'念成了'抛头颈、洒热血'，在场的个别职工憋不住笑出了声，我也跟着笑了，而指导员陆珠未听到此男职工念错别字，却听到了笑声。在毛主席的灵堂里发出笑声，这是极其不严肃的事情，遭到了陆珠的训斥。"事后，瞿玲把大家为何要笑说给了陆珠听，她听完后竟然也笑了起来。

当时上海市的灵堂设在了文化广场，星火农场也组织了各连队的职工代表前去吊唁，我也有幸与指导员陆珠、连长杨舜前往上海吊唁。我记得，那天早晨七点钟便在场部集合了，30多辆大卡车站满了代表，车队浩浩荡荡向市区进发。车到上海，"沉痛悼念""继承遗志""化悲痛为力量"的大幅标语随处可见，有的标语墨汁未干就往墙上贴，以至墨汁从中流下，如同垂泪。我们吊唁队伍从复兴中路四人一排缓步走向文化广场吊唁大厅，前来吊唁的工农兵群众络绎不绝，哭声四起，重重叠叠的花圈摆满了灵堂，四名威武的军人守护着灵堂。灵堂正面悬挂着毛主席的遗像和白底黑字："伟大领袖和导师毛泽东主席永垂不朽"。我随着吊唁的人群往前走，在毛主席遗像前多站了一会，"快走，快跟上"，工作人员的催促声不断传来。那天回到连队已是晚上十点多了，可心里久久不能平静。

1976年9月18日，是毛主席的追悼大会，这是一个秋日的下午三时，地里的庄稼都收割了，田野里有些荒凉苍茫，我的心也如这秋天的景色，悲伤而绝望。全连职工胸佩小白花，臂戴黑纱，来到灵堂，集中收听北京天安门广场毛主席追悼会的实况，那时连队没有电视机，追悼会开始时，能听到外面汽笛齐声鸣响，凄厉的声音掠过田野的上空，撕扯着人们的心……

胡凤鸣、陈建兴、李进、朱良沪、顾鸿耀，1978年，摄于嘉兴南湖

这个中秋好孤独

唐朝诗人王维曰："独在异乡为异客，每逢佳节倍思亲。"1976年的中秋节是我有生以来过得最难忘而又最刻骨铭心的。

来农场四个多月了，还未曾回过家，住的还是二十四连的仓库，平时就念家，到了中秋更想家人。暮色降临，落日西沉，晶莹冰轮，我独自爬在正在建造宿舍的脚手架上。仰望天空，繁星点点，相互辉映，看着那越来越圆的月亮，一丝丝的忧伤涌上心头。而那一轮圆月也好像故意要挑起我的思念，刺激我的心灵，让我鼻子酸酸的，两眼闪起了泪光。

月到中秋月更明，情到深处情更浓。此时此刻，这千年不老的月亮被赋予了更多的涵义，可惜尽是忧愁、悲伤和思念："举杯邀明月"，"低头思故乡"，令我在高空的脚手架上产生一种无法排遣的孤独感。

这个中秋好孤单，在农场一隅，独自惆怅，"唯我只有空对月，佳节如我是浮云"，孤凄不时袭来，像是秋风中飘零的落叶一般，与思念缠绵。

想起孩提时代曾萦绕在父母膝下，生活虽为艰苦，但也无忧无虑。每逢八月十五的中秋节，一家人围桌而坐，月饼、毛

豆、芋艿，合家团圆，其乐融融，而今这一切已不复存在——家中的父母，你们可知道，此时的我，深深地把你们思念。

这些天来，中午和傍晚收工，总有不少人聚到食堂门口，盼着家里来信或寄来月饼包裹什么的。睹物思人，我没收到家里的包裹，内心充满了失落感，只能静静地一旁羡慕着别人享受亲情的幸福时刻。我手中紧紧攥着父母的来信，虽然眼下并非是"烽火连三月"，可此时此刻，"家书抵万金"也绝非是危言耸听，在仓库旮旯的角落，昏暗的电灯下，父亲那熟悉的笔迹跃入眼帘。我逐字逐句读着家信，激动的心，颤抖的手，那份念家的情绪随着字里行间的慰藉，得以消解，化为甜甜的寄托，伴着思念，伴着孤独，伴着人生新的开始，过着离家后第一个中秋之夜。

连队的夜格外寂寥，一丝秋风牵出夜幕，漫漫寂静的星空托出温柔似水的月，沐浴在银色月光中的连队弥漫着相思的沉静，一缕缕的思念，一缕缕的忧伤蔓延。我下了脚手架，来到连队对面的中心河，伫立在河畔，享受着田间蛙叫、树丛虫鸣。顿时，我有一种如释重负的感觉，我在水泥台阶上坐了下来，平静的湖面上，升起了一轮皎洁的月，一尘不染，静如止水，望着这梦幻般的月色，满腹的离愁别绪倾泻在月光里，那母慈子孝团桌共聚的融乐场面被眼前风凄露冷的月夜所代替，成为往事。

回到仓库，良沪守候多时，已是子夜，他还邀我去食堂门口一同赏月。只见路菁、罗红在小桌子上嗑着瓜子，在秋风习习的空地上，我们四人围桌而坐，品月饼、嗑瓜子、吃零食，那是两个女生家里寄来的货，饥饿的我，一下子连吃了四只广式月饼，直到饱嗝响起（虽然吃得不少，可再也找不到儿时的感觉了）。蓦然回首，一轮银月，斜斜地悬于我们的头顶，那灰暗朦胧的天空中，几片凌乱的如棉絮般的一团团云彩，悠闲飘荡在夜幕的边缘。

我们以茶代酒，碰杯即尽，我的心情渐渐开朗，便说些趣事，滑稽笑话。我脑子一转，就叫良沪倒过来连读"上海自来水来自海上"，结果他读成了"海上自来水来自上海"。我让路菁、罗红跟着我快读"长扁担比短扁担长半扁担，短扁担比长扁担短半扁担"。结果路菁读成了"长扁担比短扁担短半扁担"，罗红读成了"短扁担比长扁担长半扁担"，逗得他们三个"咯咯咯"笑个不停。

遥望星空，月亮出奇的圆，出奇的亮，回到寝室也毫无倦意，无心睡觉，便坐着小凳子伏在床榻上，推开信纸给父母写信。此时，看到个别农友与自己一样的孤独，无奈地发出同病相怜的感叹，只能满怀愁绪地长叹，再多的思念也只能藏在心里。

隔壁女生宿舍压抑多日的悲观情绪终于迸发出来，思家、失落、郁闷的气氛弥漫着，终于传来了凄凄的哭声。

人一生总要度过无数的节日，会留下许许多多的回忆，有多少曾经的记忆终于散落成了岁月的尘埃，可那年中秋却总是让人不能忘怀。

1976年，严卫平、乔维、陈建兴、朱良沪、李进一度曾"合伙"吃饭，仅一个月后便又"散伙"了

能不忆拖拉机

农场那会儿，想到什么地方去，基本靠走，走得多了，也就习惯了。去其他知青连队串门，到场部购物、看病、开会，都是迈开双腿走的。

老职工告诉我们，公路上走的拖拉机，只要是空厢，你只管跳上去，到哪想下跳下来就行了，这是农场的约定俗成。因为在农场一两个小时的路是经常要走的，碰到拖拉机驶过，搭个车既省时又省力，拖拉机手也是知青，一般不会拒绝的。

初夏，我与良沪刚到农场没几天。一次，走在去场部的路上，看到拖拉机驶过，兴奋地追了上去，攀爬着滚进了拖拉机车厢，还没站稳，一个趔趄，差点倒栽下来，令我俩一阵心惊肉跳。在坎坷不平的公路上疾驰的拖拉机，上下颠簸、左摇右晃，站在上面，简直像跳迪斯科一样，兔子似地一蹦一蹦，五脏六肺也要吐出来了。我俩没办法，只好蜷缩着，到了场部，颤颤抖抖地先后跳了下去，"扑通、扑通"，相继摔了个"狗吃屎"。拖拉机手根本不知道后面发生了什么事，嘴里哼着"样板戏"，仍自顾自地开走了。

我与良沪手臂上、腿上六七处地方挫伤，皮肤在渗血，良沪腰上的钥匙圈居然也摔断了，眼镜也摔得老远，玻璃镜片也

"放光芒"了。场部一位老职工见状，热心地上来告诉我们："跳拖拉机是有技巧的。"说着，他做起了跳车的示范动作，"跳车前要抓紧车架，跟着快跑，再伺机跳上去。跳下去时，手不能松，要跟着车奔跑一会再松手，这样才不会被惯性拖倒，跳上跳下都不能在车轮前。"我与良沪一面捂着伤口，一面认真地听着老职工教的要领，后来的实践证明，老职工说的跳拖拉机的技巧一点没错。

手扶拖拉机是流行于农场的一种运输工具和农业机械，以柴油为动力，小巧灵活，动力强。一般连队食堂采购，小型运输基本依赖于手扶拖拉机，公路上不难看见"突突突"开着的拖拉机。拖拉机手在那个年代也是"吃香"的岗位，不少路上跑着的，熟与不熟的，都有求于他们给予搭车方便。行驶中的拖拉机手碰到路边漂亮点的女职工要求搭车，还会减速停车，更会殷勤地挪出空隙让女职工坐在他们旁边。乖巧的女职工趁机发发嗲，剥个糖什么的塞到他们嘴里，那他们更会绕道送女职工到目的地，令搭车的男同胞跟着一起绕道，又气又恨，但敢怒不敢言。有时，坐在公路边等搭车，幻想着有女拖拉机手从我们面前驶过，咱们几个帅小伙爬上去，说不定女拖拉机手从口袋里掏出糖果给我们吃呢。可农场里拖拉机手几乎没有女的，男同胞只好凭着跳拖拉机的娴熟的动作搭车。如果拖拉机是食堂的采购车，上面有副食品等，一般是不会让你上去的，看你想跳车，司机会加大马力开走，我们也只能眼睁睁地看着它"逃跑"。有的拖拉机手也会半路上捉弄人，连队一胖姑娘从上海休假返回连队，大包加小包，胖姑娘跳车会先把旅行袋等扔进车厢，再攀爬上车。拖拉机手见胖姑娘动作慢慢的样子，故意加速逗她，眼看拖拉机载包远去，急得胖姑娘在后面狂命地追赶，奔跑的样子真像一只企鹅的模样，一颠一颠的。拖拉机手忍俊不禁，便在前方不远处停了下来，让胖姑娘爬上去。

夏天，路上有不少手扶拖拉机上装着西瓜、黄瓜、番茄等蔬果在疾驰，我们走累了，看到装有吃的拖拉机驶来，就会"一窝蜂"的冲了上去，抓番茄、抱西瓜、抢黄瓜，拿到什么吃什么，任凭拖拉机手叫破嗓子阻止，我们就是不搭理他。

跳拖拉机省时省力，其实也不好过，拖拉机车后卷起滚滚尘土，宛如拖着一条长龙，只好忍受着呛人的浓浓黑烟，经常会一手搭上去没抓住而摔个"大跟头"。另外，拖拉机的制动性也是蛮差的，事故不少。隔壁连队一位女职工接到顶替回沪的通知书，兴奋不已，她约了排里几位好友去钱桥镇上的饭店聚餐，大家喝得酩酊大醉，在返回连队的途中，拖拉机不慎翻车，其他人都只是擦伤摔伤，唯独这位即将顶替返沪的女职工却鬼使神差般地被拖拉机压死了，尸体运回来，全连的女职工无有不哭泣的，不少男职工也为之惋惜下泪，喜事瞬间变丧事，令人唏嘘不已。

跳拖拉机动作娴熟了，遂对拖拉机发生了浓厚的兴趣。一次，我用摇柄发动拖拉机，谁知，摇柄从转盘中脱出，一下子打在我的眼睛上，痛得我眼冒金星，不一会儿眼睛上就冒出一个"青皮蛋"来，以后真不敢轻易去发动拖拉机了。

连队拖拉机手严卫平是我长宁中学的同学，又是老邻居，我经常叫他把拖拉机开到僻静处让我试手，几次下来，开得蛮顺，就神抖抖了。有一次，去场部粮库送粮，半路上，我叫老严让给我开，我自恃开过几次未有情况发生，就以为熟手了。在粮库下坡时，操作失误，一头撞向了粮库的围墙，立现一个大窟窿。所幸，未被粮库人员发现，老严立马开走了拖拉机，逃脱了一次赔偿。还有一次，老严坐我旁边，我开着拖拉机与炊事班的人一起去场部采购蔬菜，由于车速过快，为避一个大积水坑，方向柄转得幅度太大了，拖拉机竟向着旁边的中心河驶去。幸好老严及时拉住了刹车，拖拉机在河的斜坡上停了下来，离河水就近在咫尺啊！俗话说"过二不过三"，有了这两次教训，从此一直到离开农场，我再也没有开过拖拉机了。

扛电线杆的人

"哎哟，累死了，肩胛痛死了。"廼民瘦小的身体，像棵离地的小草，躺倒在地。

"这简直不是人干的。"胖墩墩的满福坐在水泥电线杆上，愤愤不平地发着牢骚。

"我肚子饿死了，扛不动了。"国君耷拉着脑袋，有气无力的样子。

"你们还叫什么叫，我扛的是大头。"我情绪激动地冲着他们嚷嚷。

……

7月下旬的一天，骄阳似火，光线灼人，公路也被烈日烤得发烫，脚踩下去一步一串白烟。连长把我们五排的六个男生叫到食堂门口，只见仓库保管员小邱拿着一捆扁担守在那里。连长对着我们说："队里要买水泥电线杆，没有拖拉机，只能派你们去场部扛回来了。"闻此，大家简直不敢相信自己的耳朵，面面相觑。

想不去，看到连长一脸严肃，话到嘴边又咽了回去。我问："连长，我们要扛多长时间，扛多少电线杆啊？""扛四天，扛回来八根，一根来回二十公里左右……"连长的回答连

珠炮似的。

看看连长，又看看小邱手里树杆似的扁担，拇指般粗的、浸了水的麻绳，我心里直犯愁，这电线杆真的扛得回来吗？

回到寝室，大家翻箱倒柜找垫肩的东西，生怕压断了肩胛骨，有的找出了一块海绵，有的找来一只小棉垫，也有的居然从箱子里翻出一块肩垫，令我们旁人佩服至极——来农场前真想得周到啊。

第一天，清晨，我们精神抖擞地上路了，刚把水泥电线杆扛起来时，脚跟立得不稳，像喝醉了酒似的，飘飘的，一会儿向左，一会儿向右，只觉得天旋地转，身体不由自主地转着，脚底却像踩了个"旋骨头"（陀螺）。我穿的是"松紧鞋"（布底鞋），没有钉"掌子"（胶底），扛着沉重的水泥电线杆，像压着"三座大山"似的，重重的，喘不过气来，受力的脚板踏在碎石路上，痛得眼冒金星。一路上，我们六个人"嗨哟、嗨哟"地叫着劳动号子，喘着粗气，扛一段路，停一回，不停地扛，不断地停，于是，发生了开头的一幕。

我扛大头，特别受重，弯着腰，弓着背，腿肚子不停地"抖豁"，两眼紧盯碎石路，上牙咬着嘴唇，肩上的电线杆越来越重，汗水顺着我的脸颊直淌下来，模糊了我的双眼，一路上，走过的路人都投来惊讶的目光。只要一停，大家就吵吵闹闹、推推搡搡，为谁扛"小头"争得面红耳赤。我被他们呼为"长脚"，六个人中身材最高，一致推荐我扛大头，我也没推，因为我不扛大头，无法抬起来，何况当时我还是政治排长。一路上，我们满头大汗，大口大口地喝着井水，有时，一口竟把一热水瓶的井水喝掉，穿的黑色短袖汗衫，背面白花花的盐渍一大片，扛着扛着大家索性脱掉了上衣，打起赤膊，露出肉排式的上身……

当天晚上，我拖着灌了铅似的腿，无精打采地回到了寝室，身体重重地倒在了床上，累得动弹不得，小腿酸胀得鼓鼓的，话也不想说。什么来农场时的崇高的使命、远大的理想、革命的目标，都统统抛到了九霄云外；来农场时的浪漫色彩，也统统被电线杆压倒了。幸好晚上指导员及时出现在我们的寝室，给我们很多安慰，也叫我们明天带着生活委员李韵华一起去，路上帮帮我们。我们一听有女生跟着，满怀开心，顿时轻松了许多。躺在床上的我，眼睛目不转睛地盯着"天花板"，突然想到了电影《南征北战》中战士长途跋涉时腿上打着的绑带，走起路来很轻松的样子，于是一骨碌地从床上爬了起来，把一条破床单剪成一条条的绑带，准备第二天"出征"时用。

第二天早晨，韵华准时与我们一起出发了，只见她一手拎着热水瓶，一手拿着几根"候补扁担"。一路上，大家说说笑笑，不时拿韵华"开涮"，有的说她长得像王丹凤，有的说她像祝希娟，我说她像电影《铁道卫士》中的女特务，引得大家哈哈大笑，被她走过来踢了一脚。一路上，尽管我们仍然很吃力，但气氛不再沉闷，停下来"歇脚"的次数明显减少。韵华鞍前马后地在我们队伍中穿梭着，一会儿为这个擦汗，一会儿为那个喂水，一会儿又帮谁系上松了的鞋带，一会儿又帮谁戴正歪了的草帽，还不时把一颗颗"大白兔"奶糖塞到我们的嘴里……

一处休息时，公路上一辆食堂采购的拖拉机开过，我飞奔过去，搭上车把，趁驾驶员不备，疾手"抓"了几根黄瓜抛出，虽然奔得上气不接下气，但大家蹲在一起津津有味地啃着黄瓜时，我还是很有成就感的。

这一天虽然同样累，但感觉比第一天好多了，回到寝室，我还对着镜子梳头发呢。

第三天，我们为了避开高温，清晨五点多，饿着肚子，就出发了。路过五七三连果园队时，我派廼民、国君，凭着人瘦小，翻进了竹篱笆围着的果园，偷摘了一堆生梨，用上衣包着，光着上身逃了出来。大家洗也没洗，就狼吞虎咽地啃了起来，不一会儿就全部消灭干净了，早饭也就算吃过了。当扛到场部附近的二十三连时，听到连队的广播喇叭中说到唐山大地震，有7.8级，全城被毁，死了好多好多人。我们的心一下子被提到了喉咙口，顿时，大家心情沉重，只默默扛着电线杆，低声地喊着劳动号子，无人再开玩笑。没有了嘻笑声，大家沉默寡语，韵华一人偷偷地在抹眼泪，远远地落在了队伍后面。

严卫平、郁炳清、陈建兴、滕满福、刘贤云、陈廼民，1978年4月摄于田间

第四天早晨起来，看到门外下着沥沥小雨，我们多么希望今天"因雨不出工"啊。连长似乎也看透了我们的心思，软着口气，对我们说："大家继续辛苦帮个忙，连队等着竖电线杆……"

于是，我们的队伍又冒雨出发了，穿着雨衣，扛着电线杆，高筒雨鞋里灌满了雨水，可能前三天用尽了力气，最后一天，大家精疲力尽，又碰到下雨，心里烦着呢。前面扛的人一下子绕过水塘，后面的人只能踩进水塘，恼火地痛骂着。廼民和国君还差点动起手来。胖胖的满福没穿雨衣，一手打着伞，一手扶着扛着的扁担晃来晃去，艰难地行进，其模样让人忍俊不禁。雨越下越大，打在脸上辣辣生痛，也分不清汗水与雨水了，不时有人滑倒，重重的电线杆几度发生倾斜，险象环生。突然，廼民身体一个趔趄，瞬间，电线杆从肩上滑出，压到了脚板，幸好他扛的是小头，但脚还是肿得像馒头似的。

队伍少了一人，也就不能前行了。正在纳闷时，韵华自告奋勇说要替补逦民，让我们惊得目瞪口呆，庆幸的是，此时离连队不远了。

逦民一拐一拐地跟在我们后面，巧的是刚好有一辆手扶拖拉机路过，我忙不迭地向前拦下，与驾驶员打了声招呼，大家七手八脚地将逦民抬上了拖拉机……

我们一行则扛起电线杆，在茫茫雨中默默地继续前行。

『追悼』活人

　　刚到农场的那个年头，阵阵哀乐隔三差五地满耳灌来，上食堂、下农田，听得多了，我居然能把整曲哀乐哼得滚瓜烂熟。

　　碰上"三抢"（抢收、抢耕、抢种）大忙季节，凌晨两点便要顶着星星、揉着惺忪的双眼，跌跌撞撞下田拔秧。

　　到了中午，烈日当头，会有一段时间休息不出工，而此时正是我们这些刚跨出校门的"学生"最为活跃的时候，于是乎各种"怪剧"连连开演，哀乐听得多了，我也萌发了要就地召开"追悼会"的念头。

　　那时拔秧弄得满身的泥浆水，大家不忍睡床，男生们便光着上身，一副"泥腿子"模样，在走廊上、林荫旁、屋檐下东倒西歪席地而躺，良沪同志嗜睡成癖，倒地就打呼噜，直奔"苏州"，且雷打不醒、捏鼻不动。我便从自己床上掀来白床单，唤来寝室的众多好友，轻轻地将其盖到了熟睡中的良沪身上。随后大家列好队，站到了良沪的两旁，垂手低头开始"默哀"起来，还时不时地看看那个"死样子"，整个场面滑稽得令左邻右舍的农友们笑得前仰后翻、捶手顿足。

　　我煞有介事地口嚎哀乐，手中拿着一支筷子作"指挥棒"

状，领着寝室众友绕"遗体"一圈算是"瞻仰"，连鞠三躬，其肃穆之状并不亚于"正宗"的追悼会……

众乐之余，"追悼会"也告了段落，那不知不觉的"死者"却还在鼾声大作。

我慢慢地揭去了覆盖在良沪身上的白床单。出工铃响，良沪坐起，伸着懒腰，"哈欠"连天，当旁人将追悼会的"实况"向他"转播"时，他倒是不以为"触霉头"而生气，只是连连说："下次也帮你们开个隆重点的。"说着便从面盆架上摘下草帽，卷起裤腿，又下田插秧去了……

一场"恶作剧"后，众人一上午的劳累在阵阵的笑声中消失得无影无踪，此类友好的"活报剧"在整个农忙季节，几乎天天都有精彩上演，有农友誉之为"疲劳消除法"，也算那个年头的"自娱自乐"吧。

1978年，陈建兴与朱良沪在嘉兴南湖

缝被子

1976年4月下旬，我在做下乡前的准备，母亲正好在家中缝被子。于是，她教起我缝被子来，只见母亲将被单、被面与棉花胎对折，将被面夹在棉花胎当中，缝好一边，卷过来，再缝另一边。母亲说："被面要放得松些，否则被子反过来会太紧的。"我暗暗记在了心里。

刚到农场，男女生彼此间还不是很熟悉，不好意思去找女生帮忙缝被子，只好利用休假，打起背包，把脏被子带回上海拆洗。西星线、徐闵线车既少又挤，特别是西星线，碰到大客流农场职工回家，背个被子，与现在的农民工肩上背个"蛇皮袋"是差不多的。上了车，挤得双脚踏不到地，只好把被子顶在头上，像个杂技演员似的。

回到家，母亲见状问我："不是教过你缝被子了吗？""大家都背回来的，我又洗又缝像个小姑娘一样，要被同事笑话的。"我如实说来，母亲闻此也不作声了。

每次回上海，总背着一条脏兮兮、油光光的被子回家总不是个办法，我问寝室里的人："你们谁能帮我缝被子？"居然每个人的头都摇得像个"拨浪鼓"，我也无奈，只好自己动手试着缝起来。母亲在家缝被子是把家中两只台子拼起来，将棉

花胎摊平后直接缝的。农场寝室狭小，我只好抽出床上的席子，再向上铺潘国君借了条席子，摊在寝室的地上缝了起来。轻飘飘的一根针，在我的手里好像很重很重似的，每缝一针都让我费很大的劲，蹲在地上刚缝了一会，就开始眼冒金星了，虽然母亲手把手教过，可真正自己独立操作，却是另外一回事了。地上缝被实在太累了，又妨碍室友的走动，他们还在一旁"嘲讥讥"，一怒之下，我抱着被子去连队乒乓室的台子上缝起来了。

开始缝被子，由于没带"顶针箍"，只能用硬币权且替代，不是被缝衣针扎破了手指出血，就是把垫在乒乓台上包被子的白布也缝了进去，正一筹莫展时，有女生走过，心想"这下有救了"，可人家走过，往乒乓室里瞧了一下，朝我笑笑，既不说什么，也没上前来帮忙，让我非常失望。我只好自己拆去缝线，重新缝，费了很大的劲，总算大功告成。一看被子，针脚长长短短，歪歪斜斜，我也不管三七二十一了，晚上睡觉往身上一盖，顿觉暖意融融，毕竟盖的是自己亲手缝的被子，在睡梦中也会露出甜蜜的微笑。睡到下半夜，被子里的棉花胎全挤"一作堆"去了，上半身等于盖着被单，也弄不明白咋会这样。次日，一问女生，才知道被子中间没缝，使得棉花胎移位，我只好硬着头皮叫排里女生代缝了几针。

后来，我担任了民兵连长和政治排长，人头也熟了，每隔一段时间，总有女生主动询问洗被缝被的事，正中我下怀，忙不迭抱出要洗的被子和床单。女生用带着的剪刀把被面、被单与棉花胎拆开，把棉花胎搁在寝室外的晾衣杆上晒太阳，拿着面盆就去中心河畔洗被子去了，她们用上海带来的"板擦"刷，再拿回到食堂旁的水龙头上漂洗。那时，肥皂是凭票供应的，农场职工一个月只有半块肥皂的供应量。所以，她们既要洗干净，又要节约肥皂，也是非常不容易的。

晚上，女生会带好袖套，带着针线、"顶针箍"上门来缝被子。有时还带着零食给我吃。细心的女生在帮我缝被子时，还会用旧毛巾缝在"被横头"上，这样只要拆洗毛巾就可以了，不必经常拆洗被子。

其实也有一位缝被子手艺好的男生，住在其他寝室，他缝的被子，针脚整齐，平平坦坦的，缝时的神情是那么的专注，有时还会翘起"兰花"指头，更令人惊诧的是他居然还会娴熟地用嘴咬断线头，整个功夫绝对不比女生差，让我们啧啧称奇。只是看他缝被的样子有点"娘娘腔"，常常遭到我们的起哄。

时间久了，排里男女生也混熟了，不少女生也乐意帮男生拆洗被子。女生们很仔细，拆被面、拆被单、洗床单、晒棉花胎、缝被子，叠好送回寝室后，与早先自己缝的被子简直是天壤之别。

在繁重的田间劳动中，男生也乐意帮女生一把，会主动抢过女生肩上的重担。开河或挑大粪时也会帮女生挑几担，让女生歇歇，这种默契一直到我离开农场时亦是如此。

五·七战歌

我们这一代年青人，将亲手把我们一穷二白的祖国，建设成为伟大的社会主义强国。将亲手参加埋葬帝国主义的战斗，任重而道远……

有志气有抱负的中国青年，一定要为完成我们伟大的历史使命，而奋斗终身、而奋斗终身……

为完成我们伟大的历史使命，我们这一代要下决心，一辈子艰苦奋斗！我们这一代要下决心，一辈子艰苦奋斗！

新三连组建后，大会前经常要唱这首歌，今天，我们很多人已经将其遗忘，可曾任五排生产排长，后任拖拉机手的严卫平，其日记中仍清晰地记录着这首歌的歌词。

扎根农场一辈子

　　天蒙蒙亮，我带着民兵巡逻到食堂门口，只见一个人影在贴标语，我走近一看，竟是良沪，他刚刚贴好红纸黑字的对联："活着一分钟，战斗六十秒。"我不解地看着良沪，他示意我再抬头看看，是横批："扎根农场"，我顿时恍然大悟，良沪告诉我，他昨晚一夜未眠……

　　在激情燃烧的岁月里，良沪是我们这一拨人中思想最活跃、激情最昂扬、态度最坚决的"革命青年"。指导员一做他的思想工作，他马上会心血来潮。昨晚，他趴在帐子里，顶着近四十度的高烧，赤着膊，汗流浃背地写下了庄严的入党申请报告，随即又洋洋洒洒地写了一份"扎根农场一辈子"的倡议书，动员全连团员像他那样豪迈地提出"扎根农场"。"一分钟"与"六十秒"是他倡议书中的至理名言，他挑出来刷成了对联。忙活了一个通宵，成了全连近四百多号人第一个响亮提出"扎根农场"的人，令我们这些与他同一天进农场的同事们啧啧称奇。

　　良沪平时一身军装、军帽，鼻子上架着一副黑阔边的深度近视眼镜，胸前佩戴着一个大大的毛主席像章，还时常背着一个军用书包，走路不是昂首阔步就是大步流星的样子，很是威

武。他做事非常认真，哪怕开个小会，也会掏出小本本记着什么，他一到农场，便被指导员相中，叫他担任连队团总支书记，令我们刮目相看。指导员叫他"扎根农场"，带个头，也是看准了良沪的特点。

傍晚，一排政治排长路菁、二排生活排长罗红、五排生产排长李进、四排政治排长徐文娟等找到了我。路菁问："哎，你的兄弟好先进哦，我们怎么办啊？"说这话时，路菁显得很无奈。

我说："我要像我哥一样，过几年就要从农场上调到上海的，'根'我不'扎'的。"

"我父亲身体不好，我也不扎根，我要回去的。"李进听了我的话，急忙一连用了三个"我"来突现他是不会扎根的。

"我也是要回家去的。"路菁接过李进的话补充道。

1989年5月7日，在离开农场十年后，新三连第一批女职工重返连队

罗红则不紧不慢地说："当初说是接受贫下中农再教育，现在又要扎根农场一辈子，这不是要当一个地地道道的农民了吗？"

"我家里最小，爸妈绝对不会同意我留农场的。" 徐文娟很有底气地说。

"农场又不准我们谈恋爱，这'根'咋'扎'呀？"路菁苦笑着。

正说着，良沪来了，罗红急切地问道："你要先'扎'根了？我们不跟在你后面'扎'根哦，我上有老父母下有小弟妹的。"

"大家一起'扎'根吧，也有个伴嘛。"良沪十分恳切地说。

路菁瞪着良沪："'扎''扎''扎'，'扎'你个猪头。"

我们几个在宿舍的屋檐下叽叽喳喳谈了一个多小时，也不知道如何办好。第二天中午，指导员把我叫到了她的办公室，询问我们几个人的想法，她说昨天在窗子旁看到我们围在一起，估计在议论此事。我非常尊重指导员，不敢对她说谎，便一五一十地把大家的想法告诉了她。指导员并没有批评我们的"没跟进"，她给我讲了农场的历史：六十年代，上海有志青年"敢叫日月换新天"，在海滩围垦建良田，可老一代农场人的开拓和坚守，需要新一代知青的继承……指导员还夸奖我们这一批来自长宁、徐汇的青年干部政治素质高、肯吃苦、有潜力，并说农场是有志青年可以大显身手的地方。说到动情处，指导员还指着墙上的毛主席语录："看一个青年是不是革命的，拿什么做标准呢？只有一个标准，就是看他愿不愿意，并且实行不实行和广大的工农群众结合在一块，愿意并且实行和工农结合的，是革命的，否则是不革命的，或者说是反革命的。"看完语录，我涨红着脸说："指导员，这事我要与父母商量一下的。"

我心情十分沉重地离开了指导员的办公室，在走回宿舍的路上，我喃喃自语："不扎根农场，顶多是'不革命'，不至于反革命吧。"

指导员的说服工作是非常有艺术性的——她先让良沪的激情引领一下，接着便寻求第二个有一定"影响力"的人出来呼应，因为我当时担任着民兵连长、治保主任、团总支委员和政治排长等职务，于是便成为指导员第二个要重点做工作的对象了。恰巧此时，星火农场政校又举办"入党积极分子培训班"，指导员便让良沪带我去学习。在小组讨论会上，一些青年为了早日入党，慷慨陈辞："活着就要拼命干，小车不倒只管推。"良沪也推出了他的至理名言："活着一分钟，战斗六十秒。"这些口号抑扬顿挫、通俗易懂、朗朗上口，一时成为培训班的主旋律，大家纷纷表决心，谁也不甘落后。

在这样的氛围下，我自然也不能例外了，记得在入党报告中，我也写过类似的话："当年稚气未脱的中学生，已经蜕变成农场的大小伙子了，尽管衣服沾满了泥巴，手上磨起了老茧，我还是吃了秤砣铁了心，艰苦奋斗四十年，扎根农场一辈子……"入党申请交上去后，我又惶恐了起来："真要当一辈子农民，修一辈子地球吗？"我扪心自问，回家的念头却一直在脑海里萦绕着。

1979年10月，当我真要离开农场"顶替"回沪时，走过曾经被汗水滋润过的沟沟壑壑，却发现自己已不能割舍。这个洒落四年多青春的地方，对我而言没有虚度，当一栋栋的知青宿舍人去楼空，整个农场一片萧瑟的景象时，内心升起了一股莫名的惆怅。我这个"口头"革命派，最终还是随着"顶替"潮离开了农场。最后一个离开新三连的，是连队里第一个喊出"扎根农场"的良沪。几年后，在他办完手续离开连队的第二天，星火农场宣布撤销新三连。多少年来，我一直开着良沪的玩笑：这是不是因果啊，如果不是你第一个要"扎根农场"，怎会又是你最后一个离开？

数月前，我驱车再去看看我难以忘怀的连队时，连队竟然踪影全无，它变成了一家药厂。"离别时风华正茂，再回首两鬓雪霜"，我在"罗氏制药"的墙上写下了这两行字，默默地离开了。

偷读『禁书』

三毛说："人生最深、最平和的快乐，就是静观天地与人生，慢慢品味出它的和谐与美，静下心来，翻开书本，那些积存的墨香一点点溢满空间，那些尘封的快乐一点点打开，读书，其实，很快乐……"农场生活，没有电视机，没有收音机，没有报刊看，也不可以谈"朋友"，日子过得单调而枯燥，尤其是繁重的体力劳动，使我感到非常疲惫，念家的愁绪也时常在午夜袭上心头。那些日子，真的感谢这些"禁书"给我的陪伴，给我快乐，是书中五彩纷呈的世界帮我走出了心灵的寂寥，阅读给苦涩的年华带来了如饮甘霖般的惬意……

现在的青年人可能已经不知道那个时候的"禁书"为何物了，笼统地说，大部分世界名著，在"文化大革命"中统统被视为"资本主义的毒草"，不准出版、出售和阅读，可我抑制不住还是要去冒冒"危险"，在农场的四年里读了不少"禁书"，好奇的人可能会问，"禁书"从何而来，又如何带去农场？这说来话长。

1974年冬天，长宁中学组织我们75届（三）班的同学去武夷路上的宝山造纸厂"学工"，我被分配到厂宣传部，协助写标语、拉横幅、出黑板报，天天看到有许多旧书，一卡车、一

麻袋地拉进厂来化作纸浆，以作为造纸的再生原料。一次去午饭途中，发现拖来的麻袋中滚落出不少有标签的旧书，走近一看，全是世界名著啊，有《安娜·卡列尼娜》《浮士德》《鲁宾逊漂流记》《三个火枪手》《茶花女》《红与黑》以及《上海的早晨》等等。我见四下无人，抓起几本扔进了旁边的绿化地里，又故作镇静地回到麻袋前，还是没人，赶紧又拿了几本，再次藏进绿化丛中，因打浆车间工人都去食堂吃午饭了，并没有人发现我的一举一动。那天下午，我出黑板报故意写了擦、擦了写，拖到天黑才写完。除了书包塞得满满的，还向同学借了件军大衣，两只大衣袋也塞得鼓鼓的，一看不对，容易引起门卫的注意，我又脱下大衣，把大衣拿在手上镇静自如地走出了厂大门，心"砰砰"直跳，因为毕竟平生第一次胆大妄为地"盗窃"了国家财产。这些"禁书"后来分几次被我偷偷地带回了农场，成了我业余生活的精神食粮。

书带到农场后，我又不敢明目张胆地看，怎么办呢？我心生一计，将浩然的长篇小说《艳阳天》的封面贴到了《浮士德》的书上，把《金光大道》的封面贴到了法国作家小仲马的《茶花女》上，把长篇小说《平原枪声》的封面贴到了英国作家笛福的《鲁宾逊漂流记》上，把小说《苦菜花》的封面装到了法国大仲马的《三个火枪手》上。一番"移花接木"，我自鸣得意，殊不知，把描写"社会主义新农村"的长篇小说封面贴到了法国作家描写妓女故事的书上，若被发现，后果实在是不堪设想。

室友问我看什么书，我把书一扬，说：《艳阳天》《金光大道》，人家也就不会再问我借什么的了。因为这类小说在中学时代大家都看腻了。况且，我睡的又是上铺，加上心生警惕，将书藏得好好的，几年中，"移花接木"从未被戳穿过。

1977年4月，《毛泽东选集（第五卷）》公开发行，全连迅速掀起了学习毛著第五卷的热潮。我去会计室要了一张牛皮纸，说是要包毛著，可却包到了法国作家司汤达的《红与黑》上。这样，我在床上认真"学"毛著，其实是在如饥似渴地看《红与黑》。主人公于连出生卑微，却敢于在上层社会混，屡屡受挫，以至上了断头台。随着于连的故事起伏跌宕，我看得津津有味，完全沉浸在小说的故事情节中。室友们还夸我学"毛著"废寝忘食，政治排长就是"讲政治"。我心里顿生好笑，也只好故作镇静状。看完了《红与黑》，没几天，我又看起了《三个火枪手》。那个时代，我们看惯了抗日题材的《平原枪声》《苦菜花》，农村题材的《艳阳天》之类，忽然看到描写宫廷争斗、风流韵事与三个火枪手的冒险经历的书，真是到了爱不释手的地步。《三个火枪手》塑造了一群生动鲜明、性格各异的人物形象，读来生动曲折，具有很强的艺术魅力，看得实在引人入胜、欲罢不能。深夜室友们要熄灯睡觉，我只好借口民兵值班，一个人偷偷去民兵连部继续过瘾，甚至，有几次躲在被窝里打着手电筒继续看下去。《三个火枪手》的人物描写与我们那个时代的小说人物"高大上"的脸谱化简直不能"相提并论"。还有，我几乎是躲在被窝中偷看的小仲马的《茶花女》，因为这本书是描写当时农村良家女沦为妓女的故事。在那个年代，是不敢公开看这类书的。我读了不久，便被书中哀婉动人的故事所吸引，男女主人公的悲惨命运深深打动了我，阿尔芒的痴情，玛格丽特的善良，强烈的爱情演变成了刻骨铭心的仇恨，最终以悲剧收场，很是为书中男女主人公的结局惋惜了好一阵子。

不久，我被指导员派去星火农场民兵团实训，说是实训，就是看管各连抓来的"坏人"和全场范围的巡逻，我又将俄国列夫·托尔斯泰的《安娜·卡列尼娜》带到了场部民兵团，这下不敢轻易拿出来看了，我只是偶尔在夜深人静时看守"犯人"十分无聊又十分安全的情况下拿出来翻上几页，更不敢将包书纸写上"毛泽东选集（第五卷）"字样了，因为星火农场派出所就在我们民兵团隔壁，弄不好一下子被抓进去，看"犯人"的人变成"犯人"了，但的确我还是以各种隐蔽的办法看完了这本书。至今，《安娜·卡列尼娜》的开篇"幸福的家庭都是相似的，不幸的家庭各有各的不幸"的名言我还能背得出。更有趣的是《鲁滨逊漂流记》，是我与良沪去农场"政治学校"入党积极分子培训班上带去读完的，我一边学习《党章》，一边阅读《鲁滨逊漂流记》。其中，书中有一个人的名字叫"星期五",是一个蛮有性格的人物。当时,我曾想过他的哥哥莫非叫"星期四",弟弟叫"星期六"。我在看哥德的《浮士德》时,感觉这完全是一部赞扬人的进取和追求精神的好书,为什么会禁止不许看呢?殊不知,在那个年代,绝大多数的文学书、哲学书、传记书都是"封资修"的毒草,都在被禁之列。还有一部五十年代被列为青年必读的革命书籍,叫《牛虻》,到了那个特殊的时期,它也成了禁书,是英国女作家伏尼契所写。看罢《牛虻》,我听说"牛虻"是一种吸牛身上血的蝇,还专门去牛棚看"牛虻",拿起鞋底打"牛虻",虽然拍死了几个却差点被牛踢到呢。

我中学的时候会抓住一个人的特点、不足和小疾给人起"绰号",全班不少的同学被我起过"绰号",有几个至今碰到还叫绰号呢,所以,我在阅读中对有"绰号"的人物特别有印象。还有周而复的《上海的早晨》中纱厂副厂长叫"酸辣汤",我也记到了现在,因为母亲一直烧"豆腐榨菜肉丝酸辣汤",而且那时喝的饮料又多是自制的"酸梅汤",所以记得牢。

阅读这些中外名著,有一种空旷飘渺的世界让人思绪久远,而我在每天繁重的劳动后,在旁人未察觉的情况下,偷偷摸摸完成着自己的阅读指标时,于充实和愉悦中平静了下来,这种凝静空旷的心境让心灵得到宽慰,使生活找到了最深之快乐的所在。

萍寄

撮饭搓澡

到农场半年多了，与同学好久不见多有挂念。上海电化厂的蒋耀华是我同弄堂、隔壁班级的好友，几次邀我去他厂，一次场休，我便如约而去。

从农场乘车到西渡，摆渡后在闵行又坐车到吴泾，按约定的时间，耀华已在厂门口等候多时。我穿着"补丁"衣服，人精瘦，头发蓬乱，鞋子沾满了泥巴，他见了我，劈头盖脸一句："你怎么像劳改农场出来的？"我尴尬一笑："差不多啦，今天算是逃出来的吧。"我话音刚落，他就挽起我的手臂，领着我在厂区参观起来。我看到道路两旁尽是绿化，一根根的管道在头顶上弯来弯去，有的还不时喷出蒸汽来，厂里职工都穿着胸前印有"上海电化"字样的工作服，我满是羡慕。

中午时分，跟着耀华进了食堂，只见工人们一撮一撮地在饭桌上吃饭，黑板上的小菜竟然有二十多个，点心也有七八个，汤桶一旁搁着，喝汤居然是免费的。吃饭的人个个有座位，不像我们的连队，说是食堂，无一桌一凳，其实就是几个买饭的窗口，一个堆物的仓库。

耀华一下子帮我买了六只菜：红烧肉、狮子头、"腌笃鲜"、葱油鸡块、糖醋小排、酱鸭，全是荤菜，他还要买蔬

菜，我说："这个可以回去吃。"一阵狼吞虎咽，是我到农场后吃得最惬意最饱的一顿饭。临出食堂，耀华还帮我买了十只豆沙包、十只肉包和十只蔬菜包带回农场，我笑得呲牙咧嘴。

出得食堂，耀华在我身上嗅了嗅，我说："汗臭味是吗？""老油味，结棍。"说完，他直摇头。"四个月没洗澡了。"我轻描淡写，谁知，他横站在我面前，"你说什么？"他有点不信。"真的四个月没洗澡，连队没有浴室。"我还是那么平静。耀华惊讶起来："怎么会没有浴室。"边说边把我拉进了一个早班工人的浴室，更衣室是一个个开放的小柜子，地上湿漉漉的，工人们围在雾气腾腾的水池边，乐哈哈地相互打趣，几个工人将脱下的衣裤在池子里洗了起来，肥皂沫溶入水中，水面泛起不少皂沫。有的工人双脚泡在池里，照样洗头，对漂在水面上的污浊视而不见，洗到后面一池的浑汤。"看什么看，工人浴室就这个样子。"耀华看我呆立在池边，催促我，"下去泡一泡吧，'老垢'搓得掉。""是啊，总比我们农场没有浴室好。"我边说边摸索着下到了池里。不一会儿，我俩像老工人似的，躺在了大理石的池边，在谁帮谁先搓澡上，我俩争执不休，我恳求道："农民伯伯比工人兄弟辛苦，你该先为我搓澡。""好，好，言之有理，工农是联盟，我帮你先搓了。"只见他腰间围着一条黑不溜秋的白毛巾，穿着一双夹脚拖鞋，将毛巾绑在了手背上，还拍出声音来，活脱脱一个搓澡工。耀华手劲挺大，手法娴熟地在我背上用力搓着。忽然，他嚷了起来："啊呀呀，怎么脏成这个样子，这么多'老垢'啊。"说着，还抓起粉条似的"老垢"给我看，我厌恶地把手一挡，"去去去，给你下面条吃吧。"他在后背给了我重重的一巴掌。

浴室蒸汽很热，搓着搓着，我在池边朦朦胧胧睡着了。背部一阵阵的拍打声惊醒了我，耀华汗涔涔地用手在我背上敲、拍、搓、按，施展着他的"手艺"。"好了，起来吧。"他气喘吁吁地命令道，我睡眼惺忪地坐了起来，借口浴室空气闷，去外面透透气，再也没进得浴室。我出得浴室，浑身轻松得像换了个人似的。

耀华的电工间有些杂乱，旋凿、老虎钳、灯座、电线摊得满地都是，他看到我盯着这些东西，以为我想要，便随手一扬："要，尽管拿。"我摇摇头："没啥大用场，你还不如去医务室帮我弄点'伤筋膏'来，越多越好。"他好奇地问我："要这么多干吗，投机倒把啊？""不是的，补衣服用。"他睁大了眼睛："补衣服？""是啊。"我对耀华说："农场劳动强度大，衣服破得快，屁股、膝盖、胳膊更容易坏。我们不会补，只好用伤筋膏一贴了事。在连队里，穿着'膏药补丁'衣服的随处可见。"耀华点点头，解下了围在腰上的电工皮带和工具袋，说："你带上，这样可以多骗点伤筋膏。"他把我带到医务室，装作自己腰扭伤，直不起腰的样子，讨的伤筋膏药，少说也有二十几张，他还不管我的模样，指着我说："这是新来的学徒工。"我一怔，他示意我不要说话，我马上懂了，冲着女厂医笑了笑。耀华开了腔："昨天他搬电缆线，腰也有点别筋了。"他边说边从橱里又拿了三包伤筋膏，扔到我手上。一转身，我俩溜出了医务室，总共拿了三十多张伤筋膏。

回到电工间，耀华还翻箱倒柜从工具箱里翻出了几副新的纱手套给我："这个肯定用得上吧。"我毫不犹豫，收下了。

傍晚，我登上了回农场的汽车，心里是满满的高兴。"相见亦无事，别后常思君"，耀华去国外也有20多年了，我在想，在人生的旅途中，都会在错综之间碰见很多人，他们在我的生命里闪现、擦肩，然后各奔前程，偶尔想起那段经历，依然觉得满是友情。

码头挑粪

1976年隆冬，一夜的北风使寝室玻璃窗上结下了一层晶莹的冰花，窗外是一副凄冷寂寞的冬景，一列机帆驳船拖队满载着大粪停靠在连队对面的中心河旁。于是，冬天积肥的序幕由挑粪开始了。

全连六个排分别对应着六只粪船，各排男女职工齐上阵，负责将船上的大粪一担担挑到各排的积肥坑中去。粪船又大又高，一块长达十多米的跳板从船上伸出，搭在了中心河的斜坡上。看着极富弹性的跳板，我心里怦怦直跳，挑着一担粪桶走在上面像荡秋千似的乱晃，双脚像筛糠似的抖个不停，一步也不肯向前挪。看到我这个样子，指导员上前抢过担子，一弯腰，一弓背，再一挺身，一担沉甸甸的粪桶就挑起来了。指导员的示范动作令我增加了信心，我裹了裹破棉袄，紧缩身子，再次挑起担子东摇西晃蹒跚地前行着。扁担与桶的平衡尚未掌握，还要在跳板上随着木板节奏，挑着一对百余斤重的粪桶，像走在弹簧板上，心里绝对"吓丝丝"的。怕掉进河里冻个半死，更怕摔进粪船"吃个半饱"。我挑着挑着，桶底不断碰着脚后跟，粪水溅湿了裤脚管，更恼火的是，有不少粪水泼进了一只鞋子里，湿漉漉的，我连忙跑到水龙头那里冲了冲，穿着

一干一湿的鞋子继续挑……

挑粪大军中，五排有个叫"阿奶"的女职工，身材矮小，桶绳却长，走一步，桶底就触一下脚后跟，粪水溅到了裤子上，不停挑、不断溅，不多时，两只裤脚管都被溅湿了，"阿奶"两眼泪汪汪的，却还坚持着。五排职工小蒋，刚开始挑粪时，还背着一个水壶，挑几担，停一会，喝上几口，后来掏粪的小金和老李给她的桶里舀进了大粪时，小蒋皱着眉头，一手捂着口鼻，一手抓着绳桶，挑不多时，终于摒不住了，开始吐了，吐到后面竟然蹲地不起。这时，有好几个女职工走上前去把她扶起，拉到树下休息。

我在跳板上挑了大半天，渐渐掌握了一些挑担要领，也不像开始时那么害怕了。看到有一位女职工挑担时经常在胆小的别的女职工身后晃跳板、蹬跳板，吓得她们"哇哇哇"乱叫，我就暗示五排几位男职工，挑担时在跳板上前后夹住她。一阵"蹦、跳、晃、摇"，吓得她嘶声裂叫，扔掉了粪桶，蹲在跳板上，抱着一个男职工的大腿，久久不肯松手，引得众人哈哈大笑。这时我才叫人把她从跳板上拉走，用钉耙把掉在河里的粪桶打捞起来。打那以后，她再也不敢欺负胆小的女职工了。

在船上负责掏粪的小金和老李，空暇之余，喜欢用粪勺子相互打来打去，打到后来，两人用力过猛失去平衡，双双掉进了河里，令我们岸上、跳板上挑粪的人欢呼雀跃。

正在这时，从场部方向驶来一艘快速的机帆船，涌起的波浪令粪船左右剧烈晃动，搭在船帮上的跳板滑出掉进了水里，跳板上四五个挑粪的人连桶带人也纷纷掉进了河里，我们岸上的人看得真真切切，气得咬牙切齿，连忙捡起河畔的泥块，一起砸向机帆船，"乒乒乓乓"，船舷几块玻璃顿时被砸碎，驾驶员看到岸上一字排开十多个小伙子，而他仅一人，知趣地"啪啪啪"地开走了机帆船。于是，大家又挑起粪桶，继续吃力地挑着……

男职工汪某，戴着一副"鸠山"眼镜，挑粪时一不小心跌进了粪船，船舱很深，没过了他的头顶。几个男职工扔掉担子纷纷伸手去拉，汪某穿着棉袄，浸了粪水，很重，几个人费了九牛二虎之力才把他从船舱里拉了上来。汪某全身湿透，冻得索索发抖，头上，身上棉袄不断淌下粪水，眼镜也掉了。众人七手八脚把他拉到了水龙头前，把他脱得仅剩一条内裤，又叫他猛跳一阵暖暖身子，让他趴在洗衣台上。大家有的帮他冲身，有的奔回寝室去取热水瓶。数九天气，寒风刺骨，汪某打着赤膊洗澡也真够呛，只听见他冻得牙齿"咯咯咯"的在打架。好在冬天的井水不像自来水那么冰凉，一阵冲洗过后，三排长赵鸣用他的那一件军大衣披到了汪某的身上，裹住了汪某，让他回寝室休息去了。至此，挑担的人群中再没有了嘻嘻哈哈声，大家更加小心翼翼地在跳板上挑着、挑着……

冬日黄昏的余照很快消失了，布满寒星的无月的天空对着荒凉的河岸发出了微弱的叹息，挑粪大军终于在一片气喘吁吁中收工了。

摘棉花的时候

"农民春天种上了它，夏天它就开了花，秋天结果像个桃，桃子裂了开白花，同学们，知道这是什么植物吗？"

"棉——花。"讲台下不少同学异口同声地叫道。

"对，它就是棉花。"

记得这是在长宁区第一中心小学读二年级时，一次语文课，老师在课堂上的提问。谁知，十年后，我竟成了农民，亲自种上了棉花。

秋阳之下，轻风细吹，枯叶萎落，棉花地里白花花的棉花一朵朵从棉铃里膨出来，吐出自己瓣瓣柔情，肥肥的棉花就白遍了阡陌。好一片望不到头的棉海，我们站在田埂上，每人的腰上系了个白布袋，将随手摘下的棉花装在里面。

"摘棉花时，一定要摘那种完全裂开来的棉铃，要把棉花一朵摘完，不能有剩花，大家懂了吗？"

"懂了。"

田埂上的人异口同声地叫着。指导员陆珠边摘棉花，边为我们示范起摘棉花的要领：下手要准，抠得干净。只见陆珠左手牢牢托住棉壳，右手一点点抠棉花，眼到、手到，左右开弓，同时摘两朵棉花，她的指尖像带钩似的轻轻一抠，棉花溜

光见底，双手各存了四五朵棉花后才一并塞到白布袋里。

我们一字排开，一人一垄地，下了地。哇，好漂亮哦，一朵朵棉花都裂开了嘴，吐出洁白的、蓬松的棉桃，有的花枝上棉铃太多，承受不住重量，一阵阵秋风吹来，看上去个个棉铃都向我"点头哈腰"。

我身上拴着一只白布袋，摘到的棉花从两肋间塞到布袋里，棉花越摘越多，白布袋越撑越大，我就变成了一只大腹便便的卡通企鹅。棉花地边的田埂上铺着塑料布，一布袋一布袋的棉花陆陆续续送到田埂上，从远处看，那些堆积的棉花，就像一堆一堆的白云。

有女生学着指导员的动作，掌握要领后，双手手指如飞地同时摘棉花，腆着"肚子"回到田埂上，把一布袋棉花倒在了棉花堆上。

"我最怕的虫就是棉花地里的毛毛虫，它不知不觉地爬到我的衣裤上面，真的很害怕，怕刺伤皮肤。"说起棉花地里的毛毛虫，邵小妹至今仍然一副毛骨悚然的样子。

"摘棉花的季节，西北风刮得鼻子通红，手指僵硬，清水鼻涕也流了出来。摘棉花看似轻松，其实很累，不但要快，还要摘得干净，收工时还要比谁摘得多，大家拼命摘，腰上系的花袋一会儿就鼓了起来，手指上都长出了很痛的肉刺。幼苗时，天蒙蒙亮就下去捉'地老虎'（类似毛毛虫），拔棉花梗时，手上拔出血泡来，钻心地痛。"说起摘棉花，周雅萍的记忆竟如此清晰。蒋爱美更是在棉花田里闹出一则笑话：在棉花长到需要打老叶的时候，她没听清生产排长李进的要求，结果把嫩叶、大叶和小叶全部打掉了，只剩下几个棉铃在风中摇曳。抬头一看，发现自己已落到了队伍的最后面，李进跑来，气也不是笑也不是，只得把她臭骂了一顿消消气。

"为了完成每天的产量，出工时，我会在棉花袋里洒点水，过磅时，调皮的男生还会在棉花中放块砖头充份量。黄诚益在监磅时就发现了好几个'懒皮鬼'。"李韵华在今天才道出了那时候摘棉花的小秘密。

是的，连队统计着各排棉花的产量，排与排开展着"比学赶帮超"，有的排里职工白天完不成任务，只好夜里接着摘棉花。月光明亮清晰，田野四周静谧极了，朵朵棉花在月光下竞相吐絮，一个个身影在广阔的棉花地里渺渺茫茫。

"摘棉花最好摘的是一、二、三茬，摘到后面棉花就难找了，前期摘的棉花朵大、洁白，收尾时，有的棉铃僵硬，里面还是黏黏的，还有棉铃虫。收棉花时，还要好天气，这样，收的棉花等级高。"李先武说起摘棉花时，仍然一副当年生产排长的模样。

严卫平在他的日记中有记述："1980年4月19日连里开大会，布置种棉花，4月22日下午，我们后勤团员六个人，在金晓敏的带领下，花了一个小时，种了一亩棉花。9月8日全连开始摘棉花。9月14日上午后勤排开会，要求每个后勤人员去帮助大田排摘棉花，指标是150斤。12月16日下午，我们后勤几个人被派到田里去摘'贡献棉'，因棉花一茬茬摘，到后期棉花就很难摘到。要完成指标，只好晚上打着手电筒去抢摘。12月31日，其他连队有人来偷棉花被抓到，连队为了表彰职工抓到更多的'窃花大盗'，于是决定：抓到一个'贼'就奖励一本活页薄、一支钢笔。"

摘下的棉花有水份，要晒干才能送到场部收购站。那些日子，连队里比较宽敞一点的场地上，都晾晒着各排摘下来的棉花，连队里外简直就是下了一场厚厚的"雪"。

摘棉花后期，有时活不重，大家一边摘，一边闲聊相互调侃着、玩笑着，有时还会"恶作剧"几下。

一个棉株，结下几十个棉铃，有健康绽放的，也有生虫枯萎的。那些僵硬的棉铃就成了我们调皮捣蛋的"手雷"了。"阿奶"郭桂芳摘棉花的速度明显慢于排里的其他女生。杨长余就用僵瘪的棉铃掷她，起初"阿奶"也不理会，扔痛了她，她会回过头来冲着长余："侬寻死啊。"长余笑笑，然后她又回过头去冲着陈殟民，佯装要两肋插刀，道："侬寻死啊。"殟民一边拿着棉铃掷她，一边质问道："侬骂我是伐，侬去寻死好了。"可就这么一个劲儿过后，阿奶就懒得再去理后面拿她"寻开心"的人了，仍自顾自慢吞吞地摘着棉花。

隆冬季节到了，采完了棉花，又要把棉花梗拔出来，挑到打谷场边堆成垛，供食堂和家属户烧火用。拔棉花梗有专用的钩子，棉花梗长得较扎根，拔棉花梗是费时费力的活，几天拔下来人人手上都会磨出几个泡来，早晨起来洗脸，毛巾也绞不好。

齐白石有幅《棉花图》，题曰："花开天下暖，花落天下寒。"诠释了棉花的生长过程。在"百花"中虽找不到棉花，但它却是我们生命中温暖的记忆，是大地献给人类的至宝。

1978年5月，贺凤明、路菁、陈建兴、孙浩、朱良沪，摄于连队中心路

刚到农场不久，整个连队四百多号人没有一部电视机，职工也没有收音机，寝室里也没有订阅的报纸阅读，职工个人必须订阅一本《红旗》杂志，订费直接从18元的工资里扣除。一本《红旗》杂志翻来翻去都是"无产阶级专政下继续革命"的理论文章，看得十分生厌。

职工几乎没有文娱生活，那时，我们都是十八九岁的小青年，每当夜幕降临，我们寂寞难耐，于是各招各式的"恶作剧"粉墨登场，我与良沪搭档演的戏叫"抬死人"。

所谓"抬死人"，即良沪在前，我在后，一双高筒雨靴套在我的双臂上，貌似双脚搁在良沪的双肩上，盖块白布，良沪一手扶着我的"双脚"，另一手则用手电照在自己吐舌扮鬼的脸上，恰似鬼脸。我学生时代在弄堂里调皮捣蛋惯了，做这些吓唬人的事情，对我来说是"小菜一碟"。我与良沪在寝室里反复演练，直到动作熟练，配合默契，足以"以假乱真"时才出发。

冬天，天黑得早，碰到连队停电的日子，是我们"抬死人"吓唬人的绝佳时机。不少寝室会点亮一支蜡烛，或把一个手电筒吊到房间当中，男生在昏暗的灯光下坐在床上"吹牛"

谈"山海经";女生则在寝室里借着烛光结绒线、补衣服、嗑瓜子、唠家常，也有女生会在微光中捧着浩然的《艳阳天》小说在阅读，倒也别有一番情趣。

忽然，有人轻轻敲门，昏暗中，呲牙咧嘴，口吐舌头的鬼脸人抬进一个身上盖着白布的"死人"，众女生顿时大惊失色，尖叫声响成一片，钻进帐子里索索发抖者有之；两个人紧紧抱成一团的有之；捂着脸双脚跺地者有之；正在洗脚的踢翻了洗脚盆水洒一地的有之。待我抬起头来，掀掉白布，拿下高筒雨靴，关闭手电筒，众女生一看是我和良沪，顷刻间，骂声一片，有用扫帚打上来的，有用脚踹我俩的，有的甚至扑上来敲我们"头塌"、刮我们"毛栗子"，一股脑儿的愤怒全杀向我们了。我和良沪抵挡不住她们的集体反击，拎起高筒雨靴，丢下了手电筒，慌不择路地逃出了她们的寝室。

没过半月，我和良沪好了伤疤忘了痛，早把遭到女生追打的事抛到九霄云外去了。我俩相约又出发了，敲开了四排一个寝室的门，黑暗中，遇见一个男生在干吃"炒麦粉"，见到"死人"上门，吓得双手发抖，端着的搪瓷碗"嘭"的一声掉落在地，碗中的"炒麦粉"全洒落了，嘴中的"炒麦粉"呛进了气管，连连干咳，咳得眼泪漱漱流下，两眼翻白，人往后倒，一时"厥"了过去。我连忙过去扶住男生，帮助其拍背。"蓬"地一声，"炒麦粉"像一团烟雾冲出喉咙，直喷在良沪的脸上，漆黑中，良沪顿成一个"白花脸"。我连忙倒了一杯水给男生喝，好久，男生才缓过神来，长长地舒了一口气："这个玩笑不能开。"他一边摇着手，一边又剧咳起来，看得出，"炒麦粉"把他呛得够重。我俩连连向他道歉，退出了寝室，一边往回走，一边还惊魂未定："哎呀，吓死人了，差点闹出人命来。"

还有一次，我与良沪外出"表演"回来的路上，看到对面走来一对与我们同样装束的"抬死人"，我心想："被人仿冒啦，谁呀？"路灯昏暗，对方也未打手电筒，一看到我与良沪，马上用手电照着我们直晃，一时我与良沪被对方的强手电照得眼睛也睁不开来，我立即转过身，借着侧光，看到对方两人带着绒线帽，眼睛处挖了两个小洞，成蒙面人之状，对方看到我与良沪也不避不逃，"哈哈哈"笑着盯着我俩，我非常恼火："娘希匹，敢抄袭我们。"一个箭步冲上去，扯掉了一个人的绒线帽，定睛一看，竟是三排的陈震国和另一男生。"陈震国，是你呀。"说着，对准陈震国的头，一个"头塌"打过去，震国摸着挨打的头，"咯咯咯"直笑道："领导，向侬学习，侬是师傅，觉得你们玩得刺激，也来凑一下热闹。""刚出寝室，就碰到你们了。"另一男生补充说。"回去，谁同意你们模仿我们啦？"震国还想解释什么，又被我拍了一个"头塌"，他俩只得悻悻而归。我与良沪说："算了，我们可以收手啦，有革命接班人了。"

1979年，二排孟铮、汪怡在田间劳作

偷皂记

　　农场与上海一样，买什么都要票，一个月只有一块肥皂供应，特别是夏天，许多时候洗衣没有肥皂，只在水中浸一浸、搓一搓、漂一漂，就算洗过了，待衣服干了一看，不少盐渍仍在。

　　一个偶然的机会，我去宿舍旁一楼半的小仓库拿棉花袋，蓦然发现纸箱里有切好的一块块小肥皂，顿时眼睛一亮，再看看仓库没有砌到顶的围墙，为我的"想象"留足了空间。

　　一个漆黑的夜晚，我与良沪值班巡逻，便把这"想象"告诉了他，想不到他一口答应，说他已半月没有用肥皂了。

　　我回寝室拿出了早就准备好的"作案"工具：油菜刀（类似半把剪刀）和藏在床底下的竹杆。"就这么简单的工具？"良沪疑惑地看着我。

　　来到小仓库，我叫良沪蹲下，运用儿时爬中山公园练就的本领，这种技巧叫什么名字如今忘记了，反正我的双腿骑在良沪的头颈里，他站起来，比围墙高一些，仓库里的东西一览无遗。我动作非常熟练地把油菜刀绑到了竹竿上，有点像儿时爬在树上"粘知了"的感觉。我踩在良沪的双肩上，口中咬着手电筒，用我的竹杆，一戳便收获一块小肥皂，有的肥皂时间藏

久了，已泛白很硬了，戳不动，费了好大的劲才戳了上来，把良沪的两个裤袋塞得满满的。后来我专捡没泛白的肥皂戳，一戳一个准，一戳一毛钱（一小块肥皂约一毛，相当于一天的伙食费），这样，不多时，我共"收获"了八块小肥皂，怕仓库保管员起疑，就及时收手了。这让我想起儿时母亲买了半篮鸡蛋，我偷偷地煮"白煮蛋"吃，每次一个，不敢多煮，怕煮多了露陷。这个"原理"居然运用到了农场的"实践"中来。

操作不多时，良沪双脚就开始"抖豁"，他在下面抖，我在上面晃，一边操作，一边怕摔下来，还要观察四周动静，辩听声音，是否来人。

这个小仓库是楼中一个"死角"围成的，有六七个台阶。良沪不停地颤抖，我在上面非常害怕，万一摔下来，跌在台阶上，轻则头破血流，重则手臂肋骨骨折，后果可想而知。后来，良沪像杂技"顶杆"一样，摇摇晃晃，我怕摔残废了，便爬上了仓库围墙，双腿骑在砖墙上。良沪轻松了，我就让他"望风"，坐在椅子上，摇摇扇子。

围墙砌得很单薄，有的砖头已松动，我也怕墙会倒下来，旁边又是二楼女生寝室，半夜时常见她们上厕所。良沪坐在椅子上，手摇扇子，轻哼小曲，一副自得其乐的样子。

我与良沪有个约定，一旦有情况就拍一下手，提示我警觉。没多时，良沪便拍了手，我立刻停止了"工作"，心里好紧张。过了不久，未见什么动静，我便压低声音：

"谁来了？"

"没有呀？"

"那你拍手干吗？"

"拍蚊子呀！"

"他妈的，下来拍你耳光！"我有些怒气冲冲的。

良沪"望风"，不时主动地与上厕所的人打招呼，他哪叫"望风"，分明是在乘风凉，心里好舒坦，摇摇扇扇，茶喝喝，"二郎腿"翘翘。别人见良沪好聊，就坐在我的小椅子上干脆与良沪"嘎三胡"了，他也不打发别人走。我趴在墙上，一动也不敢动，既怕墙倒下来，又怕人摔下来，恨得我咬牙切齿："这个猪头三，还说得那么起劲，笃悠悠喝茶。"猛然，良沪想起了什么，可能想到我还趴在墙头上，立刻"嗯哪，哈哪"起来，见良沪突然"哼、嗯、啊"，那人也没趣地走了。此时我才跳了下来，身上沾满了灰尘，头发上还沾着蜘蛛网。良沪见我裤袋里藏着鼓鼓的肥皂，还要求多分几块，我说："不揍你已算便宜你了，我冒着'生命'危险，你在下面吃茶、聊天、哼曲、乘风凉。"说着，不但不给他，还从他的裤袋里挖走了一块小肥皂。

次日，我把自己的肥皂票与女职工换成了饭票，也不敢把"戳"来的肥皂卖掉，因为肥皂上泛白的痕迹明显，怕露陷。就藏在箱子底下，慢慢细细地用了。

这一年，我大概有半年没买肥皂。

不少没去过农场和插队的人，说起知青来，总以为知青偷鸡摸狗，无所不为，就像印度电影《流浪者》的主人公拉兹一样。如果让他去农场（农村插队）干几年，恐怕也就不会说什么了。

那晚，我难以忘怀

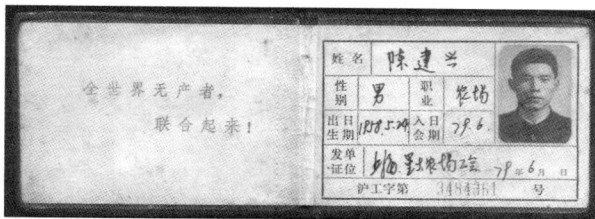

虽然时光已过去了近四十年，可那晚的情形仍深深地印在我的脑海里。

1976年隆冬的一个深夜，零下五度，各个寝室的门被"乒乒乓乓"敲个不停。

"全连紧急集合，带好面盆，到中心河边集合。"敲门人不断地重复着。

"啊，半夜还起来出工啊。"潘国君抓着脑袋，迷惑不解。

"集合，还带面盆干吗？"李先武边套着绒线衫，边嘟囔着。

"妈的，累了一天，刚躺下，又要起来。"刘克宁不满地发着牢骚。

"好了，好了，别多啰嗦了，走吧。"我把面盆套在头顶上，催促着房间里的人。走出寝室，看到不少男职工戴着相同的"雷锋"帽，女职工则清一色戴好了"毛巾"帽（毛巾缝成的帽子），许多人边走边"咚咚咚咚"敲着面盆——真是一声令下，倾巢而出。连长穿着军大衣，站在高处，在"小太阳"（农村打谷场常用的一种1000瓦的灯）的照耀下，双手做成喇

叭状："今天夜里突击的任务是挖'机口'（农村灌溉机房），由于地方小，人施展不开，有人挑泥，大部分人用面盆传泥。同志们，辛苦了。"连长就这么简单地说了几句，任务算交待完了，就跳了下来。指导员又站了上去，作起"战前"动员来："同志们，天冷，活累，风大，这是事实，可这算得了什么？天冷，可以锻炼我们的意志；活累，可以培养'一不怕苦，二不怕死'的革命精神；风大，可以清醒我们的头脑……"指导员声音宏亮，手不断在夜空中划出一个个弧来，说得大家群情激奋，跃跃欲试。工地上顿时人声鼎沸，热火朝天。

那时，没有机械，只有一双手一副担子，不少职工被派去挑泥了，剩下的二百五十多号人排成一队队用面盆传递着挖上来的沙泥。零下五度，挖出的沙泥湿漉漉的，一会就冻硬了，我冷得有些支撑不住，脑子里一片空白，有时真想对传过来的面盆说："慢点，慢点，让我歇一会，喘口气。"可重重的盆泥还是一个接一个地传来，手酸啊，由酸到痛，起初还带着手套，后来，手套竟变成泥套了，干脆扔掉了。我的裤管卷到了膝盖，用草绳束紧了棉袄，双脚陷在挖出的河泥里，下肢已冰冷冰冷，冷得上下牙齿"咯咯咯"直打架。寒风像一把锋利的剑在夜空中飞舞，肆无忌惮地摇曳着老树，在光秃秃的树梢上怪叫着。为了御寒，我拔出泥腿，要了副畚箕干脆挑起了重重的担子，一阵大干快上，拿掉了头上的"雷锋"帽；又快步猛挑了几担，脱去了棉袄，不一会喘着粗气，身上竟出汗了；又脱去了绒线衫，继续猛挑，头上终于出汗了，棉毛衫也湿了一大片，贴在背上湿湿的，透心凉，连连咳嗽着，又饿得肚子"咕咕"直叫，没水喝、没点心吃，嘴里不停地嚷嚷，"饿煞了，饿煞了"。漆黑中不知谁给了我几片"云片糕"，我一下子把它吞掉了，李先武又神秘兮兮递过来一只"开口笑"（糕点），我又即刻啃完了它。冷，还不太知渴，一热便想喝水，实在熬不住了，就跨过马路去食堂旁的水龙头上猛喝了几口深井水，顿时，解了渴，但不一会就拉肚子了。

困，实在是困，上半夜，大家还有说有笑，互相玩笑，到了下半夜，体力消耗巨大，不少女职工担子挑得跌跌冲冲。传泥，面盆端得有气无力，可还是咬牙坚持。不少女职工虽谓职工，其实年龄也仅是十八九岁啊，一边端着面盆传泥，一边流着眼泪，手上是泥，身上是泥，脸上也是泥，完全"泥人"模样。上半夜，被指导员一番动员，热血沸腾；下半夜，北风劲吹，力气已尽，为了抢速度，还不时传来催促声，一盆接一盆，几乎无间隙。有时候挖上来的泥块大，女职工累得实在挑不动，男职工就会主动上前抢过担子，这种情景在那晚随处可见，女职工眼里噙着泪花，说："明天我帮你洗衣服。"男职工们越挑越重，越挑越多，每个人的嘴里都喘出一股股的白气。西北风伴随着枯草萧瑟的颤音，沿着电线冷涩地尖叫，杀气腾腾地猛扑过来。我闭着嘴，风却像是一只有力的手，窒息着我的呼吸，逼迫我不时张一张嘴，往我嘴里扬一把土……

夜已很深，终于休息了，有的人席地而坐，背靠背，头一歪便睡着了；有的人倚靠在树上，居然也能睡着。我则干脆把棉袄垫在背后，躺倒在地，双手托着后脑勺，却怎么也不想闭眼，仰望着天空，看着墨蓝墨蓝的天，像清澈的水洗涤过，水灵灵、洁净净，既柔和，又庄严，没有月亮，没有浮云，只有闪闪烁烁的星星若隐若现，分外迷人。夜光，轻轻地飘洒着露水，悄悄地凝聚着，我呆呆地看着看着，也迷迷糊糊睡着了。"嘟嘟嘟"几声哨子一叫，把我从梦中惊醒，大家纷纷又回到了工地。由于我们连队系五六十年代围垦所建，靠近海边，地质暗沙流动，挖得慢，流沙快，很快又将挖出的机口洞填满了。此时决战的时候到了，连长一声令下，挑泥的人全部停了下来，全连排成几排，快速接力面盆传泥，男职工把戴着的"雷锋"帽扔到了树丛里，穿着的棉袄挂到了树梢上，女职工开始还有人珍惜着自己的面盆生怕摔坏，传到后来，面盆上都是沙泥，根本不知道手中的面盆是谁的，盆与盆扔到一起，敲出了大大小小的"瘪塘"，有的则成了"变形金刚"。没有人心疼，没有人计较，也没有人提出赔偿什么的。

经过大家一昼夜的鏖战，在挖到五六米深流沙少的时候一鼓作气灌注了水泥，及时砌砖，终于在黎明时分将机口砌好了。全连三百多号人，个个成了"泥人"，有的人已分不清男女了，相互对视一阵大笑。食堂送来了姜汤，大家一拥而上抢着喝，我一连喝了三大碗，人一下子感觉暖和多了。连队也没有浴室，只好去"老虎灶"多打几瓶热水擦擦身。连长宣布放一天假，我们几个又结伴，跳上了迎面而来的拖拉机，打打闹闹去了场部，全然不顾什么劳累了！

1977年，孟铮与孟钊兄妹俩在星火农场场部留影

令人敬佩的指导员

"指导员"就是昔日星火农场新三连那位人见人怕又人人敬佩的陆珠。返沪已近四十年，我们见面时，仍然亲切地叫她"指导员"。

陆珠是1976年建连后的首任指导员。当时，在清一色由刚走出校门的学生组成的连队中，她就像我们的大姐姐。在她的领导下，我们第一批来自长宁区、徐汇区中学的22位学生干部，响应毛主席"上山下乡"号召来到农场的年轻人，开始了与人奋斗、与天奋斗的农场生活。我和赵鸣分别被陆珠"相中"，我担任了民兵连长、治保主任，赵鸣则担任了团总支书记。这样，由于职位之便，在农场的两年多，我也就比别人有了更多接触、了解陆珠的机会。

1976年5月7日中午，我们22人作为第一批"创业者"到达了连队，住的房子还没造好，只能借宿在二十四连的两个仓库里，作为男女寝室。仓库里堆满了稻谷，老鼠肆虐，上蹿下跳，惊扰得我们整夜睡不好觉。

次日，为了加速培养我们成为连队的骨干，指导员就组织我们办起了首期"艰苦创业"的学习班，要求我们人到农场、安心农场、扎根农场。她让我们学习《毛泽东选集》之《将革

命进行到底》；学习知青朱克家先进事迹，批判"下乡镀金论"。我们边学习，边参加一些简单的农田劳动和为施工队做小工、挑砖头、抬预制板、盖瓦片、拌石灰……更有趣的是陆珠还开展了"忆苦思甜"活动，让人做了谷糠团子给我们吃，每人发了一个，要我们带着无产阶级的感情吃。我们咽也咽不下去，含在嘴里。陆珠为了示范，连吃了两个，我们也只好硬着头皮咽下去。有的女生憋着吃了下去，却连同午饭一起呕了出来。陆珠看在眼里，也不再说什么。5月15日，又举办了第二期"学习大寨、做好主人、扎根农场、以实际行动与修正主义路线对着干"的学习班。6月7日，陆珠还请了兄弟连队的老职工来谈成长史，启发我们扎根农场。6月8日，她又让我们讨论"什么是对资产阶级的全面专政"以及"如何理解资产阶级专权思想"。6月9日，她又组织我们学习人民日报社论。6月10日上午，她召开了一个"广阔天地，大有作为"大会，让我们22个人一个个上台表决心，要扎根农场、接受考验。朱良沪在小结中响亮地提出"活着一分钟，战斗六十秒"的口号，我至今记忆犹新。严卫平还保留着当年的两篇小结，现在读出来，让人笑出了眼泪。

一个月后，我们的宿舍造好了。我们兴高采烈地搬了进去。但房子里的灯还没有通电，窗子的玻璃还没有装上去，四面透风，我们点着煤油灯写小结。学习交流结束，我们还搞了一次自娱自乐的联欢会，路菁拉起了手风琴；周文华、罗红唱了《洪湖水浪打浪》；林青拉起了小提琴《莫斯科郊外的晚上》；严卫平拿出了一个国光口琴，吹了起来；李进表演了书法。

我们第一批"创业者"与指导员同吃同住同劳动，对她充满了感情。1976年，陆珠已30岁。那时，场党委本有意让她担任星火农场医院的党支部书记，可她主动请缨，要求去组建新连队。

新三连是二十四连、二十五连各划拨出300亩土地作为新三连的耕地。面对新三连的"一穷二白"，星火农场招工组的老王见陆珠主动去农业连队创业，便把手中招到的长宁区、徐汇区中学的学生干部统统给了她。作为新三连的基本骨干，我和陆珠相处的两年多中，她留给我的印象是非常深刻的。她美丽、端庄，一张方方的脸，剪着齐耳的短发，明亮的眼睛是那么的深邃，笔挺的鼻子，说起话来"刮辣松脆"，而她的手指却很粗糙，手掌上磨出了厚厚的老茧，似在诉说着她的勤劳、耐苦。

有一天晚上，零下五六度，连队决定突击开挖中心河灌溉"机口"，为了抢时间，我们通宵达旦在凛冽的寒风中，赤脚陷在河泥中用面盆传递着挖上来的河泥。而陆珠此时正患着脚沟炎，只见她赤着脚，裤管卷得很高，弓着腰，传递着泥土，脸上一颗颗的汗珠沿着她耳侧的短发往下淌着。汗水湿透了她的衣服，连长怕她脚出问题，硬是把她从泥潭中拖了出来。可一转身，陆珠又挑起了沉重的担子。她忘了自己的年龄，与我们这些十八九岁的小伙子一样干。

记得1977年元旦，开中心河时，陆珠挑土，肩胛肿起了一个很大的疙瘩，上面布满了血泡，挑担根本不行，腰伤又复发。她急得对队医王曼琳说："快帮我想办法，尽量镇痛治疗，我不能在这个时候倒下。"王医生只能给她打了封闭针，贴了膏药，她每天还是忍着疼痛，起早摸黑与职工一样挑土。晚上，王医生给陆珠换药时，纱布和伤口粘在一起，纱布撕也撕不下来。"这情景至今我也难以忘记。"说起这事，王曼琳有点哽咽。陆珠的言传身教，深深地感染了我们。让我们这些刚下乡的学生，从开始畏惧农活，害怕繁重的体力劳动，到渐渐学会了农活。

陆珠在教会我们干活的同时，还关注我们这批刚踏入社会的青年人的思想状况，甘做青年人的朋友。当发现我们在艰苦劳动和贫乏生活条件下感到迷茫彷徨时，她像大姐姐一样与我们促膝谈心，使我们在迷茫时找到了方向，在艰苦中找到了乐趣。春节回沪，陆珠还叫我们六位政治排长去五原路她的家里做客，并反复关照不准带礼品。我们很拘谨，她却不断给我们泡茶、削水果、抓瓜子。

陆珠和王曼琳同住一室，吃在一起。王曼琳说："陆珠做事干净利索，也有风趣的一面，记得闲聊时，陆珠会把上海南京东路外滩到南京西路的各家商店的名字，依次一个不落地背得滚瓜烂熟。"这令她非常诧异。陆珠还说：

1977年5月7日，新三连指导员陆珠（后排左三）与部分职工合影

"没空去兜，讲讲就像去过啦，过把瘾。"

陆珠还学过老三连一位农友的苏北话，把"这个玻璃窗是绿的"说成了"这个八离仓是六的"，惹得正在吃饭的孟铮，把饭也喷到了别人身上。

说起陆珠的大嗓门，王曼琳回忆道："全连在食堂开会，我在医务室给人看病，陆珠在食堂说的每一句话我都听得清清楚楚。会后，等陆珠回到宿舍，我会把她在会上讲的话一字不漏地学给她听，当时她一愣，接下来捧着肚子笑得前仰后翻。"陆珠还一本正经地说："省下买麦克风的钱了。"

说到陆珠，有一件事令朱良沪挺难忘的。有一次，罗红家中有急事必须回沪处理。但罗红的休假单全用光了，罗红急得眼泪"漱漱"流了下来。良沪看到罗红焦急万分的样子，马上从自己枕头底下翻出了休假单悄悄地塞给了罗红。此事不知怎么让陆珠知道了，"你算啥意思，你带了这个头，以后还不乱套。"良沪被她一顿劈头盖脸的臭骂，缩在墙角里不敢多看她一眼，连连承认："我错了，我改正，我收回……"

说到陆珠，路菁曾对我说："她是我崇拜的偶像啊，是初到农场担任排长的我，在之后工作中有意模仿的标杆。"李进说："要别人做到的事，她肯定必须做到，她是一位善于激发年轻人激情的鼓动者。"孟铮说："在我眼中，她就是铁打的女强人。"徐芝慧说："指导员是我一生尊重和敬佩的人。"

光阴似箭，一晃近四十年过去了，农场那段战天斗地的生活，让我刻骨铭心。多少年来，陆珠的所作所为一直是我工作上的楷模，她对农场的热爱，面对困难坚忍不拔、勇挑重担的精神和意志，会激励我一辈子。

打靶

　　近偶翻农场老照片，有一张我与陈震国分别扛着机枪，身后的顾鸿耀、滕满福、孙浩等一队民兵背着枪、扛着靶子，雄赳赳、气昂昂地从靶场回来，精神抖擞地走在夕阳下的旧照。再回眸处，再侧视时，那是洒下汗水曾经青春的岁月，再凝神望，那"备战、备荒、为人民"和"全民皆兵"的印迹又浮现眼前。

　　1976年冬，连队建立了基干民兵排，是在百余普通民兵中选拔，最终由24名男女民兵组成。星火农场武装部向我连派发了24支56式带枪刺的半自动步枪和两挺转盘式机枪，基干民兵人手一支带编号的步枪，由民兵连统一保管。那时，是不用担心有人来盗枪的，我仅用一个小办公室装上了木栅栏，也无人值守，做了四排枪架，枪一排排整齐地搁在上面。这批枪属于老式步枪，枪口和准星的棱角已被磨圆，硬木枪托，护木油漆已显斑驳，但金属部件和刺刀却擦拭得铮光油亮，没有一点点锈迹。

　　没拿过真枪的我万分高兴，从小喜欢玩木头枪、火柴盒枪、铁丝枪的我，拿着真枪爱不释手，左看右看仔细揣摩着。陈震国也是天天跑到保管室，用擦枪布去擦拭那把有着他编号

1978年5月，新三连基干民兵排男民兵打靶归来

1978年5月，新三连基干民兵排女民兵打靶归来

的枪，我则定期组织基干民兵开展枪支的分解与组合，即把枪所有的零件拆卸下，在规定的时间内重新装上。到后来，不少基干民兵可蒙眼在四十秒钟内将枪拆卸与组合。我与民兵指导员朱良沪一有空便钻到保管室去摆弄步枪，练刺杀动作，对着远处的目标练瞄准。

不久，场武装部要组织各民兵连实弹射击打靶，我便组织基干民兵苦练基本功，进行瞄靶训练。我将民兵连长集训得来的一些枪支常识和射击方法、操作要领、注意事项一一介绍给大家，一边还做着示范动作：我左脚向前迈开一步，重心下压，右手向前划一圈，快速着地，迅速出枪，拉开弹匣。同时又重点讲解了"三点一线"的瞄准法，即以手中的枪端准星为一点，缺口为一点，靶子为一点，射击时，通过准星缺口瞄向靶子，让参训民兵反复操练，民兵们神情专注，一丝不苟，握枪、瞄准、击发，我也不断为他们纠正持枪姿势，有的民兵瞄准方法不准确，我趴在地上用瞄准校正器帮助其纠正动作。大家趴在中心路的机耕道上，一练就是一个下午。为了增加射击的平衡性，二十四连民兵连长马大宁教过我一个方法，我给每个参训的民兵枪支上都系上了一块砖头，自己则自告奋勇挂上了两块砖头与大家一起训练，直练得民兵们个个眼冒金星，手酸臂痛，吃饭连筷子也拿不住。

1977年春，我带着民兵第一次参加场武装部的实弹射击打靶。端起枪后，心"砰、砰"直跳，紧张得手掌心全是汗，手也不停地颤抖，旁人的射击声更令我焦躁不安，全然忘了还教过别人的"三点一线"。最后总算还能屏住呼吸，扣动了扳机，随着震耳的枪声，子弹打了出去，弹壳跳了出来，还冒着一丝青烟，步枪的枪托重重地撞击着我的肩胛骨，射击的成绩并不理想，十发子弹五十米距离竟有两发脱靶，第一次亲密接触打靶，就撞痛了我的肩，疼得晚上辗转不能成眠。

打靶回来没几天，一门心思想着练枪法。一天，我与良沪用打靶偷藏下来的子弹，背着两支步枪外出去练枪法。我俩坐在中心河旁，寻找着射击目标，我看见五六十米外横跨中心河的铁皮制作的标语"农业学大寨"，便对良沪说："就打这个高空标语吧，伤不到人。"我便举枪瞄准，"砰"的一声，将"农"字打穿了，远远望去，铁皮牌子一个小空洞。我叫良沪打第二枪，他推托自己近视眼又烈日高照，看不清不想打，心急的我又朝着余下的四个字，各打了一枪，顿时，隐约可看见铁皮牌子上一个个小小的空洞，我的枪法让坐在河边的良沪羡慕不已。

打了天空，我俩又别出心裁地想要知道子弹打到地里究竟有多深，便从仓库里找来一捆铁丝，我朝蔬菜田旁的田埂上打了一枪，让良沪将铁丝一点点往里塞，五十多米的铁丝塞完了，可还没见底。

1978年秋，星火农场又在海边举行民兵实弹射击比赛，严卫平、高翔开着两辆拖拉机把我们基干民兵拉到海边，只见远处已竖起了一排排的靶子。迎接我们比赛的负责人是奉贤人，说话声音宏亮。那夹着乡音的普通话诙谐而幽默，有着军人的特质和果敢，皮肤黝黑却显得十分干练。他给大家讲了安全防范、卧姿无依托射击等示范操作。随后，我第一个上阵，趴在地上成卧姿射击状，射击距离50米。我拉开枪膛，定心地朝靶子看了看并校准了瞄准镜，终于扣动了扳机，"砰"的一声，一发子弹射向靶子，清脆的枪声响彻海边。我似乎感觉弹道有点偏右，便纠正了卧姿，记取瞄准要领，调节吸气，不慌不忙，一发接着一发打，很快打完了五发子弹，报靶员挥动了红旗，"45环"，众民兵欢呼雀跃，我夺得了星火农场民兵个人实弹射击的第一名。新三连基干民兵获得了团体总分的第二名。

"日落西山红霞飞，战士打靶把营归，把营归，胸前红花映彩霞，愉快的歌声满天飞……"回来的拖拉机上，众民兵反复唱着《打靶归来》，那一张张稚嫩的脸上还残留着泥土并挂着笑容，在夕阳的映照下是那么的俊秀。

周陆的那个深夜

　　周陆，是奉贤的一个地方，距星火农场场部约半小时。1976年12月的初冬，晚上连队宣布放假，不少急性子的人当晚决定回家，他们背着拎着大包小包，消失在夜幕中，我亦在其中。那时，公交车还没通到场部，我们回家只好步行一个多小时到周陆搭车。

　　锈蚀斑斑的站牌下人如潮水，翘首期盼等车来，突然，有人兴奋地喊："车来了，车来啦。"盼星星，盼月亮，总算盼到从奉城开来的末班车。远处茫茫的黑暗中，出现了两束大灯光，让等待许久的人一下子躁动起来，一个个摩拳擦掌做战斗准备。周陆车站这个地方，我捉摸着六十年代围垦筑的坝成了今天的公路，距地面有六七米的斜坡落差。司机远远看到车站上这么黑压压的一大群人，加速佯装冲向人群，以吓唬想要扒车门的人，这一招非但没奏效，男生们仍扒上了车门，倒让不少女生吓得四处逃窜，漆黑中哭爹喊娘，随着大包小包滚落斜坡，司机和售票员看了却哈哈大笑。我见状怒不可遏，在驾驶窗前大声斥骂司机缺德。这时，从车上跳下四五个司售人员模样的人对我大打出手，抓住我的手反拗到背后，还有的人按住我的头捅冷拳，我被他们一顿拳打脚踢后欲拖上公交车，我死

死抓住门不肯上车，无奈，拗手的，抬脚的，抱腰的，一下子被他们拉上了车，反拗着手塞到了座椅下，怕我反抗，有人还用膝盖顶住我的背，不让我动弹。我因徒般蜷缩在椅子下，任凭连队战友怎么央求，他们就是不松手。约摸半小时后，车到南桥，他们一哄而上把我从椅子下拖出推下了车，一溜烟地开走了，我从地上捡起石头扔了过去，车开得飞快，石头滚落在马路边，我气得一屁股坐在了地上，身上背着的包带子被扯断了，中山装的下口袋也被拉耷下来，纽扣掉了三粒，脸上也火辣辣的痛。正一筹莫展时，六排的朱孝慰、四排的朱炳拍拍我的肩，说我孤身无援，也跟着下了车，此时，已是晚上十点多了，我们三人欲去南桥汽车站投诉，找到了，却是"铁将军"把门。末班车没了，我们三个人伫立在街头，不知如何是好，找旅馆，没钱，回家，没车，商量了许久，决定先从南桥走到西渡再说。足足走了两个半小时才赶到西渡口，轮渡早没了踪影，此时，起雾了，先是一缕一缕地流过来，后变成一团团的，越来越浓，白茫茫的一片，这渺茫的雾与天地相接，仿佛无处不在。在幽暗的大雾笼罩之下，空气湿漉漉的，使人感觉非常不爽。等了两个多小时后，总算有艘汽渡船启动了，我们过江到了闵行，徐闵线、闵吴线停靠在车站上，可离头班车早着呢。

三个人在街头徘徊着，已是筋疲力尽了，招手路边的卡车，停了下来，看看我们的狼狈相，司机心有余悸地开走了，孝慰说："闵行到吴泾近，再走一次吧。"我蹲在地上，抬头看了看孝慰："也只能这样了。"凌晨，我们又开始了第二次的"长征"。我记得从沪闵路到剑川路尽管路开阔，但大雾弥漫，我一副丧魂落魄的样子，有气无力地走着，又累又饿又渴，开始，我还喋喋不休地痛骂司机，骂到后面也没了力气，好长一段时间大家沉默着，走得实在太累了，我们就坐在马路边一根横放的水泥杆上，喘着粗气。

孝慰挪到我跟前："兄弟，你在连队好坏也是一个民兵的头，落到今天这般地步，没有想到吧。"说着，他一副看我笑话的样子。

我说："是呀，漆黑中没有看清他们面孔，要不然找人收拾他们！"

朱炳说："你不会的。"

"有啥不会。"

孝慰拍了拍我肩膀："老兄，息怒，你也是为大家好，今天如果多几个男生就帮你一起上了。"

我连忙摆摆手，说："有你们现在陪着我已很感激了。"

"你白吃亏了。"孝慰揶揄道。

"这倒算了，不少滚下斜坡的女生既上不了车，又可能摔伤了。"我不无担忧起来。

朱炳说："她们肯定回连队去了。"

孝慰说："但愿如此。"

我们起身在大雾中继续朝着吴泾二村走去，雾很重，我们的眉毛、头发都是湿漉漉的，路上没有行人，驶过的汽车也很少，突然我内急了，看到前面有个公交候车厅，一个恶作剧的念头油然而生，"一报还一泡"，我随即跑进镂空式的候车厅，蹲了下来，"噼里啪啦"拉了一大堆，心里顿时感到舒畅了许多。看着我束着武装皮带，孝慰冲我直嚷："兄弟，你搞错了吧，欺负你的是南桥公交，这里是吴泾好伐。"

我挥挥手："一样的，都是公交。"

朱炳指着我的鼻子："侬这个瘪三，戆搓刻。"我哈哈直笑，此时脸上终于露出了笑容。

"道狭草木长，夕露沾我衣。"不知不觉我们已经走到了吴泾，已是凌晨四点多了，天，仍然黑咕隆咚。孝慰说："上我家去坐坐吧。""只能这样了。"我不无感激道。走到他家门口，屋里没开灯，孝慰知道父母仍在睡觉，欲敲门，被我制止了，我呶了呶嘴："这是你家的灶间？""是啊。""我们去那坐会吧，天亮即走。"就这样我们三个人在灶间的小方凳上打起了瞌睡。

"笃笃笃"清晨六点许，一个中年妇女敲开了灶间门，孝慰旋即起身，迎了上去："妈，我回来了。"孝慰妈见了儿子与两个陌生人坐在一起，看我们的衣着便猜是农场里的人。孝慰妈叫我们去房间里坐，我死活不肯，我一副灰头土脸的邋遢相，怎么进人家房间。孝慰便把我昨晚的遭遇一五一十地跟他妈讲了一遍，我在旁一副十分委屈的样子，他妈拍着我的肩膀，一遍又一遍地安慰着我。突然，孝慰妈想到了什么，拎着篮子急冲冲地出了灶间，孝慰说："我妈去买早点了。"不多久，他妈拎着一篮子的大饼、油条、豆浆回到了灶间，没有太多的感谢，我们抓起来就往嘴里塞，三个"西伯利亚饿狼"，不消十分钟，就把一篮子的点心全消灭了。

愤怒了一夜，这才终于感到什么是真正的温暖。

告别了孝慰与孝慰妈，我与朱炳出了吴泾二村，径直找到了56路公交车，我哥是这辆车的售票员，看着早班的公交车，我的心就像打翻了五味瓶，酸甜苦辣咸，哥正好上早班，见我这么早就出现在车站，又惊又喜，我也未对他说些什么，免得被我妈知道为我担心，便与朱炳在车尾各找了一个位子，打起瞌睡来……当然，票，我也没有买，一副心安理得的样子。在徐家汇终点站，我与朱炳分手，再三道谢他。回到家，立即去了曹家渡的"健民浴室"，洗去了一夜的疲劳，又睡了一下午。

没几天，回到了连队，我正参加《长征组歌》的排练，不知道指导员陆珠怎么会知道此事的，她把我叫到连部，问起了缘由。我把事情的来龙去脉向她作了汇报，陆珠听了也气愤不已，说是要到场部去反映，我劝指导员："算了，说出去我'塌招势'，被人家吃'生活'。"我又对陆珠说："再碰到这种事，他们人多，我就息事宁人，如果一对一，就与他们对敲。"指导员一听，急了："这怎么可以，你好坏还是一个民兵连长，要考虑影响的。"我很不情愿地点了点头，心里想着："这口恶气，什么时候才能出啊。"

我的第一双皮鞋叫 765

我们这一代人对765皮鞋有一种特殊的情感，正是765把我带入了穿皮鞋的行列，在这之前，我真的还没穿过皮鞋呢。

从小到大，我都是穿着母亲手工制作的各种布鞋，如松紧鞋、圆口鞋等。母亲做鞋一般会做两双，一双让我穿，正好合脚；一双做得稍大一些，让我日长夜大的脚不穿小鞋。

在七十年代以前，穿皮鞋好比现在拎"爱马仕"包，很是稀罕。那时的牛皮皮鞋都要15元以上一双，几乎是一个工人半个月的工资，铮光闪亮的皮鞋还是少数人享用的奢侈品，一般平民是买不起皮鞋的，即使攒钱买了双牛皮皮鞋，也是如获至宝，只是在逢年过节或探亲访友时才小心翼翼穿一下，不会当布鞋一样天天穿在脚上。

说到布鞋，母亲每次让我穿新布鞋也会特意关照一番，15支光昏暗的电灯泡下，母亲针针线线衲鞋底做出来的，让我懂得要珍惜。因此，我穿着新布鞋遇到下雨天，就会舍不得踏湿鞋子，以免辜负母亲的一番心意，我会脱下鞋子，拎在手里，光着脚板走回家里，母亲会摸着我的头，心疼地说："侬戆塌啦。"

765的出现，一下子普及了皮鞋，弄堂里不少人穿着765皮

鞋神气活现的，在"弹格路"上把皮鞋踢的咚咚响。从未有过穿皮鞋的奢望的我，竟然也跃跃欲试。那时，我在农场的工资由开始的18元调整到了27元，除每月仍寄5元给父母外，还有5元左右的零用钱。看到邻居友康从南京路皮鞋店回来，脚蹬着765皮鞋，我好不羡慕，要买765皮鞋的念想油然而生。

765是猪皮模压皮鞋，因其价格是7元6角5分，还不要票子，价格是当时皮鞋中最低的，老百姓便把这个价格当做了鞋子的称呼。那个年代所有的日用品除了付钱还要交票子，连买包2分钱的火柴都要火柴票，而独独765皮鞋不要票子，有趣的是上海人还给765皮鞋起了个外国名，叫"荷兰式"。当时，几乎所有的小青年都穿过，成为上海当年的流行和时尚。

我穿着765皮鞋来到连队，这可能也是连队第一个穿765皮鞋的人，不少人用惊诧的眼光瞧着我。"这农村，烂泥地，穿什么皮鞋，稀奇来。"我排女职工陈来宝操着一口浓重的苏北话讥讽我。我刚踏进寝室，室友们就啧啧称赞，要我脱下来给他们试穿……没过两个月，我六个人的寝室，竟然有四双765皮鞋了，要不是尺码有大小，还真分不清谁的鞋了。

有一次，我从上海回连队，穿着我哥裁剪缝纫的"毛的确凉"衬衫和裤子，笔挺笔挺的，脚上的那双765皮鞋乌黑锃亮，在连队里很"扎台型"，那感觉哦，比现在开着"劳斯莱斯"和"英菲尼迪"拉风还要"扎劲"。去食堂买饭，不少女生都打量着我，那颜值就像温度计插在开水里，一下子窜得老高的。而二排的胡树源却触我霉头，说："上的下的，当心跌在沟里头。"

765皮鞋是我穿的第一双皮鞋，我也不是经常拿出来穿的。为了护鞋，我剪了一块擦鞋布，买了当年不便宜的鞋油，挨有空就擦皮鞋，把765擦得锃亮锃亮的，再用破布包好，藏在箱子里。有一天我去场部参加民兵连长会议，穿着765皮鞋去"扎台型"，回来的路上恰逢下雨，这下让我发愁了，穿，会淋湿心仪的皮鞋；不穿，就要光着脚板走回连队。要知道，从场部到新三连的路面全是细碎石子路，走回去够呛的，经过激烈的思想斗争，我还是脱下了皮鞋，拎在了手中，赤着脚在碎石子上赶路，尖锐的碎石扎得我脚底板钻心般的痛，我还是咬牙坚持着，有时就像一只袋鼠似的一蹦一跳的，踮着脚挑泥路走。走到果园一连时，脚板疼得实在不行，抬脚一看，脚底板已被小石子扎得条条伤痕，渗出了血痕，有点惨不忍睹，想想还是人要紧，便心不甘情不愿地把765皮鞋又套到了脚上。

自从那天雨天行走后，皮鞋就有点变形了，起了不少褶皱及撑开了鞋帮，无法恢复常态。我用破布反复擦，又用报纸把鞋内塞得满满的、紧紧的，我的土法整形效果不错。可有一次，随严卫平的拖拉机去钱桥镇采购，765皮鞋不慎踩倒了车斗内的机油，不知怎么搞的，皮鞋开始膨胀变形，没过几天，鞋头又翘了起来，穿在脚上的两只鞋子像两只金元宝，走在路上有点像卓别林走路的样子，很是滑稽。回到寝室，我用镰刀削了二只方木块塞进皮鞋，想以此再作整形，无奈，木块一拿走，鞋子两头马上又翘了起来。

765皮鞋是猪皮做的，穿起来有点硬也有点闷，我脚汗多，鞋夹里易受潮，穿久了，两只鞋子的帆布夹里竟磨出了两个小洞，鞋面也起了严重的褶皱，后又开裂。回沪看到曹家渡长宁支路菜场口有人手摇缝纫补鞋机，就叫人在开裂处用尼龙线缝补了一圈，补丁打在鞋夹里上，鞋面看不见，我用皮鞋油一擦，果然修旧如新，又光可鉴人了。

如今，穿过什么牌子的皮鞋都忘记了，唯独765皮鞋的记忆是不会忘记的。

逃票

　　时间过得真快，近四十年转瞬即逝。闲暇时，我会翻出近四十年前写下的一本本日记，随便翻开一页，尘封心底多年的往事就会浮现眼前。当年农场知青回沪的公交车和拥挤不堪的渡船，一幕一幕，萦绕眼前，清晰可忆，挥之不去。

　　在农场，每月工资吃饭之后，所剩无几。所以，每次坐公交车能逃票则逃票。许多知青都有逃票的经历，尽管有时逃票惊心动魄，但不少人甘冒风险，使出浑身解数，与查票员斗智斗勇，出招亮招，总能屡屡过关。

　　一次，与二排顾鸿耀从场部坐西星线到西渡，可车票只买到钱桥，为了混过去，就把李先武借给我穿的那件旧军大衣领子翻起，装作睡觉的样子。车过钱桥，快到光明（地方名）时，有人拉了拉我的袖口，定睛一看，竟是查票员，我装作满不在乎有票的样子，在军大衣插袋、中山装口袋里翻了起来，前后掏了六七个袋子，也没有拿出票来，此时，鸿耀还在装睡呢，我就拍了拍他的臂膀："票呢？"谁知，他竟如出一辙的上上下下开始翻自己的口袋，那查票员的目光从怀疑走向了坚定："你们两个到底有没有票？"我与鸿耀支支吾吾地说："票找不到了。"那查票员开始训斥我俩："你们农场人惯用

的借口，我不吃你们这一套。"弄得一车厢的人都看着我们，突然，鸿耀站了起来："叫什么叫，补票就是了。"说着，弯下腰，从鞋子里掏出一张5角的钞票。"你还有理？"查票员也不依不饶。这时，其他座位的几个农场知青也上来"帮腔"："农场工资低，饭也吃不饱，哪有买路钱？"几个人一嚷嚷，那查票员顿时声音小了好多，补了票，也就没罚我们，我俩面子上挂不住，车到南桥，拎着行李便下车了。鸿耀语多不屑："自己被抓了，还说票在我这里。"我则埋怨他："就你那装睡的样子，被发现也是早晚的事。"鸿耀又说："算了算了，鸡没偷到，也没蚀米。"我俩在南桥站内买了票又上了车。

　　还有一次，我与四排张春祥一起回沪，"白相"了闵行老街后，坐徐闵线，在汽车还没停稳的那一刻，几位身强力壮的老兄，像铁道游击队那样把着车门跟着跑动起来，众乘客提着行李也跟着动了起来，车一停稳，人就像沙丁鱼一样，一个个往里挤。为了一个行李的位子，知青间吵架打架者屡见不鲜，每次抢好位置放好行李，总有一种大功告成的感觉。车过颛桥，女售票员例行查票，见此状，逃票者蠢蠢欲动，此时我却纹丝不动，当女售票员至我跟前说"请出示车票"时，我没有作答也没有掏票的动作，两眼微闭，右手捂腹，左手托腮，倚靠在车窗上。"请出示你的车票！"售票员加大了音量。这回，我未正面回答她，却发出了呻吟声："我胃疼得不行了。"女售票员先是一怔，旋即语气缓和略带关切地问："你没关系吧？""好像挺得住，可能又胃出血了。"说话间，我微微抬起头，这不看不要紧，一看吓一跳，女售票员看到我眉头紧锁、脸色发黑的样子，紧张地说："还说不要紧，脸都发黑了！"（我用鞋底灰涂的）"真的没关系，今天车簸得厉害，过一会儿会好的。"女售票员轻轻拍了拍我的背部，让我与前面驾驶员旁的乘客换了个位子，她亲自搀扶并帮我拎着行李到了前面的位子，我趴在上面一直到了徐家汇，再也没有抬起头来。下得车来，张春祥拍拍我的肩："老兄，侬可以去当演员了。"

　　有一天从徐闵线车上下来，跨过肇嘉浜路，登上了44路公交车，正值下班高峰，车厢里挤得水泄不通。车驶出站就开始查票了，两个戴着紫色袖章的查票员从车的两头往中间查，我们农场几个知青没有票的自然向中间挤，中门成了逃票者的会聚处，原想天平路下去的，可那天的车厢人特别多，开得又慢，查票员已怀疑我逃票，盯住我的目光中有着警惕的疑问，我装作没事的样子，拉着车上的把手，人随着车子摇晃，我悄悄转过身去，把一张车票塞到了嘴唇上沾着（小时候坐车，经常看到老头子买票后把车票粘在嘴唇上）。查票员过来拍了拍我的手臂："同志，查票啦。"我嘴巴对着手掌心，"噗"的一声吐了出来，票子已湿了一半，沾着不少唾沫，我看到查票员皱着眉头，欲拿又止，瞄了我一眼即离开了。其实，我嘴上沾着的票根本就是一张过期的44路车票。

逃票也不是次次都能成功的，每次逃票都是提心吊胆、惶恐不安。逃票前，先将身边不多的几元几毛钱卷好塞进鞋子里或袜子里藏好。有时被查到了，都借口"睡着了""钱忘带了""钱被偷了"，查票员也知道我们这帮人的路数，时间久了，这一招不灵了。有一次被查到，问道"哪个农场哪个连队的？"我便谎称："燎原农场三连的。"在西星线上被查到便说是"养鸡场的"。那时星火农场、养鸡场在上海是非常有名的，问到姓名，随便说个连队男生的名字，蒙混过关。那时，连队没有电话，不用担心被指导员陆珠知道什么的。

逃票成功，获得片时的窃笑或快感，西渡过来便去闵行老街，用逃票的几毛钱去街上吃生煎或馄饨，用"外快"钱，吃得惬意，填饱了肚子，登上徐闵线再设法逃票。

逃票被查到，除了补票，还要罚两至三倍的车票钱，我便装出"孙子"般的可怜相，连连讨饶，"阿姨""爷叔"叫个不停，尽量不罚或少罚，有时也会奏效逃过一劫的。当然，没钱补票被中途赶下车也是常有的事，背了个包，走上一两个小时，到前面一个车站上车，有时走错了路，受的罪远远要比在地里干一天的活还要累。

当然，同情我们的查票员也并非个别，有的查票员见我们个个蓬头垢面、衣衫不整的农场知青，查到后"放一马"的也时常碰到，估计他们也有兄弟姐妹在农场或农村务农，所以没有太多地为难我们。

逃票难忘的是有一次，乘西星线末班车逃票，在南桥被赶下车，误了末班车，只好蜷缩在南桥汽车站，过了十一点，汽车站也关门了，只得在南桥镇上昏黄的路灯下、不多的几条马路上溜达，到了凌晨再去逛农贸市场，直到有了南桥到西渡的头班车，老老实实买票上车。以后，乘末班车再也不敢恣意逃票了。

年轻时逃票的那点事，如今想来，不禁莞尔。

1979年5月，二排部分职工在油菜田合影

露天电影

　　随着年龄的增长，怀旧情结在静悄悄地衍生，过去的往事在不经意间时常从脑海中闪现，如同电影蒙太奇手法一样，切换着镜头。在我们农场娱乐生活中扮演着重要角色的露天电影便是其中的一幕。

　　日暮了，太阳扯一缕云霞，织着黄昏的昏黄面纱。

　　操场上竖着两根又高又粗的毛竹，挂着一块白色的屏幕布，来自连队或周围连队的职工越聚越多，慢慢地形成了黑压压的一大片，刺骨的寒风阵阵袭来，不少人坐在小凳上，缩着脖子，嗑着瓜子等待着电影的开场。

　　职工们看电影的急切心情和抢地方放凳子、椅子的高度紧张，使得看电影比电影里打仗还要累。晚饭前即要去操场占领位子，一个排里总有那么一个人不吃晚饭，照看着大家的凳子。女职工时常会为位子发生口角，男职工有时甚至动起粗来。

　　开场了。放映机射出一道强而亮的光柱，像一道无声的命令，"嗡嗡嗡"的说话声顿时止住了，有人把手伸进无形的光柱里，做着各种各样的调皮手势。

　　放映机"唑唑唑"的声音，风中微微晃动的帷幕，使我们

很快投入到剧情中去，时而开怀大笑，时而唏嘘轻叹，时而怒骂不争，时而潸然泪下……《追捕》《人证》主人公的命运时时揪着我们的心。精彩的故事情节吊足了我们的胃口，一些经典的台词至今记忆犹新。日本电影《追捕》中一段台词，相信不少同时代的人都会说："杜丘，快，去吧，从这儿跳下去！昭仓不是跳下去了！唐塔也跳下去了！所以请你也跳下去吧，你倒是跳啊！"以至我们在河边劳动，经常对身边的人这样说。

最让人难忘的是那些电影主题曲和插曲。南斯拉夫电影《桥》主题曲《啊！朋友，再见》，是吾辈们耳熟能详，广为流传的："那一天早晨，从梦中醒来，啊，朋友，再见吧，再见吧，再见吧……"动听的旋律，动人的歌词，总让人想起那个曾经英勇善战而如今已从地图上"再见"的国家。

露天电影是农场的一种文化生活，我对其充满了美好的回忆。夏日的炎热与蚊虫，冬天的酷寒与西北风，这些都抵挡不住我们的热情。操场上挤得水泄不通，有人就坐到银幕的反面去看，虽然是反的，动作都是左撇子，但一点也不影响故事的完整性，很多人看得仍然很"扎劲"。

露天电影只有一台机器在放映，有时与其他连队同时放，还要等"跑片"，中途灯一亮，要换片子，大家纷纷起来伸伸懒腰，上上厕所，"跑片"一到，灯光一暗，电影继续。有时片子放到一半，突然下雨了，只好移师到食堂，电影直接投射到白石灰的墙上，闪着斑点和垂直条纹。食堂的四面窗子都没有一块玻璃，虽然同样冷，但比室外好多啦！

看露天电影，特别是观看外国片子，一定是大家非常兴奋的。对电影里的一切都感到新鲜，在幕布上流动的世界给我们前所未有的视觉享受和冲击力。有些外国片子或剪了太多，情节已不连贯，我们看得丈二和尚摸不着头脑，昏昏欲睡，最后头一冲一冲地睡着了，又没坐稳，重心向后倒，猛然惊醒，本能地抓住了旁人，结果一起摔倒，引得众人哈哈大笑。

放露天电影时，全连职工几乎倾巢而出。总有一些大大小小的事情会相伴发生。连队每放一次电影，总有几个寝室被撬窃，偷走半导体收音机、手表和晾晒在外面的军装军裤。我这个民兵连长、治保主任很是不安。所以，连队每次放电影，我基本是带队巡逻，偷盗的事情大为减少。

服务好电影放映员也是非常重要的，来回都要拖拉机接送，晚餐要有肉。放映机器装在几个大箱子里，也要安排专人搬。放映员也有偷懒的时候，冬天有时为了早回去，会故意少放几盘片子，我们也因为第一次看新片，情节接不上，还以为有什么"少儿不宜"镜头被剪掉了。

附近连队的职工经常跑到我们这儿看电影，我们也经常男女职工相约到兄弟连队去看。散场已近半夜，女职工对在黑暗中走路充满了无限的恐惧想象，我经常关了手电筒吓唬她们或用手电照着扮鬼脸，以至她们都不敢与我同行，喜欢与性格温柔的良沪一起说说笑笑。

偶尔，我也会自己一个人去兄弟连队看露天电影，回来走夜路，真有点"吓丝丝"，我就唱歌壮胆或大声朗诵诗。记得76年"四·五"运动有首诗，"欲悲闹鬼叫，我哭豺狼笑，洒泪祭雄杰，扬眉剑出鞘"，是悼念周总理的。我搜肠刮肚，想出来农场前背过的这首诗，走在漆黑的田埂上，大声背了一遍又一遍。后来，猛然发现此诗中有一句"闹鬼叫"，看看四周静悄悄的，伸手不见五指，月光下总觉得有一个人跟着我，我走得飞快，他也走得飞快，我停步了，他也停步，我越走越慌，壮着胆子回头一看，竟是我自己的影子……

记忆『炒麦粉』

　　现在，不少青年人已经不知"炒麦粉"为何物了，但去过上海农场的知青，可能都对"炒麦粉"情有独钟。回想起那个激情似火的年代，说起"炒麦粉"，有道不尽的回忆。

　　那个年代，上海人每个月的口粮定量是不同的，大米每人每月才5斤，其余吃的就是"洋籼米"（糙米）与面粉了。面粉的质量与价格也不同，1角7分1斤的叫标准粉（它标准在哪里，我至今也未弄懂），1角4分1斤的为黑面粉，只有2角2分1斤的才称之为精白粉。那时，虽然差价只有3分、5分，但弄堂里大多数家庭买的还是标准粉。我经常去长宁路476弄口的那家粮店买标准粉，为在崇明农场的哥哥做"炒麦粉"。所以，在中学时代我就能熟练地在煤球炉上，一下午炒几十斤"炒麦粉"了。做"炒麦粉"要把煤球炉的门关得小一点，炉火不能太旺，面粉在铁锅里要不断翻炒，一刻也不能停，手臂酸得一塌糊涂，若翻炒慢了就会炒焦结块，很难吃的。炒熟后，略显焦黄，会有一股沁人心脾的香味，令人顿生馋欲。炒好的"炒麦粉"，我会将它们装进几只"麦乳精"空罐或白布袋，外包一块塑料布，以防受潮。我很喜欢吃甜，那时白糖是计划供应的，每个家庭一月的供应量约一斤左右，炒几十斤"炒麦

粉"，我母亲只给我半斤白糖，我到农场后只好用肥皂票与女职工调糖票。喷香的"炒麦粉"，虽然算不上什么名点，也没有好品相，但经济实惠又容易携带和保存，便成了农场知青的"宝贝"。在那个年代，也算属于高端大气上档次的零食了。

在农场里，干的是体力活，又无"油水"，男女职工的饭量都很大，吃饭不久又觉得饿了，只好吃"炒麦粉"。有两种吃法，一种是用沸水冲，用筷子急速顺时针搅拌，看着它慢慢胀发成厚厚的浆糊状，吃起来满口香；另一种是干吃，干吃更香，但吃的时候要屏息静气，不然，要被呛着的。有时，食堂供应的水不开，冲出的"炒麦粉"就像"浆糊"一样，可为了填饱肚子，也只好乐吃了。

"炒麦粉"在农场战友中，也是"友谊粉"。寝室里有人病了，胃痛什么的，本来白天已经有人冲了一碗稀稀的"炒麦粉"端到他面前了，到了晚上，又会有另外一位室友，拿出"炒麦粉"，放上糖，端给患病室友。平时自己都舍不得吃，却在战友病时争着送给人家吃，在那个吃不饱的年头，难能可贵啊。

偶尔，家庭条件好一点的职工，也会从家里带来糯米"炒麦粉"，炒好的面色与普通面粉一样，吃起来更细腻，加上又拌了点黑芝麻、掺了些猪油，口感完全两样，简直是"舌尖上的美食"。我们寝室里有一位仁兄，家庭条件较好，经常带糯米"炒麦粉"，吃得津津有味，我用双倍标准粉"炒麦粉"与他换一半糯米"炒麦粉"吃，他就是不肯，令我羡慕嫉妒恨。有一次出工前看到他的"炒麦粉"未锁进箱子里（仅他一人喜欢锁），半路上我偷偷回寝室抓几把黄沙放他的"炒麦粉"里，搅拌伪装好，曰："你不给我吃一点点，我让你一点点也吃不成。"晚上，大家聚在一起吃"炒麦粉"时，看到那位仁兄皱着眉，舔着黄沙"炒麦粉"，我与室友相互使着眼色，心里别提有多高兴呢！

"炒麦粉"人人吃，经常吃，吃到后来就有"故事"了。有人在干吃"炒麦粉"时，旁人故意在他腋窝下"哈痒西西"，吃的人冷不防受此刺激，笑了出来，一下子把满口的"炒麦粉"喷到了对面的人脸上，那人顿时满脸白粉，成了"小白脸"，吃"炒麦粉"的人则干咳不已。所以，那时干吃"炒麦粉"的人都像防贼一样的警惕，生怕有人捣乱，类似的事情还有闹成动手的呢。

作为民兵连长、治保主任、政治排长的我，去其他寝室布置工作，战友有时会热情地冲上一碗"炒麦粉"，算是很高的礼遇了。哈哈，我曾经"帮助"过不少人"消灭"过众家口味的"炒麦粉"哦。

在漫漫的时间长河里，有些东西我们可能已经忘却。但不管时间如何流逝，"炒麦粉"却是永远的记忆和牵挂。

社员挑河泥

　　七十年代早期，上海流行着一首家喻户晓的民歌，叫《社员挑河泥》，简洁、明快的节奏，充满泥土气息的歌词，倍感亲切的上海方言，描述了农村人民公社社员开河挑河泥的劳动场面，想不到若干年后，自己也变成了挑河泥的一员。

　　严冬的早晨，玻璃窗上结满了厚厚的冰花，刚刚泼出去的洗脸水，一眨眼功夫就冻得结冰了。屋外、房顶、树上、地面都被大雪覆盖着，刺骨的北风不停地刮着，发出尖厉的啸叫声……

　　可当走到中心河的开河工地时，却是另外一番景象，几万人的大兵团作战，一眼望不到尽头的挑河泥队伍，人山人海，工地延绵几十公里，两岸红旗招展，田地里插着木牌制成的标语："水利是农业的命脉""农业学大寨""下定决心、不怕牺牲、排除万难、去争取胜利"等等，电线杆上的高音喇叭里反复播放着《社员挑河泥》："赤啦啦兹哟，赤啦啦兹哟，社

员挑河泥唉，心里真欢喜唉，扁担接扁担，脚步一崭齐吔，勿怕汗水湿透衣，劳动号子震天地，嘿咗嘿咗嘿咗嘿、嘿咗嘿咗嘿咗嘿咗嘿！嘿……"在如此氛围的烘托下，挑河泥的农场知青踏着歌曲的节奏，越挑越来劲，越挑越不肯歇担……

开河，也叫挖河，是为了疏浚河道、挖深、加宽和清理淤泥，保持一定的水深，便于通航以及灌溉农田。开河也是繁重的体力劳动，使用河锹、铁耙、锄头、扁担、竹编畚箕等原始劳动工具，伴以若干个"小太阳"灯、抽水泵等。开河的基本组合是三人一组，一男二女，叫"男女搭配、干活不累"，男的为河锹手，主要是挖土，二女是挑河泥的，主要把河锹手挖出的河泥挑到岸上指定地点，每个组合都有规定的经过丈量的挖土面积，在规定的时间里，必须完成一定的土方量。

我是政治排长，也是河锹手，寒冷刺骨，河锹挖在冻硬的河泥上，更显艰难，手上又生着不少冻疮，豁开了一个个裂口，疼痛难忍，挖到后头连胳膊都伸不直、抬不起来，但仍咬牙坚持着。那时，当什么"长"的，工作量与其他职工是一样的，开展职务工作全是业余时间。指导员前一天晚上在排长会上要求排长带头做到的"一不、二要、三必须"犹在耳边回响着：不可发牢骚；要以身作则带好队伍，要脏活重活累活抢着干；必须讲风格处事，必须做好职工思想稳定工作；必须照顾好病弱者和女职工。我本来想伺机借察看全排开河工地进展情况，也趁机喘口气休息休息，但当我看到一些弱小的女职工挑着一百多斤重的泥河，一步一台阶，要走三四十个烂泥台阶，上岸后还要挑到百米开外的地方倒掉，我就不忍心了。不少女职工已连续挑了七八天，体力透支严重，双腿打颤，两脚打漂。这么冷的天，头在冒汗，头发是湿的，背上的棉毛衫也湿了一大片，脚一滑，连人带挑筐顺坡滚落河中，屡见不鲜。我们当时把这叫"开土飞机"，中午时分，冻土融化，河床全是黏稠的淤泥，爬起来全身泥浆，滚下河的女职工一个个都是"大花脸"。在河边探视的父母、兄妹见状，一个个都是抹着眼泪的，有的弟、妹甚至是泣不成声，但不少女职工跌得快爬得也快，收拾好挑筐，又继续挑河泥去了。当然跌得重、想想又伤心，在河边嚎啕大哭的女职工亦有之，排长们这时会赶紧走过去安慰，因为她哭久了，会带动一大批女职工一起大哭的，兄弟排就发生过类似的情况，弄得个个都跟"孟姜女"似的。

"行路难、行路难，多歧路，今安在……"李白的《行路难》用在此处真是太贴切了。高音喇叭在不停地表扬着某连某排某职工的好人好事，什么"轻伤不下火线，重伤不下战场"，几乎天天如此，在那个年代，这种广播内容对我们的激励还是比较明显的，我们真的真的会学英雄、做英雄，大干快上的。生产排长李进，尽管自己长得精瘦矮小，还会去帮女职工挑重担，看他吃力的样子，并不比女职工轻松多少；生活排长李韵华趁工地休息的时候，拿着热水瓶和她那个"众人喝"的搪瓷杯，给要喝水的人送去热水喝……

我看到与我组合的蒋爱美艰辛地肩挑腿爬，实在是筋疲力尽，走路跌跌冲冲，时不时会从台阶上滑下去，边哭边手脚并用爬着上去，实在不忍心，抢过了她的担子，让她在树旁休息一会，就自挖自挑了起来。"嘿咗嘿咗嘿咗嘿——哎哎哎"，我挑着满筐的河泥快到河岸了，想不到也连人带筐滚落河里，来了个"狗吃屎"——在烂泥台阶上挑重担谈何容易，哪像民歌唱的"社员挑河泥唉，心里真欢喜唉……"。没挑几担，我就满头大汗了，脱掉了棉衣，脱掉了毛衣，只穿着棉毛衫了。想想在河底挖泥穿着棉衣还冷得发抖，一挑河泥便热成这样，这些挑河泥的小姑娘太不容易了！跟着我挑泥的另一名女职工叫周雅萍，个子不高，梳着两个短辫子，眼睛有点近视，话语不多，是个非常吃苦的"女汉子"，挑得再累，也不会吭一声；担子再重，也不会嚷一声；从斜坡上摔下去，迅速爬上来，也不会叫一声；叫她歇一会，也不会停片刻的，只管自己闷声挑泥。我想帮她挑几担，让她歇歇脚，她总是说："你帮别人挑吧，我能挺住。"整个开河的三个星期，她没让我帮她挑过一担泥，像小周这样的姑娘还真不多。也有的女职工玩起"小心眼"，挑河泥故意走得很慢，挑挑停停、晃叽晃叽，河锹手知她偷懒，看在眼里、气在心里，待她回到工地，就"呼呼"掘了两只"夜壶箱"（泥块大如夜壶箱）给她——"你再去'磨洋工'吧，累死你"，河锹手愤愤不平地心骂着。也有些乖巧的小姑娘口袋里藏着糖、糕点、饼干之类，在河锹手饿时拿出来"喂"点，效果奇好，河锹手就会帮小姑娘主动抢挑河泥。个别女职工会与河锹手商量，晚饭请你吃客肉，你帮我挑一小时，男职工会爽快同意，因为开河是苦力活，大家都很能吃，连队安排食堂伙食也大大改善，红烧肉也容易买到了，所以双方一拍即合。而小周的口袋里啥也没有，她也不求别人帮忙，相反，在我上厕所时，还自挖自挑，小周的韧劲、干劲、吃苦精神至今还深深留在我的脑海中。

当然，在挖河泥的过程中，也会有一些趣事，如刚挖进淤泥中，还时不时会捉到黄鳝、乌龟等，那黄鳝有四尺多长，粗如竹杆，腹部蜡黄蜡黄的。在泥中抓黄鳝也是有技巧的，要用食指和无名指死死嵌住它，否则一滑它就钻进淤泥溜掉了，其速度之快令你难以想象。抓到的乌龟中有一只大如面盆底，足有八九斤重，老农视为"千年乌龟"。连队有规定，不能用煤油炉煮食吃，黄鳝也就放生了。"千年乌龟"捉回去用铁丝串背绑在铁床旁，三个星期后，开河结束了，竟然也逃得无影无踪了。还有一次，在开始挖的草丛石板下，发现一个蛇巢，五六条长蛇盘缠着一窝蛇蛋，这么多的蛇挤在一起，好多人没看到过，啧啧称奇，不少女职工看得大惊失色，发出惊叫。我们几个胆子大的人过去用河锹一起斩下去，把一窝蛇斩成了十几段，然后用土埋掉，女职工才敢下河挑泥。老农说这些蛇叫火赤莲，是无毒蛇，以后尽可放生……

大雪仍放肆地在天空中飘荡，寒风像一把锋利的剑在天空中飞舞，那些雪白雪白的"花朵"纷纷扬扬落到了工地上，高音喇叭里时续时断地传出郭兰英的《南泥湾》："花篮的花儿香，听我来唱一唱……当年的南泥湾，到处是荒山……学习那南泥湾，处处是江南……又战斗来又生产，三五九旅是模范，咱们走上前呀，鲜花送模范。"我知道，工地指挥部为鼓舞开河大军的士气，叫我们学习三五九旅呢。

星火农场中心河今日新貌。
1977年1月1日，零下六度，全连职工赤着脚在大雪中开河，头顶上的喇叭里播放着《洪湖水浪打浪》，那一刻，我们永远不会忘记。

星火农场沿塘河今日新貌。
当年我们渡过此河去解放军炮场割草，曾在此河中翻船；此河也是我们游泳、摸蚌、捉虾的地方。

盼场休

在农场也像上海工厂一样，每周有休息日，但每月只能休两天，另外两个休息日要出工，作为调休积起来，逢到节日或家中有事可调休，农忙时不能调休，除非家中有婚丧喜事。所以，在农场要连续干14天农活才能休息一天，那休息日叫场休，一般在6日和21日。

在场休日，女生多会洗衣晒被，结绒线，写家信，而不少男生在5日发了工资后，急吼吼地去钱桥镇吃饭喝酒（场部没有饭店），几个人坐在镇上那家简陋的饮食店，在破旧的方桌上，点上一碟猪头肉和花生米，老酒一直喝到夕阳西下。去镇上喝酒的人不少是一帮"脱底棺材"（不会过日子的人），有钱就任性，将5号发的工资，除了已扣掉的10元饭菜票钱，6号场休基本用光，我们习惯称其三天"小开"（有钱人），二十七天"瘪三"。21日的场休，钱没了，只好在寝室睡懒觉。也有节省的男生，在镇上逛一圈、买碗一毛钱的馄饨或啃两个肉包子便心满意足回连队了，"脚筋"好一点的人，还三五结伴，跑到塘外、胡桥、奉城等几十公里外的老镇上去逛。有的男生在镇上理发店花了1角钱理个"马桶盖"头，发型竟与当地农民一模一样，回到寝室遭到大家的奚落，还要被

打"头塌"。更有甚者，个别职工天不亮就起床乘头班车回家，赶末班车归队，有时误了末班车可惨了，拎着大包小包走上四五个小时，半夜才摸回连队。女生去逛钱桥镇还会用手中多余的粮票去找农民换鸡蛋、调黄豆等农副产品带回上海。

李韵华是个场休闲不住的人。大清早，她约了黄诚益等四个女生坐上西星线，直奔闵行老街，摆渡船一靠岸，她们一路狂奔，去老街的饭店抢位子……四个人花了8元钱，酒足饭饱之后，居然还带回一大包菜。还有一次，她与路菁相约去钱桥逛店，结果花了2元钱就买了两大串毛蟹，那时，农民将河里捉来的蟹是用稻草绳系住的。拎回寝室却犯愁了，连队是不允许职工烧煤油炉的，个别人只好偷偷烧煮，指导员陆珠又住在路菁寝室楼上，一烧煤油炉，油烟味四散，保不住被陆珠发现挨批，只好将蟹偷偷拎到对楼的李韵华的寝室去煮。不多久，几个女生就剥着蟹肉吃起来了，一大堆蟹脚未有人去啃，直到次日才将几十只蟹脚拿出来吃，也别有一番滋味。

说到场休，汪怡回忆说："有次农忙结束，晚上杨舜宣布明天放假，众人海啸般地欢呼。"汪怡等几个金山农友实在等不到天明出发，说走就走，末班车没了，就背着大包小包开始"长征"，一路上，起初还说说笑笑，走到后来都喘着粗气无人说话了，从晚上八点离开连队，当远远看到石化总厂的灯光时已是凌晨两点多了，想起那晚的一幕，汪怡至今还惊呼："真是不可思议的事。"

1977年元旦开挖中心河，是我们到农场的第一个冬天，繁重的挑河泥，苦不堪言，不少女生都累得一个接一个地哭泣。竣工后，突然宣布放假，众人高兴得直呼"乌拉"（俄语：万岁）。倪春雁睡在上铺因为太兴奋，一脚踏空，脚被铁床架划了很长的一个口子，流了好多血，路也不能走了。"看着人家拎着大包小包兴冲冲地离去，我一个人在寝室暗自流泪，真是乐极生悲啊。"今天，春雁还这么说。

李先武有个同学在六连，有一次场休，六连正好包馄饨，得到消息的李先武叫上我和陈逦民一路小跑赶去。我清晰记得，中午时分，先武同学端来一饭盒的荠菜馄饨，我们三个人狼吞虎咽，不到三分钟就吃个精光。先武同学见我们意犹未尽的样子，跑到隔壁寝室又弄来一饭盒的馄饨，我们又是一阵"风卷残云"之后，调羹在手中停顿着，先武同学问："吃饱了吗？"我们迟疑地答道："吃饱了。"其实，这两盒馄饨给我一个人吃还差不多。后来知道，先武同学第二饭盒的馄饨还是向隔壁室友借来的，下次连队吃馄饨还是要还给人家的。这件事情问起先武他已淡忘了，而我却深深地印在脑海中，因为这天的馄饨是有生以来吃得最香的一次。

在农场时，大家都非常馋，恨不得寝室天天有人从上海回来。有一次，顾鸿耀家里帮他买了只20多元的南京"紫金山"牌手表。他利用场休大清早乘头班车回家去拿表，我与良沪送他到场部车站，反复叮嘱他："不要忘记买点吃的东西回来哦。"那时，我们肚中缺少"油水"，空下来就想吃东西，室友从上海回来，我们从下午就计算着他到连队的时间，他一到寝室，就盯着他的包：拿出什么东西让我们吃。傍晚，收工了，我与良沪三步并作两步赶去场部接鸿耀，在场部中心河桥上，鸿耀看到我与良沪迎面走来，他的手已伸向那只淡黄色的军用书包，拿出一条云片糕，一分二，我与良沪忙不迭吃了起来，也不看不问鸿耀的手表什么款式什么价格了。作孽啊，为了半条云片糕，起早摸黑的。那个时候，像我们这个样子的可不少哩。

日前驾车，在电台里忽然听到电影《洪湖赤卫队》的插曲《洪湖水浪打浪》，韩英那回肠荡气的歌声，令我百感交集，真是句句如珠子落玉盘。听着那熟悉的旋律，慢慢地回忆，那是我们青年时代的歌曲，流金岁月的音乐，时代的经典，刚强的人格，纯真的情感，天籁的歌声。

人们常说岁月如歌，我却说歌如生命，因为生命正是由这些岁月里的点滴而成，一首《洪湖赤卫队》的插曲，引发了一段往事。

1977年的正月初一，记忆中是下着雪。雪，漫天飘散后最后找到了自己的归宿，落在房顶，挂在树梢，或躺在地面上，动人的姿色把大地装点成粉妆玉砌、银装素裹的皑皑世界，一群群孩子在自家门口堆雪人，掷雪球，那欢乐的叫喊声，把树枝上的雪都震动下来了。我去凯旋路良沪家拜年，见他趴在自家的玻璃窗上，鼻子被挤得变形，嘴里唱着《洪湖赤卫队》另一首插曲《看天下劳苦人民都解放》。门虚掩着，我推门而入，"娘啊，儿死后，你要把儿埋在那洪湖旁，将儿的坟墓向东方，让儿常听那洪湖的浪，常见家乡红太阳，娘啊，儿死后，你要把儿埋在大路旁……"我还在纳闷大年初一良沪居然

在唱"儿死后""埋在""坟墓"这些东西，他爸却已经一个箭步冲到窗前，"啪"的一声，给良沪来了一记重重的"头塌"。他爸仍怒气未消："小鬼，过年嘴巴不清不爽，唱什么东西，你就不能唱点吉利点的。""来，来，来，小陈，吃宁波汤团，水磨粉是我自己磨的。""不要听良沪瞎七搭八。"

此时的良沪颇感窘迫，抓着头皮略显尴尬，我却在一旁想笑，囿于他爸在，硬是想屏住，却还是笑了出来，他爸看我笑得如此欢畅，居然跟着我也笑了起来。

我边吃汤圆，边翻起那本熟悉的歌曲集手抄本，我在农场寝室里时常看见良沪拿着它练歌。手抄本密密麻麻抄录着几十首当时流行的电影歌曲：《花儿为什么那么红》《我们的生活充满阳光》《妹妹找哥泪花流》《愿亲人早日养好伤》《春苗出土迎朝阳》《赤脚医生向阳花》《沿着社会主义大道奔前方》《杜丘之歌》《拉兹之歌》《啊，朋友，再见》。今天我还能写出这些歌名是后来我用黑硬抄把他的歌曲集复抄了一本，这些当时流行的电影歌曲很有时代特征和气息。这手抄本是良沪的心爱之物，他一有空会钻进帐子里盘着双腿哼起歌来，唱到兴奋处，良沪摇头晃脑的，一手拿着手抄本，一手在大腿上打着节奏拍子，其状滑稽，绝对是那个时候电影歌曲的"发烧友"哦。那时，也有革命歌曲汇编集，叫《战地新歌》，买不到也买不起，虽然每册仅4角5分一册，但也是我们两三天的伙食费了。报纸上经常刊登这些歌曲，我们也会剪下来贴在手抄本上，电台里有《每周一歌》节目，教唱新歌，我们对着手抄本反复练唱，用不了多久也就学会了。

午饭时，良沪不知不觉又哼了起来："娘的泪似水淌，点点洒在儿的心上，含着眼泪叫亲娘……为革命砍头只当风吹帽，洒尽鲜血心欢畅。"我一听又是《洪湖赤卫队》的插曲。良沪毫无察觉其父越来越沉的脸色，我拉了拉他的衣袖，他看看我，一脸的疑惑，仍然没有停下的意思。他对《洪湖赤卫队》的歌曲太痴迷了，这也难怪，那时，开河头上的喇叭几乎天天放的是《洪湖赤卫队》的歌曲。连队每次开会，罗红带领大家唱的仍然是《洪湖水浪打浪》，这是那个时代的流行歌曲哦。良沪爸碍于我的存在，不便发作，"咳，咳，咳"干咳了几声，意在提醒良沪该刹车了，我也猛踩了他一脚，这下，良沪似乎觉醒了，他知道又犯忌讳了，脑子一转，唱起了《我们的生活充满阳光》，他爸听着熟悉的韵律和歌词，脸色才"阴转多云"。

良沪爸是一个参加过抗美援朝的老战士。白炽灯下，我凝望着他，他早生的白发愈加醒目，坚毅的性格刻在那清朗的眉宇之间，无情的岁月在他那消瘦的面庞上刻下了深深的印痕。他穿着一身崭新的藏青色中山装，一口浓重的宜兴话。他喜欢与我拉家常，眯着眼，望着我，幽深而祥和的目光中透露出期待与信任，可我有一件事，却与良沪爸开了个不小的玩笑。

1978年春节，我去杭州娘舅家过年，良沪也想与我同去，正当我俩欲出发时，他爸却要良沪去宜兴老家过年，这下良沪犯难了。他是个孝子，从不敢违抗父命，虽然内心一百个不想去，可嘴上一个字都不敢讲，他来问我怎么办，我也无计可施。可转而一想，连队春节后不是要征兵政审么，于是，我来到良沪家，对他爸说："连队初三派我与良沪去杭州搞外调。"这句话要是良沪说，他爸不一定同意，哪有春节期间政审的。可因为是我一本正经说的，良沪爸便深信不疑，一口答应让良沪年初二从宜兴乘火车到杭州。我们便开始了杭州三日游。回到上海，良沪爸见到我："你们辛苦了，人家休息你们还要外调。"说着，剥了一个桔子给我，我说："是蛮辛苦的，跑了三天，脚也别筋了。"说这话时，我与良沪挤眉弄眼的。他父亲还提醒我俩："火车票藏藏好，弄丢了吃赔账。"我看着良沪："你火车票呢，拿出来给你爸看看。"他狠狠瞪了我一眼，事实上，我俩一出上海站便扔掉了，良沪知道我又出他"洋相"了。

难忘的运动会

1977年5月7日是新三连建连一周年，连部决定举办首届运动会。全连职工闻讯群情激动，奔走相告。我与朱良沪、路菁、孙蕾、赵鸣、徐文娟等几个政治排长便成为了筹备运动会的骨干。没有程序册，便去母校拿来校运动会的程序册和各类项目比赛规则；没有比赛器材，便向场部工会或兄弟连队借用。我们几个挑灯夜战，刻蜡纸、印程序册、出黑板报、检查场地、清点器具、培训裁判员……李进写得一手好字，许多标语、奖状等都由他来包揽。

首届运动会设置的比赛项目有跳高、跳远、铅球、短跑（60米、100米）、长跑（800米、1000米）、4×100接力跑，还有象棋、篮球、拔河和康乐球等等。

连队四周插满了彩旗，高音喇叭里播放着比赛项目。食堂里也准备了不少荤菜，人们的脸上都挂满了笑容。

令人瞩目的运动会开始了，各排职工排着整齐的队伍，踏着春天的气息，迈着轻盈的脚步，随着《运动员进行曲》入场。接着全连职工整齐地做起了广播操，我则在队列前领操。

至今，我都难以忘怀筹备运动会的几个镜头：跑步要跑道，连长派一排男职工把平时开拖拉机的坑坑洼洼的机耕道用

1979年5月，新三连举行拔河比赛，二排朱良沪、顾鸿耀、李先进等参加比赛

1977年5月7日，新三连第一届运动会跳高比赛中，罗红获得女子跳高第一名

锄头铲填得平平坦坦，还派女职工在松土上反复踏，夯实松土；没有跳远的沙坑，就派二排男职工在食堂门前用河锹挖出了一个八米长、四米宽的跳远坑；

缺少黄沙，我带人开着拖拉机，在一个漆黑的夜晚，去奉贤高炮靶场基建工地来来回回偷了三拖拉机的黄沙；没有跳高架，就叫连队木匠做了一个；没有跳高垫，就用稻草垫得厚厚的，算是跳高垫了。

运动会前夕，大家反复练，以取得好成绩。铅球还没借到，我就找了块铅球大小的石头反复掷，为了练跳高，裤裆线脚绷裂了三次。

五排李韵华、滕满福参加了乒乓比赛，李先武参加了跑步和三级跳远，我则报名铅球和跳高比赛。我清晰记得，站在跳高的起跑线上，双手叉腰，镇静地望着那根悬在半空中的竹杆，猛吸一口气，右脚往后用力一蹬，密集的小步对着横杆冲过去，忽然，一个轻快有力的起跳，身体腾空而起，右腿直直地划了一个弧形，稳稳地过了竿——我竟然获得了男子跳高第一名。李先武参加的是三级跳远。只见他迈着轻松的步子跑到踏脚板前，往踏脚板上一蹦，就像蹦在弹簧上，身子立刻弹起来，腾空的身体打开，落地前身体重心前移，双脚齐落，"啧啧啧"，观众队伍一片赞叹声——李先武获得了三级跳远第一名。

拔河比赛是整个运动会的高潮，各排都派出了身强力壮的男职工，我们五排派出了李先武、严卫平打头阵，钱补龙断后，我与李进、金伟众、刘克宁、谢园明等参与其中。拔河在一声哨子中开始，五排和四排的队员一个个都死死地拽紧绳子，脚恨不得深深地钉进地里，眼睛瞪得滚圆，脸憋得通红通红。操场上掌声和鼓劲声此起彼伏。第一轮，我们五排没有集中思想，一下子被四排队员用力拔了过去，眼看大势所趋，我们都松了手，只有钱补龙死缠着绳子，结果被对方拖得在地上打了几个滚，笑得大家前仰后翻。

关键的第三轮开始了，双方队员身体都向后倾仰着，滕满福的身体倾斜得几乎要躺倒；严卫平的脚像扎了根似的毫不动摇；李先武的脸涨得像关公，牙咬得"咯吱咯吱"直响，眼睛牢牢地盯着绳子；谢园明的眉头拧成了疙瘩，连嘴、眼睛都使着劲！看，裁判员朱良沪手中挥着小红旗可忙开了，一会儿给五排这边鼓鼓劲，一会儿给四排那儿加加油，旁边的观众，更是山呼海啸般的"加油，加油"，呐喊声不绝，为自己排的拔河勇士助威。周雅萍、范建华、李凤英、彭玉琴、邵小妹、张平心、倪春雁、朱惠珍等女职工的嗓子都喊哑了，手都拍红了，强烈的集体荣誉感和一个多月来的艰苦训练，五排终于赢得了拔河比赛的冠军。

拔河一结束，我便参加了铅球比赛，我与一排小潘角逐着，只见小潘把铅球托起，稳稳地放在肩头锁骨窝，左手向前方斜伸，右腿向后退了一步，身体向后方倾斜，手臂上的肌肉鼓了起来，脸也绷得紧紧的。突然，他抬起身体，用力一蹬右腿，"嘿"，随着一声猛喝，他转身猛力一推，将铅球奋力投出，铅球如流星一般，在天空划过一道美丽的弧线后，急速落到了地面。可惜，我力量不如小潘，男子铅球我得了第二名。

在女子铅球比赛中出了事故，医务室医生徐芝慧一不小心将铅球推到了观众位子上的六排职工王福琴头上，一下子把她砸晕了，徐芝慧顾不上比赛，在严卫平的帮助下，开着拖拉机送场部医院检查。在徐、王看病之余，严卫平拿着拖拉机的摇手柄在医院里东张张西望望，蓦地见其他连队送来一位满身是血的人，浑身上下被打得遍体鳞伤、惨不忍睹。严卫平听说此人被几个人用锄头、河锹、扁担痛打，严看了一会，感到头晕、眼冒金星，便扶着墙壁摸到了拖拉机上，躺了一会才缓过神来，也是这一次偶遇，使严卫平落下了晕血症，见血就晕，脚发软，至今如此。所幸王福琴经检查除了头痛头晕外，别无大碍，一场虚惊终于过去。经过一天紧张激烈的比赛，运动会在傍晚落下了帷幕。我们五排获得了团体总分第二名，二排获得团体总分第一名。发奖开始了，在运动员进行曲的伴奏下，获奖的运动员依次上台领奖，第一名奖品是活页簿一本；第二名搪瓷茶杯一只，第三名毛巾一条，所有参赛运动员都获得了一张书签。我们十几个筹备人员苦战一个月，夜以继日地工作，连队领导奖励我们每人一只塑料铅笔盒子。虽然奖品在今天看来微不足道，可毕竟是在农场里得到的第一份奖品，大家还是满心喜欢。

一场充满青春活力、充满欢声笑语的运动会，它留给我们的不仅仅是奖状和奖品，而是一种激情，一种精神，一种记忆，至今仍可津津乐道。

为了吃到『猪头肉』

七十年代的中国，吃肉要"肉票"，购肥皂要"肥皂票"，买火柴要"火柴票"，总之，一切商品均要凭票供应。农场亦是如此，唯独吃"猪头肉"不要肉票。于是，每当中午食堂挂出小黑板"今晚供应'猪头肉'，每客0.15元，限购二客，售完为止"时，总会引起连队的一阵骚动。

对我们这些十八九岁的农场青年，一个月难得吃上一次肉，能吃上"猪头肉"，也算是幸运的了。一年里最盼的是12月26日，那是伟大领袖毛主席的生日，有免费的大排面吃，多开心啊。但一年也只有一天，一天也只是午餐有一碗四两的排骨面，排骨的确也是蛮大的，所以给人以期待。平时，食堂供应的"狮子头"，肉糜成分只占10%，面粉要占90%，偌大的一个"狮子头"，其实就是一个面粉球。还有经常吃到的白菜烂糊肉丝，这肉丝要用放大镜才可看见，倒在桌子上挑，也不一定能找到。而"猪头肉"则不然，有肉香、肉味、肉汤，实实在在的肉，价廉物美，每每食堂"猪头肉"安民告示一出，总会引来一片"垂涎"、激动。下午出工时，已有不少男职工和个别女职工在腋下夹好了碗；有的还拿在手上"叮叮当当"地敲着，一路敲，一路唱《沿着社会主义的大道奔前方》这首

当时红极一时的电影《青松岭》的插曲……

　　傍晚，收工的哨子一响，只见大路上拿着农具和饭碗的男男女女气喘吁吁地在奔跑，朝着一个方向：食堂；为了一个目标："猪头肉"。一些长跑健将屡屡得手，也有跑不过的就寻思"插档"。有几个人一插档，"猪头肉"的队伍便乱了，个别跑得快的人也白跑了，碗里同样是空空如也的。不少女职工拿着空碗到连部"告状"，指导员便把维护食堂队伍的秩序交给了我们基干民兵连，我每天率六个强劳力的男女民兵分两排站在四个售卖窗口，严密注视着队伍中的一举一动，不让有一个人"插档"。发现一个，揪住衣领，拖出来，女的"插档"，则由女民兵负责清理出队伍，态度恶劣，拒不认错出列的，轻则将其饭碗扔出食堂窗口，滚得老远，重则押送到民兵连部关"禁闭"。

　　有两个男职工为了"插档"，大打出手，滚倒在地上，扭打在一起，撕坏了衣服，打出了鼻血，非但没吃到"猪头肉"，各自还写了一份"检查"贴在食堂门口，于是"猪头肉"队伍变得非常有秩序。个别女职工实在太馋了，想吃"猪头肉"，苦于腿短跑不快，就想到了长跑健将代购，再以每客0.20元回购，女职工解了馋，男职工也蛮开心，因为赚了5分钱，相当于两三个早饭的菜金了。

　　女职工一般不好意思买二客"猪头肉"，生怕被男职工讥为"猪头三"，他们就用两只碗买，各打三四两饭，各买一客"猪头肉"，说是为人代买，从食堂回寝室的路走到一半，就将手中的两只饭碗扣在了一起。在那个年代，女职工吃半斤八两饭的，都不算个别，我们排就有两个。倘若在今天，再看到这样的情况，恐怕就要称之为"女汉子"或者"女战士"了。

　　"猪头肉"引出的话题还真不少，在农田干重活时，一些家庭条件较好的女职工会悄悄对身旁的男职工讲："喂，今朝下午侬帮我挑一个钟头担子，让我休息休息，晚饭我请侬吃客'猪头肉'好伐？"男职工当然乐意，于是，抢过了女职工的担子。也有个别女职工为了"猪头肉"耍起了小聪明，即将收工时，她说"肚子痛"，要去厕所。那个时候，在田头女职工对男排长说这个话意味着女同志要来例假了，只是怕难为情，不便直说，我们男排长也心领神会，一般都会准假。可个别"肚痛女"怀揣饭碗直奔食堂去了，这种做法后来被跑得快的男职工发现了，从此，借口"上厕所"而去食堂的事情就无人为继了。

我经常带着民兵在窗口执勤，自然吃不到"猪头肉"了，其实我也是很馋的，也很想吃的，看到别人心满意足买好香喷喷的"猪头肉"，我只好饱眼福，咽口水。指导员好像看透了我的心思一样，偶尔也会关照炊事班长为我们几个经常值班的民兵留几客"猪头肉"，我们又不敢明目张胆吃，几个人龟缩在食堂的"泔脚缸"旁狼吞虎咽地吃着"猪头肉"，当然饭菜票还是照付的。我们吃得很香很香，完全忘却了旁边还有只"泔脚缸"，只是盼着盼着，下一次的执勤快点到来。

麦收时节

"田家少闲月，五月人倍忙。夜来南风起，小麦覆陇黄……"漫步于六月的市郊农村，在澄碧的天空下，伴随着清惬的晨风，目睹着田野里大片的金色麦浪在微风中荡漾着，吟诵起白居易的诗句，飘扬的思绪，心中涌动着一种久违的情愫，早已飞回了农场的麦收时节。

记得指导员、连长把我们全体排长带到了23连的一片麦田，现场演示着教我们割麦，他俩做着各种动作的示范，目的是使我们学会并回到排里教会每一位职工。

"割麦把镰刀放低，虎口往上推，镰刀向前伸，贴近麦根部，往回拉，这样割下的麦子麦荐低……"连长不时弯下高大的身躯，一遍又一遍地演示着。望着连长身后割下一排排整齐的麦子，众人跃跃欲试。指导员也告诫大家镰刀口的锋利，小心被割伤。说完，就吩咐大家下地去割麦子了。

我全副武装，戴着草帽，头颈里围着毛巾，涂好了驱蚊剂，双臂还套上了袖套，那"行头"竟有几分当年中学去"七宝"学农的模样。

刚开始割麦，头一低，就碰到了麦芒，脸上刺得痒痒的，手势生疏不连贯。割了一会，渐渐地能一镰接着一镰割麦了，

1978年，徐薇风、陈珊君、戴丽珍、林水琴在麦田

但一抬头，指导员、连长已经远远地把我们甩到了后头，一垄麦子割下来，我居然掉在大部队的后面，心急啊，赶紧加快节奏。那麦地有二三百米长，割麦令腰酸痛不已，满头大汗，草帽也不知什么时候丢了，一只袖套也不见了，狼狈不堪……此时，指导员、连长已割到麦田尽头了，正站在田埂上看着我们"表演"呢，两人不时地"咯咯咯"地笑着，指指点点，我捉摸着该是看我们"出洋相"呢。

不一会儿，指导员、连长又下地从尽头割起，割着割着，竟然与我们接"垄"了。"嚓嚓嚓"，看着他俩轻松的模样，我思忖着，我怎么会如此笨手笨脚呢？还没等我们歇一会儿，他俩转身又下地去割麦了。我们皱着眉头，只好起身跟在他俩屁股后面，有气无力地割着。

夕阳西下，我们这批排长累得像散兵游勇般地回到了连队。

当天晚上，连队召开了麦收动员会，指导员要求我们青年团员在麦收中要发挥青年突击队的作用，发扬"一不怕苦、二不怕死"的革命精神，提前完成任务，各生产排长纷纷登台表决心。

各排迅速展开了准备工作，连队统一发放了新镰刀，一个排还配发了两块磨刀石，生产排长李进嘱咐男职工把全排的镰刀磨得铮亮铮亮的。

晨光熹微，弯月当空。整个连队已沸腾了，我打着哈欠，睡眼惺忪地穿着衣服，吃了两只馒头，喝了一杯水，背上草帽，颈上围着毛巾，手拿镰刀，出了门，路上见人不时招呼着，但究竟是谁，我根本看不清。

到了麦田，李进把从指导员、连长那儿学来的割麦要领"依样画葫芦"，传授给了排里的职工。也不管你听懂还是没听懂，要领掌握还是未掌握，他就像赶鸭子似地把大家赶进了麦田。

职工们第一次割麦，同样有着我们的兴奋，低着头、弯着腰、挥舞着镰刀向前割去。瞧，戴着手套的手紧握着镰刀，左手向外侧一搂，镰刀伸向了麦子的根部，使劲一拉，"嚓"的一声，清脆的响，一捆麦子整齐地躺倒在地。

割得快的人往往会担心后面割得慢的人会割到他的脚后跟，也有割得慢的人会悄悄对前面割得快的人说："帮帮忙啊，割到头，来'接垄'哦。"

有的一不小心，锋利的镰刀将手指割出了一道很深的口子，急忙送场部医院缝上几针，一般割出血的小口子，就用橡皮膏一包，又去割麦了。

割累了，直起酸痛的腰，使劲地捶上几下，向前看看，估摸着割完的时间，再回头看看，惊叹自己"一弯腰"的收获。那些麦子静静地躺在晨曦中，田野也在忙碌的劳作中渐渐空旷了。

天色微明，肚子就开始"咕咕"地叫了起来，打着哈欠，伸伸倦乏的腰，成了一份难得的享受。

红红的太阳一点点地跳出了地平线，多美的太阳啊！我又情不自禁地直起腰板来，欣赏着旭日东升，转过脸来，本想和大家说些什么，却是你看看我，我瞧瞧你，都笑了，脸上的汗水和泥土搅在一块，因为一次次的匆忙擦拭，早已都是一张张的花脸。于是稍作休息，紧紧裤腰带，一弯腰，又是一阵猛割，直把自己累得四脚朝天躺倒在麦子上。

躬身劳作的职工们，那身影简直是田地里一道亮丽的风景线。在连队的任何角落，你都能感受得到阵阵熙风中飘散的麦子香。

麦收很累，却也有提劲的时候，割着割着，突然会窜出一只野兔来，于是大家拿着镰刀形成"大网"围追堵截。野兔东窜西逃，如果是钻进了还未收割的麦田里，也就只好作罢了；如果竟"扑突扑突"往割好的麦田里逃去，那就由我们围捕一阵子了，侥幸逃脱的野兔，估计也惊魂未定，逃不掉的，只好束手就擒。抓住野兔的，得意洋洋；未有抓到的，徒增几分惆怅。

中午，太阳炙烤着，大家热得汗流浃背，我的头像个"蒸笼"似地冒着白气，热得透不过气来，嗓子冒烟，竟然把一热水瓶深井的水喝得精光。

衬衫已湿透了，粘在身上怪难受的，我干脆脱掉打起了赤膊，甩开膀子"大干快上"起来，麦芒扎在胳膊上痛痒痒痒的。偶尔吹来的风又是热的，一群群的蚊子轮番"轰炸"我们，这些，全然顾不上。

麦子割了下来，还要将一些麦子缠成麦绳，将躺倒的麦子捆成一捆一捆的。开始时我们一捆就散，老职工见状就过来，熟练地用膝盖顶住，使劲地压了压麦子，然后一拉也就紧了。见了示范动作之后我们就照着做，果然好使，捆久了，也就慢慢捆紧了，抱起的麦子也不再散开了。捆好的麦子，要抱到机耕道或田埂边，让挑麦的职工挑到打谷场上或装上拖拉机拉走。

在拖拉机上装麦子的必须是很有经验的老职工，既要有力气，又要有技巧摆得均衡，绝对不能装偏了，否则会翻车的。装好的麦子，在行驶中就像一座移动的麦山一样。

傍晚，我的腰扭伤了，可还是想咬紧牙关挺过去，豆大的汗珠不断滚落下来，割麦经常风风火火地冲在前面的我，此时一直落在了队伍的后面，割也割不动。就是割好的麦子也犹如狗啃似的。生产排长李进过来看到我痛苦的样子，便照顾我去抱麦，弯腰的次数虽然少了，但还是要弯腰，每抱一次，都是一次痛苦的历练。大凡经过割麦伤腰的人，都是不会轻易忘掉的。干渴、日晒、闷热、蚊叮、骚痒（麦芒刺），一天下来，腰痛、背酸、手麻，其困乏可想而知，不到天黑得什么也看不见，是不会收工的。谓之曰："从鸡叫做到鬼叫"。

"远处蔚蓝天空下涌动着金色的麦浪……当微风带着收获的味道吹向我脸庞……我们曾在田野里歌唱，在冬季盼望……"每当我听到孙俪、李健合唱的这首《风吹麦浪》时，暖意在心间流淌，同时也不住地感慨：时光匆匆而逝，岁月的车轮却一次又一次地载我回到了那农场的麦收时节。

打谷场上

　　艰苦的割麦大概持续了一个星期左右，边割边收边运。麦子割完了，打谷场上堆着高高低低的麦垛，大家看着那堆堆麦垛，盘算着：后面还有多少事等着去做啊？

　　老农说："打谷场的活比割麦还累！"此话不假。当天晚上，打谷场上架起了"小太阳"灯，女职工都用毛巾包好了头，脱粒机"突突突"、"突突突"隆隆作响，几名男职工挥舞着手中的权子，将麦子送进脱粒机，女职工则用畚箕将脱下的麦子装到一旁空地上。看，脱好的麦子堆得小山般高。

　　打谷场上热火朝天，有人把麦穗堆成垛，在上面踩实；有人在"扬麦"，一个人站在木凳上，来回晃动"筛箕"，让麦粒均匀下落在风口；有人往"筛箕"里添麦；又有一些人用扫帚把风吹出的麦壳扫拢来。那吹起的麦壳还有灰尘什么的，纷纷扬扬，弄得满头满脸满身，吹进了头颈里，蛮刺痒的，一趟活干下来，鼻子黑黑的，嗓子干干的，只想咳嗽。真是体会到了"粒粒皆辛苦"，而不是坐在课堂上那单纯的朗朗上口的背诵。

　　第二天，太阳出来了，地面的潮气开始消散，职工们来到打谷场，开始"摊场"，用木权将麦子均匀地摊开在打谷场

上，不多时，便要用木钉耙去翻动一下，不翻麦时，大多数职工为避太阳暴晒，都躲到了仓库的屋檐下。

"长余、长余！谁看见长余做啥去啦？"中午翻麦，烈日当空，生产排长李进数点着满场转着翻麦的职工，发现长余不在。

没有人知道杨长余干啥去了。

"都没看见？见鬼了！长余，长余，这懒虫是不是在哪个麦垛里偷睡着呢？快出来，再不出来，他妈的算你旷工！"打谷场上满是木钉耙拖麦翻动的声音，李进的喊声近乎于吼了。

"嗲嗲嗲，算伊旷工！排长，侬讲话要算数哦。"打谷场上几名女职工起哄着。

"长余、长余，我最后叫侬一趟，再不滚出来，你妈进医院了。"

"哎……"从打谷场角落的一个麦垛里传来长余怪腔的应答声。"侬哇啦哇啦做啥啦！人吃力得要死了，在里面睏一歇，看侬像狗叫一样的，不就是一个排长嘛，怎么叫的腔调像连长呀。"旁边两个女职工"咯咯咯"弯着腰，捂着肚子笑。整个打谷场上的人听到了杨长余奚落李进，也一起哄笑着。

"麦垛里闷煞了，侬不叫，我马上也下来了。"长余对李进说。

"马上下来，我不叫，侬能下来？太阳从西边出来。"李进对着长余嘶吼着。

"我偷懒啊，我是啥人啊，让我当生产排长，不见得比侬差的！"长余一边操起木钉耙翻麦，一边继续和李进斗嘴。

"对对对，快点把嘴巴用针缝上，不要污染空气。"李进自知斗嘴不是长余的对手，赶紧偃旗息鼓。

傍晚，快要将晾晒的麦子收起的时候，西边的天空却涌起了几块乌云。

"抓紧啊，抓紧啊，大家动作快点，天气不好了。"李进告诉打谷场上的人。

打谷场上立即紧张起来了。晒着的麦子如果被雨浇了，容易焐，焐得麦垛里热得烫手，麦子发红、出芽，那就意味着到手的劳动果实将付之东流。打谷场上闲聊逗笑的声音瞬间消失了，职工们自觉加快了手中的活，不仅几个排干部着急，连长余这样平时吊儿郎当的人也不时催促别人："快点啦，勿要慢吞吞了！""我这半堆麦子先挑到仓库里去啦。""侬这小姑娘手笨得像脚一样，是迭个样子，迭个样子推的。"好像他临时也成了排长。

一阵风起。天边的乌云明显聚起了好多，一副来势汹汹的样子。

"啊呀，真的要下大雨了。抓紧收，大家卖力抢收啊，堆好的麦子赶紧用油布盖上，四周用砖头压紧。"李进大声喊道。

"娘希匹，我们豁出去啦！"李先武边说边脱去了圆领衫，打起了赤膊。

"老天爷啊，我们容易么，您老人家大恩大德，千万不要下雨哦！"女职工张武萍仰天求告着。

"他能听到侬叫吗？阿拉跟伊抢时间，拼命收啊，快点，快点，动作抓紧，先把场上的麦子收拢，盖好塑料布。"李进亮着喉咙声嘶力竭。

一声闷雷从西北方向传来，听起来很恐怖，乌云已经遮蔽了太阳，打谷场上光线越来越暗了。

"木叽叽，木叽叽做啥啦，快点！抓紧！不要停！"

"他妈的，老天爷与我们作对啊？"

"把臭嘴闭上，力气用到收麦上去！"

"哦，快，快，快！大干快上喽！"

"……"

这时候，打谷场犹如战场，连食堂的炊事员、卫生员、仓库保管员、清扫员、拖拉机手、会计全都朝着打谷场奔来。他们纷纷拿起工具，加入到收麦子的队伍中去，背水一战，众志成城。

"珊君，你怎么来了，放下，赶紧回食堂烧姜汤，你没看见，一会大家准成'落汤鸡'。"李进愠怒着炊事班长。

"好的、好的。"珊君即命炊事副班长孙立伟回食堂烧姜汤，自己仍在鱼脊状的麦垛前搬砖头压油布。

突然，头顶的天空中一道耀眼的、惊人的闪光，把天幕划开了一条银蛇般的裂口，紧接着一声霹雷，震得地动山摇。

"暴雨来了，长余，你们几个迅速把那边麦垛盖上麦秸，弄个尖顶，千万不要让雨水漏进麦子里去。其他人先不要管麦穗秸，把麦子弄成堆，推的推、扫的扫，越快越好，谁再有'磨洋工'，我他妈的拿钉耙敲过来了！"关键时刻，李进指挥得当，打谷场上的气氛很像战场上的最后冲锋，紧张得令人窒息。

"劈叭、劈叭、劈叭、劈叭……"先是一道道的闪电，紧接着是声声惊雷，声音很脆。很有爆破力的那种。

"妈呀，这雷声挺可怕的，好像在头顶上炸开呢！"女职工张平心惊呼。

"劈叭！"一道闪电划破了整个天空，接着就是一声惊天动地的雷鸣，它似乎要把整个打谷场震碎。

"李排长，迅速叫人撤进仓库去，这雷太可怕了，不要出事哦。"来打谷场指导"扬麦"的副连长汪友祥大声呼喊着。随着他的声音，豆大的雨点砸了下来。

"不行，把场上的麦子全堆好，盖好才能撤！"李进坚决地说："大家再坚持、挺住，赶快啊……"李进的声音已近乎于哀求。

打谷场上出奇的寂静，没有说话声，只有劳动工具发出的声响。

"咔嚓！"闪电闪着一道道白光，像挥舞着的一把利剑；雷发出隆隆的响声，好像在空中击鼓。整个天都漏了，暴雨如注。巨雷过后，整个打谷场也有了刹那间的宁静。李进和许多职工一样，瞬间，脑子一片空白。等他回过神来，发现自己呆立着，全身已被大雨浇透。打谷场上的人有的茫然失措，有的钻到了雨布下的麦堆里。忽然所有人爆发出一片惊叫，撒手扔掉了工具，争先恐后往仓库里奔去。仓库用来堆放工具，正空着，基本能容纳打谷场上干活的人们。

"刚才怎么了，我不知道了，晕了。"

"一声惊雷嘛，还能有什么声音。"

"打雷声，这么可怕，把我吓死啦。"

"没见过，没听说过，这么怕人的雷声，从小到大，未有碰到，身不由己，我钻进了麦堆。"

"吓人、吓人、太吓人了！"

"老天爷啊，我们没有得罪你呀，你把我们吓死啦！"

忽然又是一道闪电，仓库里如同白昼。

"劈叭、叭、叭、叭……"幸好，雷声与闪电之间还有间隔，说明雷电在急匆匆赶路，已经离开了打谷场……

太阳终于掀开了那厚厚的云，在广阔的云幕上，奇异地出现了一条半圆弧彩虹。"赤橙黄绿青蓝紫，谁持彩练当空舞"。李进和职工们那焦灼的心情终于平静下来了。

率真

肥皂糖

夏夜，落日带走了白天的炽热，月亮晶莹如玉，海风送爽，清风拂人。劳累了一天的职工们吃过晚饭后，在寝室的走廊下，搬出一个小凳，拿着一个搪瓷杯子，摇起一把扇子，纳凉聊天……

连队经常断电，寝室一片漆黑，那时，根本没电扇，整个宿舍区，一堆堆的人在那里纳凉，他们都涂好了驱蚊剂。女职工们难得空闲，就见缝插针编毛衣、织手套，针线缠绕指尖，几乎团团围坐的女职工们都会编织，一双黝黑粗糙的双手会编织出款式新颖、花式美观的帽子、袜子、手套、披肩等针织品。在那个年代，编织是女人必须掌握的手艺。男职工们则聚在一起"吹牛"，讲恐怖故事的，讲到紧张处，猛地做一个夸张动作，令在场女职工吓得尖叫声响彻夜空。也有的一帮人对着一个破面盆吐着西瓜籽，享受着"西瓜宴"；另有一拨人一声不吭龇牙咧嘴地啃着"甜芦粟"，也有的吃得太投入，粟皮割开了唇口，在渗着血，他却浑然不知；有的寝室里的人端出了一面盆的番茄和黄瓜；也有人摇着蒲扇，仰望着星星，凝望着那神秘的夜空，沉浸在这片蓝色的天幕里，聆听着虫唱蛙鸣；更有不少男职工聚在"一撮堆"，用手电当照明下棋，免

不了车马炮厮杀一番，军棋四角大战更是不少"参谋"在旁指指点点。蚊子在身边"嗡嗡嗡"飞过，哼着小曲，趁你不备，吻上两嘴，带走了一撮殷红，巴掌响起的时候却带走了蚊子的生命。

聚在一起，也每每开演着"恶作剧"，有人发明了"肥皂糖"，刀削肥皂，形状如糖，糯米纸包，"肥皂糖"制作后，混在一把糖中，散给乘风凉的大家吃。看着谁"中奖"，她却躲在一旁察言观色、暗自窃笑。盛夏酷暑又停电无灯，吃到嘴里方知上当，"肥皂糖"粘在牙齿上，拼命用舌头舔掉它，越舔口中泡沫越多，像一只崇明蟹在吐泡泡一样，令大家笑得前仰后翻。

发明"肥皂糖"的是良沪的二排，他经常带我去他排，名为看望民兵，实则讨东西吃。良沪在排里享受过"肥皂糖"的滋味，这次带我去出"洋相"，也是想让我受受"窘"，平时都是我出他的"洋相"多，当我不幸中计后，嚼着"肥皂糖"，尴尬的面孔，似笑非笑。我只得干咳了两声，好在无灯，无人看清我的脸部表情，我抿着嘴，眉头紧锁，良沪与他们一伙开心得手舞足蹈。一会儿，他们又心生怜悯了，纷纷拿出许多饼干糖果之类来作弥补，让我吃了"肥皂糖"的那人，颇有歉疚感，马上送了一块肥皂给我，我愁眉略为舒展，要知道，在当时，买肥皂也是要"肥皂票"的。那晚，我吃什么都有肥皂味，良沪也算是报了一箭之仇。出来时，良沪拍拍我的肩膀："兄弟，你也有今天啊。"良沪得意忘形之态，仍清晰地记得。后来有人再给我糖吃，我都会悄悄地捏着细辨，因为我中学时代在安化路上的长征糖果厂学工过，专门包椰子糖，至今仍未忘却老师傅教我包糖的动作步骤。偶尔我知有人又来"肥皂糖"这一手，我也"恶从胆边生"，用"报复的心"来报答他。

一次晚上乘凉，我五排一拨人围着一起谈着"山海经"，趁停电"黑咕隆咚"，李先武递给我一把糖，我想想自己排里也就没太留意，想不到居然又"中奖"了，我坐在小凳上，好生后悔，心里像灌了瓶辣油，火爆爆的，滑溜溜的，不是个滋味，想发火，又怕"小家子"气，人又太多。回到寝室刷牙后，心想，来"恶作剧"我也绝对拿手，我不动声色，故作镇静，实施着"以牙还牙"的计划。我见洗脚水没倒掉，就用塑料面盆装了半盆，用一只纸盒装了点"炒麦粉"放在门框上，并用一把扫帚隔着，让门半虚掩着。我假装催先武来寝室拿生梨，黑暗中，先武不知有诈，一头冲进了我的寝室，洗脚水、"炒麦粉"轰然而下，先武被浇了一头洗脚水，一脸"浆糊"，俨然成了京剧中的一个丑角。我拿着手电，照着他脸，拉他到乘凉队伍中"示众"。"出来混，总是要还的"，我得意地说着，引得大家轰然大笑。这时，也不知谁笑到最后居然拗不住，放了个响屁，我问谁谁都不承认，我立马想起了儿时乘凉的一首儿歌："谁放的臭屁，震动了大地，大地的人们，拿起了武器，赶走了臭屁，取得了胜利。"我朗朗上口般地脱口而出，"背"到后面居然成了集体朗诵。

童年孩子们弄堂纳凉，用这种方法戏谑当众放屁的人，由于屁的不可控制性和来无影去无踪性，放屁的人不认账，很难断定谁放的，但若闻其臭而不发几句牢骚，火是难消的，儿歌使放者足戒，闹者消气，想不到弄堂的儿歌到了农场还派用场。

"哦哟，今朝夜里的乘风凉，活动内容真是丰富多彩。"拿着凳子回寝室的背影中不知谁突然冒出了总结性的发言。

蚊子的故事

　　"与蚊斗，其乐无穷。"蚊子，在我的农场生涯中，留下了刻骨铭心的记忆。

　　盛夏，天气燥热得透不过气来，干活回来的衣服汗水贴在身上，像从水中捞上来一样，也不敢脱下，怕蚊子无孔不入。

　　晚上睡觉，寝室太热，光着身子在帐子里也大汗淋漓，入睡前总要在帐子里噼噼拍拍一番"鼓掌"拍蚊子。寝室里的人"你唱罢来我登场"，成了夏天晚上睡觉前的规定动作。不少人的帐子上蚊尸血迹斑斑，我躺在帐子里，看到几十只蚊子在帐外舞动，它们用细长的尖嘴从蚊帐的网眼往里叮，看了着实让人害怕。睡觉稍有不慎，踢开帐子，露出缝隙，蚊子就会往死里叮，次日早，手脚上留下的是一排"闪闪的红星"。晚上一关灯，就会清晰地听到蚊子在耳边"嗡嗡嗡"没完没了，可一开灯又倏忽不见了，简直让你恼不得、急不得。整个晚上，蚊子坚决与你纠缠到底，有时带着一天的疲惫，刚闭上眼，朦朦胧胧睡着，手胳膊就被溜进帐子的蚊子叮咬发痒，越痒越挠，越挠越痒，翻来覆去，心烦意乱。我等待着下手的机会拍死它，它也等待着再次下嘴的机会，那花蚊子在帐子里一阵盘旋后，落在我的手背上，就开始"工作"了，只见它长长的四

条腿直立起来，尾巴向上翘起，又细又长、像针管一样的嘴巴对准我手背上的粗血管猛刺下去，我按照老职工教的办法，不动声色，看着蚊子的尾部渐渐隆起，像个小黑豆似的，知道它吃饱了，用力把拳头一攥紧，使手背上的肌肉收缩绷紧，竟把蚊子的长嘴夹在肌肉里拔不出来，这时，它想飞也飞不动了。轮到我报仇雪恨的机会终于来了，我轻轻捏着它鼓动的翅膀，用手指甲一一剥掉了它的四条腿，给它做了个"断肢"手术，然后放飞它，这下可好了，因为蚊子没有了腿，它既不能再叮人，也不能飞停下来，只能一个劲地在空中拍动翅膀，直到活活累死。"斗争"结束，我总算出了口恶气，而蚊子也送了我一颗富有纪念意义的"红豆"，以及一整天的睡意。

夏天，连队厕所一景更让人忍俊不禁，在厕所"公事"的人一边蹲着，一边对着屁股摇着芭蕉扇驱赶蚊子，稍有怠慢，定会遭到蚊袭。有时，一个人办完"公事"，另一个较熟的人走进来，后者会对前者说："兄弟，帮帮忙。"前者会拿起芭蕉扇对着后者的光腚猛地扇了起来，见此景，我笑得呲牙咧嘴，这很让我联想到儿时弄堂里"生炉子"的那个动作，滑稽搞笑。有时，我们也会在寝室里先把光屁股涂上一遍"驱蚊剂"再上厕所，蹲在那里可稍安勿躁、专心致志，而不用再一心两用"生炉子"了。有时，非常难堪的是芭蕉扇左右轮流换手，扇得手抽筋，一不小心还是会遇袭，咬到私密处，难以忍耐又难以启齿，只好凭着走路的奇特姿势，心照不宣，让人知道是被蚊子叮中"要害"了。这时，不管谁的好心问候，都会被当成幸灾乐祸和不怀好意，碰到熟悉的男生，问候的语言倒也十分简练干脆："击中要害了？""是的，下次轮你。"所以，我们晚上一般不去办"公事"，实在憋不住，上厕所的速度也必须是"短、平、快"的，否则，受害不浅，还会给室友留下嘲笑、挖苦的把柄。好在连队几乎所有的男生，都有此遭殃的经历，谁也难以躲过。

一次，场部放映队来连队放映《冰山上的来客》，大家早早吃好晚饭，拿着小板凳，摇着芭蕉扇来到食堂门口的广场上，只见男男女女穿着长袖衬衫长裤子，高筒雨靴，使裸露的部位限制到最小，坐定后，几乎人人都在用驱蚊剂将手、脚、臂、颈等涂上一遍。这种驱蚊剂刺激大，7角钱一瓶，对皮肤有损害，可大家管不了这么多，只要蚊子不再来叮咬便上上大吉了。

蚊子是趋光的，电影的光柱吸引了大量的蚊子，密密麻麻，"嗡嗡嗡"的蚊声此起彼伏。光柱下，人群中，蚊子到处乱窜，那种花蚊子叮一口，奇痒无比，疯狂的蚊子让不少人中途退场，坚持到底的人，虽然看完了电影，却大多都成了"赤豆腿"。

寝室的墙上到处都留有蚊尸的血迹。寝室驱蚊，我们会将"万金油"涂在门窗上，将"风油精"滴在帐子上，让其散发异味以达到驱蚊的目的；寝室灭蚊，我们会用"土办法"，即将面盆内壁四周涂上肥皂沫，将寝室飞舞的蚊子全部沾上而死。有时也会用几张旧报纸，倒上"乐果"农药，点燃烟熏蚊子，效果奇好，蚊子死光光，可晚上我们再也睡不着了，强烈刺鼻的农药味，令我们整个通宵咳嗽声此起彼伏，差点也把我们熏晕了。从此，我们再也不敢轻易用农药来烟熏蚊子了。

七十年代的居民家庭生活水平基本上是"均贫富"的，所以，去农场大半年了，全连百多号人竟没有一个买得起手表的，尽管当时"上海牌"手表仅120元，但我一年的工资加起来也只有216元啊。

每天扛着锄头出工靠连长吹哨子，像学校上体育课似的，收工也是连长下到田头来吹哨，偶尔也派人来喊收工，碰到连长去场部开会，我们的收工时间只好"毛估估"了，当然也会看看左邻二十四连、右舍二十五连的收工情况。有一次，老农教了我们一招：把锄头立直，看锄头阴影与锄头成九十度了，说明已是中午十二点了，可以收工，傍晚收工则要看夕阳西下了。中午时分，田地里干活的人会不时地把锄头立直，喊道："七十五度，再干一会。"；生产排长也会喊："八十五度啦，快收工啦。"这时田里的人都蠢蠢欲动了。时间到了七十年代，可我们还像古人一样用最原始的办法在计时。

作为排长，腕上无表，颇为难堪，于是，我下定决心省吃俭用攒钱实现购表梦。去农场头两年，拿18元工资的时候，我为了孝敬父母，每月还寄回家5元，后来想买表了，征得母亲同意，就暂时不寄了。我把该每月寄回家的5元钱存起来，存

率　真 | 157

了将近一年，终于有60元钱了，买"上海牌"手表还得存一年，等不及了，有同事戴着南京手表厂的"钟山牌"手表，看看样子与"上海牌"差不多，"钟山"二字还是毛主席的手体，机械表，三针的，只要55元。不看则已，一看就激起了强烈的购表欲，价格便宜又买得起，我便利用一天场休的时间，怀揣60元钱，天蒙蒙亮就从连队出发，赶到上海找到母亲的单位。母亲请了半天假，我俩一起到市百一店钟表柜，千挑万拣买了一只最便宜的"钟山牌"手表，仅52元，秒针居然还带红点的，非常醒目，配了一根尼龙表带，然后迫不及待地套到了手腕上。高兴就甭提了，这个"扎台型"啊，走在马路上也"雄赳赳、气昂昂"的了，还时不时抬起手来看时间，让路人看看"俺有手表啦"。今天想想过去的举动，真是"戆"到底了，简直和八十年代初，有人戴着贴着商标的"盲公镜"，穿着喇叭裤，手拎录音机，功率开到最大，放着邓丽君歌曲在马路上大摇大摆的样子，如出一辙。

　　我把母亲送上20路电车已是下午二时多了，顾不上吃饭就赶到徐家汇乘徐闵线，回到连队已是晚上七点多了。几个寝室的人围着我看新手表，并"啧啧"称好，此时，我又"神抖抖"了："全排出工收工全靠我这只'钟山'啦"。平时我穿衬衫不喜欢卷起袖管，怕晒红皮肤褪皮，自从有了"钟山"后，我把袖管卷得老高，露出右手腕上的这只表来，碰到有人问我时间，我会大声地告诉他几时几分的准确时间，似乎昭示着：终于成为"表"哥了。想想也作孽，一只几十元的手表竟会让我如此癫狂，哎，毕竟一生有了第一件贵重物品了嘛，是自己身上最值钱的一件东西了呀，怎能不会如获至宝呢？

　　有表的日子不等闲，农场学习会多，一开会，我就会用棉花蘸着牙膏不断地擦拭表面，环顾左右，"表"哥"表"姐们几乎全在做着"规定动作"。夏天，手臂上有汗，怕腐蚀了钢表就不戴；雨天怕淋到雨，水进去会有蒸汽，不戴；锄头翻地，干重活，也不戴，我这只"钟山"表，一半时间戴在手上，一半时间装进了裤袋里。半夜醒了，会拿起手表凑到耳根旁，"嘀嘀嗒嗒"，听着这个声音，心里美滋滋的。同寝室的迆民嚷嚷要买只手表，两年过去了，还没买成。一次，他睡着了，室友玩起了儿时的游戏，在他的右手腕上，非常认真地画了一个手表，还写上"星火"二字，意为"星火牌"手表，待他醒来，发现手上多了一个"表"，在他还丈二和尚摸不着头脑时，全寝室的人笑得眼泪水也出来了。

有几天要下河去掏河泥积肥，手表肯定不能戴在手上了，放进裤袋里又怕滑出来掉进水里，放在寝室里怕被人偷走，正一筹莫展之时，看到床边一双破旧弃用的"元宝"口套鞋，我见四下无人迅速用纸包好塞进破套鞋中去，这颗悬着的心似乎可定下来了。可干了一会活后，总觉得有人会偷走手表，于是我又急匆匆赶回寝室，当伸进套鞋摸到手表时，心里一下子笃定了。这种情况也非我独有，有一仁兄买了一只同样是南京钟表厂的"紫金山"夜光手表，真是爱不释手，晚上睡觉手表从来不会脱下的，一会儿关灯叫人看他的表是夜光的吗，一会又叫人听听手表声音还走吗，室友被他折腾得不耐烦了，有时故意说"没夜光，看不清啊"，也有的说"时间不准的"。这位仁兄半信半疑，就半夜去敲隔壁寝室门，找有表人对表，人家早已熟睡，被他弄醒，"侬脑子搭错啦"，不理他，自顾自睡去了。于是他哭丧着脸回到寝室，叹了一口气，说："哎，没表的日子想煞手表，有表的日子也不好过啊。"

积肥

每天，我的思绪和记忆都会停留在那熟识的往事中，搜索着那些熟悉而又渐渐淡忘的回忆。

在连队时常听生产连长汪友祥说："有收无收在于水，收多收少在于肥。""庄稼一枝花，全靠粪当家。"这些农谚对有过农村经历的人来说不会陌生。

1977年夏天的某日，我与滕满福去小条河中掏河泥，我俩肩挑粪桶手持粪勺，穿着短裤打着赤膊淌到了河中，水不深至膝盖处，就开始用粪勺掏河底淤泥，黑得发亮的淤泥很快装满了四只粪桶。正欲起身，忽见一条拇指粗的灰蛇在水面上扭动着身体，从我俩身旁飞速游过，惊得我俩一动也不敢动。我从没看到过河中有蛇，还游得这么快，正疑惑时，那条水蛇在离我们六七米的地方一口咬住了什么，满福惊诧地说："蛇吃老鼠了。"水老鼠倒见识过，有时在棉田里打老鼠，一直追到河边，"扑通"，老鼠往水中一跳，游走了。那水蛇咬住了老鼠就仰着头开始吞噬起来，我与满福目瞪口呆，站在河中央，不敢移步和发声。那老鼠开始还"吱吱吱"叫着挣扎着，两只后爪及尾巴还在颤抖，不多久，那水蛇就吞掉了老鼠，鼓着圆圆的肚子向我们游来，吓得我俩扔掉了粪勺，逃命似地爬上了

1978年4月，五排李韵华放牛归来

岸。满福心有余悸地对我说："走吧，吓死人了。"我也怕蛇咬，顺势说："好，去做积肥坑吧。"

我与满福开始挖坑了，这是一个六米见方，两米深的池子，不到两小时就挖成了。我去猪舍挑来了猪塮，满福把职工们割来的青草铺到了坑底，又弄来了一捆捆的乱稻草烧至灰烬后洒进了积肥坑。填满后，我俩把河泥倒在上面，像做馒头一样，一点点抹开，直到把积肥坑涂得密不透气时才歇手。

积肥主要是割草，且有数量指标，大家都割草，哪有这么多草割呢？所以连长杨舜也动员职工去收集畜牲的粪便，许多女职工怕臭怕脏，情愿走得更远去割草，而男职工则不怕去积畜牲肥。二十四连民兵连长马大宁对我讲过这样的"顺口溜"："牛拉的是立体的句号；猪拉的叫加粗的破折号；狗屙的是感叹号；鸡拉的是分号；羊撒的是一路省略号。"当时听得哈哈大笑，后来捡到或看到这些畜牲的粪便时，果然如此。

一天，去二十四连串门，碰到中学74届同学"卷毛"，聊到积肥事，她说："捡肥既臭又累，倒不如晚上来我们猪棚挑几担猪粪去。""卷毛"说者无意，我却听者有心。当晚，我约了顾鸿耀、杨长余就去"偷"这些炙手可热的猪粪了。我们三个人借着月光，挑着粪桶，拿着铁锹，钻过防风林，跨过围连河，找到了二十四连的猪棚。小山般高的猪粪堆在那里，我们用铁锹猛铲起来，虽然动作既快又连贯，可我的心还是"呼呼"直跳，生怕被人发现——新三连民兵连长来偷猪粪，岂不让人笑掉大牙！

　　幸好是数九寒天，饲养员早已入睡。我们挑着满满的猪粪桶气喘吁吁地连跑带奔，走在后面的长余不慎滑倒，猪粪泼洒了一地，我与鸿耀连忙放下担子将长余扶起来，长余连连说："不要管我，快把猪粪铲起来。"就这样，我们偷到了六桶猪粪，又不敢把猪粪挑回连队，只好挑到小条河边一个凹塘里隐藏起来……

　　三十五年后，我与良沪去加拿大多伦多与顾鸿耀一聚，聊及此事时，笑得前仰后翻，感叹许多不可思议的事，在那个年代都会发生。

　　积肥的另项工作是清理连队厕所化粪池，在炎炎烈日下，气温高达40度，我们要将大粪掏出并挑到蔬菜班的积肥坑去，有的女职工情愿挑大粪也不愿掏粪。化粪池又大又深，看看也吓人，一不小心摔下去不被淹死也会吃个半饱。女职工不愿掏粪，男职工只好来掏粪了，臭味还算其次，满池蠕动的蛆虫和乱飞的苍蝇让人恶心，只得边掏粪边驱赶苍蝇。挑粪时，有人为了抄近路，挑着百余斤重的粪桶跨过一个个小沟渠，开始时，没有掌握好平衡，经常连人带桶摔倒在沟渠里，衣裤鞋子泼到了不少粪水。跨久了，掌握了动作技巧，挑着粪担可以纵身一跳跨过沟渠，粪水基本不外溢，实在是过硬的本领啊。

　　李进那时个小人瘦，但也不甘示弱争着多挑。有时，他挑的桶绳子长，也不去收紧，遇到坎坷处，桶底总会触及地面，使得粪水激荡与溅出，弄得他的两个裤脚总是湿湿的。

　　我挑累时，就把一根扁担搁在两个粪桶上，笃悠悠的，坐在扁担中间休息，人不倒、桶不翻，可有人模仿我的动作休息时，我会"恶作剧"地从他背后拉一把，使他失去平衡，连人带桶翻倒在地，引得众人哈哈大笑。

接连几天的挑粪，右肩压得肿了起来，就换左肩挑，挑久了，左肩也同样肿了起来，就跟着连长学换肩挑。人照走，担不歇，在行走中换肩挑，起初不熟练，常把粪桶撞到地上引起溅粪，时间久了能轻松换肩挑了，不多久，两个肩都挑肿了，只好低着头把脖颈当肩膀承受着粪担子的重量。肩膀肿有时候还是小事，有一次我却真真切切地被粪水溅了个满脸。那是一个冬日的下午，我挑着大粪，为了避让急驶而来的拖拉机，猝不及防，前面的粪桶被拖拉机猛撞了一下，"嘭"的一声，脸上已全是粪水，无奈，也只好骂骂咧咧地去水笼头上冲头洗脸。寒冬腊月，在雪地里洗冷水头，冻得上下牙齿"咯咯咯"打架，好在那时的自来水是深井水打上来的，冬天里还不算太冷。

1978年5月，新三连工会成立大会，陈建兴、朱良沪、孙浩、顾鸿耀、李先武合影

中毒

　　我病了。

　　我在晕晕乎乎中躺倒了。

　　我在场部医院躺了整整一个晚上，吊盐水、接氧气……这是我人生中第一次享受这些"待遇"。早晨，人清醒了，慢慢想起了昨天下午在田间打药水的那一幕。

　　烈日下，我背着药水桶，在稻田里喷洒农药，灭杀稻虱子，喷药水的"莲蓬头"经常会堵塞，我就用手去拧下过滤网，抓出残渣物，右手不小心划破出了血，在水沟里洗了洗，用手在桶里搅拌了勾兑的药水，便背着药水桶下大田了。

　　傍晚，回到寝室就觉得头昏得厉害，起初还以为是热得中暑了，后来，整个右手掌渐渐地红肿起来，又蔓延到了小手臂，我开始呕吐了，才觉得自己有点不对劲，拖着病体来到连队医务室，医生王曼琳见状大惊失色："你不是中暑，是中毒了！"她皱着眉头看了我划伤的口子和红肿的手臂肯定地说。王医生不敢懈怠，连忙叫我脱掉一股农药味的衬衫，叫来了拖拉机手小邱，让她陪着我去了场部医院……

　　上午，我拿着药片急急地赶回了连队，见到指导员陆珠，她焦急地问我："要紧吗？"我说："没关系，好了。"说着

又一脚踏进了水稻田。

连队植保员王福琴来到田间，她先用木桶拎来河水，再向桶里倒着瓶里的农药，我看见瓶子上有一个死人骷髅头和一个"X"，令人怕怕的。王福琴倒好农药后用木棍在桶里搅拌许久再舀进我的药水桶，她见我穿着汗衫便告诫我："打药水不要穿短袖衣服，免得药水溅到灼伤皮肤。"她见我满不在乎的样子，拉着我："你听着，要顺风打药水或者倒退着打，完工后要洗手洗脸。"我见她喋喋不休的样子，拿起药水桶就往背上扛，三四十斤重的药水桶甩到背后岂是易事，王福琴连忙上来帮忙将药水桶挂到了我的双肩上。

尽管天气炎热，我在王福琴的督促下还是用毛巾扎住了嘴巴，把扔在地上的军帽戴到了头上，毛巾捂得有些透不过气来，左手上下却有力给气泵加压，右手拿着喷雾器对着稻子四处喷洒，加压泵用久了，气压有点跟不上，我不停地扳动气泵加压，累得气喘吁吁。药水实在呛人，使我喉咙发痒，咳嗽连连，喷药时，药水成雾状，随风溅到了脸上，手又不自觉地去撸了几下。这下可好，太阳暴晒下，脸本来就辣辣的痛，被沾有药水的手一擦，更是痒痒的，红彤彤的，半天下来，眼睛红肿，视觉也有些模糊了，好在此时连队已有淋浴，冲了下，感觉好多了。

次日，我背的药水桶底部有点渗漏，渗出的药水浸湿了后背衣服，药水桶帆布带不断地摩擦着双肩，勒出了道道血印，磨破了肩上的皮肤，药水碰到伤口，钻心般的痛，可我全然不顾，完成着自己的指标。一天的药水打下来，背、腰、手臂、双肩疼痛到麻木，晚上睡觉连翻身也懒得。

那时，我们既胆大又无知，真的是凭着一股子劲头在干活，根本不会去考虑中毒、后遗症什么的。更傻的是还把剧毒农药袋带回寝室塞在床底下驱蚊，怪不得头经常昏昏的。

那个年龄，觉得干这个活有点好玩，身上背着一个家伙，手中拿着一杆喷水的"枪"，犹如火焰喷射器一般，神气活现，哪里会去想这是一个有点危险的活，弄不好会中毒，更不会向连部要一个口罩或其他的劳动保护用品什么的。给稻田喷洒农药几天下来，几乎个个都有点症状：疲倦、头痛、脑晕、胸闷的感觉，有时还有恶心、呕吐，不想吃饭，皮肤瘙痒。田间回来，床头一倒，次日照样去重复着昨日的活儿。

不知是谁弄来了双头喷雾器，一拧开关，好家伙，喷洒速度快，速率提高了一倍。一桶药水十分钟不到就打完了，开始觉得来劲，远远把别人甩在了后面，没多久便力不从心了，可我还是咬着牙一垄一垄地喷洒农药，只是趁植保员在勾兑药水时，躺着田埂上休息一会儿。

勾兑药水很重要，植保员会亲自把关，浓度少了，起不到灭虫的效果；浓度太大，对自己对农作物都有损害。有一次，我药水勾兑比例不对，药水配多了，喷洒后，棉花的叶子全部枯死掉了，光秃秃的一片，遭到了连长杨舜的训斥。

棉花田里有一种叫棉铃虫的。一旦形成虫害，叶子被全部啃光，棉花会大量减产，在打药水时，杨舜特地关照药水要打在叶子的背面，因为阳光下棉铃虫全部躲在叶子的反面。

繁忙的劳动之余，总忘不了相互要捉弄一番。我们将药水桶洗净后，把水装得满满的，开始喷水追逐嬉闹，双方喷得个个成了"落汤鸡"还不分伯仲，我便悄悄换上了双头喷雾器，这下，威力可大了。对方还没反应过来已被我喷得分不清东西南北了。结果，他们四五个人联合起来，围着我齐刷刷地喷过来，喷得我眼睛灼痛——肯定哪个家伙的药水桶没有洗过。我被他们喷得缴"桶"投降，跪在地上讨饶，他们一拥而上，抬腿抓腰的"一、二、三"随着喊声，把我扔进了水渠，看到我一副狼狈相，他们笑得可欢啦。

打药水虽然很累还有点危险，但一嬉一闹，劳动的疲惫也就顿时烟消云散了。

《红旗》杂志

　　傍晚时分，大家拖着疲惫的身躯回到寝室，脚上还沾着泥巴，来不及洗去，晚饭的碗一扔，便各拿各的小凳子，围成一圈，开始读《红旗》杂志，这已经成为当时连队学习的一种风气，一道风景线。

　　我是五排的政治排长，学习由我负责，说是学习，也没什么资料，就是一本自费订的《红旗》杂志，一个个轮着读，一人读一段。那年代我们几乎没学过普通话，读出的各种地方口音都有，有苏北口音，有金山、吴泾、郊区的上海口音，甚至也有直接用方言读的，五花八门，煞是好笑。

　　排里女职工来宝是住在闸北区太阳山路一带的，平时说话都操着浓重的苏北口音，轮到她读时，一口苏北腔，声音又小，还有不少字不识，一篇《关于无产阶级专政下的继续革命》的理论文章，被她读得抖抖豁豁、七零八落。她在嚅嚅嗫嗫地读着，其他人却在窃窃私笑，她听到别人在取笑她，读的越发紧张，读到后来她自己也"咯咯咯"地笑了起来，"不读了，不读了"，她盯牢一旁高度近视的吴梅华代她读下去。只见吴梅华一手拿杂志，一手扶眼镜，《红旗》几乎盖住了半张脸，嘴巴又张得老大，一会斜颈右瞄，一会仰面细辨，动作蛮

多又滑稽，嘴上还嚷嚷："啥个字啦、啥个字啦。"旁边有人看不过去了，把她手上的《红旗》一拍，掉落到了地上。

"我来读"，对面的小李自告奋勇地读了起来，什么"反击右倾翻案风""批林批孔"，读着读着，有人竟然睡着了，人一歪，从凳子上倒了下来，引得大家哈哈大笑。夏天蚊子多，有人一边读，一边拍蚊子，有时多人拍蚊子的声音竟淹没了《红旗》声，有的女职工干脆涂上了"蚊不叮"。有的读到后来，思想就开起了小差。

劳动使得手上青筋爆出，蚊子就喜欢叮上血管，我们就玩上了蚊子，让蚊子叮血管，我们一下子把拳头攥紧，血管上的蚊子其嘴针就被血凝住了，被我们"活捉"。不少男职工都是在读《红旗》时练就了这个本领的。

读了没多久，大家就闹着玩了，有人上厕所回来，一屁股坐下去，摔了个"大跟头"，原来旁边的人在她坐下去的一瞬间抽掉了她的小凳子；有人泡了一杯"麦乳精"，去宿舍取把扇子回来，"麦乳精"不知被谁偷偷喝掉了，气得她骂骂咧咧、猛摔杯子。

指导员要求我们读《红旗》要理论联系实际，我除了自己带头说，还要安排生产排长、生活排长带头谈，我记得，我说的大致意思是："我来农场是'一辈子'而非'一阵子'，要扎根农场，广阔天地，大有作为"云云。生活排长翟玲说在农场"要与天奋斗，其乐无穷；与地奋斗，其乐无穷"，说什么呀，她背的是毛主席语录。生产排长小李子说得更绝："只有让手磨起老茧，才能掌好无产阶级大权；只有把脚板练硬了，才能站稳无产阶级的立场；只有把肩膀练厚了，才能担起革命的重担。"说得我们一愣一愣的，小李子哪来的那么多的套话？韵华接着说："我们要锤炼一颗忠于毛主席的红心，只有'自觉红'，没有'自来红'。"其实大家的发言基本上都是报纸上常常登的一些话。

有一天晚上，指导员组织我们政治排长一起学习《红旗》杂志刊登的毛主席语录："卑贱者最聪明，高贵者最愚蠢。"我们也搞不清毛主席为什么这样说。因为"卑贱最聪明"，所以我们纷纷表示要争做一个"卑贱者"，决不当一名"高贵者"，嘴上是这么说，心里却犯嘀咕，为什么"高贵者"会"愚蠢"呢，不管了，反正是毛主席说的，不会错。接着，指导员语重心长地对我们说："当一个卑贱者其实很容易。"说着，她伸出一双长满老茧的手给我们看，"你们练成这样，就什么都不怕了。"看到指导员年纪三十不到，却有一双老农般的手，我想："要弄成这样才算卑贱啊。"指导员又要求各排职工中开展"一帮一，一对红"活动，掀起学习生产新高潮，她提出"一人红，红一点，大家红，红一片"。排长要带领全排职工一起进步，于是，各排学习的花头纷纷翻新。连队的墙上被各排的"学习体会"贴得琳琅满目，我们除了繁重的体力劳动，几乎每天收工回来都要谈体会、写心得，累啊，苦啊，但也只能这样，因为当时的政治环境就是这样。

《红旗》杂志的订费也是省吃俭用省下来的。那时，我们的工资只有18元，其中10元购买一个月的饭菜票，5元大多数人是寄给父母的，还有3元买些牙膏、毛巾、手纸之类的，生活过得异常艰辛，一个月难得吃上一两次肉，有时还是"猪头肉"，无荤菜、活重、饭量奇大，一天吃上一斤半两斤的人不在个别，给父母的钱不能少，只好用3元零用钱贴补饭钱，这样，零用又成了问题，有的男职工根本不买手纸，把一月两本的《红旗》杂志内页当作了手纸，差不多每天一张够用。1976年，正值周恩来、朱德、毛泽东相继逝世，华国锋上台，《红旗》杂志几乎期期有伟人像，上厕所的男职工这点还是蛮拎清的，即使内页用完了，也不敢用伟人像当手纸，如被发现这在当时是要被打成"现行反革命"的，要被关押判刑的。1979年我卷起铺盖返沪"顶替"时，被褥下竟然有40多张伟人像……

女职工的脑筋比我们会动多了，她们精打细算，读过的《红旗》杂志都积起来，一个寝室六个人半年一载收集起来也不少，拎到农场外的钱桥镇废品回收站卖掉，也有几元钱了，买点饼干糕点回来，一路上别提有多高兴哩。

我晕倒在秧田里

这是我在农场时难忘的一幕，回忆起来，恍如昨日，细节历历在目。

1977年夏季"双抢"（抢收抢种）季节，那天凌晨五点多，天已大亮，闷热的天气已让人喘不过气来，张贴在食堂面前的"与天奋斗，其乐无穷；与地奋斗，其乐无穷"的标语已被烈日烤得起了焦色。"双抢"大忙一干就是十五六个小时。十来天的时间，全连要把六百多亩的早稻收割上来、晚稻秧插下去，还要脱粒、扬谷，晾晒进仓。每个排三十多人，人人都像上了发条似地卯足了劲，五排生产排长李进早已匆匆走在了田埂上。每天，他照例都会比别人起得早，将排里的活安排得井井有条。我则把一个个睡得死死的室友唤醒，也实在勉为其难，晚上大家在打谷场上加班把白天收割下来的早稻脱粒，才睡下四五个小时，这会刚进入梦境又被叫起，赶下秧田拔秧了，可大家没有半点怨言，因为他们知道，排长们比他们睡得更少。

全排人陆陆续续到了秧田，一阵猛拔，一大块秧田"秃"了，男生们又将拔上来的秧一担担挑到要插秧的水田里，一担带泥土的秧层层叠叠至少也要150斤，男生的扁担基本挑成了一张弓。

干完秧田活，全排人拿着镰刀又去田里割稻，不多时，大家已是挥汗如雨，女生习惯用戴在手臂上的袖套擦着汗水，男生则干脆把上衣脱了，那衣服几天都不会去洗的，上面粘满了"满天星"的泥巴，我们更多时候是将衣服一抖一拍，将泥灰抖掉。在稻田里割稻，队伍分得很清楚，穿着上衣的是女生，打着赤膊的则是男生，本来如果大家都穿得严实，上面补丁的颜色差不多，从背影看，还真一下子分不清男女来。

　　割完了稻，李进并没有让大家歇一会的意思，猛一挥手："大家跟我插秧去。"于是，队伍很快又挪到了秧田，几十根秧绳，李进早已让刘建岗等人笔直地拉好了，静静地等候着大家的到来，脚上的鞋子乱七八糟扔在了田埂上，大家迅速卷起裤腿，鸭子似地淌进了秧田，一场你追我赶的插秧比赛由此拉开，年轻人血气方刚正当年，谁也不服输，烈日当头，说话的声音也没有，只听得"唰、唰、唰"的插秧声，每个人脸上的汗珠，都像断了线的珍珠乱滚，可就是没人顾得上。约莫半小时，有一个人最先到了田头，她已插完了一垄。我抬头一看，又是周雅萍，她插秧又快又好，后面的人发急似地跟着，埋头猛插，一垄又一垄，不多时，绿油油的秧苗整齐地排成了队，渐渐连成一片，在水田里迎风摇曳。

　　毒辣辣的太阳无情地晒着我赤膊的上身，脊背被晒得通红通红，女生们的上衣也是湿了干、干了湿，已泛起一层白花花的盐霜。我热水瓶里的井水早已喝光，口渴得要命，只好去田埂上的排水沟里捧几口水解渴降温。片刻，我又回到秧田里。没多久，我就眼冒金星，两眼一发黑，晕倒在秧田里，不省人事。事后，有人跟我说起当时的那一幕：

　　滕满福叫了起来："不好了，陈排长晕倒啦，大家快过来。"邻近插秧的刘克宁、李凤英、蒋爱美等人连忙扶起我，连拖带拉弄上了田埂。当时的我脸色苍白，双眼紧闭，全身沾满了泥浆，大家都没有碰到过这种情况，显得有些七手八脚的忙乱，不少女生焦急地搓着手："怎么办，怎么办。"生活排长李韵华镇静地拔出泥腿，过来看了看，用起"掐人中"的办法，将我掐醒。连长

1979年冬，孟铮、窦永兰、汪怡、明佩华、张梅兰、马海华收工归来

杨舜闻讯也从其他排里的秧田赶到五排田头看望我，嘱滕满福、刘克宁等人抬我回寝室。他俩轮流背着我，李凤英、蒋爱美护送着，将我送回了寝室。

经诊断，我胃出血已数日，只是不懂，大便呈柏油样还以为吃了什么，出血多了头晕还以为起早摸黑睡得太少，居然照样吃井水泡饭腌茄子。

指导员陆珠也来寝室慰问我，队医王曼琳则像姐姐一样照顾我，买来了一根棒冰，让我吃点止血，又将冷毛巾敷在我额头上降温，在闷热的寝室里为我扇扇子。食堂的陈珊珺也烧了"烂糊面"端了来。陆珠说："寝室太热了，挤了太多的人空气不流通。"于是叫王医生让我服了药，大家又返回秧田去了。

我一个人孤零零地躺在床上，热得大汗淋漓，内心非常孤独，也不敢打电话告知家人，泪水顺着脸颊滚落下来，但一想到这么多人的关心与照顾，心头马上又热了起来，迷迷糊糊中，我睡着了。

"嘟、嘟"，下午二时出工的哨子又吹响了，食堂门前的高音喇叭里"毛主席发号召，农业学大寨，咱就把学大寨的热潮高高掀起来……"的歌声又响了起来，全排的人又陆续出工了，我一个骨碌翻下床来，踉踉跄跄地跟在了队伍的后头……

　　1976年春，我已决定去农场，一次路过"淮海国营旧货商店"，看到柜台里有一双"出口转内销"的浅黄色灯芯绒的轻便鞋，我十分喜欢，站在柜台前看了许久，才依依不舍地离开。

　　从小到大，穿的都是母亲亲手做的黑色松紧鞋、蚌壳贝棉鞋等，突然这么一双洋气的灯芯绒鞋跃入眼帘，其款式、颜色都是我从来没有穿过的，哪能禁得住心底的那份渴望呢？可这双鞋要2元1角，我回家"抖豁"地向母亲说了，谁知被她一口回绝，母亲说："2元多可以做三双松紧鞋了。"边说边指着我脚上的松紧鞋。是的，从小就看见母亲熟练地做各类鞋子，她画鞋样，用浆糊和破布粘成硬衬板，晒干后做成了鞋帮；白布做鞋夹里，黑布做鞋面，镶上黑边。晚上，母亲在昏黄的夜灯下，一针一针地纳鞋底，几天后，鞋底纳好了，她将鞋帮与鞋底用粗线粗针缝上，鞋底硬，母亲用"顶针箍"使劲，屡屡针断，扎得手渗出血来。我帮母亲再穿针引线，母亲缝鞋的针线在空中不断划出一道道弧线，那专注的样子，至今我依稀可忆。

　　一连几天，我盯牢母亲要买灯芯绒鞋，有点不达目的不罢

休的样子，我天天哭丧着脸，吃饭时，拗不过我的母亲终于松口了，我欣喜若狂，手舞足蹈，一不小心将桌子上的一只蓝边碗打碎了，遭到了母亲的训斥，幸好她并没有说不买灯芯绒鞋了，令我一颗悬着的心终于安定下来。

母亲在街道工厂上班，傍晚四点半下班，我早早蹲在了家门口，接过母亲手中的那只陈旧的帆布包，我俩出发去"淮国旧"买鞋了。

我跟母亲提议去曹家渡的忻康里坐45路到襄阳路下来，再走到"淮国旧"，路途较近，可母亲坚持要坐20路，她说："只要4分钱，乘45路要花1角钱，同样两头要走路。"我对母亲说："你买票，我逃票，这样不是可以节约几分钱又可以少走路了吗？"说这话时我心里打着"小九九"，是盼望着早点赶到店里，却被母亲一顿臭骂："亏你还是学生干部，想得出来。"母亲殊不知，那时，弄堂一帮小子去九江路的中央商场买乒乓球、海绵贴等，基本都是逃票的，即便偶尔买票，最多也只买到静安寺的4分钱，却坐到了1角3分的外滩。碰到查票员上车查票，我们按照事先约定，一起打手势装哑巴，查票员奈何不了我们，赶下车了事，我们再乘下一辆电车，人越多越好，便于我们钻来钻去逃票。有时，电车内人稀少，一上车便被卖票员盯住，拿不出钱买票，又被推下车来，我们只好乘"11"路电车（步行）。

我与母亲从静安寺下车，沿着华山路、常熟路走到淮海中路，我买鞋心切，走得飞快，母亲在我后面吃力地跟着，毕竟上了年纪，豆大的汗珠从她的额头上渗出，母亲喘着粗气，不断地用手帕擦汗，却对我说："侬管侬走，我会跟得上的。"每每想起这一幕，我的眼睛不由地湿润起来。

辛辛苦苦赶到"淮国旧"，那双42码的"灯芯绒"鞋子却卖完了，我一脸懊恼的心情别提有多少失落了，看我木讷地呆滞在那里，营业员有点看透我心里似的，对母亲说："买双44码的吧，比42码还便宜8角。"我一听眼睛不由发亮起来，盯着玻璃柜内唯一的一双灯芯绒鞋，"好的，好的。"我未等母亲发话便兴奋起来。大尺码的这种颜色、款式的鞋子，是国内企业专门给老外定制的，所以是"出口转内销"，可能是某些质量问题，成了"等外品""外理品"，才在"淮国旧"打折出售。营业员又对母亲说："回家弄点棉花往鞋尖塞塞，就跟脚了。"母亲一听比原来又便宜了8角，爽快答应了。只见她从裤袋里掏出钱来，母亲的钱是用手帕包着的，打开来，也只有3元7角，母亲花了1元3角，买下了我心仪的灯芯绒鞋，我抱着鞋子，心里别提有多高兴了。

天色已晚，回家路上，我饥肠辘辘，母亲要买点心给我吃，我因为买了鞋子，不好意思再花母亲已不多的钱，便拒绝了，说回去吃泡饭。可母亲硬是把我拉到淮海中路弄堂口的一家饮食店，买了1角钱一碗的小馄饨给我吃，自己却不舍得也买一碗，我要让母亲也吃上几个，她死活不肯，坐在一旁看着我吃，我知道，母亲看到我吃比她自己吃更开心。

这是我有生以来第一次穿买的鞋，穿在脚上走在路中格外小心，怕弄脏了灯芯绒鞋子。鞋头被母亲用棉花塞得鼓鼓的，鞋尖稍微翘起，有点卓别林鞋子的味道，像只小船，可我全然不顾，自以为很是"扎台型"的。

去农场那天，我穿上了这双灯芯绒鞋子，与"的确凉"裤子相配。到了农场，我用报纸包好，轻易不穿，只是到了场休或是回沪才将灯芯绒鞋子穿上，可能是走路的姿势以及脚型的关系，鞋子的后跟磨损得很快，洗了几次鞋帮也有些松弛了，加上脚汗多，鞋夹里也有几处坏了，可我还是对这双鞋子情有独钟，它，来之不易，浸侵着母亲的一片爱意。

1977年，连队由种水稻改种玉米，提供给上海第七牧场奶牛作饲料，全连队的寝室山呼海啸般地欢腾起来。由于不要再下大田拔秧插秧了，个个兴奋不已。连队当晚又宣布放假三天，这下可好了，许多人当场就准备出发回家了。此时的星火农场末班车已赶不上了，有人提议穿过中心河对面的连队，抄小路可以直接走到钱桥，我穿上了这双已褪了色的灯芯绒鞋，斜背着"马桶包"，跟着大家走上了"胡志明小道"，天黑得几乎伸手不见五指，走在前面的不知是谁，突然一个趔趄，摔了个"大跟头"，他摔下去之前本能地拉住了我，我被他拉得失去重心，左脚一脚踩进了旁边的水稻田，灯芯绒鞋子深深地陷入了泥潭中，我拔出脚时，"灯芯绒"却再也没有跟着出来。看着右脚上沾满泥浆的"灯芯绒"，我一脸沮丧，母亲辛辛苦苦帮我买的鞋子看来就此要告别了，我呆在稻田旁不忍离去，走在前面的人又唤我快跟上，后面的人又催我快走，蓦然，我想：这双鞋犹如一对孪生兄弟，要让他们呆在一起，不能天各一方，我索性脱下右脚的灯芯绒鞋子，扔进了水稻田，赤着脚跟着"队伍"，奔钱桥去了。我把裤管卷得高高的，一个十足的"泥腿子"登上了回家的车。

到了家门口的弄堂，我不好意思这么狼狈进家门，就在弄堂口的自来水给水站，把一双泥腿洗干净进了家门。母亲见我赤脚回家，好奇地问我："灯芯绒鞋子呢？"我把水稻田的遭遇一五一十给母亲说了一遍。话音未落，谁知母亲哈哈大笑，她说："这双鞋你穿了一年多，寿命已算长的了，丢了就丢了，也算它落叶归根吧，我再给你做两双松紧鞋吧。"

次日，母亲下班，真的看见她买了布料和鞋底，她说："帮你做一双布底鞋，一双塑料底鞋。"看着母亲又弯下腰来画我的脚尺寸时，我再也控制不了自己的情绪，两行热泪滚滚而下……

差点憋死的廸民

一个人的记忆里应当有这样一段难以忘怀的青春集体记忆，虽然沉重，虽然苦涩，但毕竟这是在特定历史条件下发生的。

多少年过去了，我的脑海里时常浮现出那张黝黑的脸，那个矮矮的身影……

五排战友相聚，我终于见到了阔别近四十年的陈廸民，我提及他农场生饮黄鳝血，差点憋死的那一幕，廸民微笑着，直摆手："难为情，难为情，你记得这么清楚啊。"

时间倒回到1977年的盛夏，小个子陈廸民从水稻田里捉回一条长长的黄鳝，那条黄鳝很粗很黄，身上呈现不规则的黑斑点，约莫两斤重，路过的女职工见到这么一条大的体型似蛇的黄鳝都躲得远远的。廸民不知从哪道听途说，生喝黄鳝血能补元气，增加力气，于是他不管三七二十一，拿起剪刀在黄鳝尾巴处剪去一小段，血立时涌了出来。廸民一手摁住黄鳝头，一手抓住黄鳝尾巴，仰着头，嘴巴对着黄鳝尾巴小"缺口"，大口大口地吸吮起来，顿时，一股血腥味四处散开，我在一旁皱着眉头感到阵阵恶心，不可思议。但想到廸民在这方面似乎比我们懂，我也就不再置否了。平时收工早，他不时会下河去摸

虾吃。起初，我也不敢生吃，看到他熟练地剥去虾头，生吞起来，一副津津有味的样子，我也打消了顾虑，吃了起来，那虾有那么一丝丝的甜味，于是，一有空，我便催着他下河捉虾摸螺蛳。

此时，只见廼民捏着鼻子，闭着眼睛，一口气吸吮了许多黄鳝血，停顿了一会，他又是一阵猛喝，看他的样子好似痛快淋漓，那条黄鳝知道自己被人吸血，不断地绞来绞去垂死挣扎，不时从廼民手中滑出，廼民满嘴满牙的鲜血，样貌看来可怖，但他自己乐哈哈的，一副轻松状。于是有几个好事的围观者一起上去，捏住大黄鳝，给廼民顺顺当当地"灌血"。

一条大大的黄鳝，血，让廼民整整吸了十分钟，身体"犟倔"的黄鳝终于瘫软下来，可还在无力地扭动着身体。

俗话说"乐极生悲"，没过多久，兴高采烈的廼民，涨红着脸，呼吸明显急促起来，一个劲地说手脚麻木了，肚子有点痛，我们焦急地问候道："要去场部医院吗？"他面露难色："不去了，就是有点恶心，想呕吐，身上觉得烫。"话音刚落，廼民的鼻血淌了出来，晕晕乎乎的一个跟跄就想躺下。

路过的生产连长汪友祥见状凑了上来，一听说廼民生喝了黄鳝血，神情立刻紧张起来："不能让他坐，更不要让他躺下，否则，他会被憋死的。"说完，老汪便叫我和另外几名男职工夹着廼民跑了二十多分钟。

我们扶着挽着廼民，围着连队在机耕道上奔跑起来，那喝血的不喝血的都一个样子，满头大汗，而廼民则似睡似醒，浑身软绵绵的，一点力气也没有，机械地迈着双腿，一步拖着一步朝前走。在一排楼上纳凉的王曼琳医生见我们半拖半拉着廼民，还以为我们欺负他，不断地呼叫："你们干嘛啦，欺负小人，放开他！"

我们救人要紧，也懒得理会她。

跑到第三圈，我们几个都已筋疲力竭，廼民终于瘫倒在地，"呃——"随即吐出一大口鲜血，其腥味熏得我们几个连连后退，我捉摸着该是吐出了黄鳝血，正要拿出手帕想擦去他口角的血迹，"哇——"的一声，廼民又吐出一大堆凝血，眼珠子骨碌碌地转动了几下，他终于缓过神来了，"上——当——了，谢谢你们！"满口血迹的廼民，嗫嚅着嘴角，喃喃地说出了一句话。

我把手帕递给他。

从后面赶来的室友国君，手中拿着一个军用水壶，递到廼民手中，廼民先是漱了口，吐出了一大口血水，后又"咕噜咕噜"猛喝了一阵，神智终于清楚了。于是从地上爬起来，掸去裤子上的泥土，"啊呀，下次再也不敢瞎吃了。"

这时，众人齐刷刷地伸手朝着廼民的"头塌"打去。

"补什么血？"

"侬是女人啊？"

"吓死我们了！"

"请客——"

大家一边责怪着廼民，一边走回宿舍。廼民一头倒在了铁架子床上，呼呼入睡了。

小把戏

　　1977年盛夏，正是农场"三抢"大忙季节，连队一时"红眼病"爆发，出现了聚集性的患病。俗称"红眼病"的是一种急性传染性结膜炎，发病急、传染性强，不少职工得了"红眼病"，由于连队是集体生活，缺少隔离与预防措施，为了防止交叉感染，连部决定患"红眼病"的职工可以回上海治疗，休息一周。这可让为了逃避农忙繁重劳动又没有患病的人，有机可趁了，个别人动足了脑筋耍起了"滑头"。

　　L君黝黑而尖瘦的脸，干活一直是惯于"磨洋工"的人，他不知用什么办法，让自己一下子得了"红眼病"。平时，他就喜欢喝同事杯子里的茶，揩人家的毛巾，用牙刷蘸他人的牙膏刷牙，看到他在寝室里晃来晃去，人人都对他"敬而远之"。L君也乐得背起"马桶包"，兴高采烈地回上海去了。

　　在农场，每当碰到开河、"三抢"等劳动强度特大的农忙季节，总有人吃不了这样的苦，于是自残自己的身体也时有所闻。有的趁人不备，用锋利的河锹把脚背割开一个长长的口子，流了很多血，缝了二十多针，捞到了病假，瘸着腿，一拐一拐回上海了；有的猛吃大量的猪鸭鸡血，验出柏油状便样，弄个胃出血的假象，也逃回了上海；有的猛喝开水再去量体

温，装出个"高烧"的样子，居然也混到了几天的病假；当然，也有的被当场戳穿，挨批不算，还差点受了处分。

L君叼着香烟得意洋洋离开了连队，在南桥转车时，不幸碰到了连队指导员，当问到他回沪干什么去时，L君支支吾吾，语焉不详（其实，他的"红眼病"已褪去，他知道"红眼病"的借口不复存在），指导员见状，顿生疑窦，回到连队便问我L君离队事由，我说："他得了红眼病，回家了。"而指导员说并没见到L君红眼睛，我觉得有疑便向连队几个调皮鬼打听，才弄明真相。傍晚，我打电话到他家的弄堂公用电话时，L君亲自接的电话，说："前脚刚进家门，后脚便追踪到我家了。"我命他次日早即刻归队，他不爽地答应了。

原来，L君模仿其他连队同学的办法，用香烟丝浸泡开水并擦洗眼睛，令眼睛一下子通红了。但这种红眼睛只能维持一小时左右便会消褪，不像真正传染的"红眼病"要治疗三五天才会好转，L君一小时后到达南桥碰到指导员回连队，正是红眼睛褪去之时便露了馅。

次日，L君回到连队，我故意问他怎么得的红眼病，他闪烁其词，问他去连队医务室看过否？用过什么药？L君均低头不语，我便将烟丝放入碗中，倒入水搅了搅："来，L君，我再帮你恢复红眼睛。"L君见状，苦笑了下："既然你们都知道了，我也只好坦白了。"他承认自己农忙怕苦怕累，想逃避，回上海休息几天，同学教他办法，也就偷偷试了起来，未料事情败露。

L君回到寝室，"逃兵回来啦。"一室友劈头盖脸嘲讽起来。插秧时，L君碰到排里一女生。"L君，你红眼病不要传染给我哦。"她明知故问。"我红眼睛好了，你放心，即使传染人也不会传给你，你又不是我一个寝室的。"说完L君朝着女生翻起了白眼。此时，另一个女生也冲着L君："你这下偷鸡不成蚀把米了吧！"这女生继续挖苦着他："你逃走，把你的活扔给我们干，你是男人吗？"L君见此女生不依不挠样，有些愠怒："蛮好呀，回去过了，没有蚀米，气死你。"女生见L君死猪不怕开水烫的样子，嘟囔道："这只戆大，不与你说了。"便低头自顾自插秧了。"侬应该用门轧手指，弄成骨折，逃回去的时间可更长。"一男生故作神秘地帮着L君出主意。L君拿起一束秧苗扔到男生背上，"戳我霉头是吗？啥意思，朋友侬帮帮忙好伐，与我过不去啊。"男生见L君想吵架，连忙说："开个玩笑，你别介意。"说完，去挑秧了。旁边还有男生问L君："回上海带点什么东西给我们吃啊。"L君不说则罢，一说便来气："吃个屁，连队电话一来，大清早我就被爸妈撵出了家门，实不相瞒，早饭还没吃呢。"

中午，L君找到了他的"同党"："朋友，侬这个办法来得快，去得也太快了，弄得我猪八戒照镜子，里外不是人，早点告诉我，我到南桥再洗一次眼就好了。""同党"对L君说："我也是听来的，没试过，你还好没有瞎洗，否则，洗成瞎子不要怪我哦。"

晚上，排里召开学习会，L君在会上作了检查，态度颇是诚恳，读检查的声音却小如蚊子"嗡嗡"叫，头低低的，简直可以钻进裤裆里了。文化程度不高的L君，一份检查读得破句连篇，有人起哄："L君，我们没听清楚，你大声再读一遍。"L君看着那人，欲待要骂，眼睛像要喷出火一样，却还是没敢骂出声来。

母亲的牵挂

又是一年的清明节来临，天气虽然已进入了四月，垂柳吐绿，可仍然春寒料峭，冷风嗖嗖，春雨绵绵。去扫墓的路上，许嵩的《清明雨上》在耳边回响："又是清明雨上，折菊寄到你身旁……雨打湿了眼眶，年年倚井盼归堂，最怕不觉泪已拆两行……"

凭吊，遥寄哀思，悲戚戚，意绵绵，泪涟涟，面对母亲遗照，如见母亲慈颜。母亲，您在天堂生活得快乐吗？屈指算来，您我天上人间相隔已整整二十载了，漫长岁月里的日日夜夜，我对您的思念如山涧的清泉，从未间断，您在天堂听见泉水的叮咚了吗，那是儿子对您的呼唤：母亲，我好想您。母亲生前那些曾经的点点滴滴在脑海里一遍遍地回放……

1977年夏，我在农场胃大出血，不识几字的母亲竟然一个人从上海摸到了连队来探望。平时，她在静安寺乘20路到中山公园回家也会乘反了去了外滩，我不知道她是如何一路过来的。

母亲来连队事先并没告诉我，那几天我正好随场武装部去了燎原农场参加民兵连长集训去了。

中午，酷暑难忍，母亲一路汗涔涔的赶到了连队，她有严重的类风湿关节炎，儿时的我经常清晨五时多起床去光华医院

帮她排队领号。

母亲进连队正好碰到戴丽珍去食堂旁的邮箱取信，看到一位母亲东张西望的样子，便主动上前，一问知道是我母亲。

戴丽珍知道我外出训练了，便把我母亲接到了她寝室坐下，递毛巾，倒水，买午饭……母亲坐在戴丽珍的床沿上，大汗淋漓，未见到儿子，她泪眼汪汪，而顺着脸颊往下淌的，也不知是汗还是泪。好在戴丽珍知道我一些情况，一番介绍才令母亲有所心安。

据戴丽珍回忆：下午，母亲去我寝室，帮我拆洗被褥，洗了不少堆在床底下的脏衣物、袜子，还打扫了寝室，看着发黑的帐子，也动手拆洗了……

冰心先生曾经说过："世界上如果没有了母爱，至少会失去四分之一的真，四分之二的善和四分之三的美。"每当我在农场满心疲惫之时，最先想到的还是母亲，我胃大出血的那些日子，可以这样说，无一个日夜不是伴着母亲的牵挂度过的，母亲的牵挂，就像雨后空中那道彩虹，绚丽多彩；母亲的牵挂，又犹如雪中送炭，带来阵阵暖意，正是有了这母亲对儿子的深深的牵挂，才会演绎出来连队探望的那一幕。

晚上，戴丽珍把电话打到了燎原农场民兵集训处。得知母亲来连队了，我顿时鼻子一酸，一颗颗惭愧的泪珠夺眶而出。

母亲跟我通了电话，告诉我：清晨，她坐上了公交车，问了无数人，车挤，站了几小时，口渴无水喝，天气炎热，一路走一路挥汗而来。母亲告诉我，她帮我炒了糯米炒麦粉。这是母亲破例的，平时她买的都是标准面粉，她还为我带来了"胃舒平"药和8号止血粉，并烧了两瓶红烧肉。她知道我得了胃粘膜脱垂症，特地托人买了胃托带过来……

电话那头的我哽咽不止。那一晚，我是记忆中第一次失眠。

母亲饱经风霜的脸上，刻着深深的皱纹，岁月，让母亲的身影日渐消瘦，令母亲自信的容颜日渐苍老。但母爱总会在我最需要求助的时候，闪现在眼前，母亲的年轮，记载着我的人生轨迹；母亲的四季，牵挂着我在农场的冷暖。

戴丽珍帮母亲买来了饭菜，她让出了自己的寝室给母亲住，自己则挤到了路菁的寝室里。大清早，母亲要赶回市区，良沪叫上了卫平，用拖拉机送母亲去场部车站，拖拉机颠得母亲头昏脑胀，连连呕吐，只得从拖拉机上下来，良沪陪着她走到场部，送她上车。

母亲是个平凡的女性，有着草根阶层共有的美德，她是那顶始终为我撑着的伞，蓦然回首就会看到母亲那张牵挂的脸。

1996年4月，母亲临终前，我守望在旁，她要喝可乐，可嘴抿得很紧很难张开，我用吸管，一头连着她的嘴，一头连着我口中的可乐，慢慢吐进她的嘴。我看到了母亲微微蠕动的嘴，仅十余分钟后，母亲就永远地走了。

悲苦的母亲被上帝召唤去了，母亲一定不再悲苦了，我想如果有重来，我一定不再等到"子欲孝而亲不在"时才牵挂母亲。

思念，是没有方向的风，吹散了岁月的痕迹，时至今日，我对母亲能做的也许只有回忆和祈祷了，可我依然希望远在天国的母亲能听到我的声音，在天国开心。看着那风中摇曳的黄菊，我只能默默地双手合十，默默地祈祷，祈愿母亲安息。

我的母亲

捉弄『小气鬼』

　　在农场的那些日子，年纪轻、干活重、无荤菜、饿得快，到了晚上，总想吃点什么，可连队里一个小卖部都没有。一旦寝室里有谁将从上海回连队，出工时整个下午都会惦念着，因为准有东西带给我们吃。有时为了多吃几个糕点，会走一个半小时去奉贤周陆汽车站接人，抢着帮人家背包、拎行李，半路上就开吃起来，一路走、一路吃，开心啊。

　　我母亲每次在我回农场前，总会帮我烧几瓶辣酱，炒几包"炒麦粉"，买些"万年青"饼干、桃酥饼、云片糕等点心让我带上，并再三叮嘱我要"慢慢地吃、细细地吃"。可农场有个不成文的约定，谁带回来的吃食，什么红烧肉、咸肉、咸蛋、香肠、肉松之类统统拿出来，众室友晚饭只买饭不买菜，就吃上海带回来的菜，叫"有福同享"。这些菜从不会放过夜的，只是这种惯例母亲从来是不知道的。可有的人尽管尽情地享用了他人的美食，自己回来时却什么都不带，即使带也只是带卖4分钱一只的"鞋底饼"（饼形似鞋底），还两人分一只，令我们既扫兴又气恼，就当众指责他"小气鬼"。

　　有一次晚上熄灯后，"小气鬼"在帐子里悉悉索索地独吃着刚从上海带回来的"苔条片"，那东西似耳朵，也叫"耳朵

片"，4角8分一斤，特别脆、声音不小。他一人闷吃，全寝室睡在床上的人都听着他津津有味地吃着，气啊，也只好闷在肚子里。"小气鬼"吃罢"苔条片"又咬上了"脆麻花"，"咯吱咯吱"就像老鼠在啃食。他的下铺终于熬不住了，气得用脚猛踹上铺的"小气鬼"，众室友一片起哄声，"小气鬼"竟然还是"我自岿然不动"，依旧独吃，不理大家。过了一会没动静了，起初大家还以为"小气鬼"睡着了，当他发出剧烈的咳嗽声时，大家才知道"小气鬼"原来在干吃"炒麦粉"时被呛到了，这下可让我们乐坏了，黑暗中，众室友纷纷踢床以示庆贺，可"小气鬼"居然不吱声，心满意足地睡着了，而我们这些"听吃"的人心里还愤愤不平呢，无奈，也只好自找东西解"馋欲"。我从床上爬起，拿起一瓶从上海带来无人要吃的"萝卜干炒毛豆"，一匙一匙的当零食吃，不一会就吃掉了半瓶，太咸了，又喝了很多水。这下作孽啊，一个晚上，几次起来跑二百米外的厕所，冷得又感冒了。

我把全部的怨气发泄到了"小气鬼"身上，见他睡着了，我从床上跳下来，拎起他的竹壳热水瓶，把瓶胆底上的两个尖尖头敲掉了——哈哈，这个热水瓶从此不再"热"了。邻铺小谢冲到牙膏前（连队有规定，寝室毛巾、牙刷、牙膏必须挂成一条线），将"小气鬼"的牙膏用"大头针"刺了一百多个洞，叫"百花齐放"。有人用"小气鬼"的毛巾揩好脚趾头再放回原处。众人一番动作之后，怒气才有所平息。

次日，出工的路上，寝室里的人基本不理"小气鬼"，他自知没趣，也不和别人多搭讪，晚上又爬上床，早早睡觉了。于是，寝室里的人又开始搞"花样经"了，有人去室外捉了两只丑陋无比的"蟛蜞"，放到他帐子里"陪睡"，虽然咬得不算最痛，但痒痒的，半夜，我们见这家伙在被子上爬着——肯定是吓得不轻了。还有人将他的帐子轻轻地贴到他的手臂上，让帐外蚊子吸他的血，叫做"种赤豆"，第二天保准手臂上一排红点点。还有人往他的脸盆里撒尿，再去倒掉，叫做"留点味道不留痕迹"。"小气鬼"对室友的捉弄也心知肚明，偶尔也会反扑一下，"你们'刺'我的牙膏，我就用你们的牙膏刷牙；你把我的热水瓶弄坏，我就趁你不备，倒你的热水用"。这些小耍的"无赖"有时也有引起一些冲突，为此，他还与小谢打了一架。正当他俩打得热火朝天时，我带着众室友将"小气鬼"枕头旁的饼干听捧了出来，将里面食品统统倒在床上，众人蜂拥而上，将"小气鬼"的"苔条片""脆麻花"和"苏打饼干"一抢而光，"小气鬼"捧着空听气得久久说不出话来。

1978年5月，陈建兴、刘建钢、陈金荣、孙浩、刘克宁、潘国君、滕满福在食堂合影

翻船啦，救命啊

　　1977年盛夏的一个暑天，空中没有一片云、一丝风，所有树木都没精打采地懒洋洋地站在那里，"知了"扯着长声叫个不停，让闷热的天气更添一层烦躁。

　　吃罢早饭，拿着扁担、绳索外出割草积肥的职工们陆陆续续地出了连队。

　　连部安排每个职工外出割草是有数量指标的，每人每天要割三百斤草，不管你去哪里割，只要把草挑回来过秤即行。

　　五排有一个"自由"组合：倪春雁、范建华、王秀红、王根荣、陈来宝、刘建钢、刘克宁、陈廼民。他们跑到离连队很远的海边割草，也乘机亲近一下倾慕已久的大海，看到海滩上有很多跳跳鱼、黄泥螺、小螃蟹，建华等女职工在海滩上用芦苇杆围成了一个圈，一下子围捕到了几十个黄泥螺，令众姑娘高兴得欢奔乱跳了好一阵子。

　　这里，远离连队，来此割草的人不多，杂草既高又密，八个人费时不多，就割下了一大堆，足够回连队"交差"了。

　　中午，耀眼的阳光显得格外刺眼，照到人的身上就像火烤一样，地上升起的热气仿佛划一根火柴就能点着，众人都挑着百余斤重的草担，喘着粗气，汗流浃背地往回赶。

眼前是一条并不宽的小河，漂着一只随风摇摆的破船。船舱中积聚着不少雨水，远处有一座无栏杆的水泥桥，走桥要多绕二十多分钟路。建钢建议登船渡河，众人一致响应，女职工纷纷摘下头上的草帽，将船中积水全部掏净了，没有摇橹，没有撑杆，建钢自告奋勇下河来推船。大家纷纷将草担在船上搁好，兴奋之情溢于言表。

　　破船在建钢的推动下，不堪重负的渡至河中心，不知他哪根筋搭错了，恶作剧地拼命摇晃破船，想吓唬一下船上的女职工，看着姑娘们惊慌失措，大声喊叫，建钢把船摇得更猛了，船一下子失去平衡，翻了个底朝天。船上的人纷纷落水，"翻船啦……救命啊……"，来宝尖着嗓子，操着一口苏北话，发出了歇斯底里的呼喊。建钢一看翻了船，闯了大祸，急切地唤着克宁、酉民救人。他们纷纷用力游向"草帽"救人，五顶草帽一抓一个准，可草帽下根本没人，建钢等人慌了……

　　此时的春雁、来宝、秀红、根荣、建华等女职工或已沉入河底，或在水中挣扎，或偶尔露出河面大声呼救。春雁被翻船扣在了船底下，头一个劲地往上冒，却不时撞到船舷上，痛得眼冒金星，又连连吃水；秀红在水中挣扎着，居然爬上了底朝天的船上，趴在船底上嚎啕大哭，根荣、来宝由于翻船时离岸边不远，两人胡乱划水竟爬上了岸，又帮着大声呼救："翻船啦……救命啊……"克宁、酉民、建钢虽然想拼命救人，却在水中慌了手脚不知如何是好，正在不远处割草的五排男职工李先武听到熟悉的声音呼救，扔掉镰刀、草担，飞奔至河边，纵身跳进了河里救人。看着建华"呼噜呼噜"大口吃着水，先武一边安慰着她，一边游到了她身后，想托她出水面呼吸，无奈，建华实在太重了，根本托不起来，只好边游边拖着她，将她硬拽到了河畔。"我的黄泥螺没有啦"，大难劫后的建华上岸后居然第一时间想到的是黄泥螺。先武又游回河中，在克宁、酉民、建钢的帮助下，将在水中时浮时沉的春雁的头托出了水面，几个人拽拉着将她带到了岸边。此时，春雁已失去了知觉，可手中还紧紧攥着扁担和绳子。至此，五个落水的女职工都先后上了岸，披头散发瘫坐在河滩上，大口大口地喘着粗气，不时吐出一口口的河水，"我的妈呀，这么倒霉呀"，来宝一声啼哭，竟引来五个女生的抱头痛哭……体力不支的先武脸色苍白，低头无语，头发上的水顺着脸颊滴下来也无暇顾及，看得出，他已精疲力尽了。

女职工哭了一会，纷纷围拢到先武周围。

"先武，谢谢侬，救了我一条命。"建华一脸感激。

"李大哥，侬救人有门槛，今朝多亏了侬。"春雁拉住先武的手连连道谢。

"刘建钢，你这个'杀千刀'的，都是你故意摇翻船的。"来宝一看见建钢，气就不打一处来，想抓起脚上的鞋扔过去，可一摸，双脚上的鞋已了无踪影。

"你不得好报，时间未到。"来宝怒气未消。话音刚落，一拨女生冲了上去，揪他头发的，拎他耳朵的，用扁担敲他的，用绳子抽他的，建钢自知理亏，不躲，任凭她们发泄。发泄完了之后刘建钢才发怒道："我也不是救你们的嘛？""你救什么啦，你救草帽，又没救人。"两眼通红的王秀红冲着建钢发威。一旁的克宁、酉民一脸尴尬地站在河边，他们同样也救了草帽而没救到人，女职工也没责怪他俩，因为船压根儿不是他俩弄翻的。

烈日当空，暴烈的太阳把地面烤得滚烫滚烫，一阵南风吹来，卷起一股热浪，湿身的女职工坐在河畔晒着太阳，想弄干衣服，闷热得好像有被蒸的感觉，每吸一口气，都像吞下了一个热馒头。不一会儿，打湿的衣服竟然全晒干了。

作为政治排长的我和生产排长的李进，当年根本不知发生过此等危险的事。足智多谋的李先武，在回连队途中告知大家"封口"，怕此事被我和李进知道大怒并挨骂，怕连队通报批评。如果那天真的死了人，那可是天大的事。好在佛祖保佑，有惊无险，还能让近四十年后这拨船上的人聚在一块聊起这件难忘的翻船事，几许无奈，几许感慨，几许庆幸。可"罪魁祸首"刘建钢至今还没联系上，要不然这次聚会说不准又要被这拨女生"复仇"呢。

夜守瓜地

当最后一片被夕阳染红的云彩也被天上垂下的黑幕遮住时，夜幕降临了。走在长满杂草的田埂上，就像踏在柔软的绿毯上，两旁稻田绿油油的秧苗长得郁郁葱葱，在微风中摇曳，蛙声此起彼伏，交相呼应，愈唱愈高亢，飘散在田间的角角落落。

晚上我与良沪作为民兵干部被派去值守瓜田，田里瓜未熟透，已被偷摘了不少。指导员指派我们基干民兵轮流值守看瓜，说是看瓜，连一个遮风避雨的瓜棚也没有，还时常被蚊子叮得七荤八素，我们只能围着瓜田"团团转"。到了瓜地，我拿出驱蚊剂，从头到脚涂了一遍，看着我大面积地涂药水，良沪不解地问："不要涂这么多吧？涂多了伤皮肤。"

"哦，你细皮嫩肉，少涂些，帮我节约点，7角一瓶呢。"

良沪说是伤皮肤，却一点也没少涂，说话间，蚊子"嗡嗡嗡"地就围了上来。我边用蒲扇"叭叭叭"驱赶，边问良沪："今晚有什么想法吗？"

"什么想法？"

我指指西瓜。

"吃瓜？不行，不行，我们看瓜的怎能偷瓜吃？"良沪连连摆手。

我蹲了下来，拍拍西瓜："看瓜不吃瓜，是个大傻瓜，你懂吗？"我看着良沪。

"嘴干了再说吧。"良沪说。

"我让你吃到泻为止。"

"不要太夸张……"

"一会儿你就感觉到了，到时我把厕所门锁了，看你怎么办？"

"我去女厕所，反正半夜没人。"良沪一脸得意。

"咦，好主意，你可以一试。"我附和着他。

田埂上三三两两的人，散步者有之，一个人溜达的有之，我俩坐在瓜田旁的田埂上，手中摇着旧蒲扇，天南海北地闲聊着，走过来的人不时与我俩招呼着，我也知道，在瓜地附近散步、溜达的人有些可能就是冲着西瓜而来的，见我与良沪把守，不好下手，也就装着散步的样子了。溜达的人渐渐走远，我拿出两件破雨披铺好，和良沪两个人干脆躺倒在瓜田里，以瓜为枕，仰望着天空。满天繁星，一颗颗亮闪闪的，镶嵌在黛色的夜幕上，像熠熠生辉的宝石。淡淡的弯月，隐隐地悬在天之一隅，酷似笑弯了的眉，蟋蟀在草丛中"喔喔喔"地叫声不断，给宁静的夜空增添了动听的乐章……

一阵沉默后，我想起了在场部民兵团实习时背过的《唐宋词选》，便在良沪面前吹了起来，我问良沪："'明月别枝惊鹊，清风半夜鸣蝉。稻花香里说丰年，听取蛙声一片……'知道谁写的吗？"我明知良沪不知而故问，良沪摇了摇头。

"南宋，辛弃疾所写的一首吟咏田园风光的词，词牌名叫'西江月'，词名不记得了。"我看着星星，不思而答。

良沪看我"笃悠悠"、抖着二郎腿的样子，非常不服气，做怒道："词什么意思，说，别卖关子！"

我坐了起来，拍了拍良沪的脑袋："很简单的呀，就是月儿出来惊动了树枝上的鹊儿，轻风吹拂的夜风中不时送来阵阵的蝉鸣，稻花飘香沁人心脾，驻足聆听那一片蛙声。你懂了吗？"

我自鸣得意之态彻底激怒了良沪，他也跟着坐了起来，脱口而出："仲夏苦夜短，开轩纳微凉。谁写的？什么意思？"

我说："不知道，但字面上不难理解啊。"

良沪像一个老师对着一个小学生般地辅导我："唐朝杜甫所写，盛夏酷暑难当，不热的夜晚实在太短了，试着打开门窗吧"，良沪边说边站了起来，冲着黑暗做了一个打开门的动作，"也吸纳外面微微凉爽的空气吧。"

良沪"朗诵"般地讲解完了之后，双手交叉于胸，神气活现地看着我："好了，好了，别开门窗了，开西瓜吧。"

"小心点，小心点。"我说。

良沪看了看表，已是午夜十二点半了。

我爬了起来，看看连队大部分宿舍的灯基本熄灭了，就蹲了下来，说："开始吧。"

良沪正要手劈西瓜，我拦住了他："不要乱敲，要挑好的瓜吃。"说着便把从老农那里学来的挑瓜常识说给了良沪听："西瓜底部的圈圈越小越好，圈圈越大，皮越厚；若瓜蒂卷曲圈起来，就很甜；瓜纹路整齐是好瓜；颜色要青绿色的，不要雾白的。"

我的这番"挑瓜经"让良沪听得一愣一愣的。我说"动手吧"，良沪打着手电筒，我一个瓜一个瓜地挑过去，对着脚边一个大西瓜，说"就这个"，说时迟，那时快，良沪屏住气，一巴掌劈了下去，瓜汁溅了我一脸。"好瓜！"良沪翘起了大拇指。

因为是无籽西瓜，所以吃起来更爽。

"喂，这地里的西瓜咋这么甜，好几年没吃到这么甜的西瓜了。"良沪津津有味地吃着。

"浇的大粪呀，所以甜。"我漫不经心地答道。

"什么，大粪浇的？"良沪瞪大了眼睛看着我。

"这个你也不知道啊，少常识，大粪浇的瓜又红又甜，化肥浇的只红不甜，你现在吃的就是大粪浇的。"

"呸呸呸……"良沪欲吐。

"吐什么，吃的是大粪浇的瓜，又不是大粪，瞧你这德行。"我挪揄着良沪，良沪想想也是，就仍大口大口地啖起来。吃完一个又劈一个，借着月光，我们一连吃了三个西瓜，良沪边吃边警惕地四处张望。

我对良沪说："看瓜人吃瓜，叫……"

"监守自盗。"良沪一边嚼着，一边接过我的话头，瓜籽粘在嘴上也不撸掉。

吃饱了，我俩就对着西瓜一个个地撒尿，"谁来偷瓜，就吃'尿瓜'吧。"说完两人哈哈大笑。打着饱嗝的我们开始围着瓜地巡逻，看看有否偷瓜贼，仿佛忘却了刚才自己的所作所为了，走了一圈我俩又坐到了田埂上，我指着与西瓜套种的"八轮瓜"（伊丽莎白瓜），说："怎么样，再来几个吧，这个甜、糯，好吃。"良沪这回没有用手劈，而是用手指尖瓣开了瓜，瓜瓢瓜籽落了一地，我尝了一口瓜，"又脆又甜"，我由衷地赞许道。吃完"八轮瓜"，手是黏的，也没有布可擦，我随手抓起一把土，用力擦了擦，又在衣服上蹭一蹭，算"干洗"过了。

"喂，偷吃也要讲文明好伐，瞧你身上那么多瓜渍，一看就是偷瓜的。"良沪"嘿嘿嘿"狡黠地笑了几声，掸去了衣服上的瓜籽瓜瓢。我看着一地的瓜皮，就用带来的河锹在瓜田旁挖了一个坑，把瓜皮一股脑地扔了进去，掩埋了。

刚把"生活"做清爽，只见田埂上有一道手电筒白光后随着黑影朝我们走来，我好生纳闷；"偷瓜的还带手电筒？莫非连长来查岗了？"正想着，黑影已到了跟前，"连长"，我和良沪同声叫道，连长说："寝室太热了，睡不着，来陪你们聊聊。"我们俩连忙摆手："不要了吧，我们自己聊。"连长还是一屁股坐了下来，与我俩聊了一会，便起身告别，走出一段路，连长转过身来叮嘱我们："渴了饿了就开个西瓜吧。""不–要–啦！"良沪尖着嗓子，半个夜空都能听到。"好险啊，要不是刚才埋掉这一大堆瓜皮，就闯大祸啦。"说完，我不由自主瞟了那个坑一眼。良沪笑嘻嘻地说："我们好像只顾自己吃了，弄几个回去给路菁罗红她们吃吧。""也是，有福同享。"说着，我捡起破雨披，挑了两个西瓜，就蹑手蹑脚溜回了寝室，灯也没开，就把"雨披"塞进了我的床底。

东方的天空泛起了鱼肚白，我俩折腾了一夜，全然忘了下半夜再涂驱蚊剂，被蚊子咬得"红星"点点，良沪说："不好，肚子'咕咕咕'叫得厉害，要拉肚子了。"边说边向厕所走去，我在他后面喊道："去女厕所哦。"良沪不搭理我，过了好久，他耷拉着脑袋走了出来。"哎呀，被你传染了。"我边说边也奔进了厕所。我在厕所里刚蹲下，只见良沪提着裤子急匆匆又走了进来，我俩并排蹲着。

"免费西瓜不好吃啊。"我嘟囔了一句。

"嘘……"良沪指指隔壁女厕所，示意我小声点。待我俩如释重负走出厕所时，红日已悬在云层之中，光芒四射了。

稻田里的吸血蚂蝗

如今，城里长大的孩子肯定不知蚂蝗为何物了。哪怕生活在农村的小孩只要不下水田，也不会知道蚂蝗是什么"东东"了。又因农田大量使用农药，青蛙、蚂蝗之类大为减少，蚂蝗在农村近乎珍稀动物了。不像我们在农场时，在稻田干活，随处可见蚂蝗，每年总有一段时间，天天被蚂蝗叮咬得鲜血直流。

刚到农场，连长杨舜即告诫我们："稻田多蚂蝗，叮脚吸血，不要用力拔，蚂蝗越拔越往肉里钻，只能在叮的部位周边用力拍，蚂蝗会退出来的。"没过几天，初遇此物，如针般长短，似麦杆般粗细，全身黑明透亮，软体游于水中，扭扭怩怩摇摆自如。这货有吸吮人血嗜好，在秧田或水中稍长一点时间，一不留意，便会被它钻进皮肤，吸上几口血。被咬的若全是女生，那田间便是"哇"声一片了。

二排罗红、徐玲丽、陈秀芳等女生清晨五点多起床就去稻田拔草，她们挽起衣袖，撩起裤脚，脱了鞋袜露出雪白雪白的小腿，侧过身子羞羞答答，像小脚老太婆那样，互相搀护着一步一步地挪进刺骨而泥泞的水田，可一听水中有蚂蝗，踏进水田的脚又纷纷缩了回去……

炎炎烈日，酷暑高温，时近中午稻田中的水又烫脚了，蚂蟥照游不误，它一旦叮上腿，很快能吸破皮肤，人一般很难感觉痛，皮肤灵敏的人，稍微有一点点的痛。在腿上吸血的蚂蟥，柔软滑腻的躯体，是不能用手去拽的，不然弄断更麻烦。所以，老职工教我们用烟头、盐去刺激它，它才会松了它的吸盘退出来，伤口会流血不止。五排李先武回忆道："在稻田里发现脚上有东西在咬，一看蚂蟥一半已钻进腿肚子了，拍了很长时间才出来，流了不少血。"二排文娱排长罗红说："蚂蟥叮得多了，非常害怕，去镇上买了秧袜在稻田里穿，被汪连长批评过，说我娇……"是啊，穿了秧袜，会把脚印弄大，形成"窝秧"，水一放，秧苗易被冲走。罗红狡辩道："我的秧袜还没杨治安的脚大，那怎么说呢？"说得汪连长一时难以回答。

　　徐玲丽一走上田埂便检查小腿上有否蚂蟥，腿上叮过几次蚂蟥，钻得很深，吓得双腿发软、泪眼汪汪。听连长说过，钻在肉里的蚂蟥不能硬拉的，越拉越往肉里钻，徐玲丽只得噙着眼泪不断拍蚂蟥叮的腿肚子周围，让它慢慢退出来，蚂蟥是一点点退出来了，可血流不止，徐玲丽恨得用剪刀把蚂蟥剪成了碎粒，心头的气才平了些。有一次，二排政治排长朱良沪从秧田里走上田埂休息，坐在一旁的陈秀芳、汪怡齐声尖叫，她俩指着良沪的脚，良沪低头一看，也吓得不轻，小腿肚上有七八条蚂蟥叮着在吸血，沿着蚂蟥的尾部顺流而下七八条血印。蚂蟥们微微蜷缩着身体，正吸得津津有味呢，良沪见状既害怕又恶心，只得轻轻用两指从腿上一条条拔出蚂蟥，恶作剧地往身边的陈秀芳、汪怡身上扔去，吓得她俩"嗷、嗷"直叫，还一不小心滚落到了旁边的水沟里，乐得良沪忘了淌血的腿，哈哈大笑。

　　有一次，我在稻田拔草，见水中游着不少蠕动伸缩的蚂蟥，我就涂了不少"万金油"下了田，心想这下可笃定了，可不一会儿，就觉得小腿痒痒的，抬腿一看，六七条蚂蟥正在我的小腿上贪婪地吸吮着鲜血，我走上田埂，对着半截身子都钻到腿皮之中的蚂蟥，不断地拍着腿肚子，有几条蚂蟥受到惊吓退出了皮外，有几条死缠着就是不出来，我冒着危险干脆用手指去一个个把它拔了出来，我恨啊，用镰刀在田埂上将蚂蟥剁成了几段，扔到了水沟里，谁知它照游。蚂蟥叮过的伤口不断流血，又招来了更多的蚂蟥，又没有什么"邦迪"，只好随手用田里的泥巴抹上腿止血，现在想想真"腻心"透了，这泥巴中可是撒了猪榭、化肥的。小腿到了傍晚红肿成了萝卜腿，只好去医务室找"小医生"胡丽萍给涂上了碘酒。

在农场下过大田的人，几乎没有人不被蚂蟥叮咬过的，人们对它肉嘟嘟黏乎乎的样子，唯恐避之不及。蚂蟥又像牛皮糖，很有韧性，放在手里搓，它就缩成团像个栗子，有时揉圆了比小时候玩的玻璃弹子还大，放在地上它又变长了，它不怕摔，也不怕砸，你也撕裂不了它，每到田埂上休息，我就胆大地玩蚂蟥，拿在手里使劲揉、搓、捏，摔在地上用脚踩，蚂蟥居然还是好好的。玩够了，再弄死它，最有效的办法是用一根竹签，从一侧的吸盘插入，把它整个地由内而外翻转过来，它肚子里的血是浓黑的，疙里疙瘩挺恶心的，即便如此，它还活着，据老农说，哪怕是晒干了，遇上雨水还能活过来。有时捉了一把蚂蟥，干脆一把盐撒了上去，这下，它真的玩完了。说起稻田里的蚂蟥，相信不少农场战友都有过此境遇吧。

练刺杀

1976、1977年，我连续两年被星火农场民兵团调去脱产集训，系统接受一个民兵连长所必须掌握的基本军事技能，我学得非常认真，因为全连40多个基干民兵要靠我回去传授所学到的全部内容。

从小就喜欢玩枪舞刀的我，顽童时代自制过不少木头枪、夹子火柴盒枪、铁丝橡皮筋枪，还用废锯条磨成长刀片装上小木柄制成过匕首，当然，我也是"弹皮弓"制作大王和"神弹手"，我妈为此还赔了不少邻居的玻璃钱。而今有了真枪在手，且是五六式半自动步枪，带瞄准器沉甸甸的，背在身上神抖抖的，便用枪油擦得铮亮铮亮。那把长长的带血槽的三角刺刀，在阳光下一闪一亮的，着实让人感觉神秘和带劲。

教官布置的内容很多，我却对练刺杀"情有独钟"。"立正、出枪、成刺杀预备姿势"，随着教官一声又一声的口令，没受过什么训练的我，做起动作来非常笨拙，教官一会儿说我屁股翘得太高了，我赶紧前挺；一会儿又说我肚子挺得太凸，我立即收腹。我被教官纠正了不少动作和姿势，太阳底下，常常累得眼冒金星。教官竟然还要把我当成"反面教材"，叫我出列示范刺杀动作。"不能先动身体后出枪"，教官走过来

1978年秋，新三连民兵连长陈建兴在为民兵骨干讲解《民兵训练操作要义》

亲自示范了一遍，我再次做了一个突刺的动作；"不能先抬腿后出枪"，教官非常注意观察我的一招一式。之后又让我到旁边，对着"稻草人"练上一个小时。我看着"稻草人"，说："哼，今天非刺穿你不可。""杀！杀！杀！""稻草人"顷刻被我刺穿了三个窟窿，接着我又猛攻猛刺、动作连贯，直到把"稻草人"刺翻在地，我也累得上气不接下气，瘫倒在地。

第二天训练时，教官叫我与二十四连民兵连长马大宁用木头长枪练对刺。第一回合，我既胆怯又动作生疏，大宁眼明手快，一个"突刺"，把我捅了个"趔趄"；第二回合，我俩的木头长枪不断地猛烈撞击着，发出"嗵、嗵、

1977年10月，民兵丁云义、金子明在连队站岗

1977年10月，民兵孙浩、黄璧雄在连队站岗

1977年10月，民兵陈震国、叶成功在连队站岗

"嗵"的对刺声，大宁以守为攻，我一个"防左刺"，刺中对方，扳平；第三回合，我心里特别紧张，怕输，处处被动，手脚慌乱，大宁运用"骗刺"战术，连连刺中我，我终于败下阵来。

集训班要结束了，良沪来场部接我，我在他面前炫耀着手中的自动步枪，"表演"了几招刺杀动作，让他饱饱眼福。在吃饭的时候，因为要归队，心里异常高兴，就与良沪喝了几杯"老白酒"（米酒），脸虽有点红却没醉，我又拿起步枪玩耍起来，对准集训盖的破棉被一阵乱刺，棉被顿时留下了六七个洞洞，露出了棉絮。良沪看得目瞪口呆，一时不知说什么是好，又想到我喝醉了酒可能会对着他也乱刺一通，便倒吸一口凉气，趁我不注意，拔腿开溜了，我提着带刺刀的步枪在后面边喊边追："良沪，我没喝醉，不会刺你的，快停下！"良沪看着我这把刺刀步枪和越来越近的距离，说什么也不肯停步，越跑越快，干脆躲进了油菜地田。过了好久，良沪见我手中没枪了，才战战兢兢地从田里出来，板着脸对我说："这个玩笑开不得，要死人的。"

那些天，我练刺杀竟到了痴迷的地步，真的是见什么就刺什么，对着老农家的柴堆也乱刺一通，看到食堂倒挂着的一片片猪肉，"突刺——刺"、"杀！"，我把猪肉当成了"稻草人"，一阵瞎刺，猪肉上留下了一个个的刺刀洞眼，我颇感过瘾。炊事班长孙力伟见状，立刻上前制止我："哎、哎、哎，这肉要吃的，怎么可以这样戳啊，大排骨烧不成啦！"一边说着一边把我推出了食堂仓库。

没过几天，我便制定出了《新三连民兵军事训练课目表》，内容有射击瞄准、掷手榴弹、匍匐前进，当然还有刺杀。练刺杀的动作多着呢，有突刺、防刺、骗刺、打刺等，于是新三连的民兵练刺杀开始了。"突刺——刺"、"杀！"，"突刺——刺"、"杀！"，连队操场上喊声震天，我把民兵团集训学的那套十八般武艺依样画葫芦地教给了整个民兵连战士，也让他们对着"稻草人"反复练、练反复。有的民兵动作太夸张，身体大幅前倾，重心移出身体的外面，我就用教官曾经说给我听的道理讲给他们听："如果重心在身外，对方一拔拉，你就会失去重心，很容易受制于人。"我一边说着，一边示范

1978年秋，女民兵颜玢、徐芝慧在练习拼刺刀

1978年秋，女民兵窦永兰、王福琴在练习拼刺刀

1978年，新三连女子民兵班队列操练

1978年，新三连女子民兵班持枪操练

给他们看。为了练成过硬的刺杀本领，我也让民兵们两人一组练对刺，且要求必须稳、准、狠，不断演练。

天渐渐暗了下来，民兵们还在阵阵喊杀声中操练着。最后，我将全体民兵都集合了起来，置放好一排排"稻草人"。"立正、出枪、成预备姿势"，"杀！"一声令下，民兵们即刻"杀！""杀！""杀！"，动作整齐规范、精神抖擞，从田间收工回来的职工见状也纷纷对着我们竖起了大拇指。

撒猪榭

　　撒猪榭是我在农场干过的最脏的一件农活了，至今记忆犹新。

　　猪榭，就是猪粪和稻草发酵后的混合物，臭醺醺的，在农村是肥田之物。在插秧前，我带着潘国君、刘贤云、滕满福去连队猪棚，将一个个猪舍里的猪榭刨出来，装到竹编的畚箕里一担担挑到秧田里。干得累了，就将"无名火"发到一群猪猡身上去，拿起胡萝卜砸它们"寻开心"，痛得母猪猡"嗷嗷"直叫、小猪猡东躲西藏，可我们一转身，大小猪猡们就津津有味地啃起胡萝卜了。看到猪猡们吃得这么开心，国君、贤云也想吃胡萝卜，我就去猪槽里挑了几根扔给了他俩，国君、贤云也不洗，卷起衣角擦了擦就嚼了起来。

　　看到满福还在用胡萝卜喂猪猡，我开着玩笑说："别再喂啦，拉得这么多，还嫌我们挑得少啊。""再拉，再拉。"贤云将吃剩的胡萝卜头砸向一头母猪，有趣的是母猪动也不动，却把扔向它的胡萝卜头吃掉了。

　　我们四个人把12个猪棚里一百多头猪的猪榭全部挑到了秧田，每一堆都堆成小山般高。"哈哈，明天有好戏了。"穿着一身淡颜色军装的贤云在我身后嘻笑着。

次日清晨，不少女生站在猪榭堆前皱着眉头哭丧着脸。"啊，这么臭，手怎么去抓呀。"翟玲低声说着，又用手捂着鼻子转过身去。"肯定有不少细菌哎，得病怎么办啊？"李韵华也附和着。此时，隔壁田里四排的周文华拿出了口罩戴上，马上被其政治排长徐文娟劝阻了。我看到四排侯凤英用两张伤筋膏药贴在了手掌心上。"喂，你这个办法好。"五排朱惠珍有点羡慕。"我昨天晚上把手指甲全剪掉了。"五排李志英得意地说着。"你怎么不提醒我们呢？"张平心、倪春雁等女生围着李志英，责怪她。此时，生产排长李进用手做成喇叭状："大家下地吧，一人一垄，猪榭撒得要均匀，不要一团团地扔……"

那时，根本没有塑料手套，女生们战战兢兢的样子，不少人左手捂着鼻子，右手捡一小块猪榭，随手一扔。"哎哟，臭死了，小李子，我去挑大粪，不干这活可以吗？"李韵华隔着几垄地问李进。"今天只有撒猪榭，没有大粪挑。"李进头也不抬，弯着腰只顾自己撒猪榭。我走到韵华身旁，轻轻地提醒她："你是生活排长，注意影响哦。"经我一说，韵华也就闷头撒起猪榭了。

"小作怪"刘贤云嘴里叽里咕噜说着什么，手中慢笃笃撒着猪榭。其他男生看上去倒也没太多的顾虑，大把大把撒着猪榭。我作为政治排长，对撒猪榭有着与大家同样的感受，想到我已向连队党支部递交了入党申请书，也就完全虔诚地将这般艰苦当作是党对我的考验，因此，用手抓猪榭毫不犹豫。咳，人的精神世界对行为的影响力真是不可估量。

时过九点，食堂送点心到了田头，女生们宁愿饿着肚子也不愿去手抓馒头。而男生们无所顾忌地在沟渠里洗洗手，就直接抓起馒头咬了起来，一副毫不在意的样子令一旁休息的女生开始讥讽男生："你们这手还抓馒头吃，腻心煞了。""不洗手吃起来更香哎。"男生们应和着。

此时一旁默不作声的郭亚莎见到陈迺民开心地嚼着馒头，连连打呃呕吐起来，一下子把早饭全吐了出来，令吃着馒头的男生们自动躲得远远的。

馒头吃过了，也休息过了，众人又下地撒起猪榭了。这回下地，不像初次抓猪槲那么恶心了，相互间说说笑笑还寻起开心来。金伟众见"阿奶"郭桂芳在前面"磨洋工"的样子，拿起一小块猪槲朝着"阿奶"扔去，"啪"的一下，粘在了"阿奶"的后背，金伟众装着一副若无其事的样子撒着猪槲，看也不看"阿奶"一眼，"阿奶"回过头来冲着后面的人一阵骂骂咧咧，也无人去搭理她，"阿奶"也只好作罢。

小山般高的猪槲一摊摊，均匀地散撒在了田间。终于熬到头了，女生们的愁容终于舒展了，大家争先恐后地奔向"小条河"去洗手。郭亚莎、邵小妹似乎事先做足了准备，从裤袋里拿出香皂反复搓洗着手，话也不想说。二排的徐巍风、沈虹，三排的宋玉娥等人皱着眉头，坐在河边用发夹仔细地剔除着指甲缝里的残余之物，其认真状，至今清晰可忆。

尽管我们反复洗手，但手上仍散发着挥之不去的异味。更"挖塞"的是回到食堂排队打饭时，没撒过猪槲的三排陈震国等人见了我们，鼻子总是一抽一抽地嗅着什么，惹得我冲上去用手捂住了他的嘴巴："再叫你抽鼻子，让你尝尝味道。"引得周围打饭的人一阵哄堂大笑。

1977年，三排政治排长赵鸣在搭建猪棚与喂猪

偷鸡

　　久别重逢的农场战友又相聚了，滔滔不绝，说不尽的农场轶事，聊不完的战友情，又把我们带回到了苦涩的农场岁月。

　　傍晚，一只老母鸡觅食到了寝室门口，"送上门来了。"长余嚷了一句，话音未落，贤云便逮住了鸡。怎么吃鸡呢？连队不准烧煤油炉，也没锅子，迺民去偷来了拖拉机油，满福找来了三块砖头搭起了"灶"，鸿耀出门去农业顾问翁金发家借来了铝锅，不多久，大家就美滋滋地喝起了鸡汤，千谢万谢还了翁家的铝锅。夜幕降临，鸟归巢，鸡回窝，我看到了金发老婆在连队周围转来转去，焦急地寻找她家的鸡，我忽然明白，天哪，吃掉的那只鸡正是把锅子借给我们的翁家那只生蛋母鸡。看到此景，我心里颇感惭愧，忍不住说："我们太缺德了吧。"贤云却两手一摊："我们怎么知道是他家的鸡啊。"

　　农场知青在那个缺吃少穿的年代，偷鸡摸狗是家常便饭，大家得意地回忆起当年在连队那些好笑的往事，吹嘘自己偷鸡的"花样经"。我曾在二十四连的同学处，用钓鱼钩套上蚯蚓，手握钓鱼线躲在寝室里，从窗子里观察着，等鸡啄上蚯蚓后，才慢慢拉起钓鱼线把鸡一点点拉进寝室，那鸡吞食后，鱼钩钩住了喉咙，叫不出声音，既不扰鸡群，又不易被人察觉……

　　"你们谁帮我杀鸡，我怕见血。"抓到鸡后我却不知道怎么处置了。

　　"小事一桩，我搞定。"同学国忠爽快地应允道。

"你会杀鸡？"

"什么呀，男子汉大丈夫，我不信还搞不死一只鸡。"

鸡还炖着，国忠就两眼放光，满脸兴奋了，等鸡汤一变黄黄的，他便用筷子去戳，试着想吃。

"这鸡你怎么杀死的？"我问他。

国忠红着脸说："鸡是自杀的。"

"鸡也会自杀？"我满脸疑惑。

国忠说："反正小宁交给我的鸡已没了鸡头。"

我听了毛骨悚然，手中的鸡翅膀不由地掉落在地。

有一次，春节要回家，大家想搞几只老母鸡回家，那些天家属户的警惕性也非常高，害怕生蛋的鸡被偷走，看得紧紧的。正在大家一筹莫展时，长余哈哈一笑："这有什么难的，我家在弄堂养过许多鸡，我会装公鸡叫，来勾引母鸡，你们就等着抓鸡吧。"我们几个笑得前仰后翻。"长余，火车不是推的，牛皮不是吹的。"话音刚落，长余伸着他本来已够长的脖子，憋足了气，"喔—喔—喔"叫了起来。"妈呀，怎么像真的一样。"看着长余的样子，我们惊讶得不得了，继而一阵狂笑。我说："长余家不会是周扒皮的同乡吧，或是亲戚什么的。"李先武说："至少是邻居。"果然，有两只母鸡一路小跑，冲着长余蹲着的地方奔了过来，迺民出了寝室一把掐住了鸡脖子，趁鸡还没叫出声，就将鸡脖子扭断了。

连队时有黄鼠狼出没。有时看到黄鼠狼一个咬着一个尾巴排着队形走过，感到非常有趣，这也给我们偷鸡找到了借口。为了制造家属户的鸡是给黄鼠狼叼走的假象，我们每次晚上偷鸡后，都会从鸡身上拔下一撮撮的鸡毛撒在鸡棚的周围来蒙蔽家属户，她们真的不再怀疑是我们偷鸡了，也就不冲着我们的寝室骂骂咧咧了。

二十五连的老职工多家属户也多，散养的鸡也是一群群的，有一次去他们的小卖部买"戆饼"回来，见到中心河滩上有一群觅食的鸡憘憘懂懂地走近脚下，我灵机一动，以迅雷不及掩耳之势一把抓过去，稳、准、狠地把一只二斤来重的鸡抓到了手上，左手拿鸡，右手将鸡脖子扭到了翅膀下，动作之快、之连贯，那只母鸡连叫也未叫一声便一命呜呼了。顾鸿耀又把一大群鸡往中心河里赶，鸡不会游泳，被逼急了，纷纷趴了下来，鸿耀挑了其中一只大母鸡，以同样的手法给解决了。

有次场休，九连的小黄约我们几个民兵团集训时认识的朋友去他连队打"牙祭"，到他寝室一看，面盆里泡着几个好久都未洗的饭碗，床底下堆着一大堆脏衣服臭袜子，寝室里一片脏乱差景象，小黄嬉皮笑脸地说："你们先收拾屋子，我去弄鸡，一定请大家吃白斩鸡。"他这话太有诱惑力了，有人去河里帮他洗衣服了，有人帮他洗碗，我则帮他打扫寝室。只见小黄从一个皮鞋盒子里抓出一把稻谷，将在他寝室门口溜达的鸡引进了宿舍，关了门，鸡扑腾了一会便被抓住扭断了脖子，接着开水烫毛，开膛破肚，剁块入锅，小黄娴熟的动作看得我目瞪口呆。"这家伙肯定是个偷鸡王。"同去的五连刘兄笑着评价他。吃完了鸡，小黄用报纸包好鸡毛鸡骨头，拿了把河锹，去寝室后的泥地挖坑埋掉了，没留半点痕迹。回到寝室，他还向我们传授起偷鸡的门道来：偷鸡最好是夜深人静的大雨天，一个望风，一个下手。

"那鸡不叫吗？"刘兄傻傻地问他。

"哎，把鸡弄出声音来的是黄鼠狼。"

"你有独门技巧？"刘兄又追着问。

"对的，偷鸡也要讲文明。"小黄喝了口水，把偷鸡说得像做好事似的。

"不能把鸡弄得'鸡飞狗跳'，要轻轻地，慢慢地，摸到鸡时，要轻轻抚摸它几下，安慰鸡别怕，手要一点点往下压，趁其不备，捏住鸡头往后一拧，塞到翅膀下……"

"哎呀，你一不留神成时迁了。"我羡慕地看着小黄。

满屋子的人都对小黄佩服得不得了，都说："想吃鸡的时候再来帮你洗衣服。"

卖粮

近偶听到电台里播放着七十年代的著名笛子独奏曲《扬鞭催马运粮忙》，悠扬快速的节奏，把农民交公粮的热闹红火场面，演奏得淋漓尽致，一下子把我的思绪拉回到了连队卖粮的那些日子。

那时只要是艳阳天，打谷场上就会异常忙碌，女生们手里拿着钉耙来回一趟又一趟地翻动着场上晾晒的稻谷，几个男生和力气大一点的女生则在谷堆旁用铲子一锹一锹把稻谷抛向空中，另有一个女生在下风头拿着大扫帚，把吹落一旁的瘪谷扫到一边。傍晚，大地一片昏暗，显然有一场大雨来临，众人抢着收稻，女生们一畚箕一畚箕把稻谷装进麻袋，一麻袋足有二百斤左右重，两个男生一个一手抓住麻袋上角，另一手抓住麻袋的底角，把装满稻谷的麻袋高高托起；另一个猫着腰钻到下面扛起麻袋包，艰难地移向仓库的谷堆。进了仓库还要沿着三节跳板，扛到谷堆顶处，然后，右手紧抓麻袋底角，使劲一拱肩，麻袋便泄了下来，稻谷"哗啦"地流出，落进谷堆中。雨淅淅沥沥地下起来，来不及收进去的稻谷则在空旷的场上用铲拢起来，用黑油布严严实实地遮盖住，油布边全部用大石头压紧，不让风将油布掀起。

卖粮的日子到了，打谷场上装满稻谷的麻袋包堆得小山般高，连长杨舜大清早指挥着男生将麻袋包扛上手扶拖拉机，麻袋包两头横放、中间竖放，上下层叠交错，并用麻绳牢牢地捆绑住。在去场部粮站的路上，各连队卖粮的手扶拖拉机首尾相连，煞是壮观，堆得高高的粮包上居然还坐着三四个人，超载超重使得在行驶中的拖拉机左右摇晃，此时虽然大家汗从额头上不断往下淌，但心情却异常激动，有的人唱起了当时流行的电影《金光大道》的主题曲"沿着社会主义大道奔东方……""长鞭哎，那个一哎甩吔，叭叭地响哎，哎咳依呀，赶起那个大车，出了庄哎哎咳哟……"远远望去，粮站围墙上用红漆刷的"深挖洞，广积粮，不称霸""备战备荒为人民"的大字已依稀可见。粮站门口的公路上已显拥堵，等候卖粮的拖拉机一直排到场部医院门口，我们只能坐在粮包上焦急地等待。中午时分，每个人都口干舌燥，饥肠辘辘，也不敢离开拖拉机一步，生怕错过了卖粮的机会。还是严卫平头子活络，通过同学认识了粮站里的人，让我们的拖拉机直接驶进了粮站。

　　在等待检测员验粮之际，听其他连队的老职工说："粮食卖得出否，还得看粮站人员的脸色。检测员说你的稻谷好即好，差即差，一锤定音。有的连队想本还要晒太阳的稻谷早点卖掉，会讨好检测员，送上几包'牡丹牌'香烟。检测员会抓出一把谷来，捏个两三粒，送进嘴里，一吹，拿起笔来，在验粮单上就是几笔狂草。谷物便顺利入库了。"

　　我们等了好长时间，来了一个头发谢顶、胡子拉碴的检测员，拿着一块类似洗衣板的验谷器，往麻袋里一插，手上一倒，一看，一咬，便扬手："过磅进仓"，我们高兴地跳了起来，像捡到皮夹子一样兴奋，顾不上劳累，扛起二百来斤重的麻袋包，一一过磅再登上十多个麻袋包搭成的台阶，往稻谷堆上倒谷。也有一次，碰到一个检测员用检谷器往稻中一插，木槽里带出了一些稻谷。他熟练地往手里倒了出来，拿上几颗塞到嘴里"咯吱咯吱"地咬了起来，"呸"的一声吐掉了谷子，"再晒太阳再筛网"，说完，看也不看我们一眼，拿着验谷器扬长而去。我们只好将拖拉机上的麻袋包一个个卸下来，严卫平开着拖拉机回去叫女生，拉工具来粮站晒谷。约莫一小时后，小队人马开到，将麻袋包中的稻谷全部倒出，就地在粮站的空地上晒起谷来。女生们隔一段时间就用钉耙翻下稻谷。午后，我们用三根竹竿搭起了扬筛架，筛子又筛了起来，此起彼伏，稻谷在空中散成一道道弧线，"唰唰唰"落到了地面上，的确，稻谷中还有微量尘土和谷壳，被吹落一旁，地上出现了一堆堆金色的稻谷。装完麻袋后，我们相互对视着，一个个都成了大花脸，不由放怀大笑起来。

　　傍晚，几台拖拉机的稻谷都卖掉了，人人累得筋疲力尽，连严卫平帮着扛大包也累瘫在地。我对卫平说："你歇歇，我来开一会。"说罢，硬是与他调换了座位。早些时候，卫平教过我开拖拉机，在场部与连队之间来回开过几次，这下，我满有把握地对卫平说："看我的。"便松开刹车，拉上"离合器"，脚重重地踩下了油门，可能力大了些，手又没把住方向盘，拖拉机突然在粮站的上坡道上来了个急转弯，一下子撞向了粮站的围墙，"轰隆"一声，围墙被撞出了一个大窟窿，车上的人都惊呆了，"这下闯祸了"，我脑子里闪过一个念头，迅速跳下拖拉机，众人也跟着下车看个究竟，"别出声，别出声"，卫平一个劲地劝阻大家。他重新发动了拖拉机，大家用力将斜坡上的拖拉机推到了公路上。幸好，粮站工作人员都在休息，未有发觉，老严一踩拖拉机油门，一溜烟地逃出了粮站。"好险哪！"不知是谁嘟哝了一句。我瘫坐在车头里，脸色发白，一言不发，还未从撞墙中反应过来。

抓贼

"在一个漆黑的夜晚，一个黑影四处地流窜，溜到了水井的旁边，盯上了国家的财产。人民群众发亮的双眼，看清了坏人的嘴脸。一个井盖值好几千块，怎能让坏人拿去卖钱，他们喊：'抓贼、抓贼……'"近日我无意中听到这首雪村《抓贼》的歌，《西游记》曲调开头，唱的发噱，结尾竟是一个女人撕心裂肺的尖叫"抓——贼"。我不由自主地想到了1977年冬天民兵奋起"抓贼"的那个晚上。

连队里外来的小偷小摸时有发生，有的大白天晾晒的军装被偷走了，有的小偷夜晚在寝室的窗外"钓鱼"（用竹竿钩走挂在寝室里的包、衣服等），还有的趁出工时间，寝室无人，踢门而入，偷走半导体收音机、手表等值钱物件……我内心非常焦虑，盘算着民兵这支队伍如何在抓小偷中发挥作用。

腊月的午夜十二点准，我吹响了民兵集合的哨子。全体基干民兵闻哨而起，背好五四式半自动步枪，束好弹夹带到食堂前的操场上集合，整整五分钟，22个男女民兵一个不少准时到达。因为先前的民兵夜间紧急集合对基干民兵睡觉前如何置放衣物都有严格的规定，所以没有人穿错衣裤、背错枪等。我简单布置了任务："几个外连队的小偷已窜入我连，从窗子里钓

走了背包、衣服等东西。现在，四个小队民兵要围堵抓捕小偷。"我再三关照，步枪只能背着，刺刀不准打开。队伍迅速散开奔赴各堵截点。我也带着一队民兵赶赴二十五连交界处。其他寝室非民兵的职工听说有贼，想到自己平时曾经被偷的东西，纷纷加入了追捕的队伍。一路上，只见被偷的包、衣服、半导体收音机断断续续被扔在路边。漆黑中，隐约看到前方有个人影，穿着雨衣，腋下夹着一个包在向二十五连方向逃去。愤怒的民兵顿时加快了速度，"冲啊，抓住他，别让他跑了"。民兵丁云义见路边有几块石头，捡起来就砸向"小偷"，可惜都没砸中，"小偷"仍在黑暗中不紧不慢地奔跑着。另一民兵陈震国又拣起一块石头，拼命追了上去，一下子砸中了"小偷"，"小偷"瘸着腿，一瘸一瘸仍在向前逃。震国见此，从旁人手中抢过木棍，一下子掷了过去。只听小偷"啊唷哇"大叫一声，回过头来，迅速掀开雨衣："不要打了，我是严卫平。""啊，拖拉机手，怎么会是你？"震国疑惑地看着卫平。"陈建兴叫我扮的贼。"严卫平气喘吁吁地说着。"啊呀，追了半天，是追你老严啊。"云义喘着粗气坐倒在地。女民兵徐芝慧一脸纳闷："刚刚是民兵演习啊？"

另一路七八个女民兵在孙蕾的带领下，追赶着一个戴眼镜的"小偷"，"追啊，抓住他"，女民兵们奋不顾身地追着"小偷"。他们中有的背着枪却拿着拖把，有的拿了铁锹，有的拿着扁担甚至扫帚，把"小偷"逼到了"老虎灶"旁的堆煤房里，"出来，出来，再不出来开水浇你"，孙蕾对着"黑咕隆咚"的堆煤房咆哮着，一边又用木棍抵着门。只见黑暗中"小偷"用手电筒的白光照射在自己龇牙咧嘴又怪腔的脸上，"我是鬼，来啦，呜呜呜，杀杀杀啊"，"鬼"一边呼喊着，一边从堆煤房里夺门而出，众女民兵看着一个鬼模样的人张牙舞爪地扑向她们，顿时吓得四处逃窜，孙蕾扔下扫帚："我的妈呀，鬼来了，逃啊。"刚才还气势汹汹的女民兵一下子逃到了几十米开外的地方干瞅着。此时，只见"鬼"在路灯下仰天大笑："哈哈哈，我是贼吗？我是良沪，良——沪。"说罢，他脱下雨衣，女民兵们定睛一看，这个贼原来是民兵指导员朱良沪扮的，顿时，大家气不打一处来，猛地扑向良沪，用扫帚、拖把、扁担、木棍杀向眼前的这个假贼，"叫你吓我，吓煞特我了"，孙蕾打了几下，仍不解气。良沪用手挡着脸，夜幕下声嘶力竭地煽动着："建兴叫我扮的贼，你们找他算账去，去啊。"

此时，抓贼的各路民兵纷纷回到了操场上，累得筋疲力尽，老严一瘸一拐蹒跚走来，我连忙迎上去，"让你受苦了"。老严则笑笑，"没什么，只是腰被砸得蛮痛的"，说话间，一只手仍捂着受伤的腰。远处一队女民兵则押着一个小偷模样的人走来，我定睛一看："啊，良沪"。他在女民兵们的簇拥下回到了操场上。见到良沪，我关切地问道："没被打吧？"良沪神气活现地比划着："打我？我还吓跑她们呢。"

我整合好队伍，报过数后，便作了一个简短的小结："今夜是基干民兵夜抓小偷的演习，为了实战需要，事先没告诉大家，请大家原谅。今晚的民兵抓贼演习集合有速度，抓捕有勇气，扮贼的有贼相，哦，说错了，不是贼相，是很像"，我也累得语无伦次了，"总之，大家的状态非常好，一旦有实战，就按今天演习的操作。"

走回寝室的路上，民兵们议论纷纷。"怪不得连长不让我们上刺刀，否则不把老严的屁股捅个洞才怪呢！""如果我的队伍中有一个是男的，良沪逃得出来才怪呢！还吓我们。"孙蕾也忿忿地说着。"看到黑暗中有眼镜的玻璃光，我便知道小偷在那个角落了，我差一点用木棍打爆他的头。"女民兵颜汾说着这番话时，良沪下意识地摸了摸自己的头。

如昨

扮鬼

那年冬天，北风怒号，地都冻裂了缝，西北风像刀子似地猛刮，大雪满天飞，寒光浸骨，双颊如抵冰块。

我与良沪穿着露出败絮的老棉袄，臂带民兵袖章，手持木棍，在连队的角角落落里巡逻着，注视着周围的一切。因为连队不时会发生小偷"钓鱼"的事件，所以指导员、连长把保卫连队的治安交给了我们民兵值守，轮流排班巡逻。

漫漫长夜，冻得我们索索发抖，实在熬不下去了，就跺跺脚、跑跑步，到了凌晨三四点，困得眼睛皮上下打架，又饿又冷，饥寒交迫。正在此时，食堂的电灯亮了，看见穿着白大褂的炊事员徐玲丽和徐巍凤起床准备烧早饭了，我俩欣喜若狂，飞奔过去，直敲窗子："哎，冷死了，帮我们下碗面暖暖身子好吗？""没空，喝开水吧。"两个小姑娘一口回绝了，任我们再以乞求的口吻商量，仍未打动她俩。我俩气恼不已，走出食堂，就商量着如何"收拾"这两个小姑娘。

忽然，我看到四排晒衣架上有两个晾着的摘棉花的白布袋，于是"恶从胆中生"，立马有了主意，拉下白布袋，对着良沪笑笑："走，扮鬼去，吓煞伊拉。"说罢，我俩已到了食堂灶台后，爬上气窗，看到她俩正在往炉膛里加煤，就双双用

白布袋套住了自己的头颅，从气窗中伸进去，"嗷嗷嗷"地发出怪叫声……

看到她俩手握炉钩，目瞪口呆的样子，我俩再次将"白头"又往里伸了一下，"嘿嘿嘿"学鬼阴叫了几声，这下把玲丽、巍凤吓得那叫魂飞胆丧，扔掉了炉钩，蹲在地上抱成一团，浑身颤抖，撕心裂肺地叫着。我俩一看，傻了，本来只想吓唬一下，想不到弄假成真，连队寝室里不少人也被凌晨声嘶力竭的尖叫声惊醒，纷纷起床探个究竟，还以为发生了什么凶杀案。

一时食堂门口聚起了十多人，眼看收不了场了，我俩拔腿就跑，跑到一半，想到扔在食堂"老虎灶"门口的白布袋，又折了回去，捡起布袋塞在怀中，逃回了寝室。幸好我们的室友未被惊醒，我俩衣服未脱就钻进了被窝……当听到骚动声渐渐平息后，再悄悄起床来到食堂，煞有介事地问起缘由，这时，两个炊事员仍惊魂未定，把刚才在气窗见"鬼"的事重新描述了一遍，连连说"吓煞阿拉了"，我与良沪则神情笃定、未露声色，还拿出笔记本，把她俩的口述一一记录了下来，内心却怎么也按捺不住喜悦，"哈哈，终于报了仇、雪了恨了"。

当晚，炊事班长把我叫去，说希望民兵值班多多察看食堂周围的动静，多多保护女炊事员的安全，要想方设法捉住"恶作剧"的人，言辞之恳切、态度之和蔼，令我"高兴"不已。我满口答应了炊事班长的请求，拍着胸脯信誓旦旦地说："人在鬼不在。"

次日凌晨，我俩又巡逻到了食堂，玲丽和巍凤此时满脸堆笑地迎着我们，指指台子上烧好的"荷包蛋"辣酱面，"帮你们烧好了，你们趁热吃吧，不收饭菜票的。"我与良沪面面相觑，心想，"蜡烛不点不亮嘛"。我喜欢吃甜食，吃完了辣酱面，她俩又帮我下了一碗面，放了至少半斤红糖，我欣喜若狂，"哗哗哗"三下五除二就吃完了，吃得舒服啊。

吃罢一抹嘴，打着饱嗝，走到远离食堂的围连河旁，坐了下来。我俩笑得前仰后翻，眼泪水也笑出来。从此，炊事员起床的第一件事，就是帮值班民兵下面，当然，"鬼"再也没出现过了。

『方便』者奖痰盂罐

农场冬天很冷，寝室脸盆里的水也时常结成冰，晚上也没有什么娱乐活动，饭罢，早早钻进被窝睡觉了。

深更半夜，经常有男职工在寝室外的拐角墙角处随地"方便"。甚至晚上一开门即往外打"高射炮"，令晚间上厕所的女职工花容失色。

我的寝室住了六个人，房间里备有一只破脸盆充当"尿罐"，有人半夜起床睡意朦胧，根本不看尿罐满溢否，只往那个大概方向"尿"去。众人把一个破脸盆撒得"尿流满地"，变成了一条"欢腾的小凉河"，直淌床底下。第二天一早，"傻大个"钱补龙端着满满的尿罐，端一路滴一路，往水沟里一倒了事。

有的寝室里男职工深夜尿急实在憋不住，外面又寒风刺骨，不愿往厕所去，犹豫片刻，竟照着自己的脸盆"尿"去。次日早晨倒掉后只在水龙头上稍微冲一下，照样又擦脸了。室友问他："味道怎么样？"他笑嘻嘻道："味道好极了。"

男同胞是这个样子，女同胞也有过之而无不及。某日晚，我与民兵副连长顾鸿耀巡逻，走到四排男寝室时，只听楼上"吱呀"开门声，随即一盆水从天而降，正好我与小顾打着手

电路过，瞬间我俩淋了个"落汤鸡"。我一抬头，正好与楼上的女同胞照了个面，再一摸脸，怎么有一股异味。"妈的，不要是倒尿盆的？"小顾嘟哝了一句，说着还用鼻子嗅了嗅手，转身要冲上楼去，一把被我拖住。此时，我已心知肚明，对着那位女生厉声喝道："还在上面看，下来！"女生自知理亏，三步并作两步下得楼来，见到我俩一副囧相，吓得浑身发抖，连连赔不是，还答应帮我们洗脏衣服。我心想，幸好戴着军帽，要不真成"落尿鸡"了，可看到她也是熟识的职工，也就放过了她。

第二天上午，我把此事汇报了指导员，她也同意我要"刹一刹此风"的想法。晚上，连队专门召开了全体职工会议，提出了搞好夜间卫生工作的几点措施。其中有一条：不准随地小便和随意倾倒粪便，违者抓到一次口头警告；二次者，排里开会检讨；三次者检讨书贴在食堂门口并"奖励"痰盂罐一只，费用从工资中扣除。民兵连还专门设立了流动哨，负责抓随地"方便"者。严厉的措施令随地"方便"者大为减少。可男同胞们夜间仍很少上厕所。原来，大家想尽了各种可以在寝室内就地解决的办法。有的将辣酱瓶变成了尿瓶；有的用三只大口瓶解决一个晚上的困难，也有的把啤酒瓶当做了尿瓶，居然可以尿得滴水不漏，令人叹为观止。

晚上巡逻会不断碰到啼笑皆非的事。我们巡逻到某寝室门口，某男正在寝室门口朝外"抛物线"，一见巡逻队来了，马上终止了"方便"，慌忙逃进寝室，任凭我们如何敲门就是不开，我想到他还有半截子尿憋在肚子里，于心不忍，也就走开了。某男在墙角处正在"进行时"，被我们逮住，他连连讨饶，又说知错就改，我们也会让他带着另外的"半截子"去厕所解决掉。

可屡教不改者还真大有人在。职工汪某，几乎是每"犯"必抓，他已"享受"了食堂检讨奖，是痰盂罐受"奖"的第一人，第四次，他不幸又被抓到，在民兵连部"立壁角"反思到了次日天明。然而仅隔数天，汪某故态复萌，又在全连大会上作了检查。以后，他又被抓过几次，我们已无计可施了。他检查照写、照读、照罚，却没有半点收敛之意，弄得连长勃然大怒，却也无可奈何。

一次，我与良沪巡逻到一排寝室拐角处，黑暗中见墙角有一团黑影，我立刻警惕地叫了起来："谁！""我，在找房门钥匙！"漆黑中传来一位女职工的声音，我应了一声便走开了。回到民兵值班室，总觉得有点不对劲，于是我俩打着手电再去巡逻，只见女职工刚才蹲着的地方有滩很大的水迹，我俩顿时明白了。差一点就可以给女职工"奖励"痰盂罐了。

随着民兵巡逻抓到随地"方便"职工的增多，有的被罚男职工恶作剧地用新痰盂罐到食堂买饭、盛汤，在长长的队伍中，总有人拎着或捧着痰盂罐等着打饭，很是醒目。看着他们在痰盂罐里乐哈哈的吃饭、喝汤，总有一种怪怪的感觉。

在抓随地"方便"者的同时，也听到不少职工反映：连队厕所无电灯、臭气熏天，碰到雨天，路坏路滑，经常有人跌倒。有人半夜里跑到厕所，却在厕所外"方便"，厕所脏得实在踏不进去；有人半夜里"困死懵懂"上厕所，因无电灯，一脚踏空，摔了个"大跟头"。所以，有人情愿冒着被捉被罚的风险，也不去厕所"方便"。

连队即知即改，拓宽了厕所前的"羊肠小道"，更换了坏了已久结上蜘蛛网的电灯泡，日日清扫厕所，使厕所的环境大为改善，随地"方便"的人也日趋减少。连队的天空再也没有弥漫着那种味道了。

一天场休，汪某从床底下拖出一堆积满灰尘的痰盂罐，整整有七只，这痰盂罐当时也要卖1元2角一只。汪某用网线袋统统装了进去，拎到场部百货店试着退货，遭到拒绝。汪某干脆在店门口以每只1元"贱卖"起来，做起了"生意"。那时，老百姓是不准随意设摊做"生意"的，被抓到是要被以"投机倒把"为由处罚的。汪某的行为被场部派出所发现了，七只痰盂罐悉数充公，还在派出所留了一份检查书。他灰溜溜地回到寝室，大家不知真相，还要他请客，汪某理也不理大家，爬上床，鞋也未有脱，倒头便睡。我还是从场部派出所来电通报中得知此事的。从此，寝室里的人帮汪某起了个绰号，叫"痰盂罐"。

一百只馒头的故事

室外，一派银妆素裹的世界；

室内，一片饥肠辘辘。

面对白雪皑皑的大地，补龙兄弟出去了六个多小时还没有回来，宿舍里的人都开始担心起来。

"快下午两点了，买的馒头还没到，人也不见踪影，莫非拿了钱又逃回上海啦？"补龙有过此"前科"。

"唉，下次还是不要再叫他去买馒头了，经常弄得我们心惊肉跳。"

"不知道钱补龙在哪儿？祈求老天爷保佑他没事。"除我之外，宿舍铺上铺下纷纷议论着，我虽未说话，但内心闪过一丝丝的不安。

补龙兄弟是大家对他的昵称，我们十八九岁的时候，他已近三十，是闸北区作为社会青年分配来农场的。高高的个子，一年四季穿着涤卡中山装，黝黑的皮肤，粗壮的胳膊，像一头健壮的牛；嗡声嗡气，略卷而蓬乱的头发，像一匹任劳任怨的马；沉默寡言，起早摸黑，又像一头拉磨的驴；呆头呆脑，时而憨"进"不憨"出"，稍有一点技术的农活就干不来，尽做一些笨重的粗活；饭量大得惊人，还尽挑荤菜吃，常把一个月

的饭菜票十天半个月就吃完了，经常跟着女职工后面"讨饭"吃，以至他的家人嘱我帮他管理饭菜票，免得他吃了上顿没下顿。所以，只要给补龙吃点什么，他总是乐意为你跑腿。

今天早上，宿舍里六个人，每人出了1元钱，我与良沪各出2元，派补龙去奉贤钱桥镇买一百只馒头作为全宿舍人一天的伙食。现在听来八个人吃一百只馒头有点不可思议，可我们当年正是长身体的时候，农活又重，每顿饭吃一斤或一斤半不在话下，有时饭没吃饱，再干重活，锄头没抢几下，肚子就空了，手上没劲，腿上发软，那滋味实在难熬，所以，几个人一天吃掉一百只馒头不算什么。而补龙出力不出钱，仅是跑腿，也可享受"尽吃"馒头的待遇。钱桥镇上的豆沙馒头，面粉黑黑的，豆沙一点点，1角一只，价格便宜，农场知青还是蛮喜欢吃的。早晨，让补龙前胸后背各挂一只旅行袋，踏雪出发了，补龙走路拖拖沓沓的，按往常时间来回四小时，也该回来了呀，可辰光已过去了六小时，他竟然还没回，令大家焦急不已。于是，我和良沪带人兵分两路，从场部和五连方向去钱桥镇顺路找人。

雪，仍在纷纷扬扬地飘着，满天飞舞，路上没有拖拉机也没有行人，整个农场变成了银色的世界，格外刺眼，地面成了"雪毯"，走在上面，一步一个脚印，房顶上铺满了"棉絮"，树上开满了"梨花"，竹枝上挂满了"银条"，远远望去，好一派洁白无瑕的农场风光……可我全然没有兴趣欣赏这难得一见的美景，只是想着早点看到补龙兄弟的影子。雨天、雪天让补龙买馒头也不止一次了，特别是冬天，几乎隔三差五就要派遣一次，可补龙闹出的笑话还真不少。有一次，他背着两旅行袋馒头经过场部剧场，看到在放电影，他居然也混进去看了，饿了就啃馒头，吃饱了继续看电影，全然忘却了宿舍里一帮饥饿的兄弟，傍晚，他回到宿舍被大家一顿"噼里啪啦"的"头塌"，不下十几个。拉开旅行袋一数，他竟然吃掉了十五只，令大家哭笑不得的是我们在啃着"硬邦邦"的馒头时，他还伸着手要讨馒头吃。还有一次，补龙背回来的馒头个个上面都有泥土、碎石粘着，我问他："是否买了处理品馒头？"他摇摇头说："半路碰到拖拉机，想跳上去，没拉住，结果连人带馒头摔了个'大跟头'，馒头撒了一地。"大家无话可说，只好边剥皮边啃馒头。更气人的是一次给了他馒头钱，我们左等右盼，到下午三点多，馒头没来，他家人却来电，说他到家了。妈的，拿了我们的钱逃回家了，令我们又气又恼，等他回来，足足罚了他"立壁角"两个多小时……

　　"这次补龙兄弟又在玩什么戏法呢？"我们边走边想着，等到场部已是下午三四点了，肚子饿得"咕咕"直叫，便去场部商店看看。偌大的商店，寥寥几人。"补龙、补龙"，室友小金发现他蜷缩在商店一角，大声叫了起来。补龙见我们走过去，很是惊恐，迅速从地上爬起，顿时两行热泪滚落，我们没有责怪他，只是细问缘由，原来，中午他走到了钱桥馒头店，旅行袋装好了一百只馒头时，钱却被他弄丢了，馒头又被要了回去，补龙拎着两只空袋子，自感回来无法交代，就龟缩在场部商店不敢回宿舍，从他的表情就可看出他说的不假，大家见此，无一人斥骂他，甚至责怪声也没有，众人帮他掸去身上的泥土，在场部商店买了一些糕饼，带着他回到了连队，好几个宿舍的人都涌了出来。"回来就好""找到啦""下次不要再叫他去钱桥啦"。我把场部买的糕饼倒在箱子上，招呼着大家共享，补龙兄弟竟第一个伸手拿了吃，还连连说："好吃！好吃！"此时，天已渐渐暗了下来。

小卖部

　　那些循着岁月的印痕而远行的日子，那些随风而去的往事，常常躲在某一角落，在我思绪纷飞的时候，突然闪现在眼前，把我带回那已成云烟的过去。

　　在农场的时候，对我非常有诱惑力的地方是二十五连的小卖部，与我们连队仅一条河几垄地之隔，走过去也不到10分钟。小卖部房子不大，是宿舍中的一间，光线很暗，木板搭起来的货架，常常是没开门就有人守候了，逢雨天不出工，更是不少人直奔小卖部。

　　小卖部货物不多，全部加在一起不会超过300元，卖些针头线脑、烟酒糖，还有牙刷牙膏、邮票信封、肥皂草纸、毛巾鞋垫以及零拷煤油等日用品。其实，真正吸引我眼球的不是生活用品，而是那些饼干、糕点等食品。那年头，食堂烧什么，我们就吃什么，没有选择，所以，二十五连的小卖部绝对是一个令人想往的地方。

　　女生们晚上用手电筒，常去买电池，男生们有不少都是跑去买香烟的。小卖部里最高档的香烟是"飞马"牌（还有劳动牌、生产牌等低档香烟），整条买的人几乎没有。

　　在新三连，跑二十五连小卖部次数最多的恐怕要数五排的

钱补龙了。他常常代人去买东西，下雨天不出工，我们让补龙穿好雨披，去买4分钱一只的"糍饼"，他非常乐意，因为他只要出力，就可以免费吃到几只糍饼。补龙有个拎包，我们叫它"阿爸包"，也不知是谁送给他的。从此，这个包成了补龙的代购包，一年四季，在夜幕中、雨中，抑或白雪皑皑中都能看到补龙急匆匆的背影。

周雅萍经常会与寝室女生结伴去小卖部。她非常喜欢5角6分一斤的苏打饼干，至今回忆起都感觉十分温馨，有时，她还拎着瓶子去拷煤油，在寝室里烧煤油炉，每月要拷两次。那时煤油要凭卡供应的，开始连队明令禁止烧煤油炉，怕引起寝室火灾，大家只能偶尔偷偷烧一次，后来指导员陆珠看到此风刹不住，职工又十分渴求，也就解禁了。

相比于男生，女生们去小卖部的次数更多。罗红觉得小卖部里4角8分一斤的甜饼干太贵了，就喜欢上了糍饼。每次一买就是一档共12只，回到寝室，大家一哄而上，没几分钟就消灭了。她至今还记得那个味道："饼上的白砂糖特别好吃，吃在嘴里'喀喀喀'响。"同样的经历，李韵华、邵小妹也有，小妹说："那时就像饿狼一样，胃口特别好，吃饱了饭，还可吃几只糍饼。"韵华也十分喜欢吃，说"既便宜又能喂饱肚子"。她差补龙跑腿，补龙奔得快，一买一大包，回来分的时候，韵华只吃到半只，补龙就已把分给他的三只糍饼吃完了。

有一次，我记得是黄梅天，去二十五连小卖部买糍饼吃，一路走一路吃，吃了一半，发现饼上有霉斑，常言道，"饥不择食"，我只好掰去发霉的地方，吃掉了余下的糍饼。我们新三连是新建的连队，连部规定不准抽烟喝酒，看到有人抽烟，我要将香烟"充公"的，可不少男生还是偷偷地躲着抽烟，先是一包一包买。到了月底，成了"塌底棺材"，就再也买不起整包香烟了，小卖部也瞅准了这一"商机"，将香烟拆零卖，"飞马"牌香烟2角8分一包，1角4分可买半包。7分钱买5根，甚至5分钱可买3根。这下可乐坏了这帮"塌底棺材"，却苦了补龙兄弟，他经常揣着几分钱代人去买几根香烟，"烟瘾子"

在过足瘾头后也会让补龙吸上几口，补龙常带着一股烟味回到寝室，免不了要被我训斥一番，可他总是乐哈哈地对我说："我也没有办法，他们是逼我吸的。"其实，我也知道，补龙戆"进"不戆"出"，完全是他自己讨来吸几口的。

小卖部还售有一种二两一瓶的小"土烧"，俗称"小炮仗"，个别男生在河溪捉到了鱼或在田野里钓到了田鸡，会几个人一起，陆续喝上10多瓶"小炮仗"，醉成烂泥。

那时工资仅18元，过了两年我加到了27元，一般职工也仅24元，买过饭菜票和个别日用品后，手中没有什么零钱了。给父母写信也是写一封信跑一次二十五连，买一张8分邮票，有时也差补龙跑腿，为了节约，不买信封，而用《红旗》杂志封底做成信封。

有一年中秋节与良沪没回家，就去小卖部买月饼吃，好像是南桥食品厂的，硬硬的月饼可以吃到冬瓜糖、青红丝、核桃仁，我俩啃得很香，味道好极了。坐在中心河的台阶上，面对皓月，良沪诗兴大发，一本正经背诵了苏东坡的《水调歌头·明月几时有》，我则乘机多吃了一只月饼，待八只月饼啃完了，我也不示弱，背诵了唐朝王维的《九月九日忆山东兄弟》："独在异乡为异客，每逢佳节倍思亲。遥知兄弟登高处，遍插茱萸少一人。"诗背完一时令我俩语塞，而那月饼，味道虽然不咋地，却也在月光下散发着浓浓的香味，算是解了我俩的一点思家之愁吧。

小卖部里还供应红糖，农场新米上市，食堂有新米饭卖，我拿出从家里带来的猪油，将红糖、猪油拌进新米饭中，只见白白的米粒上有一层亮晶晶的油，猪油独有的香味夹着新米饭香，伴随着热气扑鼻而来，趁热吃起来，好像现在除夕吃八宝饭一样，津津有味。

当初那种香香的感觉现在再也找不到了。

啊，小卖部，你积攒了我们多少美好的回忆啊。

又爱又恨徐闵线

每每路过肇嘉浜路天钥桥路口的徐闵线车站原址，禁不住要停下脚步张望一会，寻找着昔日那个人满为患的车站。漫漫农场路从这里驶出，命运的轨迹也从这里开始。印象中的徐闵线车站早已荡然无存，心中不免升起莫名的惆怅。

徐闵线是一条连接市区与郊区的公交线，它开通那年正是我出生的时候。从1976年5月至1979年12月，我整整坐了四年的这种叫做"巨龙车"的徐闵线。星火、燎原、五四农场的知青大都也是从这里出发去农场的。

徐闵线徐家汇站内由铁栏杆隔开分内外圈。内圈是可以直接进站上车的站队，外圈是坐在水泥凳上排着队等坐位的。水泥凳上油腻腻、滑叽叽、湿哒哒的，地上果壳烟蒂痰迹比比皆是，不断有人从站队攀爬铁栏杆翻到坐队上去"插档"，纠察嘴里的哨子屡屡响起，无奈，车站将半腰高的铁栏杆增加到两米，还是阻挡不住攀爬铁栏杆的人。春节过后，照例又是返场高峰。为了维护秩序，车站使出了绝招，我不知情，第一次犯规即中招。那天，我穿着崭新的涤卡中山装，斜跨着军用书包，见前面坐位队伍中有连队的熟人，便趁纠察点烟之机，一个纵身爬上了铁栏杆，"啊哟！"我尖叫一声，从铁栏杆上滑

落下来。原来，车站工作人员在二米高的铁栏杆上涂上了厚厚一层机油来阻挡翻杆的人，幽暗的候车室烟雾燎烧，根本看不到栏杆上抹过了机油，我一身的新中山装遭了殃，满手沾满了机油，后面欲攀爬者见我惨状，纷纷歇手，乖乖排队。我蹲在站队里又气又恼，但也只好自认倒霉，将双手机油往候车室的墙上抹去，脱下了中山装搭在了肩上，一旁的农友还嘲笑我："兄弟，你中头彩了。""中你妈的大头菜。"我没好气地"回敬"了他的讥讽。

"徐闵线轧煞人。"严卫平如是说。"节假日连队放假，我们几个宁愿绕道坐车到拓林，再换车到金山，从金山花七毛钱坐火车回上海，既惬意又不挤，就是多花点时间。""有时为了节约乘徐闵线的四毛钱，也会找熟人搭卡车回沪，到了家里洗脸，鼻孔里都是黑的。"

"徐闵线闷煞人。"罗红如是说。"节后回连队，家里带回农场的瓶瓶罐罐多，拎的东西重，人又挤，常常闷得像晕过去一样，只好约排里的男生一起走，让他们帮我搭搭手，一路上有个照顾，否则，回到连队半条命也没有了。"

徐闵线经常挤得水泄不通，不少人背着二十多斤重的炒麦粉、瓶装辣酱、卷子面等，拎着大包小包挤上车，经常是前胸贴后背，还好那时没有性骚扰什么的，否则真是太容易了，像我这个"长脚"居然有时也被挤得脚不着地。

一次，在闵行坐上了回家的徐闵线，我拎着在钱桥用粮票换来的十几个鸡蛋，小心翼翼地挤上了车。忽然听到有个青年在大声骂人，我循着声音看去："侬眼睛长到额角头上去啦，踏到我的新皮鞋了。"一个"小粉头"青年指着一个农村老头的鼻尖在骂，老头不停地说："对不起，对不起，我不是故意的。""侬迭个乡下人打声招呼就好啦，帮我擦干净。""小粉头"得理不饶人，依然冲着老头骂个不停。老头正要低头擦皮鞋时，在一旁的我实在看不下去了，"你还有完没完。"说话间，我对准他的皮鞋就是一脚，踏瘪了"小粉头"的皮鞋头，这下可激怒了"小粉头"，他一把揪住我的衣领，我也抓住了他衬衫前胸，两人开始推搡起来，我手上拎着的鸡蛋碎了一地，蛋清蛋黄洒满了车厢。架迅速被车上其他乘客拉开了，可"小粉头"的皮鞋和我的衣服上都沾上了不少蛋清蛋黄，一旁的农村老头见状，连连向我赔不是，我安慰了一番老头，下得车来，径直去闵行老街买鸡蛋去了，因为我已跟母亲说，要带鸡蛋回家的。

李进说："徐闵线见证了我们一段经历，我们坐在徐闵线上，车子开的方向不同，我们的心情也会不同，从闵行往市内行驶，我们非常开心、愉悦，因为回家了，方向相反，我们的心情则惆怅、压抑，因为又要回农场了。"他的这种想法代表了当时大多数农场知青的心情，回家对我们来说是一件非常神圣的事。钱补龙曾经花了十六小时，有过从连队走到闸北区家里的经历。

李先武等人有次乘徐闵线末班车脱了班，一伙人在闵行一号路上一筹莫展。那时，卡车司机出于同情，是乐意给农场知青免费搭车的。好不容易等来一个开着两吨卡车的女司机，车未停稳，大家就争先恐后地爬上了卡车。女司机急于赶路，把卡车开得飞快，在莘庄那个大转弯处，站在车尾的先武眼看要侧翻，看到前面有个小石子堆。不管三七二十一地跳了下去，然卡车并未侧翻，先武却重重摔倒在石子上，女司机停了车，众人七手八脚将先武拉上了车，还好，他手脚擦破了些皮，并无大碍。至今，先武回忆起那次半夜搭车，还心有余悸地说："惊魂一刻。"

"徐闵线太熟悉了，今天对它还有着这样那样的感情。"平时不太上微信的邵小妹知道我要写徐闵线，禁不住发出了这样的感叹。

没追上悼念的花圈

有些事情，想记牢却记不牢；有些事情，想忘掉却忘不掉，连细节都忘不掉。

三十七年前，在良沪家的门口，他父亲横眉立目，头发几乎根根直立，手臂在半空中划了一道弧形，"啪"，一记耳光，只见五个指印立时从良沪左颊渐渐肿起，我站在一边，真想找个地洞钻进去……

那年我和良沪下乡在星火农场务农。有一天接到电报，好友的父亲逝世。念友之情，我们即刻请假赶往上海，一下车直奔殡仪馆。

当我们买了花圈，写好挽联，恭恭敬敬地抬着去参加追悼会时，才发现日子搞错了，这个追悼会二十四小时之后才开。

又累又乏，真想回家躺下来，可是花圈怎么办？我们磨蹭着，想把花圈退掉，哪怕打个折扣，可是，买花圈的人个个以为我们偷了花圈在做死人生意，对我们又嘲又讥。一只花圈9元，是我们当时整整半个月的工资，大太阳底下打着赤膊、弓着腰背、插秧拔秧换来的花圈，怎么办？眼看公共汽车已值高峰时候，又挤又吵，拿着花圈挤上去，保不住会被扔出来，走投无路，我们决定靠"11路"（即两条腿）走回去。

一路上，挽联飘飘，纸花飞扬，我们两个又黑又瘦头发又长的"地球修理工"，在烈日底下劲道十足地"练憨"，路人不断地向我们致着注目礼，但为了9元半个月的工资，我们豁上了。

走到华山路，我实在走不动了，突然冒出个馊主意来："良沪，你家门口不是有间鸡棚么？悄悄地放一夜有啥关系？"

"不行，我阿爸老迷信的，如果被他发现了，肯定要请我'吃生活'。"良沪的话虽是这么讲，步子却停了下来，他也累傻了。我赶紧继续"动员"：第一，别人肯定不会发现，啥人晚上到鸡棚里去？第二，大人不能请我们"吃生活"，因为我们已经赚钱工作了；第三，朋友家住在杨树浦，这样走下去，要走到明早天亮的。

……

"触霉头的呀！"良沪他爸怒气未消，一记耳光还不能解气，对着儿子又喊又叫……

为了这个馊主意，我可以后悔一辈子，良沪吃了顿"生活"，我肯定也被说成了"贼门槛"。为之，经常到良沪家玩的我，整整三年不敢登其门。

花圈呢，当然扔掉了。嗨，还不如早扔呢！

附近农民的口粮不足，而农场里不少女职工刚好粮票又多余，于是他们偷偷摸摸地跑到了钱桥镇上，用少得可怜的钱去买知青手中的粮票，这正好使农场职工多余的粮票有了出路。

一个偶然的机会，我在闲逛钱桥镇时，看到了农场知青与农民之间的秘密交易。

发现这一"商机"后，我就与良沪一起，开始实施"劳佛尔行动计划"（因当时正热映南斯拉夫电影"桥"，里面有一个秘密行动，叫"劳佛尔行动计划"）。

我们以每斤1角2分的价格暗自收购一些女职工的粮票，由于他们回沪休假多，粮票用不完，愿意将粮票换成钞票。

当然，我与良沪是不会告诉她们粮票的真正用途的。一般我们会以用粮票换鸡蛋、大米、花生等带回上海为由，收购她们手中多余的粮票。有时几个女寝室一圈兜下来，也能收到五十至一百斤粮票。我们是没有现钞收购粮票的，只能待粮票卖掉后再与她们结账，用现在的话来说，叫"空麻袋背米"。

干这种事不能明目张胆，我俩会利用场休日去实施"劳佛尔行动"。

那时，还是"阶级斗争"的年代，贩卖粮票被抓住是非常

严重的事情，况且，我俩在连队还担任一定的职务，现在想想，真是"狗胆包天"了。钱桥镇上时而还有带着臂章的民兵在巡逻，"投机倒把"（以前指非法从事工商业的活动，现这个词已淡出历史）的人是要被他们抓的。

我与良沪的所作所为在当时属于"破坏国家粮食统购统销政策"，比一般农民将自留地的蔬果拿到自由市场上去卖的"投机倒把"行为要严重的多。所以，我与良沪十分谨慎、小心，不轻易与人买卖。

我至今仍十分清晰地记得，钱桥镇上的一个瘦高个老头，约摸六十多岁，穿着对襟的土布农家衣服，游荡于镇上知青出没的地方，专门以收票证为业，以收粮票为主。用现在的话来说，他叫"打桩模子"。

老头见周围没有民兵的身影，便会兜上来，压低声音，用一口的乡音问道："粮票阿有，铜佃好谈？"

我问他："一斤粮票什么价格？"

老头脱口而出："1角6分。"

"不行，太低了，我要蚀本了。"我头摇得像"拨浪鼓"，其实，内心好开心，有钱赚了。

老头又悄悄地问"侬有多少？"

"一百斤。"

他一听这个数字，脸上掠过一丝笑意。

"1角7一斤阿好？"

"1角8，否则，不卖。"我边说边摆出欲走之势。

老头连连说："好商量，好商量。"一边说着一边眼睛瞟着四周。

我与良沪也按照事先的分工，我"洽谈"，他"望风"，如有可疑情况，他吹几下口哨警示我。

当我与老头谈好价钱时，良沪使了一个眼色，示意我可以成交。

老头为了万无一失，把我俩引入了一个幽深的巷子，七拐八弯，来到了一个农户搭建的茅厕里去成交，一手交钱一手交"货"。

老头非常警惕着我俩的举动。他说，前不久碰到农场里的人，给了钱，不给粮票，就逃走了，自己年纪大，追不上，又不敢叫，"哑巴吃黄连，有苦说不出"。所以，他要我们先给粮票，他再给钱。就这样，在肮脏的地方做成了我俩人生中第一笔"肮脏"的交易。

拿到钱后，我俩也迅速撤退了，直奔镇上饭店。点好了红烧肉、大蒜炒猪肝、蚌肉等之后，便算起了账来。除去给女职工的粮票钱，竟然净赚了6元钱，着实发了一笔小财，相当于我一个月的三分之一的工资，我俩笑得合不拢嘴。

我与良沪各自分了3元钱，美美地吃了一顿。良沪说我买卖成功，这顿饭1元几角钱由他来出，我也爽快地答应了，又买了十多个肉馅馒头，逛起了镇上的小店。在百货店后面有一家不起眼的文具店，又破又烂，发霉的屋顶，七翘八裂的地板，满屋子的灰尘，有一半居然还是烂泥地。

这文具店虽破却是我每次来钱桥的必逛之处，我惊喜地看到脏兮兮、灰蒙蒙的柜台上摆放着《悲惨世界》《复活》《十字军骑士》等世界名著。我欲翻看，却被一个戴着眼镜、身穿涤卡中山装的中年男子厉声制止："只卖不翻。"

我盯着中年男子，心想："怎么这样凶啊。"

只见他鼻子上的眼镜架子是断的，用橡皮膏粘着，中山装之龌龊可能从穿上去后就没有洗过，服务的态度之恶劣，真想上去抽他耳光，但为了买名著也只好忍声吞气。

我与良沪掏钱欲买下三套名著，谁知"眼镜男"一口拒绝，说是一人只能买一套，不管我俩怎么费尽口舌，"眼镜男"不理我们，自顾自地听着他柜台上那只破"半导体"收音机。

无奈，良沪只好拿出二只肉馒头送给他，"眼镜男"顿时眼睛一亮，满口应允。那本不肯卖给我们的《复活》，终于"复活"到了我俩手中。三套世界名著，总共花费不到1元5角。我还顺带买了一本徐迟的报告文学集《哥德巴赫猜想》以及一本广播电视自学教材《日语》。

我用捡来的一根稻草绳小心翼翼捆扎好这些书籍，跳上一辆来钱桥镇买蔬菜的拖拉机回到了连队。

以后的一些日子里，我经常阅读着这些名著。一些书迷见我有如此崭新的世界名著，羡慕不已，纷纷要加价购买，都被我婉言谢绝了。

有女职工还说用五十斤粮票换我一套《悲惨世界》，也有的要用四十斤粮票换我的《复活》。我一听，来劲了，又有"商机"了，再说，买回的名著看得也差不多了，于是拿这些名著又换回了九十斤粮票，我又把粮票卖给了钱桥镇上的那个瘦高个老头，得款16元2角。

后听广播说，县城南桥镇的新华书店供应世界名著。在一个场休日，我坐车到了南桥镇，因为经常逛县城，不一会便找到了新华书店。

哇，排着长长的队伍，一个小时后，我如意购到了《莎士比亚四大悲剧》《汤姆叔叔的小屋》《呼啸山庄》《巴黎圣母院》等十多本世界名著。

后来再也没有再"换"出去。一方面，我完全沉浸在这些名著的故事情节中，不舍放下；另一方面，世界名著也好买了，只要去趟南桥，基本能买到。

而此时，已是一九七八年的夏天了。

麦田里的捣乱者

近偶读美国作家塞林格所著的《麦田里的守望者》，主人公霍林顿有个夙愿，做麦田的守望者，一大群的孩子在麦田里做游戏，要是哪个孩子往悬崖边奔来，就把他捉住，由此，想到了农场里我们捣乱麦田恋爱的那一幕，也由此不得不提一下在麦田里恋爱的男女主角小金和小军。

小金是金山石化总厂工人子弟，脸庞洁白细嫩，弯弯的眉毛下嵌着一双迷人的眼睛，高高的鼻梁下长着一个红红的樱桃小嘴，耳旁纤细的秀发随风飘动着。别看她长得细巧，却是一个走路风风火火，说话大大咧咧的人。

小军则是吴泾化工厂职工子弟，两道眉毛又浓又粗，像是为了维护某种尊严摆在那儿似的，乌黑浓密的短头发根根矗

立，国字脸，且有不少小疙瘩，嘴巴上隐隐约约长着一圈小胡子，一身草绿色的四开袋军装，虽不很新，却洗得非常干净，三支不同的钢笔插在上衣口袋里，貌似是喝了不少墨水的人。他是我们连队的图书管理员，我叫他"老夫子"，是因为他走路总是慢吞吞的，好像永远在思考问题似的，有时打个照面也未必会对你"哼"一声。小军的理想是当个电影文学剧本的编剧，他的图书室与我的民兵连部是"贴隔壁"，他利用职务之便，购进了不少电影类的书籍，如饥似渴地阅读着，我俩作为"邻居"，相处久了，才知道"老夫子"要写电影文学剧本《农场的春天》，我非常诧异，不相信从没写过小说、散文等文学作品的他，居然能提笔写电出影剧本。被我嘲讽数落了半天，可"老夫子"却是认真的，他按照剧本写作的规范，运用一定的概念，就夜以继日地写了起来，其中，还写了我们民兵连的那点事，却略带贬义，被我臭骂一顿并责令删去。"老夫子"足足写了三个月才脱稿，"鲜格格"地拿给我看，我边看边嘟囔："这哪是《农场的春天》，简直就是《农场的黄梅天》嘛。"可"老夫子"不理会我，还是寄给了长春电影制片厂编剧组。小金起初不经意地来借阅图书，看到"老夫子"的壮举，认定其是"必有出息之人"，逐产生了爱慕之心，她时常打扮得漂漂亮亮，有意无意登门借书还书，主动与"老夫子"套近乎，"老夫子"写得辛苦，幸有美人相伴，何乐而不为呢？于是就顺理顺章地谈起恋爱来了。

小金每次去图书室，我在隔壁都听得真真切切，他俩有开心的笑，有争执的吵，也有很长时间的沉默，连队的墙壁全为多孔单砖所砌，隔音很差，有时"老夫子"放了个响屁，我会以手击墙，"夫子，动静不要太大啦！"他也只自顾自写作，根本不搭理我，有时我在写材料，他俩打打闹闹，很是分我的心，我便用脚猛蹬墙上几下，隔壁立马安静下来了。有一天，我去隔壁找"老夫子"要报告纸，正值他在听杨华生的滑稽戏《臭冬瓜》，一部很有趣的戏，于是我便留了下来，要把戏听完，此时，食堂送信的人捧着一本厚厚的邮件送到图书室，上面还有"长春电影制片厂"字样，我顿时明白了什么，"老夫子"的脸一下子拉得老长，一边急不可耐地撕去包装纸，一边喃喃自语道："怎么可能退稿，怎么会呢？""老夫子"经不起这一打击，人一下子瘫坐在了凳子上，我连忙关掉"半导体"，掩好门，让他静静。没几天，"老夫子"终于从数日的消沉中醒悟过来，他开始追逐另外一种生活，我明显感觉到，"老夫子"的恋爱春天到来了，相依相伴的两个身影在图书室里喃喃私语，在田间里漫步着。

绿油油的麦田，麦穗颗粒饱满，沉甸甸的，把麦子都压弯了腰，远远望去，整个麦田就像一张美丽的绿色地毯，一阵风吹过，麦穗左右摇摆，就像绿色大海中的波浪，一浪推着一浪，此起彼伏，非常壮观。我们民兵连部几个人在二楼的阳台上看着他俩在田埂上漫步，从他俩的走路姿势来判断他们恋爱的进程。

开始"老夫子"走在前，小金腼腆地跟在他后面，隔着一小段距离，有点陕北"小媳妇"的味道——至此，"小媳妇"成为了小金的代名词；过了不久，他俩肩并肩走在了一起，说话的频次明显多了；到后来，"小媳妇"主动拉起"老夫子"的手，"老夫子"的手干脆搭到了"小媳妇"的肩上。我们天天在阳台上像看美国大片似的看着他俩的"规定动作"，我们这些无聊者，也没谈上女朋友，看到他俩如此如胶似漆，心里酸溜溜的。有人气鼓鼓地说，"用'弹皮弓'弹他们，让他们在我们眼前消失"，可这是儿时的玩意，身边哪有这般利器。看到他俩钻进了麦田，我们楼上的人大呼小叫，"不好啦，出事啦"，于是，大家纷纷探头张望，良沪等人迅速去楼下田里拣了不少泥块，在我的口令下，众人"万炮齐放"，泥块纷纷砸进了麦田，"老夫子"与"小媳妇"哇哇大叫，抱头鼠窜地逃出了麦田，我们几个齐刷刷地在阳台上蹲下，通过阳台栅栏的空隙注视着他俩，他们呢，也向我们阳台方向张望着什么，一脸疑惑，顿时，我们明白了，他们什么也没干。

他俩也看不出泥块从何而来，背过身来，朝着更远的沿塘河走去，直至消失在我们的眼帘。

傍晚，"老夫子"回来见到我，追着问我："肯定是你干的好事。"

我拍拍他的肩膀，说："对呀，为了你不至于干坏事。"

"老夫子"嗔怒道："你坏了我的好事。"

我不紧不忙地搭腔："我们才不想看你那点儿好事哩。"

看着"老夫子"要较劲发急了，我们几个只好悻悻而别。

十多年后，"小媳妇"来看我和良沪，我俩问起她与"老夫子"的事，"小媳妇"有点沮丧。她说："父母不同意我与他结婚，却要我与一名厂医结了婚，婚后夫妻感情一直不睦。"她今天来，就是想请我们帮她找找好的律师，办理离婚，另外，还叫我们帮她留意"好男人"。我与良沪请"小媳妇"在华阳路上一家饭店吃了一顿饭，便送她上了车，目送着，直到背影消失。

"哎，真是个不幸的女人"，良沪唉声叹气道。

"砰砰砰"手榴弹爆炸低沉发闷的声音不时从前面传来，泥土翻溅乱飞。

"挺吓人的，我不敢上前投了。"女民兵颜玢捂着耳朵，胆战心惊的样子。

"我手已抖了，手榴弹万一掉地上怎么办？"女民兵罗红听到不时传来的爆炸声，说话的声音也有些变了。

"怕什么怕，朝前使劲扔就可以了嘛。"民兵孙浩一副轻松之态。

今天民兵实弹投掷的是65式手榴弹，黑漆的铁弹体，重约一斤。木柄底部是一个带螺丝的铁盖，旋开后，露出铜制拉火环，把拉火环的细绳拉脱，就能将弹体的引信点燃，四秒钟后，手榴弹就爆炸了。铁的弹体碎成700余块弹片，可杀伤30米半径的目标。所以，民兵投掷手榴弹都躲到了30米开外堆的土包后。

在参加正式实弹投掷前，我组织了基干民兵在连队操场上反复演练投掷练习弹。这种练习弹酷似鞭炮，爆炸的声音也是爆竹声，给大家一个手榴弹爆炸声响的感觉。大家反复投掷，直练得胳膊肿胀，痛得直哆嗦，吃饭也拿不住筷子。

1978年秋，民兵连长陈建兴、副连长顾鸿耀在练习机枪射击和投掷手榴弹

　　我把在民兵连长集训学到的实弹投掷手榴弹的要领，逐个分解动作传授给民兵们，我边说边做着示范。动作要领是：当听到"准备手榴弹"的口令时，右手取弹，两手指协力拧开弹盖，取出拉火环，套于小指根部，右手握弹，将手榴弹置于右肩前，与肩同高，两眼注视前方，成预备姿势……

　　手榴弹实弹投掷有一定的危险性，容易使人在投掷中产生紧张、恐惧、慌乱和反应迟钝等情绪反应，从而造成动作变形，出现险情和伤害事故。训练中，我反复强调安全意识。场部民兵团一直用兄弟民兵连事故警示我们，至今我清晰记得，某连民兵在海边实弹投掷中，一慌乱，拉环后手榴弹滑出掌心掉在身后。该民兵想到了"相向卧倒"，但慌忙中趴到地上，屁股却撅得老高，结果被炸掉了半个，鲜血淋淋，惨不忍睹。

1979年9月26日，拖拉机手严卫平等载着我们二十多个基干民兵，到海边手榴弹实弹投掷。走进海滩，我们自己动手垒沙包、挖壕沟、标好投弹的斜角线。民兵指导员朱良沪，民兵副连长顾鸿耀、陈震国，民兵丁云义、高翔、滕满福、徐芝慧、王福琴、窦永兰等整装待"投"，其他民兵我已记不得了。我在现场又作了投弹示范。场民兵团干事也到现场监督和分发手榴弹，我看到领弹点和投弹点保持了30米的距离，我知道那是安全距离。

作为民兵连长，我第一个演示着投了42米，爆炸声传来，真有点害怕的。之后，民兵们一个接着一个出列投弹。在等待投弹的民兵，尤其是女民兵，听到手榴弹弹片疯狂的呼啸着，心情十分紧张，有的捂着耳朵，怕听爆炸声；有的趴在地上看也不敢看，手心都出了汗，一个劲地搓，我和良沪过去反复壮胆鼓劲。不多时，爆炸声听多了，民兵们渐渐适应了，又看到解放军战士监投，心里踏实多了，也就依次上阵投弹了。可徐芝慧、王福琴等几位女民兵心情还是非常紧张，动作走了样，手榴弹投到了线外，判为不及格，因为每个民兵只有一个手榴弹可投，所以只能算遗憾了。

拖拉机手严卫平不在民兵之列，也跃跃欲试，我向民兵团干事争取了一个手榴弹，虽投了四十多米，可有点偏线了，卫平没有参加过训练，投成这样，算不错了，可能与他平时手摇发动拖拉机有关吧。

投好手榴弹的民兵，那个带白色丝线的铮亮的拉火环还扣在小拇指上，他们也就当作精美纪念品，小心翼翼地收藏起来了。

"日落西山红霞飞，战士打靶把营归，把营归，风展红旗映彩霞，愉快的歌声满天飞……"。新三连的基干民兵们在拖拉机上响亮地唱起了《打靶歌》，其激动的心情可想而知。

多少年后，每当这首歌回荡在我的耳畔时，我的内心总会有一种莫名的涌动，那熟悉的旋律，萦绕于心，难以忘怀。

鱼塘悲歌

　　人对往事的记忆会因某个事物而被重新唤醒，或轻声悲叹，或淡淡释怀，或不堪回首，随着岁月的堆垒而封存。某日，不经意与战友聊及记忆中的挖鱼塘，如同隔世般的往事便猛然忆起，仿佛又有了温度、呼吸和生命……

　　天蒙蒙亮，我就扛着河锹睡意朦胧地出发了，走在路上，脚打着飘，河锹不时从肩上滑落下来，差点削掉了脚趾头，大热天惊出一身冷汗，睡意顿消。一个多小时后，到达鱼塘工地，此时，天已放亮。

　　又是一个高温日，38度，赤日炎炎似火烧，太阳似乎要散发出全部的热量，晒得挑泥的女生喘着粗气，不时用手去擦脸上豆大的汗珠。工地打锹的男生不是光着膀子、打着赤膊，就是穿着背心，背上晒得黝黑黝黑的，皮肤发红发痒。五排女生陈来宝说起这段经历，眼睛就红了起来：“挑了没三担土，衣服就湿了，粘在身上，浑身难过，衣服上白花花的盐渍一块又一块，湿了干，干了湿。盐渍真像一幅山水画，我人瘦小，挑不动，谢园明打给我的土像‘夜壶箱’，踏坏了泥梯，还要被小李子臭骂，往事不堪回首啊。”生产排长李进也有难处：“排与排有竞赛，我好胜心强，催着男生加快打锹的力度，这

样，女生既要挑得重，又要跑得快，可苦了她们了。"李先武也回忆道："我看见钱补龙的深色汗衫，远远望去，背上的盐渍一圈一圈往外延伸，看上去活像一张世界地图。"补龙晚上脱下来一搓，盐花"悉里索罗"掉下来，白茫茫的一片，第二天又穿上了。朱良沪口渴得嘴唇干裂，有人送来了一热水瓶的盐开水，他竟然一口气把水全喝掉了，肚子涨得连腰也伸不直，用力一挺，由于力气过大，一下子把裤子的皮带绷断了，外裤掉落到了膝盖上。于是慌忙把裤子提上去穿好，涨红着脸，看也不敢看他人一眼。

五排女生周丽华挑土累得七荤八素，什么时候脚上的两只鞋子丢掉了也浑然不知。收工后走在靶场滚烫的柏油公路上，又黏又烫，赤着双脚的周丽华像跳芭蕾舞一样，踮着脚，跳来跳去，可脚上还是粘满了又黑又稠的柏油，回到寝室，洗了半天也没洗掉，只好用手一点点去剥粘在脚底板的柏油皮，一边剥一边流泪。女生们触景生情，从一人哭变成了两人哭、三人哭，仅仅五分钟，就变成了寝室的"大合唱"。从这个寝室又传到了隔壁的寝室，引发了全排女生的"大合唱"，在半夜里传得很远很远，令人心酸不已。

我们每天筋疲力尽，好在那时我们年轻力壮，回到寝室往床上一躺，虽然全身四肢酸痛，开河锹的双手早结出了厚厚的老茧，但也奇迹般地硬挺了过来。鱼塘越挖越深，斜坡越来越陡，一担泥土要爬百多个台阶。二排女生莫胜英回忆说："踏上自制的泥梯时，遇上下雨，泥泞的路加上陡峭的泥梯，真是一步一惊心，步步惊心，一不小心连人带筐滚下斜坡，摔个四脚朝天。因此也得到经验，遇窄梯要'横行'才能'霸道'。"

繁重的劳动，很少的睡眠时间，长时间的劳累，在挑土的斜坡上不断有人滚落下来，晕倒在河底，这时候会马上有人停下手中的活过去帮助"掐人中"，催其苏醒，有人甚至口含深井水照着晕倒的人脸上喷上去，醒了，旁边坐一会，站起来，又去挑土了。在收工回连队的路上，有女生走着走着就中暑倒下去了，女生们相互搀护着她，也有胆大的男生主动上去背女生回连队，女生们一路走着一路哭着，其状悲凉，不少来探望子女的家长或弟妹在路边默默流泪。

有一天送午饭的拖拉机中途翻在了沟里，大家只好饿着肚子，直到下午两点送点心的拖拉机才到。"人是铁饭是钢，一顿不吃饿得慌"，我饿得像头北方的饿狼，一口气吃掉了十七只糯米双酿团，肚子胀得站不起来，只好躺在地上。有人又让我喝了不少凉水，胃一下子又膨胀起来，痛得我倒在地上打滚。没隔几天，我胃大出血了，到医院检查，三只"＋"，吃了不少八号止血粉，但我还是要在工地上挥锹挖土，那时的排长必须是带头的、干活的。从1977年挖鱼塘至今，我的胃溃疡始终未得到根治，每年都要做一两次胃镜，至今，已做了五十余次胃镜检查，每每想到挖鱼塘，心中不免一阵酸楚。

二排生活排长孟铮说到挖鱼塘时，不无感慨："我在农场五年中，经历了五次挖鱼塘与开河。我的生日是1月3日，那五年我的生日都是在工地上度过的，没有蛋糕，没有烛光，也没有寿面吃，好几个生日都累得趴在床上'嗷嗷'直叫。"二排滕春连回忆说："有一年冬天挖鱼塘，大清早挖的都是冻土，挖得双手全是泡，太阳一出来，冰融化了，土又泥泞了。开始没有经验，买了半高套鞋，被泥土粘着走不动路，只好脱掉套鞋，光着脚板挑土，脚底板钻心的冷。这一幕，每个冬天我都会想起。""小会计"戴丽珍说："阴天，每当我背部隐隐作痛时，就会用拳头轻轻敲着，便会想起农场留给我的遗产。"

一些女生实在挑不动时，会在口袋里放些糕点糖果，给打锹的男生吃，男生会手下留情给你少装点土。二排罗红回忆这一幕时说："我经常会给良沪、陈伟吃点东西，他们给我装泥时会少点小点，即使泥块大，也是薄薄的，装装样子，有时给良沪多吃点，他还会帮我挑几担，让我歇歇……""这一招很灵的。"罗红至今谈论此事时还津津有味。

"年轻的我们，争强好胜，用我们还不硬挺的身躯坚强地完成了一个又一个不可能完成的农活大仗，平时身体不错的我，在挖鱼塘时发高烧了，躺在床上晕晕乎乎的，有一种对现状的恐惧，这种心态在我身体恢复后又去鱼塘挑土时更甚。看到其他人的进度和自己在司令台（土堆）上挑土，那时，我就下定决心要认真复习功课考大学，1979年，我终于如愿，脱离了苦海。"一排政治排长路菁跟我说这番话时，眼睛里是噙着泪水的。

我们这一代人，错落芜杂地行走在人生的褶皱深处，在经历风雨的数载中，有太多的伤口，伤口下是不敢去触及的太深的忧伤，我们经历着常人难以体会的艰难和伤病，不只是看到，也听到了那萦绕着这些鱼塘已四十年亦历久弥坚、韧性十足的悲歌。曾以为早已结了痂的伤口，经年而过，轻轻触碰，依然会痛得刺骨，也许从不曾忘记，也永不会忘记的吧。

1979年5月，新三连生产连长汪友祥（中）来沪访问职工，与陈建兴、朱良沪在上海王开照相馆留影

如酒岁月

欧阳修在一首诗中说："酒逢知己千杯少，话不投机半句多。"相信不少人都非常熟悉。

在农场，我们经常是无坐不酒，来朋来客，摆酒洗尘；闲时相聚，把酒言欢；好事来临，举杯相庆；愁上心头，借酒消愁。是啊，农场生活单调枯燥，如果再没有酒，我们的生活将是多么的沉闷，多么的乏味。没有酒，愁绪何以派遣；没有酒，寂寞如何消解？难怪曹操说："何以解忧，唯有杜康。"

一天，我去鸿耀寝室，一进门，他就端着碗中酒塞了过来："来，喝一碗钱桥的老白酒，舒筋活血又养胃。"我接过碗一饮而尽，顿时，一股甜丝丝的酒香弥漫在寝室内。鸿耀告诉我，这是他叫人拿着热水瓶去钱桥镇"拷"来的。镇上的农家妇女善酿米酒，因初酿的米酒呈乳白色而被当地人称为老白酒。这种用糯米为原料经发酵而成的米酒，入口微甜又略带点酸味，其清香怡人，饮时可口，到了中午，我不知不觉已经喝了半热水瓶了，结果昏昏沉沉睡到了半夜才醒来。从此，我知道，这种酒看上去如淡淡的淘米水，后劲大着哩。冬天的场休日，几个好友聚在一起，喝加热过的老白酒，可以暖暖身子，我手脚特别容易冰冷，一杯入肚，通体暖和。因其价格十分低

廉，整个冬天，我们总是要喝掉不少老白酒。

不喝酒的日子，大家都彼此相似，喝了酒的日子，就各不相同了。某日，与良沪喝着老白酒，就这么几小杯，他便微醺了，处半醉不醉之间，看似清醒又有点糊涂。说到来农场时的伤感处，他突然愁肠百结，少趣寡欢起来，鼻子酸酸的只想哭，他摘掉了鼻梁上的阔边眼镜，揉了揉眼睛，干笑了两声，竟然一下子嚎啕大哭，我直到这时似乎才明白，他是受了很大的委屈才来农场的。等到醒来时，他直嚷头痛得要爆炸似的，躺着眼睛盯着寝室的天花板，一阵恶想，才发觉自己躺的地方有种熟悉的感觉，不免疑惑起来："谁把我抬回来的？"疼痛的脑袋又不容自己去多想，便不再回忆什么了，他一翻身又睡去了，等再次睁开眼睛的时候，是被饿醒的。虽然东方已露出了鱼肚白，但他觉得还可睡会儿，可肚子"咕咕"直叫，实在是睡不着了，于是磨磨蹭蹭，起了半小时，才把裤子套上，怎么站也站不稳，定睛一看，裤子居然穿反了，怪不得动不了。

在高翔即将"顶替"回沪的那个晚上，连队三个喝酒高手严卫平、高翔、胡树源又围在寝室的小方凳上喝起酒来。凳子上的菜是高翔将食堂小黑板上少得可怜的菜兜了两圈（各打两客）带回来的。严卫平又将打来的麻雀、捉来的田鸡和摸来的螺蛳亲自"下厨"烧熟了。胡树源则坐在那里，笑得眼睛眯成一条线。

端着菜盘的卫平说："东风吹，战鼓擂，今天喝酒谁怕谁。"那时他们喝酒连个杯子也不用，两瓶熊猫乙曲直接倒进了吃饭的盆子里平均分酒，三个人喝起来有滋有味，树源天马行空地乱吹，怪话连篇："半斤不当酒，一斤扶墙走，斤半墙走我不走。"

说得卫平、高翔互相使了个眼色，齐声道："今天让老胡头扶墙走。"

三个人推杯换盏几杯下肚，树源起身敬酒，高翔说："老胡头，屁股一抬，喝了重来。"意让他重喝一杯。

树源眨了眨眼睛，狡黠地笑笑："屁股一动，表示尊重嘛。"拗不过他

1977年5月7日，新三连建连一周年部分职工合影

俩，树源还是喝了一大口，此时的他已经是一个关公脸，说话也语无伦次了。

酒越喝越香，气氛自然是越来越好，卫平拿着碗中酒，断断续续地说："要不要再来一圈。"得到了高翔、树源的赞同。

卫平欲去厕所，高翔见状也跟着出来，继而，摇摇摆摆的高翔被不怎么摇摇摆摆的卫平扶着一起摇摇摆摆了，嘴里还不清不楚地嚷着："等我回来啊，我还能喝，没，没醉。"等卫平、高翔刚从厕所回来，树源也迫不及待地出得寝室，仍旧是摇摇摆摆。

树源回到寝室，一个劲地说："今天怎么啦，厕所里尽是菜味。"真是酒逢知己千杯少，三人个个醉意朦胧，如履云端。

严卫平在连队喝了不算，回沪休假也想着法子喝酒，他应邀去李进家喝酒。李进父亲拿出自己珍藏的一瓶一斤装的"竹叶青"酒，那时，也算是十大名酒之一了，李进姐姐则在厨房忙着炒菜。自上次在钱桥醉酒后，李进便滴酒不沾了，他捧着杯子大口地喝着镇江陈醋。

俗话说："男人的世界里不能没有酒，酒是男人的贴身侍卫。"可新三连偏偏也有女人喝酒出名的。四排的徐菊英就能与严卫平、高翔豪饮白酒，徐菊英半斤白酒下肚，丝毫没有什么反应，她不但会喝酒还特别会劝酒，她要把人灌醉，是件不难的事。她一斤多白酒下肚，又喝一大杯黄酒与啤酒，可以说是"三中全会"，之后，她还若无其事地照样去"老虎灶"泡开水，一副轻松的样子，令连队不少喝酒的男生对她刮目相看。

酒与故事，天生是情人。酒因故事而飘香，故事因酒而韵味无穷。连队不少男生那种见酒馋涎欲滴的心情是别人无法感受的，他们是见了酒就迈不动腿的人。汪怡告诉我："二排杨治安醉酒后，老是要跑到中心河边去睡觉，很是危险，排里的人把他抬回寝室，一眨眼，他又回到了中心河畔酣睡，真是奇了。"

四排的顾成刚有次醉酒，跌倒在果园一连的小条河里不省人事，幸被路人发现，他浑身上下成了泥人，鼻孔里还沾着泥巴，堵住了鼻息，差点送了命。五排的陈金荣、刘建钢、杨长余三人场休去闵行老街喝酒，金荣喝了一斤白酒，已显醉态，又把长余杯中的三两白酒一口喝净。喝高了，金荣大闹饭店，一直到闵行公安分局开了三轮摩托来饭店处理，这才息事宁人。在西渡的摆渡船上，金荣走到了汽车上摆渡船的钢板上，径直朝黄浦江走去，水已至腰上，吓得刘建钢、杨长余大声呼救，众人才把金荣从江中拉起，拖进渡船。又幸碰到司机的熟人，把他放倒在拖拉机里，送回了连队。我记得金荣有句口头禅：

"喝醉了酒，我谁都不'服'，就'扶'墙走。"

　　一次开河，五排最早完成任务，作为生产排长的李进特别高兴，他约了排里几个男生去钱桥镇喝庆功酒。一番豪饮后，人人争先恐后"表功"，平时敢说的说了，平时不敢说的也说了，平时爱说的说了，平时不爱说的也说了，但谁也没听清楚谁说的啥，人人只管说，不管听。李进却倒酒必喝，举杯必尽。酒过三巡后，李进的眼睛开始迷离了，一转眼的功夫，旁边又多了几只空瓶子，不胜酒力的李进当即倒在了餐桌上，醺醺然、飘飘然。又是严卫平将李进背进了拖拉机车斗里，让其躺着，用几只破麻袋帮其盖好，一路拖拉机颠沛也未能让李进震醒，直到子夜，他才从床上爬起……

　　"对酒当歌，人生几何？譬如朝露，去日苦多。"农场人喝出的是人生的几多感慨。

拷浜

对许多人来说，"拷浜"已不知为何意了。其实，"拷浜"是上海方言，是舀干小河浜里的水，等鱼脊露出来的时候就直接捉鱼的意思。

1978年国庆节，连队放假，我与朱良沪、徐文娟和食堂的陈珊君、徐玲丽，蔬菜班的顾云娥留下来值班。

十月一日上午，天气晴好，我想去拷浜捉鱼来改善一下节日的伙食，便与良沪察看着全连的"小条河"，看看哪条河鱼多适合拷浜，若有河面上时而浮现一个漩，或"扑通"一声溅起一团水花，那就是鱼儿所发出的动静了。最终，我俩选定了一排宿舍右侧的那条"小条河"。我俩用河锹花了不少时间在这段六十米长、宽三米多的河两端各筑起了一条截流的土坝，然后去仓库"杭育、杭育"扛来了粪泵，这泵平时用来抽大粪的，今天被用来抽河水了。为了使土坝结实点，我走上去用脚反复踏紧泥土，以防河水即将抽完时倒坝。电线拉了几百米长，粪泵终于"突、突、突"开始抽水了，徐文娟、陈珊君、徐玲丽眼看有鱼吃了，一脸的喜形于色。

两个多小时过去了，小河里的水越来越少了，不少家属户跑来一睹拷浜的场景，岸边簇拥着片片晃动着的草帽和五颜六

色的包头巾，当鱼儿开始露出脊背，扑棱扑棱跃出水面，闪现出片片银光时，围观者立即欢呼雀跃。我与良沪卷起衣袖，挽起裤腿，脱下鞋子，慢慢地摸下河去。一条条鱼儿在残留的水里跳跃着，肥大硕壮，翻滚着，泥浆四溅。忽然，在淤泥中，我发现了一条二尺来长的黑鱼，凶猛的黑鱼却仍然一个劲地往河泥里钻，我即扑上前去捉，捉了滑掉，滑掉又捉，最后，花了好大力气终于逮住了黑鱼，扔上了田埂。

小河中的水基本抽干了，河底立现鲤鱼、鲫鱼、螃蟹、河蚌以及粘在水草上密密麻麻的螺蛳。

突然，眼前银光一闪，一条大鲫鱼从泥中跃出，一蹦一蹦向前窜去，良沪在河中追逐着大鲫鱼，脚底一滑，一个踉跄摔倒在泥里，顺势一扑，居然抓到了那条大鲫鱼，衣服上却是泥浆满身，脸上也分不清是汗水还是泥水了。

谁知，正在饱享捉鱼的欢乐时，一声吆喝就如同响雷在头顶上炸开，"你们怎么可以这样做？"生产连长汪友祥在岸边暴跳如雷。我刚想用什么话搪塞过去，汪连长已抓起搁在河滩上的一把铁搭，眨眼间就将土坝岔出了一个缺口，我和良沪看得傻眼了，眼睁睁地看着河水从坝缝中迅速涌了进来，那些已经躺在河底的鱼顿时死里逃生，我拔出泥腿爬上岸，操起河锹又把坝缝填上了，不去理会一旁喊叫的汪连长。他双手叉腰，两眼冒出怒火直盯着我，我硬着头皮跑上去和他打招呼，凑着他的耳朵说："留下值班不容易，让我们改善一下伙食吧。"汪连长的愠色这才开始"阴转多云"，两袖一甩，"哼"一声，转身走了。我呢，又下河去了。

此时，蔬菜班的顾云娥也来到了河边看热闹，我冲着她大喊："去家属户借个鱼兜来。"不一会，顾云娥拿着鱼兜急匆匆地赶了回来。

河底的鱼在泥浆里翻滚着，我拿起鱼兜抄底，鱼在网兜里活蹦乱跳，力气大点的鱼从网底里挣扎着拱到最上面，又跳出网兜，"扑通"，回到了泥浆里，溅得我一脸的泥水。

我在泥水里淌来淌去，寻找着什么，顿时，感觉到脚底的淤泥中有圆柱物

2014年12月28日，新三连部分战友相约赴奉贤钱桥镇，探望老连长汪友祥（左三）及其夫人

蠕动着，像锄头柄般粗，惊出我一身冷汗，"莫非有水蛇？"我暗自思忖着，慢慢地拔出了泥腿，退至稍远处，用河锹拨弄着泥中的"蛇"，翻出来一看，竟是一条大黄鳝，抓在手里很滑腻，费了我九牛二虎之力才把它弄到岸上的铅桶里。我喘着粗气坐在河边，才感到脚底板疼痛，一看脚底板上留有血迹，用水一冲，原来被河底的尖物划出了一道口子，幸好口子不长，涂了点红药水便不去管它了。

我捡了几条大的河鲫鱼和那条二尺来长的黑鱼送到了汪连长家，他不在，兜大田去了，我把鱼放到了他家门口，其妻连连道谢，我说："不用谢，谢谢汪连长手下留情，才使得大家节日有鱼吃。"

徐文娟、顾云娥忙着杀鱼洗鱼，陈珊君和徐玲丽使出了浑身解数，一眨眼功夫，河鲫鱼汤、红烧黄鳝、炒螺丝等菜肴端了上来，其中，河鲫鱼汤足足烧了两大面盆，我平时不大喜欢吃鱼，那天，累了饿了馋了，狼吞虎咽地吃了起来，单单奶白色的河鲫鱼汤就喝了五大碗，还吃了三大碗杂鱼，喝了整整一大碗"老白酒"。

奶白色鱼汤，那种鲜美，使我难以忘怀。而拷浜，也成了我美好的记忆。

『假领头』的尴尬

日前，走过某家小店铺，顿觉恍如隔世，让人又回到了七十年代的感觉，只见店门口小黑板上赫然写着："大量供应各款'假领头'。"进门一探，哇，几十款各式男女"假领头"，琳琅满目，我们年轻时代的时髦"服装"，现在还那么丰富，让我既感觉亲切又不禁感叹。

周立波在说到上海人发明的"假领头"时说："一个时代的产物，上海人精明生活的一个标志物。"他还说："穿起来方便，不过时刻要小心，一不留神脱下外衣会吓死人的，让人以为你背着一把枪。"

"假领头"，这个上海人曾有的"特产"，如今，又悄悄回来了，而与以往不同的是"假领头"的使用者不少是白领。

所谓"假领头"，是利用零头布剪裁而成，买零头布不用布票，母亲就用零头布做"假领头"。穿上"假领头"，露出的衣领部分与衬衫衣领完全一样的，给人感觉就是穿了件新的挺括的衬衫了。母亲做的"假领头"有尖角领、圆领和方领的，领子中还塞进塑料硬卡片，使领子更挺括。那时想添件新衬衣也并非易事，所以用"假领头"替代衬衫现象十分普遍。

那个年代，我们穿中山装较多，一般都把风纪扣扣上的，

里面是衬衫还是"假领头"根本看不清楚，可以以假乱真。穿着一个又白又净的"假领头"，外面穿件军装，带顶军帽或者穿中山装，将风纪扣一扣，是我在那个时候的标配哦。

女生也用"假领头"，在农场晾晒的衣物中就看到过不少花式品种的"假领头"。生活中，她们不仅将"假领头"翻在毛衣外面，甚至翻到了棉袄罩衣的立领外，在那个千篇一律的没有个性、被禁锢的环境里，那一片片带着浅浅的小花或者格子的"假领头"竟成了这古板世界里的一抹亮色。

"假领头"是我到农场里必备的"服装"，我用不同颜色的"假领头"搭配过不同的外衣，坚持不懈地"伪装"自己的生活品质，我带到农场的衬衫只有一件，还是哥哥从崇明农场"上调"时带回的旧衬衫，而带去的"假领头"却有五六只，且只只是新的。

在农场里穿的最多的就是棉毛衫配"假领头"，全靠几只"假领头"让人觉得衬衫不断"翻行头"。

女生穿"假领头"时，若是"两用衫"（外套），会套件有"鸡心领"的绒线衫，根本看不出是只"假领头"。

男生干活回来在浴室洗澡，几乎所有男生脱下的"假领头"挂成一排，别有一番风景。"假领头"穿得领头油腻了才想到要去洗，洗好后皱皱的，为了挺括，我只好去食堂"老虎灶"泡来开水倒在大搪瓷杯中，趁热在衣领上来回烫，倒也能烫平一点，效果蛮好，不少人学我这个"土办法"烫"假领头"。

"假领头"，在农场也使我出过三次"洋相"。

一次是在燎原农场民兵集训结束时的文艺会演上，人人要上台表演，十月的天，早晨还比较凉快，我便打扮一番，戴上了"假领头"，穿上中山装，一派衣冠端正的样子。会演的场子不大，人头济济，空气不流通，我热得汗流浃背也不敢在众目睽睽之下脱"假领头"。轮到我上台时，我表演的是"智取威虎山"中少剑波唱的那段叫"我们是工农子弟兵"。第一次"赶鸭子"上台，我十分紧张，怕忘词，不断地搓手，当我唱到"一颗红心头上戴，革命红旗挂两边，红旗指处乌云散……"时，热得头像"蒸笼头"似的，直冒热气，手心上全是汗，竟然神使鬼差、身不由己地解开了中山装几粒纽扣，台下一阵骚动，立即有人哄笑起来，有人还指指点点，我心头一紧，糟了，"假领头"露出来了，我慌忙又扣上了纽扣，那天中山装里面穿了件破"卫生衫"，前胸后背上有六、七个小洞。当时恨不得立即钻入地缝中去，下得台来，场武装部领导对我说："你知错就改蛮快的嘛！"

还有一次，新三连民兵在海滩边实弹射击，一排排的基干民兵在卧姿练习击发要领。我与陈震国等几个民兵干部在闲聊，震国提出要与我比赛摔跤，我对他说："你摔不过我的。"说着给他讲起我儿时弄堂的故事："在弄堂里，我是个'皮大王'，小孩中没有人摔跤赢过我的，有一天，把对门的潘文宝摔痛了，他一脚踢坏了我家门口的马桶，我也愤怒之极，拎起他家的马桶砸了个稀巴烂……"

震国不以为然，仍缠着与我比试，在我俩交上手不到一分钟，我一个"大背包"把震国猛地摔倒在地。他从地上爬起来，又嚷着与我比第二局，我对着手心吐了吐唾沫，搓了搓手，又与他厮杀抱在了一起，不知怎的，我被他一把揪住了衣领，他一个迅雷不及掩耳之势的勾腿，我意外地倒下了，头颈里戴的"假领头"却被他一把拎了出来，引得在场观战的人哈哈大笑。"一比一"，再来一局，当我搭住震国的腰，正欲摔他时，"嘟……嘟……嘟"，前方射击比赛开始的哨子响了起来，我放下了震国，他手里还拿着我的"假领头"，我要了回来，一看，三粒纽扣一粒不剩，领口也脱了线脚。"赔我一个。"我有点责怪他，震国伸出两个手指："赔你两个。"我乐哈哈的："那还差不多。"

再一次是出工时，也不知干啥活，扛着钉耙到了田间，才知道要翻地，那是一个力气重活，可能"假领头"买大了，钉耙每翻几下，"假领头"都会慢慢地升到颈脖子上，此时我就要歇下来，把手伸到双腋窝下，左拉一下，右拉一下，把"假领头"拉下来。旁边有几个女生在，我不好意思脱下，只好硬撑下去，整整一个上午，不停地重复着腋窝下的动作，一旁的周雅萍看到我这个怪怪的动作，不好意思问我，好奇地瞧着我，倒是心直口快的范建华问我："陈排长，你老是这个动作做啥啊。""你观察这么仔细干啥呀。"我实在不好意思回答她，只好故意反问她。不一会，我跑到了小条河旁，蹲在地上，悄悄地脱掉了"假领头"，塞进了裤袋里，若无其事地回到了田间。

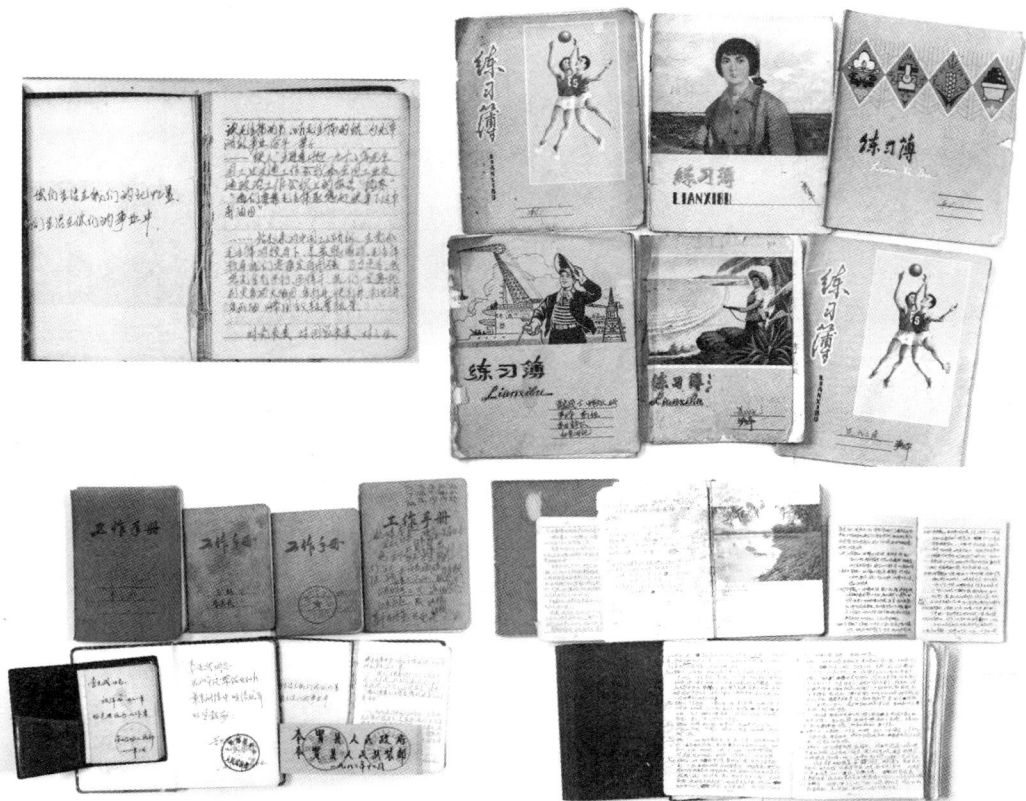

这是曾任五排生产排长，后任连队拖拉机手的严卫平在农场时写的部分日记，至今仍珍藏着

看电影《流浪者》

"阿巴拉咕，阿巴拉咕（印度语，意为：到处流浪），命运叫我奔向远方，阿巴拉咕……"良沪带着一顶大草帽，扛着锄头，"啪嗒，啪嗒"趿着拖鞋走在连队的机耕道上出工去，嘴里哼着印度电影《流浪者》的插曲《拉兹之歌》。他排里的职工跟在他身后，起哄着："朱排长着迷了，拉兹是他爷叔啊，天天挂在嘴上。"是的，近一段时间，朱排长除了出工路上，食堂打饭途中，"老虎灶"上泡开水，哪怕蹲在厕所里"办公"；他也总是唱着："阿巴拉咕，阿巴拉咕。"说真的，他如此痴迷《拉兹之歌》还真与我有关哩。

1978年冬天，我在奉贤南桥民兵干部集训，最后一天下午，县武装部电影招待，放映当时非常流行的电影《流浪者》，并安排晚上聚餐。我打听到聚餐有红烧扎肉和茶叶蛋，便打电话到连队，通知良沪来南桥看电影、吃扎肉，有的民兵干部提前回连队了，我问他们讨来了电影票和六张聚餐券，大喜过望。

我俩踏进了南桥影剧院，场内早已座无虚席。《流浪者》是一部家庭剧情片，反映了印度等级社会的黑暗现实，歌颂了纯洁的爱情和人道主义精神。影片中的"拉兹"和"丽达"已

在中国成为家喻户晓的银幕形象，特别是影片的插曲更是当时青年空前绝后传唱的流行歌曲。尽管近四十年过去了，现在还是回味无穷，百听不厌。当良沪看到银幕上的插曲还有字幕出现时，竟然一拍大腿："啊哟，忘了带工作手册来抄了。"我说："别急，吃好晚饭，再去看一场，到时你带着就好了。"良沪瞪大着眼睛看着我似乎有点不信。"是呀，听人说，这个电影必须看三遍。"我肯定地对良沪说。

傍晚，聚餐的时间到了，食堂却规定一人一券，不得重复使用，眼看手里还有四张餐券，良沪有些着急，我悄悄对他说："听我的，不要多走动，闷头吃。"我俩用最快的速度吃掉了第一份餐食，大厅人多，服务员根本无法记住每一个人的面貌。我俩在餐厅里兜了一圈，找了个角落位子坐定下来，悄悄开始吃第二份餐食，还是一块扎肉，两只茶叶蛋。第二顿饭还没吃好，大厅里的人已走了不少，被炊事员认出太尴尬了，我思忖着，便对良沪说："出去逛一圈再进来吧。"我俩在大街上溜达了一会，又回到了食堂门口，朝食堂里张望起来，就餐的人已不多了，良沪心中不免有点虚，我说："有办法了。"便躲到了县政府招待所门口，悄悄脱掉了军帽和老棉袄，只穿着绒线衫，虽然有点冻，但一想到又可吃扎肉了，马上又来劲了。我与良沪目不斜视，大大方方第三次在领餐处旁的一个桌子上落座，装出一幅急吼吼的样子，像是三天没吃饭一样，领好饭菜，便大口扒食起来，就这样，我俩在半小时内吃掉了六块扎肉，十二只茶叶蛋和二斤四两饭。打着饱嗝出得食堂，良沪抚摸着略略鼓出的肚子："今天是来农场吃肉最'结棍'的一次了。""还是免费的哦。"我补充了一句，说完，我俩自鸣得意地哈哈大笑起来。

饭后，我们又去南桥影剧院看了一遍《流浪者》，良沪边看边叫我打着手电，他抄银幕上的歌词，弄得剧场工作人员用手电筒照着我，叫我把手电筒灭了，《拉兹之歌》歌词一句句很快闪过，良沪是个近视眼，记得断断续续、七零八落，还好《拉兹之歌》在整个电影中出现好几遍，忙活了大半天，才把空白点歌词补全。

晚上，良沪在我寝室里认认真真把《拉兹之歌》抄到他那本心仪的歌曲手抄本上，一遍又一遍学唱着。那时，电台里也经常播放《拉兹之歌》，良沪会经常守候在收音机旁收听、学唱。不多久，良沪已唱得蛮像了，打饭路上、出工道上、在浴室洗澡，良沪嘴中都在不断吐出"阿巴拉咕！""阿巴拉咕！"那时，我管理着连队广播室，便对良沪说："你何不对着'麦克风'唱一遍，弄点成就感出来。"谁知正中良沪下怀，他对着话筒居然一口气唱得出工回来的农友以为是原唱，心想今天的《拉兹之歌》怎么没有伴奏了，足以看出良沪对《拉兹之歌》的喜爱程度。

那段时间，我前前后后也看了三遍《流浪者》，对影片中的女主角"丽达"甚是欣赏，"丽达"以抒情演员的细腻手法把人物悲欢离合的经历和内在情感，淋漓尽致地表现出来，深深震撼了我的心灵。良沪看《流浪者》是冲着电影插曲去的，我则是冲着"丽达"去的，为的是多看几眼能歌善舞的"丽达"。我只要看到报纸上有"丽达"的电影剧照，便要剪下来贴在笔记本上我在上海休假期间，还曾去江苏路上的长宁区图书馆做贼一样撕过电影杂志上十几张"丽达"的彩色剧照呢。

寝室里有人的收音机里正播放着《丽达之歌》，听着听着，内心深深感到纯真凄美的惆怅，我也会禁不住地翻开笔记本，一页页，一张张欣赏自己收集的"丽达"照片，一直想了解银幕下的"拉兹"与"丽达"是否会结婚，后来才知道，出自名门的"拉兹"的父亲不同意儿子娶一个女演员，致使"拉兹"与"丽达"失之交臂。到了八十年代初，电影明星多了，也回到了上海，渐渐冷落了"丽达"，剪贴的剧照册也不知道什么时候在什么地方弄丢了。

虽然"丽达"的剧照剪贴弄丢了，但"丽达"的银幕形象几十年来在我脑海中挥之不去，多年来，一直关注着"丽达"，有一次，在《大众电影》上看到"丽达"在拍《印度母亲》，拍到"丽达"和"儿子"被仇人纵火烧着了茅屋这个场景时，不慎"丽达"身上着火了，扮演他儿子的演员奋不顾身地将她从火海里救出，"丽达"被"儿子"舍己救人的精神所感动，产生了爱慕之

1989年5月7日，星火农场新三连第一批职工在华阳街道办事处门口合影

情，拍片结束，"丽达"与"儿子"结婚，从此，她从银幕消失，全力支持"儿子"从事电影事业。此外，"丽达"还致力于残疾儿童的慈善，她办学校，接受40名被学校拒之门外的智障儿童入学，她还担任孟买残疾儿童协会主席。1983年，"丽达"患胰腺癌去世，年仅51岁，令人痛惜不已。

黄鼠狼肉，好吃

早晨，拖拉机手严卫平一打开窗子，只见天地间像挂着一床大幔帐，白茫茫的一片，雪花像棉絮，像芦花，像蒲公英带绒花的种子一般，在风中漫天飞舞，穿梭重叠，令人眼花缭乱。

雪地里，一个戴着绒布帽，穿着棉大衣，骑着一辆破旧自行车的老头，踉踉跄跄地踱进了连队，自行车上挂着两只箩筐，紧随着的是一条形影不离的大黄狗。

"这么大的雪，他来干啥？"卫平好奇地问身边的老农。

"他是来捕捉黄鼠狼的。"老农一看便知。

"捉黄鼠狼，我去看看。"卫平一脸兴奋地奔了出去。此时，大黄狗在一堆碎砖头旁"汪、汪、汪"狂叫起来。老头一看有戏，马上从自行车上掏出了一张大网，把砖堆围了起来，网约有30公分高，老头用木棍在砖堆上乱敲一通，想把黄鼠狼赶出来，"小胖子"顾兆军等人围在老头周边看热闹。"死的黄鼠狼！""小胖子"指着箩筐尖叫起来，卫平过去一看，箩筐里果然有两只死的黄鼠狼。大黄狗在砖堆边四处打转，兴奋不已，没多久，一只硕大的黄鼠狼窜了出来，在网兜里横冲直撞地想逃跑。这只黄鼠狼浑身棕黄色，与老鼠有些相似的嘴巴

和鼻子，圆圆的眼睛，尾巴很长且蓬松。黄鼠狼东躲西藏，老头眼见网中之物逃不了了，就和周围的人聊了起来，老头说："捕捉黄鼠狼要在入冬以后，冬天的黄鼠狼皮经霜雪后变得油亮，经过加工可制成裘皮大衣。""那什么样的黄鼠狼皮值钱？"卫平非常感兴趣地问道。老头捋了捋胡须，继续道："收黄鼠狼皮毛要收个头大的，雄性的，价格高，要掐死它，皮不能有洞。"说着，老头指了指他箩筐里的两只死黄鼠狼。老头愈讲愈兴奋，"汪、汪、汪"，大黄狗的叫声打断了他的滔滔不绝。原来，黄鼠狼钻到了网兜的死角，老头戴着手套一下子捉住了黄鼠狼。黄鼠狼急了，放出了臭屁，啊，太臭了，卫平、"小胖子"等人被熏得吃不消逃开了，可老头不管，死死地掐住了黄鼠狼不松手，直到它断了气，才撒网从砖堆上捡起了黄鼠狼。可老头一转身，箩筐里的两只黄鼠狼不见了踪影，老头立刻喊叫起来，叫拿走黄鼠狼的人高抬贵手，还给他……

原来，"小胖子"趁老头忙于捉黄鼠狼，拎起箩筐里两只死黄鼠狼扔回了寝室，想给兄弟们当下酒菜，待卫平回到寝室看到地上的黄鼠狼，方知刚才老头为什么要人高抬贵手。于是，卫平走出寝室，对着老头说："黄鼠狼皮你拿走，肉留下行吗？"老头说什么也不肯，卫平冲着老头："你不就是要一张皮吗？肉给我们吃有什么不好？"老头煞有介事地说："黄鼠狼肉酸的，不好吃，要埋在土里三天三夜才能吃的。"老头为讨回黄鼠狼皮，开始糊弄卫平，谁知卫平看穿了他："怎样吃与你无关，行，还是不行，痛快点！"卫平逼着老头，此时，连队围观的人也越来越多，不少人帮着卫平说话，老头见人多势众，只好同意黄鼠狼皮肉分家。只见老头用称勾钩住了黄鼠狼的上颚，动作麻利地从嘴开始，小心翼翼地开始剥皮，不到半分钟就剥下了黄鼠狼的整张皮。老头把一砣黄鼠狼肉送到卫平手上，卫平有点"吓丝丝"的样子，但看到老头做事还算爽快，就把另一只没有剥皮的黄鼠狼还给了他，老头满脸堆笑，连连道谢，上了自行车，一溜烟似的骑得无影无踪。

卫平回到寝室，自言自语道："我就不信不好吃，烧了再说，改善伙食。"说着，卫平到了水龙头，将黄鼠狼破肚，去了内脏，留了肝肺，反复冲洗……这时家属户老方的爱人对卫平说："黄鼠狼的头也可以吃，治类风湿病，有清热解毒作用。"生产连长汪友祥也来凑热闹，笑嘻嘻对卫平说："吃黄鼠狼头可以治坐骨神经痛。"卫平听两位老农这么一说，便把黄鼠狼的头留下了。

"小胖子"以及卫平的"饭搭子"刘绍森帮着卫平烧黄鼠狼肉，他们在煤油炉上架着一只破面盆，像煮牛肉一样煮着黄鼠狼肉，加了红辣椒、蒜瓣，放了黄酒、酱油、糖等佐料。黄鼠狼肉未煮熟，香味已飘到了周边寝室。李先武、高翔、刘绍森、朱子根先后都来品尝，都啧啧称赞。吃了还想吃，无奈人多肉少，令卫平好不后悔，把另一只黄鼠狼还给了老头。

严卫平把汪友祥的一番话牢记在了心里，他把煮熟的黄鼠狼头专门送到楼上卫生室，"孝敬"有着坐骨神经痛的"小医生"胡丽萍吃，"小医生"一听让她吃黄鼠狼头，吓得躲得远远的，后听卫平说可以治坐骨神经痛，就硬着头皮把黄鼠狼头吞掉了。一段时间后，"小医生"坐骨神经居然不痛了，疗效居然如此神奇，卫平去了砖堆，对着那只黄鼠狼"牺牲"的地方磕了三个响头。

风波

　　这件事可能是我农场生涯中碰到的最"挖塞"的事了，事隔近四十年，可我仍然记忆犹新。

　　1979年夏，星火农场武装部例行组织各连队民兵连长在奉贤靶场集训，此时我不少熟识的民兵连长已"顶替"回沪，一些新面孔出现在集训队伍中。集训照样是摸、滚、爬、打等军事课目的训练，还有出操、持枪、列队、刺杀、瞄靶、过障碍、实弹射击、手榴弹使用以及有关民兵整组等相关内容。

　　我们四五十人集中在部队的三个大营房中，每个营房都置着上下铺的十六个铁床，床与床之间挤在一起，几乎没有间隔，天气炎热，室内又无任何降温措施，烈日下滚爬一天，浑身臭汗，好在有淋浴，令我们兴奋了一阵子。

　　与我挨着床铺的是某连队的一个民兵副连长，一身橄榄绿军装，国字脸，长得英俊帅气，用如今的话来说"够帅哥的了"。由于床铺贴得近，我一个翻身可以滚到帅哥的床上，他客气又礼貌地把我推醒。他还经常主动询问民兵连的工作，说"自己是个新兵，要多请教"。时间长了，我俩颇投缘，话也变得多起来。

　　那时，上海人民广播电台办起了日语广播，我也买来了半

导体收音机和日语广播教材，经常利用休息之机收听广播教学和背诵单词，"帅哥"也不时凑过来跟着学。由于这次集训中大多数人我不熟悉，又忙着学日语，所以也懒得去混熟他们，我在农场既不抽烟也不喝酒，更不打牌，这与他们一有空便凑在一起抽烟、喝酒、打牌形成了巨大反差，与他们渐渐拉开了距离，就连长宁中学的校友，偶尔招呼也不多啰嗦，我把全部的业余精力放到了学日语上。他们的喧嚣声不绝于耳，我隔着几个床铺却在孜孜不倦地读着日语，吵闹声实在太大了，我只好拿着收音机和书本去河畔读日语，尽管汗流浃背，蚊虫叮咬，可我仍然一手拿书，一手摇着蒲扇。那时，不知从哪来的学习劲，只要有空就会从口袋里掏出纸卡片上的日语单词死记硬背，连队不少人也像我一样。我想利用集训这十天半月，好好提升一下自己，回连队与"日语迷"也搭得上话。

某日，住我下铺的某民兵连长放在包内的40元人民币不翼而飞了，急得似热锅上的蚂蚁的他，翻遍了自己所有行李衣物仍没找到，他琢磨着遇到同室小偷了，便连忙报告了场武装部带队领导，令这位领导大惊失色。这还了得，堂堂的民兵连长队伍竟然有如此"败类"，领导猛拍桌子，誓言一查到底，揪出"败类"。我们同住一室的人我看看你，你看看我，大家都思忖着某人的可疑之处。由于我和大家相处较疏，又天天傍晚走得最远，我成为头号嫌疑对象了，有人在我走过的背后指指点点、窃窃私语。领导说是要找全寝室的人"聊一聊"，可与我聊的时间最短，至今我也不知道他究竟与寝室里的人是否全聊过，最后，当然是聊无结果，此事一搁就是四天。

某日傍晚，我趴在地上正练着瞄准击发，中学校友急冲冲赶到我前面，气喘吁吁地说："偷钱的人被抓到了。"我闻讯大喜，扔掉了手中的枪，从地上一跃而起，跟着他一路小跑到寝室，我一看竟呆了，只见"帅哥"被粗麻绳绑着坐在地上，我顿时明白了。

当领导述说着抓住"败类"的来龙去脉，特别是说到"帅哥"将偷来的钱藏到我的被子中时，他略微抬起头，看了我一眼，说了一声"对不起"，又把头埋进了裤裆里。面对他的栽赃，我攥紧拳头，咬牙切齿，恨不得上去给他一个耳光，踢他两脚，再加上一顿老拳以解心头之恨，但却被场武装部领导挡住了，他走过来，拍拍我的肩，示意我息怒。原来，下午训练时，"帅哥"借口上厕所，偷偷摸摸回到寝室在我棉被中取出钱时，被连日来一直暗中监视的场武装部干事当场擒获。

事后，我知道，场武装部先前就已经把我们寝室的每个人的行李、被子等生活用品查了个底朝天了，他们在我的被子中发现了失踪的钱，便暗中监视着训练中回寝室的人的一举一动，尤其对我更是"重点关照"，场武装部领导当时判断：钱在我被中并非一定是我所窃，有可能是窃者栽赃，看看谁去拿这笔钱，谁是窃者的可能性就最大。"帅哥"当面与我热络，背后有意无意"放风"意我所为，转移视线——是可忍，孰不可忍！

"起来。"场武装部领导一声喝令，"帅哥"被人从地上拎了起来，架上了回连队的拖拉机，他在寝室挂着的毛巾、架子上的面盆等生活用品都未拿走。

拖拉机"突突突"地开了好远，望着"帅哥"被绑着的背影，我的内心说不出是高兴还是伤心……

摔跤

　　已是深秋的夜晚，习习的凉风使农友们不愿待在寝室里，都搬着小凳坐在门外聊天，不时浮起絮絮的细语。顾鸿耀打着赤膊从浴室出来，肩上搭着毛巾，手中端着面盆，他没有回自己的寝室，却挤到了我寝室门口的"一撮堆"中聊天。

　　聊天的话语是摔跤，农友们诉说着儿时在弄堂摔跤，上学后在操场、在教室走廊里摔跤。不知是哪个家伙起哄"两个民兵连长比试一下"，我连忙推辞："不行，我摔不过小顾的。"而小顾翘着"二郎腿"看着我："不摔怎么知道不行呢？"

　　看到小顾已站起，我也从小凳上慢慢撑起，旁人一阵骚动与呐喊，看我们两个民兵连长"窝里斗"。我慢慢走向刚筑不久的篮球场，心中却盘算着用什么办法将小顾摔倒。学生时代在弄堂里学的拧臂、锁双手、扫堂腿、"大背包"在脑海中一一闪过。

　　我俩没有太多的话，就头顶在了一起，双手互相抵住，开始用力摔对方，一会儿上，一会儿下，总是抱在一起。而此时，在球场的中央站着一个小男孩，瘦瘦高高的身体，短而黑的眉毛下镶嵌着一对机灵的眼睛，让人感到这是一个调皮、机灵的农家孩子。

那个小孩兴奋地跳动着，还不时给双方指点，小顾听得烦死了，踢了他一脚："滚远点。"小孩没了声音，却也没走开。我死死拽住小顾的衣领，用尽力气一个左踢，他一个趔趄差点摔倒，不过，也只是差点而已。就这样，我与小顾你推我扯缠在一起十几回合，两个人搅得满头大汗也没把对方摔倒。

一旁观战的"业余教练"不断摇旗呐喊……忽然，小顾一发力抓住我的裤腰带往上一提就一个"扫堂腿"，我在倒下来的那一刻勾住了他的左小腿，双双倒在了地上。那个小孩冲上来对我比划着什么动作，小顾想赢我，结果打了个平手，未料见小孩还在那里指手画脚，恼羞成怒的小顾跑上去甩了小孩一个"大背包"，小孩倒栽葱地从小顾肩上滑出，"哎哟"一声，小孩便蜷缩在地，一副痛不欲生的样子，小顾上去还打了他一个"头塌"，说："装什么腔，起来。"

我在一旁看到小孩的眼泪漱漱流出，感觉事情不妙，马上劝开了围观的农友，安慰着哭泣的孩子。只见小孩右手托着那只动弹不得的左手，我一碰，便"哇哇"大叫，小顾见状也傻了眼，我连忙捂住他的嘴，不让他大声哭出来。此时不知是谁嚷了一句："他是翁金发的儿子哦。"事不宜迟，我差人叫来了翁金发。心急火燎赶来的金发，不高的个儿，宽宽的肩，看上去年过半百，实际也就四十来岁，身体结实得像一座石碑，一副古铜色的脸孔，尖尖的下巴。他话语不多，伸出来的那双手，干裂、粗糙得像松树皮似的，他勤劳、朴实，是我连队的农业顾问。金发见儿子哭成这样也慌了手脚，我怕被指导员知道挨批，连忙劝着他父子俩，先到他们家去，同时叫来了王曼琳医生。曼琳看后对我说："可能是骨折，要送场部医院。""这下闯祸了。"我不无忧虑地对小顾说。小顾反而镇静地说："我赔医药费。"我摇摇头："倒并非是医药费，传到连队影响不好。"说着，我径自去了食堂，问孙立伟借了那辆骑起来除了铃不响、其他都响的"老爷"自行车，金发家也有辆载重的"凤凰牌"自行车，他没让儿子坐后座，怕扶不住摔下来，便让儿子坐到了前面的横杠上，我则坐在了"老爷车"后面，顾鸿耀奋力地踏着。到了星火农场医院，医生为小翁拍了片，诊断为左手骨折，医院没有石膏材料，让我们速去南桥人民医院。她为小翁作了夹板固定，便催促我们上路，我们三个人面面相觑，一时无语，过了会儿，我说："抓紧去南桥吧。"小顾怕小翁骨头移位，脱下了身上的汗衫，包在了小翁的手臂上，我们便骑车消失在夜幕中。

老实巴交的翁金发骑得飞快，我与小顾轮流踏车还追不上他。食堂那辆"老爷车"还不时掉链条，弄得我与小顾手上油腻腻的，脸上也留下了道道机油迹。坐在自行车后座的我，低着头，缩着脖，睡意朦胧，一阵阵的凉风吹醒了我，抬头透过夜色，我见小顾挥汗如雨拼命狠踏车蹬，焦急似火的模样。

上桥时，他踩得左右摇晃，慢慢地他离开车座，干脆在车上站起来骑，下了桥，我连忙换下小顾。前方道路一片漆黑，周围死一般的寂静，我双目紧盯前面，双手紧握车把，双脚有力地踏着脚板，我们从场部到钱桥，到光明再到南桥，足足摸黑踏车一小时三刻才找到县医院。挂了急诊，又是一阵忙碌的拍片，仍诊断是骨折，幸好没有移位，医生用小夹板重新固定后上了石膏，小翁倒也吃硬，一路上到上好石膏竟没有再吭一声。小顾付了医药费出得医院，我们在镇上一家饮食店坐了下来，点好四碗馄饨，小顾又塞给金发10元钱作为赔偿，金发硬是推托，经我劝说，金发很不好意思地收了下来。我俩再三与金发道歉，可他从头到尾没有责备过小顾一句，令我们感动不已。

我们骑车回到连队已是晚上十二点多了。

今年5月9日，新三连大聚会，我知道远在加拿大的小顾脱身不开未能与会，我便在人群中搜寻着金发那熟悉的身影，终于未能如愿，一问孙浩，才知道翁金发早在两年前因病去世了，我闻讯心一阵抽紧——1979年的那一别竟成了永别。聚会是开心事，可我眼里蓄满了泪，那满是岁月留下的伤痕，回忆始终抹不去，我突然想到花几时开是有季节的，人何时死又有谁知道呢？

看病的笑话

农场繁重的体力劳动，长期不规则的饮食，终于导致自己胃出血了。

第一次去场部医院看病，心里有点紧张。一个看上去年龄不大的女医生，穿着白大褂，戴着口罩，头也不抬："什么时候胃出血的？"她不紧不慢地问我。"不知道。"我不加思索地回答。"大便什么颜色？"女医生低头写着病史，看也不看我一眼。"黑色的。"我脱口而出。"柏油样？"她终于抬头了，看着我，问了一个我不懂的问题，因为连队厕所是蹲式茅坑，排泄物直接掉落三四米深的化粪池里去了，我心想：怎么会知道柏油样还是水泥样呢？看着她非要我回答的样子，我只好说："是啊，是啊。"女医生看到我一副紧张兮兮的样子，安慰说："别紧张，农场胃出血的人蛮多的，有人还是抬着来呢。"说着，女医生戴起听筒为我检查心肺什么的，接着又伏案写起了病历。"大便有多少克？""多少克？"我皱着眉头反问了一句。"是的。"她肯定地说。"妈的！这医生肯定没有去过连队，哪个连队不是蹲式茅坑啊，怎么估计得出多少克？"我心里暗自骂道：亏你问得出这种问题。女医生看我迟疑样，又追问了一句："大便到底多少克？"我被她的连连发

问弄懵了，脑子里不断计算着"克"是什么数量概念，突然想到连队里发的两只四两的搪瓷吃饭碗，每次买饭都用这两只碗去，一只碗打饭，一只碗买菜，我灵机一动："四两的饭碗，两碗。"话音未落，我自己却先笑了起来，只见女医生用手指在玻璃板上敲了起来："你怎么上下不分啊？"说完，她摘下口罩，也"咯咯咯"笑了起来。我有点尴尬地对女医生说："被你逼急了，我也不知道如何说是好。"说完，我把连队蹲厕的构造给她讲了起来，她听得很认真。"哦，是这个样子啊。"女医生有点不好意思，她对我说："我是华山医院来下农场医院实习的，没去过连队，也不了解农场厕所啥样。"她感谢我，以后再也不会去问病人这个问题了。

女医生又问我："今天吃过什么了吗？""吃过开水泡饭了。"她瞪大了眼睛："你怎么可以吃开水泡饭？""嗯，不吃饭吃什么呀？"我怯生生地问道。"胃出血不可饮食啊，这个道理你也不懂吗？"她有点责怪我的意思。"你静卧多久了？""静卧？""躺多久了？"女医生一脸严肃。"没，没有躺过，上午还下田插秧了。""你真是不要命了！"看得出女医生有点愠怒。"你看看，你现在胃出血三只'＋'，出血量算多的了。"她指着化验单。"对不起，医生，'＋'是啥意思啊？"女医生苦笑了一声，摇了摇头说："'＋'是出血量，四只'＋'是强阳性，出血量最多，你现在是三只'＋'，出血也不少。"我听了女医生的话，头上直冒冷汗。她给我开了一大包八号止血粉和一小包糯米纸，关照我饭前用糯米纸包止血粉，温开水送服，可能是先前女医生窘了我，一下子对我和气了好多，反复叮嘱我："今天回去吃流汁，明天吃半流汁。""流汁是什么东西啊？"我有点打破砂锅问到底的意味，显然因为气氛融洽点了，女医生耐心地给我解释："流汁是米汤，半流汁是粥、烂糊面等。"她还一再叮嘱我："千万不要吃生、冷、硬的食物。"

回到寝室，依女医生所嘱，我用糯米纸包着止血粉，一放到嘴里，开水一冲，糯米纸化了，满嘴的粉末，全嵌在牙缝里，苦得不得了，真想一吐了之，可一想到出血的胃和女医生的叮嘱，还是忍着苦，用开水冲了下去。

没隔多久的某日早晨，我发现自己又"黑便"了，忧心忡忡地一路小跑奔去场部医院，心想再碰到那个女医生就好了。到了内科，推门而入，心就凉了半截，只见一个稀发中年男子趴在台子上睡觉。我连连喊了几声："医生，医生……"他才伸着懒腰，揉着惺忪的眼睛问道："看啥呀？""我大便发黑了。"我有些焦急。"稀发男"也不说什么，随手给我开了一张化验单。我去化验间拿了一个火柴盒和几根棉签去了厕所。化验后，我拿了化验单急匆匆赶到内科，"稀发男"看了报告，说："你大便是阳性的。"他这么一说，我又犯糊涂了，"医生，阳性是啥意思？"我"抖豁"地问了一句。"阳性就是胃出血了，还两只'＋'。"说完，"稀发男"站起来，走到一张简陋的病床前，命我躺下，两腿蜷缩，他五指并拢在我肚子上东按按，西压压，"痛吗？""不痛。""这里？""不痛。"他在我胃上轻压着："感觉胀吗？""不胀。"一阵检查后，我又坐到了医生对面，"昨晚吃的什么菜？""猪血豆腐。"我话音刚落，只听见"稀发男"嚷了起来："好了、好了，搞什么搞，你可以走了。"我被医生说得丈二和尚摸不着头脑。看我一脸疑惑，"稀发男"翘起了二郎腿，"你现在的胃出血是吃猪血引起的，胃没有问题，你回去吧。""啊，吃猪血会验出胃出血……"我喃喃自语地走出了医院大门。不知咋的，我脑子闪过一个念头：下次弄个胃出血不是很容易了吗？

　　回到寝室，我把这个秘密告诉了室友，他们纷纷说："保密，保密，天机不可泄露。"说完，大家你看看我，我看看你，"哈哈哈"大笑起来。

夜捉田鸡

　　夏日的夜晚，凉风习习，微风轻轻吹着田野，新插的秧苗在风中摇曳。蛙声此起彼伏，交相呼应，时而独唱，时而合唱，如潮的喧闹飘散在田间的角角落落。

　　严卫平与高翔穿着高筒雨靴、长袖衬衫、长裤子，手里拿着一根细竹杆，下面绑着一根磨尖的细铁丝，拎着一只化肥袋，一只四节电的强手电筒出发去捉田鸡了。

　　走在窄窄的田埂上，人一走近，田鸡就不叫了，卫平、高翔只能蹑手蹑脚，轻声细语地辨别蛙鸣从何而来，寻找着目标。突然，卫平蓦地见月光下一个小小的影子，连忙屏住气息，待它跳起的一瞬间，一下子扑了上去，"啊哈，小东西，看我抓不到你"，卫平手上紧攥首只田鸡，它拼命地扑腾着另一条没被抓住的腿，发出"呱呱呱"的求救声，无奈，还是被扔进了化肥袋。卫平打着手电，四处搜索着，只要听到蛙鸣，用手电光突然照过去，它会呆立不动，出现暂时性失明，忘了蹦跳，高翔就对准田鸡用竹杆铁丝猛戳下去，卫平照一个，高翔就"眼货"很准地戳上一个，不到一小时，他俩已捉了20多个田鸡。

　　在夜幕下捉田鸡，时不时会在稻田里、龙沟上、草丛中遇

到出来觅食的形形色色的蛇。河中的水蛇是没有毒的，"火赤莲"蛇，还有全身呈土色的"三角头"剧毒蝮蛇是有毒的，因为穿着长衣长裤，他俩胆子颇大，见蛇也捉蛇，看到小蛇用鱼叉戳死，碰到大蛇，用叉戳头，把大蛇皮剥下做皮带。那时，大家尚不知道什么是生态平衡，不少人捉田鸡，是为了改善"伙食"，卫平、高翔便是其中。

他俩拎着"战利品"回到寝室，便马不停蹄地洗净，开膛剥皮剁块，卫平亲自掌厨，不一会儿，一大盘红烧爆炒田鸡端上了桌子。闻讯而来的李先武、刘绍森也争先恐后吃了起来，众人抹着油嘴，一个劲地叫赞，更令卫平、高翔捉田鸡的兴趣大增。

酒足饭饱之后，卫平认为要捉得更多，工具还可以改进，他连夜做了几根竹杆，并进行了改装，高翔也在一旁拨弄着钓鱼杆跃跃欲试。这下田鸡们可倒大霉了，卫平的捉田鸡神器，居然可以连续戳七八个田鸡，不用戳一个掰一个。他们拿着"神器"去田间试捉，令卫平意外的是效率奇高。

没隔几天，寝室里的人又想吃田鸡了，鼓动他们再去，这次卫平叫了先武、绍森加入到捉田鸡的行列，又将四人分成两个组合，买了两个更大号的手电，便消失在夜幕中了。

农场的田地被笼罩在了月的阴影里，蟋蟀的唧唧声和蛙鸣混合在一起，奏出一首奇特的乐曲，田埂上的田鸡"杀手"忽隐忽现，走过的地方便是寂静一片。

高翔用自制的小钓鱼杆，绑条虫子或撕个田鸡腿作饵，看到田鸡后，把饵放到田鸡旁动几下，田鸡将它吞下肚子，即可拎起来，一个接着一个地擒获田鸡。

绍森拎着鼓鼓囊囊的化肥袋，被绳子托得紧紧的口袋，田鸡不时的扑腾几下，引得袋子的形状不断地变化着。

先武将抓到的一只鼓着肚皮的田鸡放到了绍森的头上，"你干吗，想吓死人吗？"绍森愤愤不平把头上的田鸡一把拽下来，塞进了化肥袋，又用手电直照先武的脸……"大田鸡，老严，快来戳呀。"就这样，四个人边打闹着边捉着田鸡。

不到三小时，两个田鸡组合抓了六十多只田鸡，整个楼的寝室沸腾了，忙开了，许多在乘凉的女职工也闻讯赶来帮忙洗田鸡……不多久，三大碗红烧田鸡烧好了，这次烹饪田鸡，卫平还放了葱、姜和舍不得吃的白糖。此时，不知是谁，拎出了一热水瓶的"老白酒"（米酒），顿时，卫平的寝室成了"百鸡宴"，时不时有听到风声的人赶来津津有味地吃上几只田鸡，那晚，吃田鸡、喝米酒，吃到后来，有人居然只吃田鸡的两个大腿，其它部位的田鸡肉根本不吃了，把整个寝室闹腾得犹如钱桥镇上的农贸市场。正在上铺睡觉的小胖子顾兆军睡得懵懵懂懂，被吃田鸡的人吵得不耐烦，有人还要拖他下来吃田鸡肉，小胖子有点结巴："就是叫我到国、国、国际饭店里去吃，我、我也不会去吃，这么晚……晚了，我就要睡，睡觉……"惹得吃田鸡的人哄堂大笑，小胖子却一个翻身又睡去了。

吃着吃着，先武突然一阵怜悯，他说："一小时前，田鸡还在田野里叫着、唱着，一小时后，它们就进了我们的肚子了。"绍森劝着先武："吃吃吃，想得那么多干吗……"

往后的一段日子，卫平、高翔等人田鸡照捉、照吃。到了国庆节，连队要放假，没有什么土特产可带回家，他们又走上田野，捉了几袋子田鸡带回家，成了家人国庆餐桌上的一盆美肴。

可农场田野里的田鸡越来越少了，蛙鸣越来越轻了，很难听到哇声一片了。

1978年4月，新三连五排团员在嘉兴南湖烟雨楼前合影

俺偷个地瓜，咋用炮打我

连队沿塘河对面是奉贤高射炮靶场，我们在田间劳作时，经常抬头可见一架滑翔机后面拖着一个长方形的靶子，不断听见高射炮"嘭嘭嘭"的射击声。开始几天，甚感新鲜，会停下活儿细看究竟。指导员见状说："几乎天天如此，以后你们头也不会抬。"是的，没隔多久，滑翔机照例飞来，在头顶上盘旋着，炮也照打，我们真的没人再抬头看新鲜了。

我在农场四年间，闻炮声无数，却鲜见有人打中靶子的。那个时候，国家号召"全民皆兵"，要"拉得出、打得响，敢于消灭一切来犯之敌"，"召之即来，来之能战，战之能胜"。不少农场建有民兵高炮连，经常来此实弹射击，我们就在隆隆炮声中"修地球"。

夏天某日，骄阳似火，靶场又是像往常一样，滑翔机在一片呼啸声中冲上云霄，在天空中环绕飞行。打靶者对着靶子一阵"嘭嘭嘭"的射击，炮声震耳欲聋，密集的排炮射击似乎与往日有些异样，我不由自主地抬起头来向天空和四处张望着什么，只见树丛中一辆披着伪装网的军绿色吉普车冲出靶场，向垦区方向急驶。在田里拔草的老职工望着天空中还在盘旋的滑翔机，喃喃自语道：

"肯定出事了。"

"你怎么知道？"我将信将疑。

"炮声中急吼吼开出的吉普车，总是去找落地炮弹的，以前也有过这种情况。"

"他们打错了方向？"我一脸茫然。

"对的，应该朝海里打的，现在炮弹落到岸上来了。"老职工皱着眉头，不无担心。

果不其然，靶场人员开着吉普车循着炮弹落地的方向，来到了垦区的三十七连，发现瓜田里有一个炮弹坑，旁边躺着一名外地务农青年，身上全是泥土，躺在农田里，已无知觉，大家七手八脚将其抬上了吉普车，急驶而去。来到星火农场医院，医务人员迅速展开了检查。正在场部团委工作的孙浩也闻讯赶到了医院探个究竟，派出所所长也带人来到医院做调查笔录。当医护人员为务农青年做一番检查后，正要拍X光时，他却睁开眼睛骨碌碌一转，揉揉惺忪的眼睛，脱口而出："你们上海人真厉害，俺偷个地瓜，咋用炮打我，把我吓晕了！"话音未落，务农青年从病床上翻身下地欲走，惊得抢救的医生一时语塞，不知如何是好。正在一边做着笔录调查的派出所所长听罢此言，笑得笔记本掉落在地，捧着肚子，蹲在地上"咯咯咯"笑个不停。"没被炸死，却被吓死。"所长从牙缝里挤出了这一句。

原来，外地务农青年正在农场的地瓜地里偷挖地瓜，谁知一发炮弹打来，正巧掉在他不远处炸开，虽未被伤及，却把他吓得半死，直至晕了过去。此时，靶场人员拉着务农青年的手连连说："对不住你，对不住你，让你受惊了。"说完，便扶着务农青年上了吉普车，送回垦区。务农青年从未乘过军用吉普车，非常兴奋，扒在车窗上，笑喜颜开："俺还是第一次坐军用吉普车哩，嘿嘿嘿，俺不再挖你们的地瓜了，免得被你们的炮打死。"引得车上人员一阵哈哈大笑。

情切

那些年的爱情

　　那是一个寒冷的冬天，周雅萍挑着沉重的担子，迈着蹒跚的步履在艰难地上坡，她人矮，畚箕的绳子又长，挑着的担子不停地撞击着脚后跟，看得出雅萍在咬牙坚持着。就在那一瞬间，李先武停下了手中的河锹，三步并作两步上前抢过了担子帮雅萍挑了起来，雅萍有了喘息的机会，心里顿时一股暖流穿透了心间。她看着先武的背影，希望这一画面永远保存在自己的脑海里。

　　李先武曾与我同住一室，他是一个静心的人，闲暇之余，也喜欢看书、写日记，在我的寝室里也算是一个读书人。周雅萍是我当政治排长时跟着我干重活最多的女生，她在新三连女生中属于那种不骄不娇又能吃苦的人。当时连队评工资、评粮食，最高工资27元，一般24元，也有更低的，李先武与周雅萍都是干活能手，都评上了27元工资，粮食男生最高44斤，女生最高37斤，他俩也评了最高。开河挖鱼塘，我也喜欢让雅萍做我的"挑夫"，为此她吃了不少苦头。先武也是一个有爱心的人，1977年，我帮排里智商略低的钱补龙管理饭菜票，防止他乱吃乱用，后来，我兼任了民兵连长，工作较忙，便叫先武管补龙的饭菜票，他既让补龙吃饱又把账目记得清清楚楚，还将

补龙多余的钱，送到上海补龙母亲手上。为此，先武提出入团，我与良沪还做了他的入团介绍人。

那时，连队有规定，男女间不准谈恋爱，但农场生活是那么的苦涩艰辛，我们又正处于情窦初开、血气方刚的年纪，又怎能都不染上恋爱这个着色剂、翻开青春这本恋爱书呢？

先武与雅萍就是被"着色"了的，他们在艰苦的劳动中慢慢产生了爱情。

天有不测风云。1977年底，连队里开展了"反对资产阶级生活方式，反对自由主义"的"双反"运动，一些人被大字报点名批评——有烫发的，有穿艳衣服的，有谈恋爱的，先武与雅萍在"谈朋友"，当然也"中枪"了，这让他俩一下子陷入了巨大的压力之中。从盼望到失望，彼此间刚产生的爱慕之感，珍贵而美好的初恋就这么戛然而止，两个人迎面相碰连话也不敢讲了。雅萍明澈的眼神里写满了内心的痛楚，爱情在思念的岁月里煎熬着。先武的心情也糟透了，在寝室里唉声叹气，情绪低落。可没多久，他俩的爱情像悄悄而至的春潮那样，情感又急剧升温。没有什么力量能阻挡他们的相爱。

尘世悠悠，演绎千种风情，苦乐泪笑，滋生万种色彩。

1981年5月4日，李先武、严卫平、高翔、汪怡、胡丽萍、周雅萍等八个人结伴来到杭州，他们中大多数人都处于恋爱的萌芽之中，似明似暗，尽管他们住游泳池的更衣室，挤公交，节衣缩食，途中还遭遇骗子被骗了钱，但西湖千年传颂的爱情故事深深感染着他们。回来没几天，除了先武与雅萍相爱有约，高翔与汪怡、严卫平与胡丽萍也相继明确了恋爱关系。

严卫平是个打猎"专家"，他弹麻雀、捉水蛇、钓田鸡、打鸽子、抓野猫、叉鸭子、偷过鸡、杀过狗、擒过黄鼠狼。他扛着一支重泵气枪，所到之处，天上飞的，地上跑的，都难逃其掌。他听生产连长汪友祥说"吃黄鼠狼的头能治坐骨神经痛"，就默默记在心里，几次捉到黄鼠狼，都是将其头煮熟后送到当时还是"小医生"的胡丽萍处，胡丽萍几次黄鼠狼头下肚，坐骨神经居然不痛了，三十多年过去，也没有再痛过。"是的，卫平烧的黄鼠狼头治好了我的坐骨神经痛。"说到此事，胡丽萍仍记忆犹新。卫平聊起那个时候的燃情岁月，无不感慨地说："那些日子饱满而鲜活，爱情在青春的岁月里别开生面，活色生香。"

胡丽萍按照母亲的要求，让她带男朋友上门来"相面"。她事先并没有告诉卫平。"母亲想要见他，怕他紧张"，前些天，丽萍还乐哈哈与我讲起此事。胡丽萍把丈母娘见女婿设计得像平时串门一样轻松。其实，胡母对女儿择偶并没有太多的要求，只是希望未来的女婿"人要老实，忠厚"，而这恰恰就是严卫平做人的特点。卫平上门后，丈母娘眯着眼睛看了相当满意，他自然成了胡家的座上宾了。丽萍对我说过："在农场的那些年，对卫平非常了解，他不善言辞，可待人真诚，我正是看中了这一点。"卫平家很小，根本无法成为婚房，结婚时，他俩借的还是当时像郊区一样的哈密路"大金更"（地方名），周边全是农田，丽萍也心安理得，并没有对卫平在硬件上有多高要求。

2001年5月29日，胡丽萍骑车被土方车撞成重伤，生命垂危。半夜，卫平电话打到我家，其颤抖略带哭泣的声音震动了我，医院要缴纳保证金才肯抢救，我叫上良沪赶到了医院，向院长作出担保，医院七个主任才开始会诊。睡在抢救床上的胡丽萍全身血人似的，奄奄一息，大腿上的肉一块块往下掉，惨不忍睹……

经过一整夜的抢救，丽萍的生命才转危为安，严卫平两只眼睛布满了血丝，连连向我与良沪道谢。我说："战友情，不言谢。"

有一种爱，是两棵树的守望，卫平对我说过："我身体多病，丽萍对我照顾很多，农场战友情、爱情、亲情不会淡忘，在来往的流年里，惟愿这一生，与丽萍'执子之手，与子偕老'。"

如今已做了小外婆的汪怡当年在连队里是个年轻、漂亮、爽朗的金山姑娘，追她的人不少，托人来"说媒"的也不少，可汪怡却选择了话语不多又不失幽默的拖拉机手高翔。用汪怡的话来说，高翔帅气、风趣、英俊，有着男人的阳刚之气。杭州归来，他俩爱得青涩、热烈，而又一往情深。

旧时新景，影像重叠起浮，唯有爱情掷地有声，在他俩爱得死去活来的时候，高翔"顶替"回沪了，汪怡却独自留在了农场，爱情受到了考验。1981年汪怡因病住院，高翔在纺织厂翻三班，下班后一个劲地冲向医院，天天守着病床陪夜，他用行动践行对汪怡的爱情誓言，他对汪怡的那种真切的感情令汪怡父母也为之感动。最后，连高翔的母亲也加入了护理汪怡的队伍，令小小汪怡对高翔、对高家、对爱情充满着憧憬。

汪怡的脸庞逐渐红润了，康复了。高翔连续一个多月的鏖战，瘦多了，沧桑了，汪怡看着眼前的这一切，眼睛湿润了。

一场大病，令两人的感情如日中天，可真正要谈婚论嫁，现实的问题又来了，高翔的工作在上海，而汪怡在金山化工一厂，结婚后夫妻分居两地难题多多，双方的家长都对儿女的选择表示首肯，但矛盾如何化解？高翔父母亲也曾是夫妻分居两地，给家庭带来很大的不便，长辈的切肤之痛再也不想在小辈身上重演，可两颗年轻的心已紧紧贴在了一起，宁可分居也不想分手，终使有情人走到了一块。他们开始了漫长的十五年的夫妻分居生活，汪怡每周从金山回上海一次，直到女儿15岁那年，40岁的她才办了内退手续，回到了上海，这正应了李商隐的"身无彩凤双飞翼，心有灵犀一点通"的诗句。

与我同日到达新三连，成为第一批职工的宋永娥，去年12月13日当我问起她与郁炳清那场恋爱时，宋永娥显得非常坦然："1980年前后，连队里的人'顶替'的'顶替'，调走的调走，留下种田的人也没有什么心思了，大家的心情也比较苦闷、忧郁……"当连队的人走了差不多时，郁炳清有意无意经常去串宋永娥的门，帮她干掉不少承包的那份农活。"没有人来关心我们，我们只好自己关心自己了。"宋永娥笑着对我说。时间一长，爱情的种子悄悄发芽。

郁炳清是我五排的一个职工。去年，时隔近四十年重聚首，他仍是那副老样子，笑嘻嘻的，不慌不忙的。农场时，经常看到他扛着一把河锹，穿着高筒靴，裤子双膝打着大补丁，不急不慢地走在中心路上。这次见到，我与他聊起三十八年前，连队有天放假，他也跑到钱桥镇去买鸡，却被别人捷足先登了，眼看要双手空空回家，蓦然他看到一个老农，草绳上串着密密麻麻的麻雀，一问才五分钱一只，他似觉便宜，一下子买了二百只麻雀回家，后来相当长一段时间成为我们开涮他的话题，寝室里的人甚至给他起了绰号："麻雀"。再后来他与宋永娥也离开了连队，同去了中国钟厂。

　　据我了解，新三连的爱情故事多多，全连三百多号人，在农场播下爱情种子而结婚的就有十八对、三十六个人，这十八对战友凝聚成的爱情，几乎没有花前月下的时光，没有太多的物质基础，带着农场岁月特有的痕迹。先武对我说："他与雅萍结婚三十多年，从没对她响过喉咙，更不要说是吵架骂人了。"汪怡回到上海，高翔已是一个出租车司机，汪怡也从不会奚落他是个"夜猫子"。这些农场婚姻，历经三十多年，碰到了多少坎坎坷坷、风风雨雨而始终不变，这正有如诗人所曰："当全世界都背叛了你，我会站在你身后，背叛全世界。"农场那些年的爱情，让我有些领悟："无论你遇见谁，他都是你生命里该出现的人，都有原因，都有使命，绝非偶然。他一定会教你一些什么，喜欢你的人给了你温暖和勇气；你喜欢的人让你学会了爱和自持；你不喜欢的人教会了你宽容和尊重；不喜欢你的人让你知道了自省和成长。没有人无缘无故出现在你生命里，每一个人的出现都是缘分，都值得感恩。"

1984年4月24日，新三连部分职工游览安徽黄山时合影

想起了那时的团员活动

岁月如梭，韶光易逝。重回首，去时年，揽尽风雨苦亦甜。青春阑珊处，往事历历在目，记载着我们农场团员时代的欢快日子。

1977年4月5日的清明节，团支部书记赵鸣带领全体团员来到了虹口公园，祭扫鲁迅墓。我记得这是团员的第一次外出活动，大家的兴致颇高，一大早就在公园门口集合了。我和良沪都穿着四开袋军装，背着印有毛主席手迹"为人民服务"的军用书包和水壶，书包里装着几只面包。走进公园，冷落凄清，我们排着队、打着团旗瞻仰了鲁迅墓。鲁迅的坐雕系青铜所铸，面容安详，目光深邃有神，"鲁迅先生之墓"六个大字系毛主席所题。墓的四周长藤缠绕，绿树悠悠，略显古韵。我们这一代人对鲁迅著作及笔下的人物并不陌生，在中学上课不多，但鲁迅著作却读的不少，诸如《呐喊》《彷徨》《朝花夕拾》《且介亭杂文》等。鲁迅笔下的阿Q、孔乙己、祥林嫂、九斤老太等人物刻画得栩栩如生，印象深刻，所以对鲁迅充满着敬意和崇拜。祭扫鲁迅墓后，我们坐在公园的大草坪上，一边喝着开水，啃着面包馒头，一边参加团组织生活。那年是毛主席"向雷锋同志学习"题词14周年，我们开展了"向雷锋同

1979年4月5日，新三连部分职工在虹口公园祭扫鲁迅墓后合影

志学习什么"的讨论，团员们纷纷抢着发言。那天，我正带着一本《诗》刊，上有臧克家的诗《有的人》，我便站起来朗诵了一遍："有的人活着，他已经死了，有的人死了，他还活着……"以示对鲁迅和雷锋这两位榜样者的怀念。

1978年4月3日，团支部通过连队金山职工的家长，向石化总厂借来两辆大卡车，组织全体团员赴嘉兴参观党的"一大"会址，去看南湖红船。当踏上游船驶向湖心岛时，我有一种神圣的感觉。在微波荡漾的湖面上，仿佛当年"一大"开会的红船就静静地停泊在这里，眼望红船心潮澎湃……

当我们登上了久闻遐迩的湖心岛时，薄雾朦朦，在烟雨楼前，我们对着党旗宣誓："誓将革命进行到底。"随即，我们又席地而坐，在团支书赵鸣的指挥下，唱起了当时非常流行的歌颂华国峰的歌《交城的山呀交城的水》，唱这首歌时，我们是怀着对华主席无比热爱的心情的。歌毕，各排团员分批在烟雨楼前合影。我至今仍然珍藏着这张旧照，弥足珍贵，照片上有翟玲、彭玉琴、戴丽珍、周雅萍、李韵华、王秀红、倪春燕、严卫平、李进、滕满福和我。照片上只有李进低着头，若有所思……

夕阳西下，在美丽的余辉中，我们踏上了归程，卡车上的团旗迎风腊腊作响，站在车上的团员心情无法平静，纷纷又唱起了《交城的山呀交城的水》。

1979年春节过后，农场里刮起了一股"顶替"风（按政策父母提前退休，在农场的子女可"顶替"到父母单位工作），在农场职工中引起了强烈的反响。有"顶替"者则兴高采烈，无"顶替"者则垂头丧气，一时不少青年思想产生了极大的波动。此时，连队新任的党支部书记黄保卫想到了团员思想整顿。9月23日，黄保卫要求团支部办学习班，他让团支书点出了团员身上存在的十二点问题，诸如出工不出力、讲怪话发牢骚等等，并规定每个团员必须联系"十二点"，找出自身存在的问题，作深刻反思，每个团员都写了小结并相互间进行了交流。

黄保卫比较关心团员青年工作。到了中秋节，他让团支部举办中秋联欢活动，叫有才艺的团员、青年展示才能。于是，一台集唱歌、朗诵、笛子演奏、口琴表演的晚会拉开了帷幕。众团员青年边吃月饼边演节目，节日气氛非常浓郁，给一时未有"顶替"的团员青年带来了几许宽慰。

1979年11月，新三连隔壁的黄麟厂两名团员因赌博发生龃龉，导致用凶器伤人的事件，引起了全农场团员的震惊。12月2日，团支部根据场团委的要求，召开了全体团员的讨论会"他们为什么会堕落到这种地步"。团支书在会上介绍："这两名团员进农场的头几年表现都很好，一名是机修班长，一名是厂里数一数二的电焊工，却因没有'顶替'就开始自暴自弃，从工作吊儿郎当到开始赌博，最终行凶伤人……"团员们分组进行了讨论。有的认为"他们没有'顶替'，就认为没有了前途，所以自暴自弃"；有的认为"思想起了变化，导致行为失常"；有的认为"赌博又伤人，害人又害己"。针对他俩的"堕落"，团员们表示要引以为戒，不做有损团组织形象的事。

1979年12月11日，黄保卫要求团支部组织全连职工文化程度摸底考试。突如其来的考试，令很多人措手不及，尽管语文考的是小学四至六年级的内容，但许多职工还是"哇哇"叫，牢骚怪话不少。毕竟这一代人读书时正遇上"文化大革命"开始，基本没有学到什么系统的知识，怎么来完成考试，成了很多人的担心。好在作文的题目是《怎样正确对待人生》，一些人运用了当时报章上的大话套话应付了过去。12月13日，团支部又组织了一次数学摸底考试，虽然也是小学四至六年级的题目，可绝大多数"考生"干瞪着眼。当时"考场"也没有监考，只是黄保卫站在那里响着喉咙："自己做，不要抄别人的，不要对答案，相信自己。"可很多人怕交白卷，大家还是东问问、西抄抄、递纸条、交头接耳，抄来抄去，谁是正确的答案都不知道。这次数学摸底考试，最终没有公布成绩，估计考得及格的人没有几个。

虽然这两次考试令很多职工不悦，但还是在他们心中荡起了阵阵波澜，许多在迷茫、困惑中的青年找到了学习的方向和动力，一时间，学习文化知识，追回失去的青春成了不少团员青年的孜孜渴求。

1980年12月10日，团支部又利用放假的机会，组织团员先到中山公园游览，后又到长风公园爬"铁臂山"、走"勇敢者道路"、在银锄湖里划船。在长风公园的餐厅里，每人吃了一碗5角钱的"盖浇饭"，虽然较为寒酸，可人人吃得有劲，大家回忆着童年时代玩的这些项目。饭后，团支部又在大草坪上开展了"怎样的人生道路越走越宽"的漫谈。在蓝天、白云、阳光、草坪上围成一圈，团员们人人抢着发言。当团支书把划船票送到团员手中时，不少团员跳起来，高呼着："乌拉、乌拉"。那天，团员们兴趣很浓，下船后，大家又围着团支书要求他带着去看电影，于是，团员们又坐着67路公交车来到长宁电影院，观看了电影《红牡丹》，这才依依不舍地道别。

1981年7月13日，连队放假，团支部组织团员浦江游览，这在当时的上海

1976年国庆节，二排罗红、四排周文华演唱《洪湖水浪打浪》，一排路菁手风琴伴奏

也算热门旅游项目了，团员们在船上观看了杂技、魔术并聚餐。团支部还在船上举行仪式，欢送超龄团员离团，同时又让一批要求入团的青年畅谈自己的愿望和打算。组织生活结束后，全体团员青年手拉手跳起了当时流行的集体舞，令船上不少游客刮目相看。

我们跳起了集体舞

傍晚时分，西边的那一片晚霞露出了一种柔美的红，田地里一抹绿油油的生机，野花盛开，空气里流荡着花香的味道，那是最合适跳舞的时刻。那一份灿烂、那一份火热、那一份轻盈，正是不少团员、青年的心情。

团总支组织的集体舞消息不胫而走，令其马上成为下午田间劳动的兴趣话题，许多人跃跃欲试。当时，全国团组织正兴起集体舞的风潮，因为集体舞是在音乐声中集体进行的一种有组织的自娱性舞蹈，有着动作统一、队形变化、反复进行等特征，它可以增进青年的感受力、表现力以及团结友爱的良好氛围，所以此风迅速波及了农场，波及了我们的连队。

在指导员陆珠的同意下，团总支派路菁、罗红去农场团委学习集体舞，然后回连队普及"蓬嚓嚓"，以扩大集体舞参与对象。五排生活排长李韵华回忆道："在食堂门前的空地上，点了一堆烧着的柴，算篝火晚会。不管男生女生，个大个小，无数双手，一拉便扯起一个大圆圈，开始跳集体舞。男生拉着女生，左三步，右三步，好比走正步，算啥子舞啊，跳得都不咋样，看的人都笑翻了，陆珠在一旁也狂笑。"这是一次团员活动，我依稀记得，女生都穿戴整齐，夜幕下，都楚楚动人。

燃烧的篝火旁边，男生把手举起，带女生转一圈，然后换一位，没有固定的舞伴。周雅萍清楚记得："那是1978年的夏天，跳的是青年圆舞曲，男生女生排着队跳，有的女生还非常拘束。"（雅萍很认真，前几天还找出了曲子反复听，最后确认就是熟悉的青年圆舞曲）曾任五排政治排长，后任星火农场团委书记的孙浩回忆说："当年跳集体舞时，男女之间隔着不小距离的，动作都是小心翼翼的。"五排倪春雁在微信群里说："还记得那一幕，建兴带团员跳集体舞蛮有劲的，他人高，故意把矮小的女生拉高，出人家洋相。"群里马上热闹了，周雅萍说："建兴调皮，他故意把矮个女生扯得老高，我们要惦着脚尖与他跳舞，转圈时，还被他甩得远远的，又猛拉回来，弄得晕头转向。"李韵华也在微信群里"爆料"："建兴与郭莎莎跳舞，故意把她的手举得老高，莎莎够不到，急煞了，引得边上看舞蹈的人哈哈大笑。"戴丽珍补充道："建兴跳的是集体舞，莎莎跳的是芭蕾舞。"

　　初学集体舞觉得非常好奇，当路菁把右手从背后旋转360度，然后伸出来慢慢放下，对着良沪做了一个"请"的动作时，良沪哑然一笑，有点不知所措，只是连连对着路菁三鞠躬，惹得全场笑声一片。"开追悼会啊！"良沪被路菁一顿臭骂。

　　我不会跳舞，也没有天分，民兵队列操做多了，跳舞动作僵硬，所以在跳集体舞时尽闹着玩。当罗红要求男生把手搭在女生腰上时，我的手搭到了舞伴——四排生活排长周文华圆鼓鼓的腰上。"哎哟，这么粗啊！"我嘟哝了一句，不幸被文华听到了，"你是跳舞还是选模特啊？"她责问我。"跳舞呀，你的身材，当模特还是可以的呀。"我嬉皮笑脸地说。"得了吧，戳气！"说完，周文华一甩手飘然而去，成了四排生产排长李进的舞伴。我在黑暗中得意地"嘿嘿"一笑。

　　罗红在篝火旁要求女生把手搭在男生肩上的时候，有女生小声说："这个样子啊，不好吧。"说着，几个胆小的女生想开溜，团总支书记赵鸣拦住了她们："不要走嘛，集体舞是一种健康的体育运动，对我们的身心健康和情操陶冶都有好处……"几个女生被赵鸣说得不好意思起来，硬着头皮回到了篝火旁。那时，连队没有录音机，都是通过广播喇叭放唱片的，大家一边哼着曲子，一边跳集体舞，渐渐地由最初的笨手笨脚的样子到开始掌握了一些要领和技巧，跳集体舞的劲头愈发高涨。

记得有一次，我们在楼上电视室里跳集体舞，一直"蓬嚓嚓"到深夜，那时楼的预制板地坪做得很粗糙，一个晚上跳下来，黑发青年变成了白发老人，眉毛白了，牙齿里全是灰尘，为了跳集体舞，吃了不少灰尘。

在跳舞的人群里，五排文娱排长翟玲白裙飘飘，身材修长，是那样的亭亭玉立，抬头、挺胸、收腹、翘臀，姿势赏心悦目，脸上始终挂着微笑，在篝火的映衬下，有如一弯灵动的秋水。翟玲一边带着我们跳，一边帮着纠正着大家的动作，"手指要并拢，动作幅度要到位""彼此眼睛要凝视对方"。她一说，我便两眼直勾勾地逼视着舞伴，可人家不好意思，把头深深地低下了，后来，我再也不敢凝视对方了，一看心就乱跳，脚步也就乱了方寸。

一曲舞完，周围的人们总还是沉浸在美好的观赏中，好一会，他们才会爆发出热烈的掌声。平生第一次跳舞，激动啊，兴奋啊，我们用集体舞诠释青春，我们用青春讲述崇高，舞蹈的青春不是生活刻意的炫耀，青春的舞蹈却是人生进取的火苗。

在《麦克阿瑟回忆录》里有提到："回忆是奇美的，因为有微笑的抚慰，也有泪水的滋润。"回忆对我们每个人来说，是一种慰藉，一种激励，甚至是深切的自省或释然。

集体舞，让我的记忆跳了起来。

1979年，新三连六排陈丽萍、罗红、翟玲、路菁，摄于上海淮海公园

1978年4月，新三连韩梅玉、李伟凯、王曼琳、孟铮、徐芝慧在上海长风公园划船

补龙其人其事

　　我的脑海里时常浮现出农场时那个熟悉的身影，那满脸的皱纹，如同新翻耕过的土地，那苍老的脸颊，被岁月刻划得沟壑纵横……

　　2014年8月26日中午，和煦的秋阳照在身上，有一种暖融融的感觉，抬头一看，嗬，好一片湛蓝的天空。我与李进、严卫平、胡丽萍来到宝山环镇北路的一个小区，探望阔别38载的战友钱补龙。

　　到了补龙家，钥匙在门上，人却不见踪影，过了好久，蓦地见补龙与李进勾肩搭背匆匆而来。李进终于在小区门口找到了补龙。眼前的补龙虽然能一眼认出，但他脑袋光秃秃的像个皮球，额头上清晰地刻着数条深深的皱纹，似乎藏着饱经沧桑的苦难，蜡黄的脸上爬满了皱纹，留着几撮山羊胡须。补龙手背上青筋爆出，关节粗大，手掌上的纹路像刀刻的一般布满了筋疙瘩，被一条条高高鼓起的血管串联着，右手臂关节畸形突出。

　　补龙今已63岁，至今未婚，穿着一件上个月周雅萍去看他时也穿的红格子衬衫，敞开着胸膛。补龙看到我与严卫平、胡丽萍兴奋地奔过来与我们握手，此时，小区邂逅的惊喜，战友

久别的欢畅，又让我的思绪回到了近四十年前的农场。

补龙似乎永远是吃不饱的人。一次，食堂供应大馄饨，每人限购15只，补龙仅一分钟就吃掉了，"食"犹未足，眼睛老是盯着他（她）人的饭碗，蠕动着嘴，男职工当然不会让给他吃，不少女职工看他可怜兮兮的样子，就你两个、她三个送给他吃，凡到碗的馄饨一律照吃。补龙在15分钟内吃掉了85只大馄饨，这个数字今天看来，简直吓死人。这次去看补龙，他居然自己还提起此事。

据先武回忆，有一次补龙居然在54秒里吃掉了半斤饭、一客菜和一碗汤。因为补龙"瞎吃"成性，所以我与先武在长达几年的时间里帮他管理过饭菜票，以控制他的食量。谁知时隔近四十年，他对此还记忆犹新。

在补龙家里的沙发上聊天，胡丽萍与补龙同时回忆了1978年夏天吃梨的那件事。那天晚上，连队给每人发了一面盆生梨，约二十斤，补龙既不洗又不削皮把梨全啃掉了。到了后半夜，补龙腹泻了，一小时不到奔进厕所十余次，最后他竟提着裤子到医务室找胡丽萍讨药，胡丽萍闻到了一股异味，问补龙："你怎么啦？""我拉肚子尿裤子上了。"补龙结结巴巴的，倒也坦白。胡丽萍马上让补龙服了药，补龙系好裤子颤巍巍地回寝室了。

补龙只要有人给点什么吃的，他都乐意帮人跑腿，干重活。他的智商有点问题，生产排长李进在安排农活时，有技术含量的活基本不让他干，但挑、扛、搬等重活累活脏活补龙承担较多，一般也不会去计较他完成的时间。据李进回忆，补龙有个坏习惯，在田里干活时喜欢停顿，手撑着农具，人长时间地站着仰望前方和天空，没人催他，他就一直保持着这个动作，不知道他在眺望什么！

补龙的母亲对其的关爱能从他的穿着上体现出来。冬天，补龙穿着很保暖的棉马夹、厚绒毛裤、棉鞋。李先武帮补龙管账时，隔几个月会把他多余的钱送给他母亲，补龙在一旁很开心，估计先武一走，补龙就有零用钱了。据先武回忆，上补龙家从未见过他的父亲，不知何故？也许……

与补龙坐在沙发上聊天时间并不多，补龙一口一个叫我"陈区长""老陈""陈排长"，不停变换着称呼，令我忍俊不禁。可能补龙搞不清我的职务是什么，后来丽萍干脆对他说我是区长。

　　这次见面，我们有一个极大的感受——补龙好像不太"戆"了。

　　我问补龙："每月退休工资多少？"

　　"4500元，一日三餐在哥嫂家吃，交1500元，其余我自己存着！"看着补龙抹着油嘴，肯定吃得不差。

　　"你交1500元也太少了吧，哥嫂不骂你？"胡丽萍紧盯了一句。

　　"他敢骂我，我不骂他算蛮好了，1500元包括买、汰、烧。"说这句话时，补龙颇为理直气壮。

　　补龙边说边揭开三个鸟笼子的盖布，三个"百灵鸟"立时在笼里跳上跳下，与补龙一样兴奋不已。

　　"回上海后谈过女朋友吗？"李进小心翼翼地问他。"没有。"补龙回答时显得一脸无奈，为掩饰尴尬，补龙灵活地给我们分发他家里的"红双喜"香烟。

　　"帮你找一个外来嫂老婆好吗？"我开着补龙玩笑。

　　"有空哦，我养她啊，钞票给她拿去，人还给她管住，我才不做这'戆事体'呢。"我们几个听完他的这番话，乐得哈哈大笑，直夸眼前的补龙与农场时的补龙简直天壤之别。"他思路清晰，一点也不戆了。"坐在一旁没有开过口的严卫平冒出了一句夸赞补龙的话。

　　李进拿出手机，把我们五排聚会的照片一张张让补龙猜是谁，他一看到陈酉民的照片脱口而出："小人哎，吴泾的！"李进指着李韵华的照片："她，认识吗？""哦，名字叫不出，生活排长，闵行的，专门发馒头的。"我们几个立时爆发出欢呼声，说补龙脑子聪明了。"这个女同志是谁？""王秀红。"他又不假思索地回答。补龙真有意思，给他看的男同志照片基本不认识，给她看的女同志照片，一个不漏报出名来，我们还在责怪补龙"重女轻男"时，他却冷不丁地问起我们"杨顿（杨治安）怎么了？"严卫平"哦"了一声，便说在农场时，补龙有空经常与放牛的杨顿混在一起放牛，也算是补龙当时一件很乐意的事。

补龙的房间收拾得井井有条，有电视机、空调、淋浴房、写字台……补龙的生活看来不错。我见房间里堆着六七只大旅行袋，塞得鼓鼓的，还有女人的衣服挂着，我就问补龙："晚上有人来陪你？"补龙不屑一顾："什么呀，这几大包和挂着的女人衣服，是人家服装厂关门后送给我的，我也没打开过。""那你为何不拿到马路边摆摊卖掉？""有空哦，我才不做这生意，苦来兮呃，让它堆着，我养我的鸟。"补龙说这番话时，严卫平又忍不住笑了起来："补龙学会享清福了。"

坐着聊天时，忽然看到补龙左手指少了一根，我问补龙："怎么缺了一个手指？"补龙低着头喃喃地说道："顶替母亲在厂里当搬运工，出了工伤，轧掉了一个手指。"补龙又撩起裤子，让我们看他黝黑的双腿，也是那次工伤留下的，满是疤痕，看得出，那次工伤令补龙受伤不轻。

李进提议大家照个合影，补龙又是兴奋一阵——又可以与农场时的三个排长拍照了。补龙的红衬衫没扣一个纽扣，叫他扣上又扣得七上八下，李进躬身为补龙扣钮，也许也是兴奋，居然也帮补龙几次扣错，"啊哟，今天补龙一声李进，叫出了侬的名字，侬比补龙还激动啊。"李进笑而不答仍孜孜不倦帮补龙扣好了全部纽扣。补龙大哥没再露出胸膛，像明星似地一一与我们合影。

李进想得很周到，买了月饼、"好想你"红枣、生梨等代表五排全体战友送给补龙，补龙开心之情溢于言表。

车开了，补龙忙前忙后帮我们指挥车子调头，李进听着补龙的"指挥"，差一点撞到前面的水泥墩子。

车驶远了，补龙手里还捧着严卫平、胡丽萍儿子结婚时的喜糖，笑嘻嘻地看着我们离去。

1977 高考那点事

又到一年高考时，看着莘莘学子带着亲人的期盼，满怀希望地走进考场，为自己12年的付出画上一个圆满的句号时，我终究还是克制不住思绪，那些发黄的浅忧伤，那些天真幼稚的点点滴滴，那些离别时的只言碎语，那些白天忙农活，晚上啃书本，道不尽的困惑与迷惘，都在这一刻于我的脑海里汹涌澎湃着，尽管已过去了35年，那段时光仍鲜活于心，历历在目。

1977年10月21日，当路菁（一排政治排长）、孙蕾（六排政治排长）从广播中听到中断了10多年的高考要恢复的消息时，激动得彻夜难眠，她俩把喜讯告诉了赵鸣（三排政治排长）等人，他们聚在一起通宵长谈，"人生能有几回搏"，大家决定背水一战去拼搏，可离高考只有一个多月的时间，谁也不知道从哪下手复习，重点是什么。况且，中学里学的是"工业基础知识"和"农业基础知识"，连三角函数也未有读完的75届学生，去考数理化实在难以想象。他们回上海发疯似地寻找复习课本，找弄堂里的应届毕业生抄复习题目，甚至借他们的课本自学。终于，有一套《数理化自学丛书》出版了，他们挤进了在新华书店门口通宵排队抢购的队伍，购到了书，也正是这套丛书，使路菁、孙蕾、赵鸣、陈丽萍等人的人生命运从

此有了改变。

　　这一年的高考是冬天，他们白天忙于挑粪翻地，直盼夜幕降临可早点复习。天气寒冷，刺骨的北风飕飕往寝室里钻，屋里好似冰窟。路菁身上披着一条露着棉絮的破被子，经常累得趴在箱子上呼呼入睡，手里还紧紧攥着复习书，以后数天，路菁怕睡着，一次次用凉水洗脸、浇头，以强打起精神。六排生活排长陈丽萍一收工便躲进帐子里边吃晚饭边看书，寝室熄灯了，她就用别针把手电筒别在帐子上当照明灯，天天与复习资料相伴到黎明，困得睁不开眼睛。但她只要抬头看到房顶电线穿过的洞中还有一丝灯光，便知道隔壁寝室的孙蕾还在复习，立马打起精神来。时至今日，陈丽萍仍念念不忘那房顶上的亮光——"是我每晚不能懈怠的动力啊"，暗自庆幸有孙蕾这样一个比拼的对象。就这样路菁、孙蕾他们在冥冥之中期望命运之神的降临。可1977年，全连参加高考的人全军覆没。

　　想起失之交臂的大学以及迎考中的甜酸苦辣，他们先是有种说不出的伤感，直至抱在一起哭泣，这种情景，只有我们那个年代的知青考生才能有的切肤之痛。

　　"我不能眼看着别人一个个顶替离开了农场，剩下我留守，想想自己根本没有顶替的机会，只有高考'死路'一条，才能离开农场。"陈丽萍"咬牙切齿地"投入到了1978年的高考复习中。

　　高考一天天临近了，连里的"三抢"（抢收、抢种、抢管）农忙也开始了，陈丽萍白天坐在插秧机上拆秧铺秧，忙得连上厕所也下不了插秧机，只好尿在裤子上；晚上仍是日复一日地挑灯夜读……

　　晚上八点多钟才收工的赵鸣，拖着疲惫的脚步回到了寝室，插了一天的秧，腰酸得像驼背一样直不起来，浑身湿透了，像水里捞出来的一般，又饥又渴，额头的汗珠还在不断地渗出。可一想到高考的日子越来越近，他的心马上一阵抽紧，赶紧在食堂买了饭，站在食堂门口匆匆扒完，又在旁边的水笼头上冲了凉水澡，穿上长袖衬衫，蹬上高筒雨靴，手拿大芭蕉扇，"全副武装"地进入了夜读，一边看书一边用扇子驱赶蚊子，突然一阵内急，赵鸣拿起书本，一溜烟跑进了厕所，蹲在"那里"还拿着书在昏黄的厕灯下阅读。此时，隔壁女厕里有两个女职工的对话令赵鸣的书滑落手中（因农场男女厕所只砌大半堵墙），"赵鸣高考复习像真的一样"，"领导讲如果他考不取的话就要他好看"……赵鸣听罢心中不禁打了个寒颤，往下的话他不想再听了，他提起裤子心烦意乱地奔回了寝室，他强迫自己不要胡思乱想，继续啃读书本，但思想怎么也集中不起来了，呆呆地坐在床沿上，只听见蚊子嗡嗡乱飞，这才发现脸上手上被蚊子咬出了许多疙瘩。无奈，赵鸣只好赤膊穿短裤钻进又热又闷的帐子里。灯光昏暗，使人昏昏欲睡，他又爬出帐子用浸湿的毛巾围扎在头上，活像坐月子的"产婆娘"，脑子似乎清醒了一点，他又钻进帐子重新捧起书本，可没多久，白天的劳累又使他迷迷糊糊睡着了。

一阵慌乱的脚步声将他惊醒，他抬腕看表已是清晨四点了。啊，繁忙"三抢"的一天又开始了，赵鸣赶紧套了件"老头衫"爬下床来……

这晚，孙蕾也坐在寝室里复习，不愿躲进闷热难耐的帐子里，点着二盘蚊香专心致志地看书，蚊香的火烧到了她的裤脚管仍未有察觉，待寝室里的人闻到了一股浓烈的焦糊味，找到源头才知是孙蕾的裤管烧焦了，她却浑然不知……

1978年的高考，赵鸣如愿进入了上海财经大学，周文华（四排生活排长）考进了上海电视台技术学校。他俩的"中举"，一石激起千层浪，令两次未中的考生们如坐针毡、焦急万分，他们发疯般地扑进了"恶补"中去……

"两耳不闻窗外事，一心只读复习书。"

起早摸黑的农忙和通宵达旦的"恶补"式复习，令这些考生终于熬不住了，在一天场休日，他们演绎了"胜利大逃亡"，并且逾期不归，这可急坏了当时的生产连长汪友祥，他双手叉腰，铁青着脸，怒骂这些考生不顾"三抢"大忙——"'旷工'复习是没'觉悟'、没'良心'。"想到这些临阵"脱逃者"几乎都是排长们，汪连长嚷着要给处分，我对他说："走的就这么几个，对'三抢'又没有什么大影响？再说，生产排长基本都在嘛。"他仍气呼呼地说："不行，要去上海把他们劝回来。""行啊，你抓革命，促生产，我与良沪代你跑一趟。"说完，我看着他，他盯了我一会，说："不行，我得亲自去带他们回来。"汪连长一派胸有成竹。"你一个人去？"我紧逼着他。"你和良沪陪我去。""好呀。"说完，我暗自窃喜：哈哈，我也可以顺道回家了。

次日，我和良沪陪着汪连长到了上海，住进了棚户区我的家，他一脸疑惑："你们上海人的住房这么差？"我对他说："这样的房子在上海比比皆是，不像你们有房还有三分自留地。"说着，便让我妈烧饭烧菜忙开了。晚饭时，我和良沪多灌了他几杯黄酒，农民出身的汪连长有早睡的习惯，他一打"呼噜"，我便推出我姐邮局送信的自行车，载着良沪，挨家挨户地去"通风报信"，那时，家家户户都没有电话，我与良沪轮着踏车，似乎有点"地下工作者"的味道，先后去了安顺路纺大二村的路菁家、凯旋路桥的赵鸣家、中山西路联建新村的周文华家、大木桥路江南新村的孙蕾家、复兴中路的陈丽萍家等，让他们第二天不要待在家里复习，以免被逮着。一个晚上，跑遍了半个上海，虽然累得满头大汗，却也为朋友两肋插刀了，午夜时分才回到家里，只见汪连长还在"呼噜"，我一颗悬着的心才安定下来。

次日，我与良沪陪着汪连长坐着公交车辗转于上海的大小弄堂，一家家都扑了空，开门的不是老头老太，就是弟弟妹妹，大都一问三不知，汪连长纳闷地问我俩："为什么他们都不在家里复习？"我一本正经地对他说："考大学总要在大学复习上课的喽。"汪连长焦急地问："那我们上大学去找？"我问他："你知道他们上哪个大学吗？"他摇摇头，一脸茫然，我便对汪连长说："给他们留信吧。"说着我便把昨晚回家写好的"告路菁返连参加三抢农忙的公开信"念给汪连长听，他听后大喜，夸我想得周到，我说我会一家家再去送的，汪连长对我深信不疑。其实，我拿出的一迭信封中，除了第一封信封上有路菁名字，后面的全是空的，我唱了一出"空城计"，至今回忆起来，那一幕仍然觉得十分滑稽，只是当时有点糊弄汪连长了。

傍晚我与良沪陪汪连长逛了第一百货商店和外滩，还在南京路王开照相馆拍了一张合影，汪连长居中，我与良沪在他左右，活像他的两个儿子，此照至今我还保存着呢。我实实在在干了一回"吃里扒外"的事，可大家都满意啊，考生们继续在上海复习，一个也没被劝回去，汪连长"白相"了一回大上海，我与良沪也公费回了一次家。

　　转眼到了1979年初，路菁、良沪、孙蕾等人一起找我谈心，也希望我加入他们的"考军"队伍。我把头摇得像拨浪鼓，因为深知自己数理化底子差，去考也是白考，但拗不过她们通宵达旦地说服，也终于成了"考军"中一员。考试前，我与良沪同请了10天假回沪复习，家里房子小根本无法复习，我与良沪每天天不亮就去等中山公园开门，去5号门旁的一片小树丛中复习。这片树丛地处无人的僻角，非常幽静，可蚊子太多了，我俩涂好"驱蚊剂"仍无济于事，经常被叮得"星星点点"。就这样，我们早出晚归，躲在树丛中，渴了，去水龙头上喝点自来水；饿了，拿出1角钱一只的粮店面包啃几口；累了，靠在树干上闭一会眼睛；下雨了，就穿上农场里带来的雨披，其艰辛不言而喻。

　　复习了10天便上考场了。

　　进了考场，除了语文比较顺手，历史地理政治背过一些还能应付一点，等到数学卷发下来，写好名字和准考证号后就不知道再写些什么了，我看着监考老师，他冲着我微微一笑就走开了。记得在公园里碰到一个弄堂里的考生，他关照我选择题不会做时，就干脆全填"A"，总能猜中一个，我照着做了，哈哈，得了2分。还有一题是合并同类项，我趁监考老师转身之时，偷偷瞄了旁边一位女考生的卷子，居然也捞到了3分。我印象中语文考了80多分，数学得了一个巴掌分。铃声，交卷，剧终。考场外面顿时爆发出了惊天的欢呼声与狼嚎，像一群从刑场上被幸运释放的死囚。而我却是：进考场轻飘飘，出考场一轻松，总算做完了一件事。

　　良沪第二次高考，终于接到了入学通知，录取到上海第六师范学校，该校系定向培养，毕业后分配到上海郊县当乡村小学教师。我对良沪说"练憨啊，出农场进农村，干吗去，放弃！"良沪父亲坚持要儿子去，我就上门做良沪父亲的工作，让他同意良沪放弃"六师"，从现在看，我帮良沪做的"决策"还是"英明的"。

补记：1977年，一排政治排长路菁考入上海幼儿师范学校，后放弃，1979年重新考入华东纺织工学院；二排政治排长朱良沪考入上海第六师范学校，后弃学；三排政治排长赵鸣1978年考入上海财经学院；四排生产排长蔡伟祥1980年考入上海财经大学；四排生活排长周文华1978年考入上海电视台技术中专；六排政治排长孙蕾1979年考入上海市邮电学校；六排生活排长陈丽萍1979年考入上海物资学校；连队图书管理员朱辉1979年考入华东师范大学。

食堂轶事

总感到在农场的那段日子，是用青春、热血、汗水酿成的樽樽醇酒，要不然，农场人相聚为何总有说不尽、道不完的话题呢？看似零碎的回忆，却透出了生活中最原始最朴素的气味。

食堂的房子几乎与其他连队的食堂建筑是一个模子里刻出来的，有个大斜坡的房顶，矗立着三个大烟囱，说是食堂，其实就是一个打饭的地方，食堂里无一桌一凳，墙上的玻璃窗也是残缺不齐。农忙时，堆满了稻谷、麦子、油菜籽和棉花等，平时则放着不少农具，也是严卫平、高翔修拖拉机的地方。

食堂里有几个盛饭的大铝盆和几个放蔬菜的竹蔑箩筐，几把菜刀和锅铲勺，一部摇头电风扇已是食堂最高档的电器了，硬件之简陋足见一斑。

那时，在食堂当炊事员也算是个好差事了，不少人羡慕他们摆脱了繁重的大田劳动，放下了锄头河锹，系上了白饭单，可他们真正做起来之后，用孙立伟的话说："非常辛苦和劳累。"他们要为全连队三四百号人煮饭烧菜做点心，费尽心机，众口难调不说，副食品供应的短缺更使他们"巧妇难为无米之炊"。孙立伟跑采购，一年四季不管刮风下雨还是酷暑严

1977年5月，食堂工作人员丁云义、孙立伟、郑金秀、林水琴、韩梅玉、徐薇风、李伟凯在食堂门口合影

寒，每天清晨四五点钟便要起床，踩着那辆"老坦克"，到十几公里外的钱桥或更远的胡桥、塘外等集镇上去采购，许多道路坑坑洼洼没路灯，摔倒是常事，早上七八点钟，经常可以看到孙立伟自行车后座上卸下百多斤重的猪爿肉。记得1978年冬天，整个连队除了吃黄芽菜（大白菜）外，没有其他蔬菜吃，连续一周，食堂只供应黄芽菜烂糊肉丝一个菜，且肉丝又细又小，要用放大镜才能看得见，孙立伟见状非常着急，找到拖拉机手严卫平帮忙，让其早点起床，开拖拉机去奉城和头桥赶集去买菜，东奔西走终于买了一点鸡鸭鱼和禽蛋等副食品，让连队职工乐了好几天。还有一次，孙立伟为了降低成本，拖着高翔去光明（地方名），买了整整一拖拉机的辣椒，只有2分钱一斤，食堂的林水琴、徐玲丽、徐巍风在陈珊君的带领下，用辣椒翻花样，做出了好几个菜，真是煞费苦心。

1978年4月，食堂人员在副指导员郑金秀（开拖拉机者）的带领下，去外连队参观先进食堂归来

碰到食堂供应红烧肉，也是令炊事员头痛的事，因为偶尔供应红烧肉，人人都垂涎三尺，食堂几个窗口都人满为患，几十双虎视眈眈的眼睛盯着小小的窗口，长长的队伍像蛇一样蜿蜒至门外。刘建钢下午出工时，腋下就夹着饭碗了，人在田里干活，心早已飞向食堂的红烧肉了，盼望着早点收工，要不连肉汤也喝不上。收工时，男生都以百米赛跑的速度冲向食堂，只见机耕道上脚步声隆隆响成一片，女生也健步如飞，排队的人们用筷子打着饭碗，"叮叮当当"响个不停，上演着"锅碗瓢盆交响曲"。食堂规定，红烧肉一人只得买两客，不能代买，我带着民兵在现场维护秩序，发现一个"插档"的便劝出来，"拎不清"者则拎着他的领子拉出队伍，不听警告的，夺下他的饭碗扔出食堂，还让他站在队伍旁"示众"，现在想想真作孽。也有的女寝室午饭后众人便商量好了，让某女生下午不出工，待傍晚食堂开售红烧肉时，抢个"沙发"

和"板凳"，怀揣着寝室五六个女生的饭碗，反复排队，终于让全宿舍的人都吃上了红烧肉，买到红烧肉的人。脸上洋溢着喜悦与兴奋，买不到的人则一脸沮丧，骂骂咧咧走回寝室。

为了一客红烧肉，男生还经常发生"肉搏战"，双方在地上滚作一团，撕坏了衣服，还打得鼻青脸肿，等他们从地上爬起来，连肉汤也不剩一滴了。

在农忙时，食堂还会送餐到田头，陈珊君、赵国芳、韩美玉等炊事员一片热饭、热菜、热心肠。送到田埂边的榨菜肉丝蛋汤，盛在一个大保暖桶里，口大底深，桶边挂了个汤勺，我盛好饭后，首先想到的是拿好汤勺，以牢牢把握盛汤的主动权，避免到后来只有清汤寡水的后果，我毕竟实践经验缺少，战斗力不够强悍，得勺的时候又不多，偶有得手也是心理素质不过硬，在众目睽睽之下心慌手抖，草草两勺，舀不了底，无货可得。我的好战友，三排的陈震国，以其过硬的心理素质和超强的"打捞"技术，雄踞盛汤几十人之首，每每都大获其胜，榨菜肉丝尽收碗里。有一年"三夏"，食堂送来萝卜小排汤，已有十多职工围桶等候，只见震国正有板有眼、不快不慢地实施"打捞"，众人的眼光犹如探照灯般在他的手与碗里之间扫描着，震国孜孜不倦、旁若无人地奋斗着，在空气几乎凝固、众人几近崩溃时，终于打捞上了满满的一碗小排骨。

事后，震国告诉我，他是总结了中学学农所累积的经验：动作要快，抢先一步；脸皮要厚，排除干扰；手上要稳，不晃不摇。哈哈，多么精辟啊，这可就是那个年代的真实写照了。

在农场的头两年，我每月工资18元，其中10元购买一个月的饭菜票，5元寄给父母，3元作为自己的零花钱，买肥皂牙膏之类的。

10元钱的饭菜票怎么够一个月用呢？当时物价非常低廉，我早饭二两粥、两个馒头（不收菜票的）以及1分钱酱菜；午饭四两至半斤饭，蔬菜肉片之类的，菜金1角至1角5分；晚饭四两饭加两个蔬菜，菜金7分左右即可。十天半月的吃个一至二客的红烧肉或"狮子头"。农忙或开河开鱼塘每月10元的饭菜票不够用，一般要吃到15元，只能再用点可怜巴巴的小积余了。

那个时候，是不敢放开肚皮吃饭的，有时拿着饭碗，带着咕咕叫的肚子奔向食堂，看着黑板上的菜谱，盘算着"买荤还是买素""兜里的饭菜票够不够买"，囊中羞涩的我经常担心饭菜票能否支撑到月底。而我们的食量，其实不止这么些，农忙季节，男生一个早上吃七八个馒头是不稀罕的，女生吃五个馒头的也绝非个别。不少人因为经常暴饮暴食还得了胃病，我便是其中之一。

　　刚到农场那会儿，身单力薄，做的是重体力活，全靠饭量支撑着，超负荷的劳作，使我的思想和整个身躯似乎只为"吃"字而活着。每次去食堂，我会晚点或最后去打饭，如果食堂饭菜剩得多，徐玲丽等她们环顾四周无人，便抡起大勺把我的饭碗填得满满的，吃得我连连打着饱嗝，直感到惬意。

　　那是个少油少肉少荤的年代，食堂供应红烧肉、狮子头时，即使买不到，讨点肉汤拌饭吃也是一件开心的事。食堂做的狮子头，又大又圆，一角一只，便宜得我可连吞四五只，但吃到嘴里肉味甚少，面粉要比肉多得多。所以，每年的冬季，我们都盼着12月26日的到来，那是毛主席的生日，食堂大清早就开始忙得不亦乐乎了，这天，每个职工凭连队发的票子，可以领一碗大排骨面，不用付饭菜票，全连的人都兴高采烈，其乐融融。我因经常帮食堂维护秩序，陈珊君会悄悄塞给我一张票子，这样，我又多吃了一碗排骨面，此时，我仿佛觉得自己是世界上最幸福的人。

　　在食堂里，孙立伟、丁云义两个称得上是一对头子活络的人了，打饭的窗口如有什么争执事发生，我总能看到他俩出来"打圆场"，很快平息了事态。

　　食堂里早饭供应咸蛋，论个卖有大有小，虽然差不了多少，但总有个别职工会计较，拿到小一点的就不高兴。孙立伟非常精怪，他关照食堂里的人，卖咸蛋时用纱布盖住，拿咸蛋时，把手伸到纱布下，随意取一个，买卖双方都没看到要拿的那个咸蛋是大是小，从此以后，买咸蛋的人无论得到的蛋是大是小都对炊事员没有意见了。

　　食堂地方不大，仅有一个小仓库，里面堆满了副食品，也成了老鼠十分猖獗的地方。一个冬日的晚上，连队停电，食堂也点起了忽明忽暗的蜡烛，我

1979年夏，新三连部分战友与新任指导员黄保卫（后排左二）合影

在食堂幽暗的窗口买了一碗青菜肉丝面，由于饿得慌，在走回寝室的路上就狼吞虎咽吃了起来，走到寝室里已吃得差不多了。寝室的中央吊了个手电筒，金伟众不经意撇了我饭碗一眼，说有一个黑乎乎的是什么东西呀，我用筷子一拔弄，定睛一看，竟然是一个刚出生不久的小老鼠，已煮得熟透了。"为什么汤面中会有死老鼠？"我咆哮如雷，端着饭碗去找分管食堂的副指导员郑金秀，她不在。大家一看汤面中浮着一只死老鼠，都面面相觑不敢承认是自己打的汤面。徐巍凤说："可能老鼠跑到卷子面里做窝生小老鼠了。"我盯着她，仍然一副气乎乎的样子。韩梅玉跑去重新煮了一碗青菜肉丝面端给我，之后就再无他意了，我心有不甘，回到寝室想着法子要捉弄一下这帮"饭乌句"。没隔几天，路过食堂，瞥见沈静芳一人在洗卷心菜，趁她不备，拿了一块她们洗头的香皂扔进了洗好的卷心菜箩筐里，拔腿就走。中午，食堂里卖出的卷心菜，不

少人都说有香皂味，食堂里做菜的几个女生也都尝吃了，说"今天的卷心菜就这个味。"后来越来越多的人端着饭碗杀到了食堂，郑金秀就察觉不对了，她也吃了几口，说："肯定你们几个洗头时又把香皂弄进了洗菜池。"说得几个女生我看你、你看我，不吱声了。因为以前曾经发生过类似的事，食堂只好自认倒霉，郑金秀把几个女生臭骂了一顿，给买卷心菜的人都换上了重新炒的青菜，我则与顾鸿耀等人在寝室里笑得前仰后翻。

　　说到食堂，不得不提"水老板"丁云义，当时食堂开水是计划供应的，连队职工每人每天一瓶开水。冬天，傍晚一收工，"第一要务"便是拎着热水瓶去"老虎灶"泡开水，有的排早收工，个别人反复来泡开水，以至晚收工的职工只好泡温水，小丁练就了一双火眼金睛，全连几百号人，谁来泡过与否，他看看人、看看热水瓶便知道了，有的女生天天拿着大号热水瓶来泡开水，小丁就只放上大半瓶开水，不让灌满。钱补龙经常拎着大号水瓶替女生泡开水，也被小丁拒之门外。丁云义一番苦心，为的是人人有开水泡。他烧"老虎灶"有相当的经验了，什么煤好烧，他一看便知，他说："好的煤干燥、发亮，难烧的煤潮湿，没有光泽。"为此，他经常关照严卫平，路过场部供销社，进去看看煤是啥个样子，好的煤马上买半吨，差的隔几天去买，时间久了，连拖拉机手严卫平也能识别煤的好坏了。

　　时过将近四十年，农场人重聚，当看到丁云义走了进来时，众人马上齐呼："水老板"来啦……

寝室逸事

站在岁月的深处回眸，遥望天际，最触动心弦的是那一段我的寝室情怀，它留下了我们年少的愁绪，刻上了我们深深的情谊，谱写了我们绚丽的生活篇章。

永远也忘不了这一天，1976年5月7日，我拎着沉重的行李踏进了新三连，寝室是其他连队的谷仓，我静静地站着，愣愣地看着，好像是要面对生死抉择一般。虽然很早离家，经过大半天的颠簸已经很累，但是一想到自己从此要开始独立地生活，便不由地兴奋起来——这就是我的新"家"了。

曾几何时，窗外旷野沉寂无语，我们在寝室依帐而读、书写家信，围坐在昏黄的灯下扒饭、换菜而食，我们曾经在寝室相携、斗嘴，甚至打架。寝室里尽管散发着脚臭、袜臭、鞋臭，但仍不失那般悠然而温馨的气息。

20多平方米的寝室，放置着四个上下铺的铁架子床，可住八个人，按连部要求，各寝室职工的生活用品必须置放整齐，于是，墙上的牙刷、牙膏、毛巾都挂成了"一条线"，面盆有专用架置放，热水瓶在地上也排成行的。起初，寝室有值日表，每人轮流打扫卫生，时间一长或碰上农忙，值日表也就成了"聋子的耳朵"了。连队规定不准私拉电线，不能使用煤

二排女寝室的罗红、徐珍丽、李美娟、顾依萍与孟铮

我们的寝室

连队植保员黄诚益与五排李韵华

我们的热水瓶

油炉，每人每天供应一瓶开水。力气大点的男生去"老虎灶"泡开水，双手可拿六至八只泡满开水的热水瓶。冬天起床，我舍不得用热水洗脸，仅用开水烫热毛巾一只角，胡乱擦一把脸，把开水留到晚上泡脚用，那时的热水瓶质量较差，开水放到收工回来大都成温水了。

连队起初没有浴室，过了近两年才建起来，也只是把中心河的水通过泵站打到了水塔上，过滤一下就成"自来水"了，浴室一年四季没有热水，夏天的河水打上来，淋在身上却是热水，冬天冰冷的河水根本无法洗澡，要么去钱桥、南桥镇洗澡，要么挨到休假回沪，三四个月不洗澡是家常便饭。即使是夏天，不少人也懒得去浴室洗澡，打水在寝室里揩身，碰到门没关好，女生又来敲门，就心慌意乱，一脚踏翻面盆，人躲进了帐子，水却流了一地。

寝室里有的"塌底棺材"到了月底连买牙膏的钱也没有了，只得在墙上挤他人的牙膏。也有的人自己买的是便宜的"庆丰"牙膏，却天天挤别人的"中华"牙膏用，"中华"牙膏没几天便被挤完了，弄得买"中华"牙膏的人也买"庆丰"牙膏。到后来，墙上挂着清一色的"庆丰"牙膏，挤来挤去也没有人计较了。

寝室里不管谁从家里带来什么食品，大家都会像过年一样高兴，碰上大方的人就会把随身带的吃食一"分"而尽，一吃而光。也有个别"小气鬼"，会把食品藏在帐子里的棉被中，夜深人静时吃独食，馋得其他人咬牙切齿。待他熟睡后，有人把他的帐子悄悄拉开，放蚊子进去，或把帐子布贴在他的手脚上，让蚊子"咬"你没商量。

蚊帐，是农场人的必备之物。夏天，寝室灯一亮，成群结队的蚊子、小飞蛾"嗡嗡"叫，我们只得躲进帐子内，有时未将帐子内的蚊子赶光即睡，次日早，总有一两只蚊子吸饱了我们的血，停在帐子上飞不动，一巴掌拍得满手是血。蚊帐坏了，我们自有修补办法，将伤筋膏药一贴了事，有的人蚊帐上竟然有十余张膏药，寝室内也弥漫着一股膏药味。

寝室的集体生活使有人的半夜说梦话、磨牙和打呼噜的不良习惯暴露无遗，弄得一寝室的人睡不好，特别是如果某君在梦中叫了某女生的名字，一定会成为第二天田间大家嘲讽他的话题，弄得那女生也两颊绯红。

寝室有的人向室友借了零用钱或饭菜票，不知是故意还是无意，过了好久还不曾提起，使借钱给他的人忐忑不安，有时只能以"反借钱"来"塌皮"。

俄国诗人普希金说过："一切都是瞬息，一切都会过去，而那过去了的，就会成为亲切的怀恋。"1977年元旦，寒冬腊月，遇上了来农场的第一次开河，人人累得筋疲力尽。深夜，冷月寒星伴愁颜，当我蜷缩在床上直哆嗦时，突然身上感到一种厚重感，感觉暖暖的，迷迷糊糊中，看到室友李先武在黑暗中蹑手蹑脚将他自己的一件军大衣盖到了我身上，顷刻，一股暖流穿过心头，瞬间，我明白了，没有亲情相伴，我们却拥有彼此，亦足以相濡以沫，这应该就是所谓的"结交在相知，骨肉何必亲"吧。

蒋迎喜的妹妹来连队探望哥哥，闲暇之余也帮我们寝室打扫卫生，在连队的男生中，很少有人吃饭后去洗碗，总要等到去食堂买饭时才去洗净碗筷。午后，迎喜妹妹看到我们出工去了，摊的一地的未洗饭碗，好心的她随手拿起一

1978年5月，新三连第二届运动会，部分裁判员合影

个面盆收起全部的饭碗给洗掉了。傍晚，收工回寝室的我们见状全傻了眼——蒋妹妹居然用我们寝室的撒尿面盆给我们洗了饭碗，这令我们哭笑不得，却又不忍心去骂小姑娘。

　　冬天，半夜起床小解，我们要跑几十米外的厕所，不少寝室的男生干脆用一个破面盆撒尿，有人半夜起来小解，晕晕乎乎的，尿全撒在了盆外，流了一寝室，尿骚臭到处弥漫着，后来我们又把尿盆放到了方凳子上，让撒尿者把目标对得准一点。我们寝室倒尿的活，全由钱补龙给承包了。

遇到下雨下雪，我们可以待在寝室里不出工，大家称之为"外国礼拜"，所以，总盼着下大点的雨，可睡个懒觉或在寝室里谈"山海经"。而良沪兄此时则会在帐子里唱起当时著名女中音马玉涛的歌《马儿啊，你慢些走》，听得一寝室的人都起了鸡皮疙瘩，七个音调中，他跑了六个半，居然还翘着"二郎腿"，悠然自得地我行我"唱"。女生则在寝室里悄悄地结绒线，用勾针勾出各种帽子、袋子，有的还会扎鞋底。连队规定，男、女生不能互相串寝室，所以，有事也只能在门口说事。

冬天开河、夏天挖鱼塘是特别累特别苦的重活，有的女生一跑回寝室就躲在帐子里暗自流泪、哭泣，后来，哭声一个接一个从帐子里传出去，就成了全寝室的"海哭"，还逐渐蔓延到了左邻右舍的女寝室，变成整栋楼的"大合唱"，其时其境，至今仍依稀记得。

是的，时间是最好的抚慰剂，时光流逝，留存在我们记忆中的，是艰难岁月中在寝室里所铸就的纯真友情。

钱桥忆事

时光如梭，有些记忆是无法忘却的，或是欣慰，或是遗憾，以至于久久不能忘怀，就像这钱桥镇一样，说起来，总让人滔滔不绝，不觉把自己带回了那悠悠往事中……

1980年8月29日清晨五点多，严卫平、高翔、丁云义、刘绍森、郑剑华等开着两辆拖拉机去钱桥为食堂采购蔬菜、猪肉及卖废品，在连队门口碰上了要求搭车去钱桥的"小会计"戴丽珍、"小医生"胡丽萍和五排的朱惠珍，大家一路说说笑笑地到了钱桥，正巧碰到赶集，平日里稀疏畅通的老街变得异常繁忙。老街本来就窄，街巷两边密密麻麻地摆满了摊位，有卖鸡蛋的、簸箕的、钉耙的、塑料桶的、篾器的、镰刀锄头的，还有卖爆米花的、卖老鼠药蟑螂药的、推销祖传秘方的，应有尽有。空气中弥漫着油条、馒头、羌饼的诱人味道。农妇们头裹围巾，胳膊下夹着提篮，走在老街的青石板路上叫卖，饱经风霜的脸上并没有太多的急躁。

卫平、高翔、云义、绍森四个人抬着废铜烂铁、破烂麻袋等废品去镇上的回收站，郑剑华去采购蔬菜和猪肉。戴丽珍、朱惠珍、胡丽萍则挤在熙熙攘攘的人群里拿着粮票换农副产品（据严卫平日记记载，当时八两粮票可换一个鸡蛋）。不一会

儿，胡丽萍用15斤粮票换到了一只老母鸡，戴丽珍用八斤粮票换到了两条大黑鱼，朱慧珍则用十多斤粮票换了不少鸡鸭蛋。

那时，农场里给每个职工都有定粮，据李先武回忆，男职工是39斤至44斤，女职工是35斤至39斤。因此，不少农场职工去钱桥是为了把手中多余的粮票换农民的鸡蛋、花生、瓜子等等，或者干脆把粮票卖给农民，用卖粮票的钱在镇上小饭馆"涮"一顿。

卫平、高翔等人卖掉了废品，转身看到一个西瓜堆，他俩就蹲了下来挑西瓜，掐、弹、拍地挑着，趁老农一不留意，把挑好的西瓜从裤裆下滚后边去了，身后的云义、绍森很接"铃子"，赶忙把西瓜拾起放到拖拉机上，这样，挑挑拣拣，有五六个西瓜钻进了卫平的裤裆，被"接应"偷走了，他觉得偷了农民这么多西瓜，一个不买，实在愧疚，便掏钱买了三个西瓜。这样，偷的、买的在车上混一块，还是偷的多呢。

曾几何时，农民种自留地和养家禽都被当成资本主义的"尾巴"，坚决不被允许的。农民们过的仍是日出而作、日落而息的农耕生活，辛辛苦苦收获着微薄的希望。真正到了收获的季节却先要把公粮交齐，然后才能分得极少的份额。没有办法，农民们便偷偷摸摸养鸡养鸭，在宅基地边种些蔬果，赚点小钱贴补家用，养鸡鸭积攒来的蛋则用来换取粮票聊补粮食的不足。

二排罗红说："每次返沪前，都要去趟钱桥把手中的多余粮票换点鸡蛋、芝麻，一换就是一饼干听带回上海。"食堂炊事员徐玲丽回忆道："有次，天不亮就去了钱桥，正用粮票与一阿婆换鸡蛋时，忽然一下子停电了，顿时一片漆黑，我吓得哇哇大叫，可此时有人哄抢阿婆的蔬菜，急得阿婆双脚跳，好在一会儿灯又亮了，被偷了几捆芹菜，阿婆那个心疼的样子至今记忆犹新。"二排顾依萍一到钱桥便直奔那家生煎包店，总是要吃上十几个才过瘾，味道"好得来"，如今还觉得鲜味在嘴边，吃了还要带，就把头上的草帽摘下来"包生煎"，结果，草帽里淌了不少肉汁，出工时，每当戴起草帽，顾依萍总要想起钱桥的生煎包。六排的殷丽琴到了钱桥便要光顾老宅边的那个油条摊，吃上两三根现煎的油条，那煎油条的老伯头戴一顶油腻腻的旧毡帽，棉袄外面束着一条白布腰带，他时不时用这腰带擦手，所以腰带也是油腻腻的，他一边煎油条，一边拖长声音叫卖："油条、油条，喷香的油条。"那浓重的乡音，引吸着众多顾客围着炉子等油条。

五排生活排长李韵华至今还清晰记得："当时约了蔬菜班的黄诚益和炊事班的丁云义等人去钱桥，吃过玩过后，在回连队的路上拖拉机出了事故，车头一半已窜入了河中，车上有七、八个人都狼狈地爬了出来，丁云义的手也压成了骨折，开拖拉机的丁志强吓得话也说不出来了。出了事故，大家都不敢回连队了，就在附近连队的小卖部买了一包瓜子坐在路边，边嗑边商议着回去如何交差。后来，还是通过严卫平机耕队的朋友才把河里的拖拉机拉了回来，大家才悄悄地溜回了连队。"李韵华至今耿耿于怀："正是这次事故，我还被生活连长罚去烧了几天的'老虎灶'，当了几天的'水老板'"。

说起钱桥往事，五排周雅萍的眼睛有些湿润，她回忆道："有一个让我一辈子也忘不了的事，那是1977年10月，我回上海休假，想到钱桥插队的同学那宿一夜，次日去镇上买几串大闸蟹和毛豆带回家。收工后坐上末班车，谁知天黑未看清楚，提前一站下车了。当时伸手不见五指，内心的恐惧油然而生，就这样在黑暗中行走了一个多小时，终于找到了同学的住处，谁知同学又沪了，我顿时慌了手脚，而隔壁老阿妈却挽留我在她家过夜，我激动地拿出10斤粮票表示谢意，老阿妈拿出新被让我盖。第二天一早，老阿妈又送了一碗虾给我。"雅萍至今还感叹："那时候的人真淳朴。"

二排明佩华经常会去钱桥吃芝麻汤团和肉馒头，吃的满嘴油光光的，吃饱后，又去老街寻觅河鲫鱼，买到了会像鱼一样活蹦乱跳，没买到则垂头丧气，因为当时她父亲有病在身，很想买上几条河鲫鱼让父亲补补身子。至今，明佩华想到钱桥的河鲫鱼便充满了对父亲的思念。

五排的滕满福等人去镇上逛，喜欢去老街那家冒着水气的小茶馆坐坐，常常使他流连忘返的那斑斑驳驳布满岁月痕迹的墙体，黛青瓦面；深褐色木板墙的房子，一张张黝黑的饱经沧桑的老人面庞，拿着茶壶的手是一双双粗糙的布满老茧的大手。茶馆老人多，悠闲地喝着茶，有的老头抽着长杆子烟，聊着他们的乐趣……去了茶馆，滕满福、刘贤云、陈逦民来到点心店，每人吃了三只大肉包，填填饥，然后他们又来到镇上一家小饭馆，三个人一下子点了10只冷盆热炒和酸辣汤，土烧加啤酒，喝得有些微醉。饭后每人又吃了两只大生梨，才躲到镇上那棵百年银杏树下睡觉，直到天暗了下来，才想起回连队。滕满福谈起那次吃饭时说："我们可是AA制哦。"

1978年春节前夕，连队即将放假，一天晚上，路菁约了罗红、良沪和我商议着去钱桥买些土特产，说走就走，次日凌晨五点，人们还在睡梦中，我们就在连队门口集合了，天还漆黑漆黑的，一路上我们说说笑笑，过了周陆，前面公路上传来一阵"拦牢，拦牢"的呼叫声，当时我们既未见人也听不懂喊的什么意思，但似乎有女人在呼救，不一会儿，一个农家妇女气喘吁吁奔到我们的跟前，说是"农场人用粮票换鸡，鸡拎走了，粮票不给却逃走了"。此时我们才明白刚才她呼叫的是"拦住"的意思，这种欺负农民的事，在钱桥镇屡屡发生的。孙浩说："去钱桥镇上买农民的土特产，总是买点、骗点、偷点老农篮子里的东西，老农们纯朴，非常好骗，现在想想羞愧难当。"

记得我也有"羞愧"的那一次，我与民兵副连长顾鸿耀去钱桥买土特产，看见一个老头在卖蟹，这蟹用稻草绳一个个扎住了，七个一串，每串2元，我与老头讨价还价，想买五串蟹，让老头每串便宜一角，纠缠了好多时间，老头死活不肯，挑蟹的人又多，老头似乎有点应接不暇，我便与顾鸿耀使了个眼色，他心领神会，我右手把一串蟹拎到了老头眼前问价，左手将一串蟹拎绕到别人的身后，顾鸿耀眼明手快，接走了那串蟹，老头丝毫没有察觉，接着我俩故伎重演了二次，偷走了两串蟹，又买了三串蟹，才溜之大吉。

在农场，每到大雨天不出工，或是睡懒觉，或是去钱桥闲逛，去钱桥都是走着去、走着回的，幸运的话，能搭上拖拉机，那既省时又省力。去钱桥，大多数人是去找吃的，解解馋，补补油水。遇到发了工资又是场休，还会去镇上的小饭馆"开荤"，那时饭店的菜肴非常便宜，我记得炒青菜5分，麻婆豆腐1角，炒猪肝1角5分，梅干菜红烧肉3角，番茄炒鸡蛋2角，肉馒头豆沙馒头1角1只，当然，那时我们的工资每月也仅18元，能去小饭馆吃饭一年也仅一两次而已。

我喜欢甜食，一次与民兵副连长陈震国去镇上闲逛，看见一家小吃店有红枣汤卖，我当时又累又饿，2角钱一碗的红枣汤一口气连吃了20碗，当然，碗也较小，台子上吐的枣核堆得小山般高，震国陪我也吃了10多碗，现在回想起来真是吓煞人。

良沪去钱桥镇最喜欢买"憨饼"，用六排朱辉的话来说："这种饼形似桃酥又非桃酥，4分1只加半两粮票。"良沪一买就要20只，但没两天便吃完了。

去钱桥"派头"最大的一次要数李进了，他吃了饭、买了点心，用粮票换了鸡、大闸蟹、河鲫鱼等，居然还能用粮票换下老农整个西瓜摊上的20多只西瓜，每只约8斤，托了运输连的朋友用二吨的卡车直接运回上海。这是迄今为止，我所知道的用粮票换农民土特产"场面"最大的一次，我想，当时小李子两手撑腰，指挥着一伙人搬运的场面可火爆了。

开拖拉机去钱桥赶集，快到钱桥处有个右转弯处，斜坡很陡，隔三差五就有拖拉机翻下路基，造成伤亡事故，所以不少拖拉机手一开到此总是小心翼翼地减速、慢行，谨慎通过。1981年5月14日，胡志刚开着拖拉机去钱桥，在此翻了车，车上五个人，四人外伤，一人骨折，他的师傅严卫平被掀出车外撞晕了，所幸没多久，卫平就醒了，并无大碍。前些年我去新三连故地走走，也去了钱桥，昔日的钱桥老街荡然无存，那个转弯处当然也没有了，我伫立许久，摇摇头，走了。

我在想，人生何不也是一场轰轰烈烈的赶集呢，在这个世界，每天都要降下许多新生命，来赴一场生命的大集会，在每个人慢慢长大的过程中，充满着对未知的好奇，总觉得生活是温暖的，日子是甜蜜的。当自己终于要独自面对这个复杂的社会时，就会有碰撞，有坎坷，也有不少泪水，于是，当初的美好就像一层薄雾，在现实的碰撞中日渐散去，可人得活着，得在拥挤不堪的人群里使尽解数挤出一条生路。就这样，努力地打拼着，慢慢地在生命的集市上终于有了一个属于自己的摊位，可人终究架不住岁月的消磨，在你可以吆喝一把的时候，生命之花又一点点开始萎缩了，最后双眼一闭，两腿一蹬，在生命轮回的风中遁为无形，所有的传奇化为一地鸡毛，生命的集市曲散人终。

1977年5月7日，新三连建连一周年部分职工合影

遭遇

新三连有一批知青是金山石化总厂的职工子女，据战友述，当初讲好留在石化的，不知何故，全分配到了星火农场。这批总数28人的职工子女，在来新三连的前一天晚上，有一青年因患肠癌去世了。1977年8月2日，27名石化子女来到了连队。

那天，正是农场季节，时近晚上七时半，我插秧回来，穿着泥浆遍身的衣服，饥肠辘辘回到寝室，刚来的刘克宁的父亲拉住我的手，向我诉说着儿子的情况，并嘱咐我多多关照其儿，我应允着，刘克宁却皱着眉头看着我一副邋邋兮兮的样子。

约摸八时，指导员陆珠在食堂召开欢迎会，金山"新兵"都带着自己的小凳子去开会了，我在食堂外很远的地方就能听到陆珠的大嗓门。次日凌晨二时半，这批金山新兵就随我们一起下大田拔秧去了，走在机耕道上，他们似醒非醒的样子跟在我们的后面。想想他们也够惨的，来了不到十小时便投身农忙了，当时看着他们稚嫩的模样，心想："兄弟，苦日子在后头呢。"

1979年前后，连队有不少职工纷纷"顶替"离开了农场，

"顶替"风波波及了各排，几乎每天都有人打起背包，提着行李离开连队。留在连队里继续干着农活的金山人，情绪波动，心神不定，纷纷让自己的家长向厂领导"诉冤"，要求回到石化总厂工作，这些家长四处活动，利用各自的影响力，终于说服了领导，同意把他们从农场借调到金山石化的厂里工作。1980年10月10日喜讯传到新三连，金山人奔走相告，忙着与各寝室告别，把自己的面盆、棉被、帐子、热水瓶、高筒雨靴甚至箱子都送给了同寝室内外的好友，个别金山男生"嘭嘭嘭"敲起了面盆以示庆祝，甚至把热水瓶一个个扔出窗外，听着热水瓶的爆炸声就像燃放着"高升"炮竹一样高兴。他们怀着从此告别农场的心情，眼睛里散发着神采，不少人的额头沾满了笑意，连举手投足之间都带上了一种轻快的节奏。

王萍两只眼睛眯得像两个小小的月牙儿，心里就像灌了蜜似的；杨苏敏站在寝室的窗口，看着一望无际的田野，心情难以平静，感觉到了石化的生活在向她招手，而家庭的温暖生活又将开始……"哎，终于可以离开农场了"，杨苏敏的笑意写在了脸上。

10月21日晚上，生产连长汪友祥急匆匆赶到会计室，未等到戴丽珍让他落座，他就连珠炮似地开了腔："丽珍，你们这是借调回去三个月，你不要走，你走了，再回来会计位子就没有啦。"汪连长言辞恳切，他看着戴丽珍，又说："你真回去了，回来只好去大田班种田啦。"戴丽珍犹豫着："如果他们不回来了，我不是傻掉啦。"此时的戴丽珍有着金山人的共同想法，这是告别农场，怎么会再回来呢，所以，她婉言谢绝了汪连长的一番好意，对汪连长说："谢谢你，老汪，你对我的好，我领情了，真的要回来，我也只好认命去种田了。"看着戴丽珍吃了秤砣铁了心，汪连长摇摇头，长叹一气，失望地离开了会计室。

10月22日，金山人登上了石化总厂来接他们的客车，挥手向连队战友依依惜别，许多女生眼里噙着泪水，望着新三连那熟悉的房子渐渐远去。

石化总厂将农场回来的战友全部安排到了洁美食品厂从事糖果制作，刘克宁、冷建伟、胡志刚等十余名男生在厂里做搬运工、做糖等；戴丽珍、徐静玉、汪怡等十余名女生全部包糖。食品厂就在他们居住的小区里，离家很近，走三五分钟就到厂里了，比起农场"荷把锄头在肩上"不知要好过多少倍，包糖也没有指标，津贴是按照包糖的斤数按劳取。只不过临近过年，也是十分繁忙的，晚上加班包糖也是常态。在家门口的厂里干活，令金山人非常舒心，吃着父母烧的热饭热菜，享受着家庭的温暖，没了农忙，没了日晒雨淋，虽然还拿着农场的工资，但不会再干脏活、累活了，相互间不再叫"出工、收工"了，代之以"上班、下班"相称了，俨然成了一个工人阶级。

金山的农友们都去当工人了，留在连队的战友非常挂念他们。严卫平早就想去探望他们了，苦于没有机会。一天，汪连长嘱卫平去金山，为"工人们"送农场工资。没费周折，卫平就在小区里找到了洁美食品厂，见到了后勤排长胡志刚等人，几个星期未见，老友相见格外亲切，手紧紧握在了一起，胡志刚邀严卫平等人去了海光饭店"涮"了一顿，又去海滨影剧院看了电影《大篷车》。散场后，胡志刚又带他们去参观宾馆，那个时候，宾馆对农场人来说，很是一件新鲜事，这么高档的地方，沙发、席梦思床、大理石洁具、天鹅绒落地窗帘……严卫平等人就像刘姥姥进了大观园，流连忘返，竟误了回农场的乘车时间，只好在金山过了一夜，次日凌晨，四点起身，乘头班车匆匆赶回了连队。

俗话说："天有不测风云。"正当金山战友熟悉了上班族的工作和生活时，某日，厂长突然告知："你们合同期满，该回农场了。"

这令农场的"工人们"顿时陷入晴天霹雳之中，汪怡怒视着厂长，全身的血液在沸腾，她几乎咬破了自己的嘴唇，才抑制住愤怒的情绪。

刘克宁苦笑着摇头，心中泛起莫名的酸楚，缓缓地说出了心里话："我终于明白，日落而息的农场职工与八小时工作制的上班族之间有着怎样不可跨越的沟壑。"

"听到这消息，我的心好像遭了芒刺，痛苦地跳动，思绪象是触了电，麻木地翻转。"王萍如是说。

徐静玉那难过的泪水模糊了她的眼睛，喉咙也哽咽了，说不出话来……

下班后，杨苏敏拖着长长的影子，在宁静的小区中漫步，心中翻滚着万千的思绪，为连日来的挫折、反复不顺而忧伤着。戴丽珍回到家里饭也不吃就睡觉了，想到回去真要种田了，懊悔的心油然而生。"门'吱'地打开了，母亲轻轻地走了进来，坐在床沿边，轻轻托起我埋在被子里的头，理了理我的头发，母亲那双手温暖极了，我却觉得更委屈了……母亲轻轻说：'我是你的支撑，种田我们不怕……'"多年后，戴丽珍还清晰记得那个晚上。

这些"工人们"又开始置备已送掉的，回农场必须的生活用品——面盆、雨衣、热水瓶、帐子等等，其懊丧的心情可想而知。

1981年2月15日，"工人们"泪别食品厂，挥别金山，告别"上班"，又重返农场，重新扛起锄头铁锹种田了。

戴丽珍正如汪友祥所料，丢掉了会计一职，去大田排种田了，之前没干过几天农活就当了小会计的戴丽珍这回真的当起了农民，扛着锄头下田了。她苦不堪言，母亲几次来农场帮女儿一起干农活。那时，戴丽珍与顾兆军等四人已经承包了五亩地，每人每天只要干完自己那份活就可收工，也不用去帮别人。有一次，承包组分配给戴丽珍十天的农活，她母亲正好来连队探望女儿，一听说女儿活多，马上打电话到厂里请假，干脆与女儿一起头顶烈日，早出晚归，硬是在四天中干完了十天的农活，通过验收，母亲带着女儿一起回家了，让田头的许多农友羡慕不已，这真是"可怜天下父母心"啊。

"工人们"回到农场，有的一干又三年，甚至是五年，徐静玉在连队呆了一年，便去了星火农场线厂，王萍、杨苏敏则去了星火无线电厂，汪怡在连队担任了民兵副连长。

多年后，金山的战友又重逢，聊及此事，必称是"遭遇"。

顺手牵羊

成语"顺手牵羊",意为"顺手把人家的羊牵走",现比喻顺便拿走别人的东西。

1980年11月15日,严卫平与高翔、丁云义、刘绍森等人开着拖拉机去金山化工厂归还借用的电焊机,在回连队的路上,他俩看到公路斜坡上一只农家的羊,被绳子桩头拴着,正津津有味地啃着草,严卫平、高翔见羊心痒,看四周无人,马上停车不熄火,迅速奔到斜坡上,顺手将绳子桩头一拔,一拖一拎,把一只羊扔到了拖拉机上,丁云义、刘绍森心领神会,马上将羊装进了麻袋,就这样,前前后后不到30秒钟,把一只农民饲养的羊给偷走了,这倒是毫不夸张地应了那个成语——"顺手牵羊"。

拖拉机急驶在海边的公路上,颠簸得使麻袋里的那只羊发出了"咩咩咩"的叫声,丁云义怕羊被闷死,不时把麻袋口松开,但又不敢把口松开得太大,怕羊逃出来,就这样战战兢兢地把羊弄回了连队。

傍晚,收工的农友们见拖拉机上麻袋里钻出一只瘦骨嶙峋的山羊,顿生疑惑,"难道连里又要开始养羊了?"也有几位农友一看到严卫平、高翔他们那副兴高采烈的样子,也就猜出

1978年4月，新三连陈建兴、严卫平、滕满福在上海长风公园划船

了几分。"这只羊来路不明。"有农友说。"一定是他们哪里偷来的。"更有农友直截了当。也有农友表示："不管了，晚上一起去吃羊肉吧。"

这边农友们还在议论纷纷，那边丁云义、刘绍森等几个人已经在讨论着如何杀羊了，平时偷鸡摸狗的事倒是家常便饭，现在要杀一只大羊，有点一筹莫展，正巧四排生产排长，绰号"黑卖力"的顾成刚路过，一听要杀羊，便自告奋勇地说："这活我干过，我来杀羊，小事一桩。"说完，顾成刚返回寝室拿出一把尖刀，那柄刀在阳光下闪出一阵亮光，那只被绳索捆住四肢的羊见此，连连发出了"咩，咩，咩"的哀叫，令人听了心里不忍。刘绍森走上前用手捂住了羊的嘴，只见顾成刚熟练地在羊的喉结处用刀一捅，喷涌的血汩汩而出，严卫平在一旁情不自禁地打了个哆嗦，羊血流到了早已准备好的加了食盐的面盆中，血腥的场面令周围看热闹的女职工逃了个精光。那只羊被杀了，眼睛还半睁半闭的躺在地上，挣扎了许久才死去。此时，天上的一片云彩涌了过来，遮住了太阳，刚好把这一片儿罩在阴影里。

活生生的羊被挂在晒衣杆上当场剥皮，剖肚，内脏装满了两只面盆无暇顾及，严卫平只管自己拿着一大盆羊肉到食堂旁的水笼头上清洗着，约摸半小时，他端着洗好的羊肉回到寝室，见门口两面盆羊"下水"仍放在那里，上面叮着不少苍蝇，他即命刘绍森去处理掉，刘绍森心领神会，便拿着河锹，在小河畔挖了一个坑，把羊"下水"统统倒了进去，就地掩埋，也算干净利落。那边，严卫平俨然一个大厨，将整爿羊排在寝室的水泥地上斩成了几大块，羊肉碎末溅到了四周墙上，连严卫平的脸上也沾了不少，斩好的大块羊肉，放到了铝制面盆里在寝室的煤油炉上煮了起来。一小时后，严卫平把大块羊肉从面盆中捞出，又去水龙头上冲洗了一番，说这样做是为了防"羊骚味"。随后，严卫平又将大块羊肉切成了一小块一小块的，放上田里拔来的葱，倒了一点喝的黄酒，向老农家讨来几块生姜，这样，羊肉在铝制面盆中又足足煮了一个多小时，整个寝室、整幢寝室楼弥漫着一股红烧羊肉香喷喷的味道，不时有人来看烧的羊肉，问何时烧好，说味道肯定胜过真如白切羊肉，丁云义不时去掀开面盆盖子，用筷子去戳肉熟否，李先武、刘绍森等几个人守着羊肉盆久久不愿离去。路过寝室门口的女职工也啧啧称香，可肉少人多，寝室里的男职工就是不愿搭理门外的人，以免引"狼"入室。

没过多久，红烧羊肉终于"出炉"了，还没倒出来，你一筷，我一筷，瞬间半面盆羊肉就没了。严卫平急忙用面盆覆盖好羊肉，口口声声说等酒来了开个"羊肉酒会"，却不时偷偷掀开盖子夹起羊肉往嘴里送，一旁拿着筷子随时待吃的人见状也不多说什么，他们知道，严卫平是偷羊"有功之臣"，多吃几口，也是应该的。

"酒来喽"，寝室里的高翔、丁云义、刘绍森、李先武、朱子根顿时沸腾起来，万"筷"齐上，大块大块地嚼着羊肉，大口大口地喝着土烧酒，此时不知谁问了一声，"顾成刚呢？"环顾四周，室内室外均不见其人影。原来，这小子正"恶作剧"呢，他去河边把早已埋入土中的羊头重新挖了出来，用绳子穿好，挂到了女职工走路的必经之地的墙上。五排生活排长李韶华正好从二楼下来，昏暗的廊灯下，见墙上一个血淋淋的羊头挂在那里滴着血，吓得她魂飞胆散，扔下面盆，嗷嗷叫着逃回了寝室。躲在暗处的顾成刚乐得哈哈大笑，手舞足蹈，谁知他脚底一滑，摔了个大跟头，引来楼上女职工一片"活该，活该"的斥责声。

外包工

　　三十四年的光阴倏然而过，三十四年的回忆却无法一笔带过。我们需要一个蓦然回首，来细细品味这一路的风雨砥砺，也许我们这一代人的青春总是有着无法弥补的缺憾，但它并不苍白，因为许多至真、至诚、至善的人和事，值得我们用一生去回味。

　　1981年5月，已是六排政治排长的朱良沪带着二排的杨治安来到上海一个叫01单位415处仓库做外包工，那时，这个仓库还属保密单位，负责人是连队拖拉机手高翔的父亲。所谓的外包工其人事、工资关系仍在农场，由415处与农场签订劳务合同，良沪等人是不享受415处工资奖金等待遇的。

　　回上海做外包工，良沪等有着说不出的高兴，想到回父母身边，像工人一样上下班，不像农场叫"出工""收工"；想到食堂吃饭有台子凳子，还有几元钱的饭菜票补贴；想到坐在卡车上兜兜风，四点钟就可下班，心里顿时美滋滋的。

　　良沪、治安跟二吨卡车司机姚师傅一起出车送货、发货与提货，碰到搬运冰箱、空调、彩电，肩扛手搬也是一个十分吃重的体力活，常常累得汗流浃背。

　　一天，良沪与治安坐着卡车去吊装钢板，像往常一样，完

事后他俩坐到了驾驶员背面的挡板上，望着面前钢绳绑住的叠叠钢板，两人猜着每张钢板的重量。坐了一会，不知何故，他俩离座坐到了车尾的挡板两个尾角上，各占据了一个角落，惬意地闭上了眼睛打起瞌睡来，仅仅隔了几分钟，"嘎——吱吱"，姚师傅一个急刹，才未撞到一个骑车闯红灯的人，可车上的钢板瞬时齐刷刷地向良沪、治安坐过的地方泻去，坐在车尾的他俩顿时"啊，啊"地叫了起来，一副惊恐万分之状，姚师傅听见叫声惊慌失措地跳下驾驶室爬上了车厢，看到了车尾的良沪与治安毫发无损，舒了一口气："吓死我了，吓死我了，我还以为你们出事了。"良沪看着这一幕的发生，心想刚才若不是挪挪屁股，双腿肯定要被钢板斩断，成为残疾人，不由惊得一身冷汗。从此，他再也不敢坐在堆物的前面了，怕车子来个急刹。

1982年1月8日上午，拖拉机手严卫平也接到了连队的通知，赴上海01单位415处做外包工，这样，加上早些时候到达的放水员应伟镛，新三连在415处做外包工的就有四个人了。

良沪与治安仍跟卡车装卸，应伟镛跟小车提货，而严卫平却是跟着仓库的木匠做木工，钉木箱、做花格箱和邮寄箱等，俨然一个仓库的小木匠。可闲暇之余，卫平仍难忘农场打野味的趣味。2月15日下午三时，他发现一只野猫窜进了仓库，便动员全仓库的人开始围捕战。野猫想从卫平裤裆下窜过，被他一脚踏住，野猫发飙，回过头就咬，把卫平的裤脚管给咬破了，幸好未咬到小腿，激起了卫平的极大愤怒，拿起木棍追了上去，一下子砸中了它，几下猛砸，野猫便一命呜呼了。在农场，卫平杀过一次狗，现在杀猫是熟门熟路了，马上开膛破肚，去头去脚去内脏，洗干净后带回了家。第二天，卫平带了一碗红烧猫肉到仓库，让大家品味，不少人吓得躲到了一旁，良沪却自告奋勇地说："我来吃，我吃过的，猫肉一点都不酸的。"说完，用双指从饭碗中夹出一块猫肉放到嘴里，大口地吃了起来，看到良沪若无其事的样子，众同事才缓缓走到肉碗前，用筷子拨弄着什么，可还是没有人真正敢吃猫肉。一大碗猫肉在众目睽睽之下，卫平与良沪就这么干净、彻底地消灭了它。

415有个帅哥叫小孙，几次"花"食堂"一枝花"未能得逞，便怂恿起良沪"豁上"，他神秘兮兮对良沪说："你花到一枝花，众人同享福。"良沪不知其意，小孙凑在良沪的耳朵上说了些什么，只见良沪直点头。从此后，良沪买饭买菜买点心盯住"一枝花"的窗口买，有事无事地与她搭讪，偶尔碰到还与她讲些笑话，不到半个月，"一枝花"便对良沪笑嘻嘻了，食堂供应辣椒炒肉片，人家碗里辣椒比肉多，唯有良沪的饭碗里是肉片比辣椒多，良沪初战告捷，硕果波及小孙，他也享受到了良沪的一大半待遇。小孙逢人便讲："良沪花工好，我服贴。"

外包工们在五洲服装厂搭伙吃饭，4月12日午饭后，他们相约去天山一条街逛逛，可卫平一不小心皮夹子被人偷了，急得他双脚跳，皮夹里有公交月票、香烟票、上海粮票、全国粮票、拖拉机驾驶证等，幸好皮夹里没几元钱，卫平只好自认倒霉。

6月12日晚上，卫平中学同学希平来家玩，他分配在国营一机工作，被借调到天山派出所，卫平便托希平在派出所的"失物招领处"看看。真是无巧不成书，希平果然在招领处翻到了卫平的驾驶证、工会证，又把它送到了老严家，其他失物卫平就再也没领到了。

良沪、卫平等四人有时在仓库里一天没事，虽然轻松，人也在上海，可心里还是念念不忘农场的人和农场的生活，总觉得还是农场有劲。所以，四个人向高翔父亲请了假，一起回到了连队，一下子又到了熟悉的环境，与农友们叙旧、聊天，不亦乐乎。看到他们回到连队，党支书金晓敏忙不迭逮住良沪与卫平，让他俩帮助出期黑板报，内容竟是"连队卫生须知"，因新三连当时已是星火农场的重点卫生连队，是为了争取给新来的党支部书记留下个好印象。两人二话不说，爬到了凳子上干起活来，顿时觉得干劲十足，好像鱼儿又回到了水中。

涩并快乐的杭州游

杭州，一座天堂般的城市。

西湖，一个梦一般的所在。

这个梦，魂牵梦绕好多年，如今，终于走近了它。

······

从上海到杭州的火车开得很慢。1981年5月2日午夜12点18分发车，到杭州时间已是5月3日的上午7时30分了。坐了整整七个多小时的"绿皮车"，严卫平、胡丽萍、李先武、周雅萍、高翔、汪怡、丁云义和刘绍森等八个人一下来就哈欠连天了，虽然还喊着"乌拉、乌拉"，可也懒腰频伸。好在天公作美，出发时上海下着小雨，到了杭州便云开日出。

七十年代末，八十年代初，农场职工顶替、病退走的不少，排与排的合并，连与连的重组，留下来一些没有顶替、病退的职工，他们心情郁闷，萌发走出农场、外出旅游散心的念头。

一下火车，一行人就开始忙着找便宜的旅馆。此行，他们每人出15元钱，凑合一起开销，东找西找，找到了杭州体委的招待所，走进去一看，大家都傻了眼，原来是游泳池的更衣室，搭了木板，形成通铺。更衣室箱子上积满了灰尘，地上全

是烟蒂，湿湿的，服务员嘴上还叼着香烟，一摸被子也是湿漉漉的，大家的心凉了一半。"旅馆居然比农场的寝室还差。"云义在一旁嚷了起来，看到大家犹豫的样子，卫平劝着众人："我们是来旅游的，便宜旅馆，不要太计较啦。"先武也打着圆场，帮着卫平说："睡哪都一张床，走吧，去欣赏西湖风景吧。"话音刚落，大家便跟着先武来到了湖滨的游船码头。

登上游船，众人兴致一下高涨了起来，船在湖中游，人在画中走，湖水伸手可及，汪怡在船舷边调皮地用手划水，还想抓湖中鱼，差点跌落水中，幸好被高翔一把抱住，引得同行一阵起哄。

上得岸来，一行人从"楼外楼"的码头步行到了岳坟。走进祠去，眼前闪现的是岳飞的泥塑像，上有一匾："还我河山"，是岳飞的亲笔，殿壁上金灿灿的大字："精忠报国"。岳飞墓前跪着四个铁铸人像，是人们十分痛恨的王氏、秦桧、张俊、万俟卨。卫平、绍森、云义等朝着一个个的跪像唾沫飞去，丽萍边看边怒骂着："这些杀千刀的坏蛋。"

出得岳坟，看到有三个福州人在地上玩翻三张扑克牌赌输赢，每押一张牌5块钱。云义看了来劲，掏钱便押上了5元，先武也手痒痒的迅速跟进，一旁的绍森、卫平纷纷猜着牌："这张牌，肯定是！"结果翻开来猜错了，"怎么回事，再押"，这下绍森也"豁上"了，结果翻出来的牌还是猜错了，接连五六回合，猜的人全输了。正疑惑时，设牌局的三个人连连说："不猜了，结束了。"边收摊边拔腿就溜走了，等大家清醒过来知道是骗局时，骗子早已逃之夭夭了。一合计，几个人居然被骗去了一百多元钱，众人一下子懵了，大家旅游的心情一下子受到了影响。汪怡气呼呼地说："早知被骗，还不如多买点吃的了。"丽萍却骂道："让他们拿了这钱，买吃的肚子痛煞。"雅萍却略显平静地劝着大家："花钱消灾，少买少吃点，白相还要开心。"此时，先武却先作起了检讨："我赢钱心切，偷鸡不成蚀把米了。"云义则振振有词："骗子骗术蛮高的，我也要去学这一手。"话音未落，"啪"的一下，卫平打了云义一个"头塌"。"不想学好！"卫平骂着云义。高翔则在一旁直笑："我脑子

1981年5月2日午夜12点18分，刘绍森、汪怡、高翔、周雅萍、丁云义、胡丽萍、严卫平、李先武在农场结伴坐火车到杭州旅游

时隔34年，2015年3月20日，这八位昔日的战友（结为伉俪三对）又聚集同赴浙江诸暨旅游，用同一站位留下了珍贵的瞬间

蛮清爽的，没上当，再说，我口袋里也没有多少钱。"说完，嘿嘿一笑。

大家边说着边来到路旁的一个小饭店，点了一桌子的菜，抹着油嘴一算才15元，想着刚才被骗走的一百多元钱，心里不要说有多"挖塞"了。

来到灵隐大门，古木参天，绿树成荫，八个人纷纷请香。云义叫卫平帮着买香，卫平却敲着云义的"麻栗子"，"香要自己请的，不能叫买，更不能叫人代买，懂吗？"云义似乎很乖，自己去买来了香，大家一起迈进了"大雄宝殿"。殿中一尊如来佛祖的像，八个人立即俯下身子，朝佛像拜了三拜，又朝功德箱里扔了不少硬币，汪怡、周雅萍嘴上还念念有词："平安无事。"绍森、云义、高翔三人不知如何烧香拜菩萨，只是虔诚地跟着旁人依样画葫芦磕着头。

出得灵隐，他们又乘四路公交车到了九溪十八涧，溪水叮咚，潺潺流水，每过一溪，都要洗一下手，人群中要数高翔最认真，因为当时高翔的脸上发着不少"青春痘"，听说山中溪水能治"青春痘"，高翔信以为真，洗了"一溪又一溪"……

从保存的那次旅游的照片看，先武一身中山装，是八十年代初流行的那种式样，大家眼睛里充满着好奇和渴望的表情。他们在四天内遍游了杭州大部分景区，令人唏嘘不已。

他们喜欢杭州，喜欢西湖，有更大的缘故，便是走进西湖的那份诗意。西湖有着传唱千年的爱情故事，使其于娴静之上增添了几份情调和风情，他们深深地受着感染，旅游归来，先武与雅萍、卫平与丽萍、高翔与汪怡都确定了恋爱关系，直至不久后，他们都结婚了，这也一时被传为新三连的佳话。

杭州游，尽管有点苦涩，但大多数人收获了爱情。爱，是人与生俱来的一种本能，根本不必刻意去寻找它在哪里，它的能量源源不绝、生生不息。

舌尖上的野味

这是一个冬天的夜晚，朦胧的月光下，看不到几颗星星，机耕道上幽静得吓人，防风林上偶尔一声鸟的悲啼或什么候鸟的一翅"扑棱"，都会让人毛骨悚然。

可拖拉机手严卫平全然不顾这些，他照样扛着那杆汽枪，到围连河旁的防风林去打麻雀，他叫刘绍森用手电照着树上的麻雀，那过夜的麻雀在灯光照射下肚子泛白的，看得清清楚楚，老严一枪击落一个，差不多每个晚上都能打下十多个麻雀。由此，红烧麻雀便成为老严烹饪的一道"名菜"。胡丽萍、汪怡等女生闻讯都要赶来，嚷嚷"有福同享"，不吃上几只麻雀是不肯出门的。

要说老严的这把轻泵汽枪，还倒真不是他的了，汽枪的主人是胡志刚，可经常背在了老严身上，正是因为这把气枪，老严让连队不少人尝到了野味。

1981年7月，兄弟连队一位职工赶着一群鸭子到新三连围连河来放鸭子，没多久，赶鸭人用竹杆赶走了鸭群。有一只鸭子可能掉队了，在草丛中游来游去，好像在找同伴，正在打麻雀的老严见状，端起汽枪一阵点射，鸭子中弹了，漂浮在河中心，老严用长长的树杈将鸭子赶到了河旁，从水中捞起带回了

寝室。杀鸭后，老严看到鸭头上居然有七个洞，身上也有四粒铅弹，望着死鸭子，老严一股愧疚之心涌上了心头。

每次拖拉机外出，老严都要带上汽枪，藏在坐垫下的工具箱里，车上的人去办事了，他就背着汽枪寻找目标。有一次，老严看到一只漂亮的公鸡在路边觅食，那公鸡圆圆的头顶上长着大红冠子，尖尖的嘴，椭圆形的眼睛后面有一小撮突起的毛，底下藏着圆形的小耳朵。公鸡身上长满油亮的花羽毛，像披着一件锦衣似的，细长的腿上长着两只金黄色的爪，长长的尾巴向上翘着，它走起路来总是昂着头，样子十分威武。老严看了一会，见四下无人，对着大公鸡打了一枪，想不到这一枪便让大公鸡毙了命，当天晚上老严与兄弟们就将大公鸡吃掉了。

还有一次，老严去运输连装化肥，看到房顶上有只野鸽子，即端枪瞄准，"砰"的一声，将野鸽子打了下来，此时的老严，已是打猎"老手"了，出手快、枪法准，被瞄准的猎物都是应声而落的。

艰难岁月里的农场生活，吃不饱肚子的农场职工，只好将饥饿的目光投向所有可以充饥的东西上。

1981年已是一排生产排长的刘绍森，有一天下午种好蚕豆收工，他与顾兆军拿着麻袋走在中心路的田埂上，看到一只猎狗在寻找着什么，他俩计上心来，小心翼翼地把狗引到身旁，却趁狗不备，用麻袋套住了狗，将它塞进了麻袋，往背上一扔，背着猎狗回到了寝室。绍森立马叫来了老严，老严一看是条猎狗，立刻想起一个打猎模样的人曾带着四条狗从连队穿过，看样子是去捉野兔子的。现在，却抓走了一条猎狗，老严说："我们先不要动手，弄不好猎人牵着狗寻过来。"刘绍森说："那猎人和三条狗都走了，我看到的。"老严一听便来了劲，挽起衣袖，准备杀狗。他用一根尼龙秧绳，一头绑在窗框上，中间打了个结，套在了狗的脖子上。奇怪了，猎狗好像知道将要被勒死，一声不叫，眼角不断流下眼泪，可老严吃了秤砣铁了心，一心想吃狗肉，拼着吃奶的力气，与绍森用力勒着猎狗，仅一分钟，猎狗就断了气，绍森想松了秧绳，老严厉声制止："不要松绳，狗有泥土气，能回气，活过来成疯狗，我们就麻烦了。"过了一会，老严仔细检查了死狗，才拿起匕首开始剥狗皮，开膛破肚，把狗头狗内脏统统扔掉了，在寝室旁的垃圾坑边挖了一个洞，统统埋掉了，把狗肉拿到"老虎灶"那里清洗干净后，又斩成一块块放在了锅里煮了起来。锅里的狗肉正烧得"吱吱"作响，周围的人已垂涎三尺地用筷子搅动着狗肉，试图先吃上几块。狗肉飘香，引来了猎人和三条猎狗，其实，他们并未走远，肉香又让他们折回来找狗了，并在老严寝室周围东嗅嗅、西闻闻，老严和绍森顿时紧张起来，连忙把房门锁上。那三条猎狗嗅觉很灵敏，闻到了同类的气息，不约而同地跑到那埋狗头的洞边打转，"汪汪汪"咆哮着。猎人也赶到了洞边，这时，老严有点"抖豁"了。谁知，猎人可怜巴巴地说："给一点钱赔偿一下就算了。"那时，连队看热闹的人也不少，都替老严打"掩护"。大家七嘴八舌的"帮腔"，与猎人周旋了好长一段时间，猎人自知连队人多势众，只好自认倒霉，灰心沮丧地带着三条猎狗走了。老严、绍森绷紧的神经终于松驰了下来。这时，锅里的狗肉也煮得差不多了，喷香喷香的。众人一起涌进了寝室，夹一块狗肉，咂一口"老白酒"，仅一会儿，一锅的红烧狗肉被农友们一扫而光。

1981年6月的一天，星火农场粮站王德彪打电话给老严，说一只野猫在粮仓里被他们打死了，他们不会杀，要送给老严。老严开着拖拉机去粮站拿回了死猫，晚上，老严煮好了猫肉叫来了刘绍森、高翔、朱子根，他们几个吃了几块猫肉都说酸的，不吃了，而老严喝着"二锅头"，猫肉吃得津津有味，仅半小时，就把一锅猫肉啃完了。

五排的潘国君买了一支75元的重泵气枪，老严也借来一用。一次，老严在田间打到了几只硕大的田鼠，就在河边剥皮洗净，把田鼠扔进了拖拉机的沸水箱里，边开拖拉机边煮着田鼠。到了连队，鼠肉煮熟了，老严蘸着酱油，咬着鼠肉，头也不抬一下，吃得好香的样子，可不少人看到老严撕着鼠肉吞吃的样子都躲得远远的。

6月的一天下午，几个后勤职工在平整家属户前的花坛，老严看到草丛中有一条蛇，马上用脚踩住了它，抓起用手掐住了它的头，仔细一看，是一条手指般粗的剧毒蝮蛇，老严拿起一块破布塞进了蛇的嘴里，让它咬住，然后把布一拉，把蛇的二颗毒牙拉掉了。接着找了个空酱菜瓶，把蝮蛇放了进去，旋紧瓶盖，在花坛旁挖了个洞，把蛇瓶埋了进去。不知过了几个月，老严几乎忘了此事，后又去花坛除草，这才想起了蛇瓶，挖出来一看，那条蝮蛇居然还活着，打开瓶盖，一股怪味直冲鼻子，蛇爬了出来，老严用锄头砸死了它。还有一次，老严抓到了一条肥硕的"火赤莲"蛇，生吞了蛇胆，却把整条蛇连同其他药材一起泡在了白酒里。这坛蛇酒至今还珍藏在老严的家里密封着，舍不得喝呢。

1979年2月，春节刚过不久，市里下达的政策规定，父母退休或提前退休，子女可以顶替其进单位。一时间，"顶替风"刮遍了全农场。连队一下子走了许多人，农田里干活的人也越来越少了，大家都人心惶惶的。

10月初，我也接到了家里寄来的顶替调令。从1976年5月7日进农场的那一天起，我就想着哪一天能离开，可调令真正拿在手上时，这一夜，我却辗转反侧不能成眠。忽然间，我有一种难以割舍的心情涌上心头，我朝思暮想的愿望终于实现了，可真的要离开这片热土，却有一股说不出的留恋油然而生。四年间，我与战友们朝夕相处，一起摸爬滚打和风雨同舟建立的兄弟姐妹的感情就这样戛然而止了？这一别又何时再见？那个晚上，我失眠了。

难忘的农场岁月，在历史的长河中倏忽即逝，但是，在那激情燃烧的岁月，那战天斗地的呐喊，迷茫无助的期待，忍辱负重的劳作，群体生活的互助，留下了我们这一代人永生难忘的记忆。

我开始整理回沪的行李了，来农场时是这只箱子，塞满了生活用品，要回上海了，仍然是这个箱子，却空空如也。我把

拆下来的帐子送给了钱补龙；高筒雨靴留给了潘国君；把棉被、脸盆、席子、热水瓶等几乎所有的"家当"送给了室友。

重拾记忆的碎片，苦涩、欢乐、离别、莫名的惆怅，只觉心里空荡荡的，又好像心里压了些什么，平时种种不经意的小事都变成了留恋的话题。

我走出寝室，看看机耕道两旁留下青春岁月的田野，看看曾经亲手盖并居住了四年的宿舍，看看曾经"扮鬼"惊吓过炊事员的食堂、住过一段时间的广播室以及烧过一段时间的"老虎灶"，想看的地方很多很多，牵挂的事情也很多很多。

我在想，每一个经历过农场岁月的人，对自己的往事都有一种特殊的体会和感悟，回望农场岁月，我心中竟无一丝埋怨，这段经历，将成为我人生中不可磨灭的印记，藏在心中最深处。

我在想，不能忘记自己走过的路，那是洒着汗水闪着光彩的路，那些苦不堪言的路，那些崎岖不平、倍尝艰辛的路，那些浸透泪水留下伤痛的路。自己走过的路也是自己选择的路，是自己最珍贵的回忆和财富，只有记住这些，才能走好以后的路。

我在想，"广阔天地，大有作为"的农场生活磨练了我们的意志，培养了我们的友谊，我看重这段虽苦犹甜的日子，珍惜苦日子中结成的友谊，我不会因为这是一段艰苦的岁月而淡忘农场生活，我不会因为时光的流逝而淡化战友的感情。

我约了良沪、鸿耀来到钱桥饭店喝起了分别酒，良沪说："走一个人便要喝一次酒，都要受到一次煎熬。"话音未落，他嘴里哼起了从没听他唱过的歌。鸿耀拿起桌上的粗瓷碗，将碗中的米酒一饮而尽，他欲站起来却没法站住，拍着我的肩膀，喃喃地说："兄弟，我们四年多在一起不易，不要忘了农场兄弟们。"……

这酒，喝得没有喧闹，多了几份沉闷，一壶浊酒，两行清泪，对我来说是告别酒，可对他俩来说，却是苦涩的酒，充满了惆怅、忧郁与渴望。平时不喝酒的我，也不时端起碗中酒频频喝光，喝得醉意朦胧，三个人勾肩搭背从饭店出来，七歪八扭，跌跌撞撞上了拖拉机，一路昏睡到连队。

知道我要走了，不少战友来寝室告别，有的还带来了钢笔、围巾、手帕、手套、日记本等纪念品。那时的人送一个日记本，还会在扉页上写上几句激励的话，"祝在新的岗位上取得更大的成绩""谦虚使人进步，骄傲使人落后""祝，进步"诸如此类的，很是有鲜明的时代特征。

1979年11月11日晚，连队召开了我的欢送会，指导员、连长、工会主席、团支书等30多位农友代表济济一堂话别。真要到了分别的时刻，真是有着太多的不舍，但终究要离开了，战友们依依不舍的眼神反复出现在我的脑海里，如波涛汹涌的海浪，心情难以平静，只在离别，才让我对以往的日子增加了这么多的想往。离情愁苦是因为相聚的欢乐，我们用双手紧紧握别，要说的话实在太多，千言万语化作一句——战友，珍重！

1979年11月15日下午一时许，一声再见，跌落在旷野。我无限的惆怅与孤独，在别离的那一刻，一起从心头滋生。坐在拖拉机上，多愁善感的我不禁泪流满面，当时的心情真像翻倒的五味瓶，不知是啥滋味儿，漫长而又短暂的时光，充满了不舍，舍不得离开这些同甘共苦、共患难的战友。

新三连，这个让我魂牵梦萦的地方，留下了太多的汗水、泪水与青春的回忆。

战友，再会！朋友，保重！流水匆匆，岁月匆匆，唯有农场情永留心中。

哀悼连长

这是我含着热泪写成的悼文。

2013年4月11日晚上9点多，我在办公室写稿，良沪来短信："告知您一个不好的消息，连长杨舜因患肺癌离世……"

看罢短信，我心里既疑且惧，即回："啊，杨舜走了，谁说的？哪一年去世的？"

"刘宏伟说的，没有问具体。"良沪答我。

"太可惜了……"

我回复良沪后，突然感到一阵失落，心灵深处好像被人掏空了一块，思绪的婉转弦声余音缭绕。我打开了阳台门，微风袭过，面已冰冰凉凉，才明白自己早已泪流满面。

记得前年农场战友在宜山路一家饭店相聚时，看到无情的岁月在连长脸上刻下了一条条深深的皱纹，连长苍老多了。结束了，我要开车送他回家，他死活不让，拖来拉去也未送成，谁知那次告别竟成了永别。想起这一幕，我的脑海里一下浮现出那个曾经再熟悉不过的身影来……

连长身高约一米八多，身材魁梧而硕壮，浓眉下面藏着一对炯灼的眼睛，脸上浮着意味深长的微笑。他经常穿着一件褪了色的藏青色中山装，下穿一双黑松紧鞋，他的一双手背粗糙

得像老松树皮，手掌上磨出了厚厚的老茧。

到连队报到的那一刻便认识了连长，他是一个不苟言笑的人。在农场的四年中，除了指导员，我最能尊敬的人便是连长了。

我们不会挑粪，他先挑一担，走起来，让我们跟在他后面看，既要走得快，又不能把粪溢出来；

我们不会扬谷，他脱去衬衣，穿着背心，亲自筛、摇、翻、抖，为我们作示范，直到我们掌握了要领；

我们不会割麦，他握着镰刀，弯下高大的身躯，一推、一拉，反复演示着动作，到教会我们割麦为止；

我们不会插秧，他卷起裤管，拿好秧苗，"用几株秧""插多少深""脚如何往后退"，像一个老师对学生那么用心；

我们不会摇船，他解开缆绳，跳上船头，搁好摇橹，他在前面摇，让我们跟着他的动作做，直到他松手，在旁看着我们将船摇得平平稳稳。

连长教我们种田的内容和动作太多太多了。别说连长话语不多，可心细着呢。1976年夏天，我被连队推荐到场部民兵团集训一个月，他在场部开好会后，特地来民兵团看我，得知我经常要深夜外出巡逻，他特地去场部商店买了一包饼干送给我，令我感动不已。还有一次，我在棉花地里追着一个硕大的田鼠，一脚踩住了它，反被田鼠咬了一口，高筒套鞋咬出一个洞，所幸未伤到脚，高筒套鞋坏了，不能下河去积肥了，连长便把他那双与我的一样大的43码高筒套鞋脱了给我穿，而他却赤着脚在雨中田间巡视。1978年夏天，酷暑难忍，我因胃出血三只"+"昏倒在稻田，被排里六名女职工抬回寝室。连长得知后，心急火燎来寝室看我，神色严峻地对我说："不需要你拼着命去做，你还年轻，身体垮了怎么办？三天内不许出寝室一步。"说罢，"砰"的一声关上了门，走了。当时我还气鼓鼓地说："我做昏了，他还骂我，没良心的。"事后，指导员来看我，我把此事告诉了她，指导员说："连长用心良苦，生怕你再死做，他是希望你不要再累倒。"指导员的一番话令我茅塞顿开，我暗自

2014年12月28日，新三连部分战友专程赴奉贤海湾园祭扫杨舜墓

思忖："连长，我误会你了。"

时间冲不淡真情的酒，距离拉不开思念的手。连长对人很严格，做不好农活是要挨他训的，他批评人从不给人留情面，直截了当、一针见血。我们排长们见了他都有点怕他，但凡要我们做到的，连长一定能做到、做好，他对我们的言传身教从不马虎，每天清晨我们还沉浸在梦乡时，他一个人早已巡视在连队的田埂上了，细看着农作物的长势、病虫害等等。

连长是1973届应届毕业生，仅比我大两岁。1979年我"顶替"返沪跟他分别后，三十多年里，仅有两次见面。据良沪讲，去年，连长背部一直疼痛，但他没太重视，以至痛得不行才到医院检查，不幸确诊为肺癌晚期。不到半年，杨舜连长就走了，永远地离开了我们。他生前的许多好友，我们连队的战友，甚至指导员都不知道他因病去世了。至今，连长家在哪里，墓在何方，我们许多战友仍然一无所知，也打听不到他的一点点信息，他就这样消失在这个世界上……

烦恼，像蜘蛛肚里抽出的糊腻的丝，一圈圈地在我心上缠绕着，叫我心慌。我把己之心情告知好友，友人慰我："过去的人和事一定都是很美的，带着怀念和深情，它们幻化成最珍贵的记忆，如果没有改变的可能，就从中汲取力量和勇气，变成新的对未来生活的期盼和珍惜吧……"说得多好啊，是呀，在艰苦环境下凝炼成的情谊，不是时间所能抹去的。

饮其流者怀其源，学其成时念吾师。连长，您走好，当我找到您的墓地后，一定会来看您的，您不孤单……

又是一个花红柳绿、莺歌燕舞、细雨缠绵的季节。暖暖的春意和淡淡的惆怅在心中缓缓升起。

1972年春节后，我进了长宁中学。那时，刚从小学毕业，还比较调皮。爬在学校传达室门口的那棵高高的杨树上玩耍，被一个小姑娘看见去"举报"了。我被刚认识的班主任杨宗耀"请"下树来，遭到训斥。从此，我对这个小姑娘"怀恨"在心。只要看到她，就用操场上的煤屑扔她。有一次，一直跟踪她到秀水路的家，用砖块砸坏了她家的玻璃窗，才算解了心头之恨。

没隔两年，阴差阳错，我被选进了红卫兵团，担任宣传委员，竟与那个小姑娘——裴海渶成为了一条战壕里的战友。

1976年初，75届面临毕业分配。我们五个"红团"委员，一班的曹建明分配到了上海南洋电机厂；二班的陈来妹进了上海纺织厂；三班的我报名去了奉贤星火农场；七班的许同娣分到了长宁饮食公司；八班的裴海渶去了最远的江苏海丰农场。一拨革命青年，只有我与海渶去了农村。

1976年5月初，我与海渶将奔赴农场。临行前，曹建明把我、海渶以及二班班干部俞民力（分到上海铝材四厂）、四班班干部蒋耀华（分到上海电化厂）等几位好友叫到他家一聚，

建明外婆还帮我们各人泡了一杯茶。这次欢送会由建明主持，我记得海渶拿出了一套《列宁选集》，大概有七八本，以及一本日记本送给我，我回赠了她一本日记本和一支英雄牌钢笔。那个年代，都兴送这些东西，革命人送革命礼物，到农场干革命，还要记革命日记。

我们各自到了农场后，某日，我收到海渶的第一封来信，竟是她用废报纸糊成的信封，寝室里的人好奇："你同学这么节约啊？"而我从信中得知，她那里根本没有小卖部之类。信中说："告别了母校，踏上了征程，来到了海丰，开始了农场新的生活。幼稚的青年要在艰苦的环境下接受刻苦的锻炼……"她还表示："要磨两手老茧，练一颗红心。"海渶的这些想法代表了当时不少有志青年的内心世界，去农村接受贫下中农再教育已成为那个年代不少青年的愿望。分配去农场，没有怨恨，愉快地接受了眼前的这一切。无忧无虑的心情就像当时的天空一样，澄清湛蓝、晴朗无边。海渶在不久的来信中又说："乘轮船，上汽车，转拖拉机到了海丰，迎接的是一片荒芜的滩涂，蒿草遍野。自己动手割芦苇盖茅屋，睡潮湿的地铺，夏天蚊虫肆虐，冬天寒风刺骨，慢慢体会到现实是残酷的，环境是恶劣的，与自己想象中的好山好水好风景的田园风光相距甚远……"我与她尽管身处两个农场，却因为同"修地球"（种田），有着共同的话题，慢慢从同学变成了战友，在青涩的岁月里，通信温暖着我们枯燥的生活。记得有一次海渶来信，说她住在用自己割的芦苇搭建起来的茅棚中，门的缝隙有手指宽，外面刮大风，茅棚起小风，大雪天屋内也雪花飞舞、寒风嗖嗖。她用杜甫《茅屋为秋风所破歌》为自己解嘲："八月秋高风怒号，卷我屋上三重茅……床头屋漏无干处，雨脚如麻未断绝……"可见她去农场之时的艰苦之状。我也述说了刚到农场亦无住处，暂居其他连队的粮仓，晚上老鼠乱窜，我们自己挑砖、扛水泥、做小工、建宿舍。但相比海渶的环境，我们还是好多了。

清冷的风慢慢推开思绪的窗，回忆的长藤蔓延着。1977年，我在劳动中胃出血，一度情绪十分消沉。她又来信鼓励我："漫漫人生路，谁都难免碰到厄运，在凄风苦雨、惨雾愁云的考验面前，一个强者是不该向命运低头的。风再冷，不会永远不息；雾再浓，不会经久不散。风息雾散，仍是阳光灿烂。"她的一番话，着实让我温暖了好久。她还叫我回上海找她在黄浦区中心医院的姐姐裴海萍。在冰冷的机器面前，我拍了人生第一张胃X光片，确定了"胃溃疡"的诊断。她姐姐陪着我拍片、看病，配了一大堆药，看着我窘迫的样子，海萍姐知道我钱不够，毫不犹豫地帮我垫付了全部看病费用。至今，我都难忘当时的那一幕。

海渼是有才华和刻苦的人。在75届红团委员中，属她和曹建明最冷静、爱读书、会思考。到了农场，她还会在信中与我讨论土壤改良问题，因奉贤星火农场与海丰农场同属海边，土地中盐碱成分高，不利农作物的生长。她说要广积有机肥，改良土地的盐碱成分。说到插秧，她特怕水中的蚂蟥，插秧常常累得直不起腰，"有时还会跪在水田中插秧"。她还抄了一首"插秧诗"给我，叫我登到连队的黑板报上去，并让我猜是谁写的，"手把青秧插满田，低头便见水中天。心地清净方为道，退步原来是向前"。那时的我，起早摸黑插秧，累得要命，哪有心思去揣摩诗人，一看便罢。直到八十年代初，我们都"顶替"回沪后，她再告诉我诗作是唐代高僧布袋和尚描写插秧的诗。可见，在艰苦的环境中，海渼仍不忘她的兴趣爱好。

回沪后，在屈指可数的几次同学聚会中，只要一提起农场，便能立刻把我带回到广阔天地——她追寻着青春的印记，那些抹不去的情结。

在领教了身体磨难之痛楚以后，面对渐行渐远的青春岁月，海渼仍然认为：那段农场岁月磨练了我们的意志，也为我们的人生道路获得了宝贵的精神财富。感受它，会让我们想起农场火热的生活。虽然已久远，却是难以忘怀。

2013年4月22日早晨，出差西藏的我，突然接到一个陌生的电话："我是裴海渼的儿子，妈妈去世了，明天开追悼会……"放下手机，我顿感晴天霹雳，两行热泪潸然而下，脑海里不断地搜寻着她的影子。此刻的我，心隐隐作痛，望着窗外绵绵细雨，意识到未能见她最后一面的憾恨，鞭长莫及，仿佛有一种缺失，如影随形。我的心底缠绕着久久的悲愁和怅惘……

据了解，海渼早在2011年1月29日因肠癌做了大手术，2013年4月20日去世，患病到去世仅一年零十个月，她生前是番禺中学党支部书记。在我区里工作期间，她一直把我当大领导看，我们间反而少了在农场通信时的那种坦率，我在分管教育的五年多中，她从来不与我说她的事，开会或偶尔碰到也是点头抑或离我远远的。在病中，她反复叮嘱其夫陶永仪（安顺路小学党支部书记）和儿子不要来麻烦我，说我很忙。所以，在她患病的两年间，我竟全然不知她的病情，至今想起来十分愧疚。

"故人有如枝头叶，一日秋风一日疏。"海渼的溘然长逝，让我对人生多了一份宽容和慈悲，懂得更加珍惜友谊，更加善待岁月和他人，当然对生命也有了更坚定的执着。今天，写下这些文字，纪念同学、战友间的友谊，以了夙愿。

海渼，你虽远去，可我们依然能感受到你在天之灵的冥冥之声。

1981年，长宁中学一班曹建明、三班陈建兴、四班蒋耀华、八班裴海渼在海渼家中聚会

重聚

米兰·昆德拉在《笑忘录》中说："人最不可靠的东西是记忆。"每时每刻，我都在记忆与遗忘的不断冲突与妥协中前行。我一直往后看，身后的岁月不断地一点点缩小、消失于永恒的虚无之中，我明白，我正在遗忘。

但有一段记忆，在我消失于虚无之前将永不磨灭，那就是我的农场岁月。

天地留痕，岁月留情。与农场战友分开已有三十七载，不禁感慨岁月如梭。然而，人到了这个年龄，怀旧、重聚之心油然而生，往事历历，清晰如初。难忘那天天出工要走的田埂道，难忘那经常荷把锄头在肩上，难忘那广阔天地一起种水稻、收麦子、植棉花、挑大粪、翻耕地、割玉米等劳动生产的情景，更忘不掉在农场度过的那穷、苦、累、难的每一个春夏秋冬，忘不掉农场战友朝夕相处结下的缘，留下的情。

农场的天、农场的地、农场的人时时刻刻牵动着我的心，经常让我魂牵梦萦。

离开，重聚，相逢，总有一刻属于我们。

2014年7月20日下午2点，当年星火农场新三连五排的战友终于重聚了。

和阔别三十六载的战友再度相聚，畅谈时光荏苒，欷歔匆匆人生、似水流年，岁月如歌，"弹指一挥间"，当年朝气蓬勃的知识青年，如今人过中年，日子从身边悄悄溜走，不经意间，我们都快老了。闭上眼睛，回首往事，一切仿佛就发生在昨天，匆匆浮现在我的眼前，在回忆的引导下，就好像与遗忘多时的某个阶段的自己对话，有更多的回忆被唤醒，一如梦境与梦境的连结，没有铺垫，没有逻辑，无限延伸，以至我睁开眼睛的时候竟是满地的回忆。

　　那是一段不悔的日子，路是自己走的，有什么可悔的呢？那是自己人生的一段经历，一段不能忘却的经历。

　　历史不会忘记我们，我们也不会忘记历史。

　　不想，曾经意气风发的纯真年代，曾经年少轻狂的我们再聚首，又回头，这种被时间涤荡之后仍清晰可辨的熟稔叫人感慨。

　　不少人见了面热泪盈眶，攥紧的手久久不肯松动。敞开心扉，直抒胸臆，不免想起胡乔木评杨绛《干校六记》时说的"哀而不伤，悲而不怒"的情绪。

　　感动亦非单纯的落泪，不是肤浅地感时伤怀，而是一种内心的感受，是新三连五排战友之间心灵上的共鸣。当你在感动别人的时候也会让自己深深感动，让我无法忘怀眼前的这一幕幕，它无须太多的言辞，只需相互间深深地凝眸。

　　时光微凉，岁月清浅，几十年的光阴一晃而过，岁月的脚步固然匆匆，仍不失留下了深深浅浅、大小不一的印记。这里一堆，镌刻着欢声笑语，那里一撮，细述着些许存了波折的友谊，还有许许多多傻事乐事悲事，好似一块色彩斑斓的鹅卵石。

　　"长相思兮长相忆，短相思兮无穷极。"

　　从风华正茂到人过中年，从陌生里相识到朝朝暮暮的每个瞬间，都是最真实的记忆。岁月终将改变你我的容颜，但战友情的思念永不褪色，相互留恋的心情任意蔓延，我们无论走到哪里，都没法不时常感怀身后远远的农场，那一片热土。

2015年3月，新三连首任指导员陆珠（中）与一排政治排长路菁（右二）、二排政治排长朱良沪（右一）、三排政治排长赵鸣（后排左一）、四排政治排长徐文娟（左一）、五排政治排长陈建兴（后排左二）、六排政治排长孙蕾（左二）合影

　　往事的点点滴滴交织成文字，诉说着相聚的不易，生命的每一刹那，都有它特定的意义，若非在人生岔路上遇见这些别人求之亦不得见的故事，便无法构成如今的我。而经过时间筛选之后的往事重提，几乎只剩下美与泪与感动和温暖，往日的怨与愁苦和艰辛悄然消逝。当下，最真实的，不过是一种友谊和情缘，对自己、对战友、对共属我们的那些美好瞬间，好好拥有，永不放弃。

怀念逝去的战友

这几天，眼前总是浮现出农场不少战友的音容笑貌，点点滴滴，怎么也挥之不去。那些零星的记忆，慢慢拼凑出战友的身影。我静静地回想着那些温暖的日子，往事纷纷袭上心头，尤其是连队已经永远离我们而去的战友。每忆及他们，泪水就不受把控。

新三连已故的战友是：杨舜、陈伟、王福琴、林青、严利解、杨莉英、徐菊英、薛金妹、凌金根、王哲飞、王志义、陆玉琴、蔡伟祥。

献上一束花，向他们默哀敬礼，斟上一杯清酒，愿他们灵魂安息。

我们对战友的思念是永不会停止的，时间并不能让人忘记所有，相反，有些人和事，只会让人越记越深……

陈伟，二排生产排长，2006年7月1日因胃大出血致死。2001年某天，陈伟在星火农场场部溜达，一副无所事事之状，正巧碰到已是星火农场家具厂厂长的孙浩，一番寒暄，孙浩答应择日去看陈伟。没几天，孙浩便来到乳品四厂车间，眼前的这一幕让孙浩惊呆了。只见陈伟穿着高筒靴，戴着饭单在冷水中埋头洗奶瓶。一问，工资还不到3000元，此时，陈伟因家庭

不睡，常年不回家，过着单身生活，生活无规律，养成了酗酒的习惯，几乎每个晚上都聚众喝酒，把一个好端端的胃喝坏了。眼见昔日战友的"落难"，孙浩便叫陈伟辞去了乳品四厂洗瓶工的工作，来到家具厂上班，帮助跑业务，每月工资3500元加500元奖金。陈伟做得也蛮称心如意。就这样，他在家具厂一干就是五年。

据孙浩回忆，2006年7月1日，陈伟因酗酒过度，导致胃大出血。由星火农场医院转到了奉贤中医院，病情危重，中医院治不了，又转到上海中山医院，此时，陈伟已失血过多，医院发出了病危通知书。下午四点，陈伟姐姐、儿子相继赶到医院，此时，陈伟又吐了将近一面盆的鲜血。没过十几分钟，陈伟便死了。更令人心酸不已的是，在陈伟即将撒手人寰时，儿子呼唤母亲来医院，看一眼即将要"走"的父亲，可遗憾的是，直至陈伟盖上白布，送进"太平间"的那一刻，陈妻始终未有出现。

陈伟的追悼会，其妻也未送上最后一程。夫妻感情薄如纸，令人唏嘘不已。

林青，连队卫生员，1976年5月7日是与我们同乘一辆车到达新三连的第一批的老战友。她"顶替"回沪后不久去了美国，期间，林青便与新三连战友"失联"，约在九十年代初在美国因患胃癌去世。

林青小巧而挺直的鼻子，翘翘的，好一股傲傲的心气，平时不太与人多交流，却拉得一手好小提琴。

初到农场，每天天不亮，就有人在我们寝室不远处拉小提琴，惹得我们睡不成懒觉，心里颇怨烦，一直是"腾腾腾、皮鞋跟"琴声，以后的二十多年，我与良沪说到林青，就会说到她烦人的琴声，以至有天早晨，我与良沪躲在暗处向她扔破皮鞋警示她不要太早拉琴。谁知林青告到了指导员处，我俩还被陆珠训了一顿。之后我经常去卫生室拿药，一来二去和她熟了，也就不怎么计较了，再说，这琴声听熟听惯了，也蛮好听，有那么几天，不知什么原因，林青没拉琴，悠扬的琴声没再传来，我反而觉得早晨的生活缺了点什么。

记得有一次，林青托我由农场帮她带一架"120"照相机回上海给她父母，我辗转好几条小弄堂，终于找到她位于诸安浜路弄堂的家，邻居说她父母出门了，照相机可由他们转交，我心想也好，就将照相机送到了邻居手里。回家的路上越想越不踏实，那时一架"120"照相机也要一百多元钱，是我农场半年多的工资，万一托错人了怎么办？我找了个借口，又从邻居手中要回了照相机。次日中午，我又去林青家，终于把"120"交到了她父母手里，一颗忐忑的心终于安定下来。

九十年代初，林青与弟弟一起去了美国，农场回来后也未曾见过面。1988年，我曾组织第一批到新三连去的人在星火农场场部首次聚会，也仅林青未有到场。以后几年间，我们数度碰头，也未见其影。后来听说她因患胃癌，在美国去世——农场分别竟成了永别。更令人伤心的是她弟弟在美国碰到黑人向他索要香烟，或是林弟没烟，或是语言不通，最后林弟竟被美国黑人活活打死。就这样，姐弟俩去了向往已久的美国，却都客死他乡，不知道她父母该是如何的悲痛欲绝。

王福琴，连队植保员，专门从事农作物病虫害防治。日前，我曾发过一张旧照：王福琴与罗红、窦永兰、颜玢、徐志慧、杨淑敏等女民兵肩扛五六式半自动步枪打靶归来，走在连队的中心路上。那时的她青春、美丽、一副羞答答的样子，令人印象深刻。

2010年，我曾召集部分连队战友一聚，王福琴也兴致勃勃前来参加，此时的她与农场时的样子判若两人，瘦瘦的，给人印象精明、能干、善言。

她在"安利"做产品推销，聚会上便向众战友推销"安利"，令大家有些尴尬。聚会后，她几乎每天打电话给我和朱良沪推销产品，我曾答应她逢年过节让工会联系她购买"安利"。那些日子，我和良沪真是不堪其扰，但碍于农场战友情份，也就应付着。往后一段日子，王福琴一下子像断了线的风筝，没了联系，我和朱良沪颇感纳闷："怎么没了声音？"

2013年夏日，从农场战友处得其消息，王福琴得了忧郁症，从自家窗户跳楼身亡了。消息传来，我和良沪、李进、孙浩、路菁、罗红等人一阵惊愕，大家竟一时无语，我和良沪为没能帮上她忙而自责。前不久，五排战友聚会，证实了王福琴"自杀"的消息，五排李凤英和三排的刘宏伟还参加了她的追悼会。哎，那一份难以名状的愧疚之情再次袭上我的心头。

杨舜，我们的连长。我在前文中还专门写过一篇回忆他的文字，叫"哀悼连长"。今年四月十九日晚上，朱良沪与陆珠、路菁、赵鸣、孙浩、刘宏伟等人在聚会上得知了杨舜因病去世的消息。杨舜回沪后在化纤九厂工作上班，后在一个物业公司工作，他基本上不与农场战友联系，知道他近况的人几乎没有。

《哀悼连长》一文在微信上登出后，不少农场战友才得知他因病去世了，纷纷发给我微信。

二排生活排长罗红："连长，您一路走好！"

一排政治排长路菁："很震惊，今天看你的文章才知道，太可惜了！"

五排生产排长李进："连长是我们的良师益友，好人，安息吧！"

六排政治排长孙蕾："好人，一路走好！"

在我的《终于成为"表"哥了》一文发出后，李进不无感慨地写道："当时购表还是计划供应，需要票子，连长看我组织安排生产，没有手表非常不便，在第一次休假回家时，给了我一张'表票'，我十分高兴。回到家父亲看到我开心的样子，决定负债给我买表，当时流行的表为'钻石'牌、'宝石花'牌，我带着父亲买的'宝石花'表和父亲的爱与期望，重回农场。"李进字里行间也透露出一种对连长的感激之情。

连长是因患肺癌离世的。那时，全连队战友都不知道他的去世，几乎没有人参加过他的追悼会，实为憾事。

我在《哀悼连长》一文中最后说："'饮其流者怀其源，学其成时念吾师'，连长，您走好，当我找到您的墓地后，一定会来看您的，您不孤单。"可至今，我仍然没有杨舜墓的任何音讯。

逝者如斯。熟悉的名字在记忆中逐渐隐退,在我们还没有完全领略的时候,他们却这样匆匆地离去了,留下的竟是众多战友的无尽思念,酸楚的眼角流下的是永远的遗憾的泪水。

逝去的岁月有时会让我感到有些许隐痛,但我们追忆的是一种时代的精神,我们怀念的是艰苦生活中建起起来的纯真友谊。那些曾经和我们一起奋斗过的战友们,虽然你们已经去了天国,但我们一起走过的日子,那栀子花绽放的最美丽的时刻,点点滴滴,一如你,一如我。

悄然离去的战友,不要害怕一个人的旅程,也不要感到孤单,无论何时何地,我们永远相伴在那个春天里……

又回农场

"为什么我的眼里常含泪水，因为我对这土地爱得深沉……"每当读到艾青这首诗时，我的脑海便会浮现出农场的田野和连队的宿舍，始终眷恋着那片曾经耕种过的土地，心中蕴藏着深深的农场情怀，时常回想起昔日的连队生活，那珍珠般的往事不断呈现。

2014年12月28日，一行12人在阔别农场近四十年后，终于重新踏上这片熟悉而又陌生的土地。

在农场"扎根"的孙浩领着大家到钱桥镇探望了当年的生产连长汪友祥。走进汪家，好大的一幢别墅，一派江南园林风光，有假山、拱桥、花卉、小河、曲径，偌大的院子居然还种了不少蔬菜，圈着一只肥羊，几百平方米的别墅只住了老夫妻俩。82岁的汪老，说话仍然声音宏亮，中气十足，忆起连队当年的往事，他居然记忆犹新，看到曾经熟悉的面孔，汪老的儿子女儿也赶来了。午饭时，汪家"四世同堂"与大家共享农家乐。

担任过手扶拖拉机手的严卫平仍念念不忘钱桥转弯口的那个斜坡，经常有拖拉机手操作不当出事故，甚至车毁人亡。卫平在这里也翻过车，所幸只受了轻伤。一行人来到当年的斜坡

处，已是"旧貌换新颜"了，斜坡没了，宽阔的柏油路，两旁的行道树已是蔽天遮日。

马上要到星火农场了，周雅萍、戴丽珍、胡丽萍、张玲美等人回忆着往日的点点滴滴，农场的每一个角落，都勾起了他们无限的回忆，流露出无限眷恋的情感。已是爷爷、奶奶级的高翔、汪怡更是按捺不住激动的心情——是这片土地孕育了他们的爱情啊。这魂牵梦绕的地方，是为它奉献青春的地方。一行人中的大多数离开农场后再也没有踏上过这片土地，心中不免有些期盼。近四十年过去了，大家还是以当时的排为单位说事，有的还以昔日的绰号相称。

马不停蹄，赶到场部，当年的影子却一点也没有了，场部门前的那条河已经被填掉了，运输连、供销科也不见了踪影，路边也没看到场部那家昔日常去的商店，原星火农场场部门前挂上了海湾镇政府的牌子，场部医院变成了"海湾镇社区卫生服务中心"。朱良沪、孙立伟、丁云义茫然地看着周围已改变的一切，不知这到底算不算当年农场的"司令部"。

上了车来到新三连的门口，来农场前的期盼霎时变成了深深的伤感，连队门口的下坡路没了，平整的路面，自动门挡住了大家，没挂厂名的厂房矗立在眼前，门前的小铜牌上写着"莲塘路155"，四处望去，一点没了当年的痕迹，那熟悉的寝室楼、食堂、打谷场、机耕道、小条河、中心路……都没有了，刻骨铭心的印象与眼前呈现的一切让大家有一种难以表达的忧伤，不免感慨岁月匆匆，人生苦短。唯一欣慰的是连队门前那条1977年1月1日"大干快上"加宽加深开挖的中心河还潺潺流水，大家纷纷以此为背景拍照留念。

对我们每一个战友来说，尽管在农场待的日子有长有短，但无疑在心底深处都把它作为自己的故乡。当车驶过我们曾经开挖的鱼塘时，大家立时兴奋起来，纷纷要求停车驻看。鱼塘已干涸见底，四周颇显荒凉，但一行人的心绪明显好于在新三连门口的感觉，李先武说："这可能是我们留在农场里不多的一点痕迹了，它的存在见证了我们当年的艰辛……"说完，他与汪怡还下到了鱼塘底，寻找着当年的印痕。鱼塘那边，孙浩、孙立伟、严卫平等人碰到了一位挑着担子的"老知青"，他指着鱼塘，说："这就是当年新三连开挖的鱼塘。"一行人立马拍照留念。李先武、高翔、汪怡纷纷接过"老知青"肩上的担子，挑了起来，以回味当年挑担的滋味。特别是汪怡，还讲述了当年某次安排她挑12担大粪，挑到后来实在挑不动了，就站在粪担旁嚎啕大哭的情景，令大家增添不少伤感。

一行人来到农场踏访，也不忘首任连长杨舜已长眠于新三连并不太远的海湾园墓地。驱车来到海湾园，一番周折才找到8A—11区域，见到一块印度红的大理石碑，上书"父杨舜，母周某某"，石碑上镌刻着杨舜的瓷像照片。胡丽萍、孙浩、戴丽珍马上买来两束鲜花，在朱良沪的口令下，大家向老连长三鞠躬。告别了杨舜墓，离海湾园不远处有一幢二层楼房，匾额上有"知青博物馆"五个大字，大家不约而同地跨了进去，看见曾经使用过的锄头、铁搭、钉耙、河锹，还有令严卫平、高翔兴奋的手扶拖拉机，墙上还有历年历届知青的照片、事迹、宣传画、豪言壮语等，那种久违的农场气息，给人以缠绵的怀旧和无尽的遥想。正如"知青纪念墙"题词所言："不堪回首，却要回望"。那段特殊而平凡的历史，既是我们这代人的不幸，也是我们这代人的自豪。艰难困苦的生活赋予我们的恰恰是无价的财富：勇敢、执着、坚韧、奋进。"风雨如磐见真情，岁月蹉跎志犹存"。

光阴荏苒，岁月匆匆。知青以及那个特殊年代已渐行渐远。然而，那段艰苦的岁月，怎能忘却呢？梦里几回回农场，识连队，见战友，那么清晰，那么深刻……

在那里，度过了一生宝贵的青春几许，留下了难以磨灭的印象。

凝聚成这一刻

　　2015年5月9日，一个难忘的日子，新三连250多名农场战友终于在阔别近四十年后相聚了，那激动人心，那相拥相抱，那倾诉衷肠的场面令人陶醉，令人难忘，此时此刻战友们的思绪又回到了广阔的农场大地，迟迟无法回神，那是流金岁月情未了的真实写照。

　　当年婷婷玉立的小姑娘和玉树临风的帅小伙，如今都已五十开外的人了，见了面互相都认不出来，正是光阴似箭催人老，岁月沧桑变化大，幸好大家佩戴着有自己照片、姓名和排号的吊牌。今天，我们铺就了一条特殊的百米红毯，踏上红毯那头的不是耀眼的演艺明星，而是星火农场新三连的战友们，久别重逢，心情格外激动与兴奋，战友们纷纷拿起笔在2米高、5米宽的签名墙上留下了自己的名字。艰难的农场生活，把我们的心紧紧连在了一起，彼此相聚，有说不完的知心话，道不尽的思念情，从美国、德国、澳大利亚、香港赶回来的翟玲、颜玢、傅雅敏、莫胜英更是手机不停地抓拍、合影，将这难忘的欢聚时刻、情感交融的感人画面拍摄下来。

　　各排的教室里，战友们簇拥在一起，翻看着《燃情岁月》中的老照片，看着那一张张泛了黄，皱了角，有点模糊的黑白

照片，心潮起伏，思绪万千，它打开了战友们的记忆闸门，往事像电影一样，一幕幕在脑海里翻过。照片，记载着新三连战友的如歌岁月；记载着战友间用汗用血凝聚成的友谊；记载着大家的辛酸无奈，欢乐和成长。一本《燃情岁月》的照片集，凝聚了70多位战友提供的400余张珍藏的老照片和众多实物，30多人来编纂处指认了照片上的战友，著名作家叶辛题写了《燃情岁月》的书名。许多战友第一次看到四十年前的"我"，禁不住流下了激动的泪水，有的人甚至哽咽不已。

全连大会开始了，总召集人李进建议大家起立，为逝去的13位战友默哀，场内立刻鸦雀无声。

"那些曾经和我们一起奋斗过的战友们，虽然你们已经去了天国，不要害怕一个人的旅程，也不要感到孤单，无论在何时何地，我们永远相伴在那个春天里……"我在前文如是写道。

会场里播放起了《燃情岁月》的专题片，视频在"时间都去哪了"等乐曲的伴奏下，200多张照片、实物，一张张、一件件地展现在大家的眼前，战友们屏息凝神，端详着慢慢闪过的照片中的十八岁的自己。当年，有多少欢笑，多少泪水，多少故事，又多少次出现在梦里，今天，又闪现在我们的眼前，我默默地想：当我们离开农场，品尝了人生的苦辣酸甜之后，在经历了世事的浮浮沉沉之后，才发现农场的岁月是我们人生一堂多么深刻的课，是一首多么深沉的歌，它悠远而回味无穷，它永远地烙在我们心底，抹都抹不掉。

广播中响起了"喜相逢"的音乐，在新三连喜结良缘的18对农场伉俪手挽手走向了舞台中央，顿时，全场响起了热烈的掌声，新三连的老领导陆珠、黄保卫、金晓敏等上台为伉俪们送上了鲜花，台下的摄像机、照相机、手机亮成了一片。历史把它的脚印化作了印记，新三连的点点滴滴一直深深地藏在我们大脑的记忆中，时不时出现在我们不再年轻的梦里。那种经过艰苦岁月沉淀的友情是一段割不断的情，是一份解不开的缘。

从美国赶回来参加聚会的翟玲，痴痴地望着战友，她心里在想：这么多五十开外的人，怎么在一起能够如此的兴奋和激动不已，心态是那么的年轻，他们彼此间的感情又是那么的融洽，无拘无束。从她们绽放的笑容，可以看出她们的心境是多么的快乐，她们的表情，似乎又回到了青春时代，难道时光可以倒流，岁月可以重现！

"洪湖水呀，浪呀嘛浪打浪啊，洪湖岸边是呀嘛是家乡啊。"二排战友唱起了这首令战友有点感伤的且又非常熟悉的歌曲。1977年1月1日，全连职工在零下六度的鹅毛大雪中，穿着单薄的衣服开挖中心河，头顶上的喇叭反复播放着的就是这首歌，这一刻，令许多人刻骨铭心。五排战友唱起了《革命人永远是年轻》，令我诧异的是场内许多战友竟然在四十年后仍然会熟悉地跟着唱起这首歌。后勤排一曲《友谊地久天长》，使全体战友感同身受，动听的歌声唤起了青春的回忆，慢慢变成了全场的大合唱。是啊，四十年的彼此分离，更加重了我们友谊的深厚，我们的相逢，表明了我们的缘分和情意更加浓稠，人生最大的快乐莫过于故人相见。再谈起往事，已少了几分唏嘘，多了几分感慨。

最激动人心的时刻到来了。新三连有史以来的第一张"全家福"要开拍了，分开许久的战友终于在四十年后再次站到了一起，脸上那份真挚的情感仍掩饰不住内心的喜悦和激动，在那段多灾多难、迷茫的时代中，我们这些青年人顽强真诚地释放出自己生命的火花与热情。我们共生活、同劳动，甘苦与共，相温相暖，在患难中建立起了诚挚的友谊，最终也收获了战友之间，一生如同兄弟姐妹般的深情厚谊。艰苦的劳动，粗糙了我们的双手和面庞，却磨砺了我们的内心。我们这代人的青春总有着无法弥补的缺憾，但它并不苍白，因为有许多至真、至纯、至善的人和事，值得我们用一生去回味，许多曾经经历过的苦难，使我们有了坦然面对人生种种坎坷的勇气和力量。往事如烟，温馨如昨，四十年的等待，四十年的牵挂，四十年的翘首企盼终于汇成了今天的欢声笑语，汇成了你我他的心潮澎湃。"嚓、嚓、嚓"，这一瞬间成为一道让人羡慕的风景线，成为一种美丽的永恒。

自助晚餐开始了。各排间的战友穿插互动，无拘无束，天南地北、五湖四海和农场的陈年往事，都成了今晚的话题，过去所遭受的一切苦难，也都成了今日的笑谈。人生能有几个青春岁月？让我们的心扉打开吧，尽情地畅叙友情吧，让我们在这短短的重逢的时间里，坦诚相见，真心面对，抛开种种顾虑，放下所有的恩恩怨怨，共诉衷肠，传递真诚。不是吗？郭桂芳、朱子根，这对三十多年前的昔日恋人，最终未能走到一块，而如今也落落大方地坐到一起，互致问候。岁月无痕，昔日的往事浸渍着青春的记忆，已化作薄雾流霞随风散去，渐行渐远。那晚，我数度看到他俩在不同的地方"窃窃私语"。

举杯吧，我的战友，今夜无眠，让重逢的喜悦洗去身心的疲惫，让甘醇的美酒冲淡岁月的沧桑。四十年后，是你我间的那份农场情缘，是我们曾经一起度过的农场岁月，是你我心中的深深印迹，在召唤着你我相聚，一生中能有几个这样的夜晚？一辈子能有几次难说再见？

颜玢把多年来自己对战友和故土的深深眷恋与思念，全部融入了手中的酒杯，她目光深情，缓缓地扫过昔日的每一位战友，她的内心也感受到了一种前所未有的快乐和幸福。她说："今天的相聚，是建立在过去的那份情感上，这份情感是那么的纯洁，那么的亲切，是我们任何时候建立的情感所不能替代的，我们的人情、感情、爱情在这块土地上迸发出的人生的火花和留下的成长轨迹，陪伴着我们走过了人生的黄金阶段。"

相聚时难别亦难。总是在离别的时候，才知道时光的短暂，挥一挥手，留下一片真情，带走一份关爱。农场生活使我们获得了珍贵的战友情，这友情不是亲情胜似亲情，并牢牢地系着我们的一生，这种让旁人不解又羡慕不已的旷世友缘，为我们带来了无穷的欢乐，值得战友们永远的回忆、怀念。

我们可歌可泣的燃情岁月永不磨灭！

后记：念念不忘之农场情

终于完稿了，我搁下笔，近两年来，在繁忙的工作之余，我的心思被"燃情岁月"所占领，让我日思夜想，欲罢不能，让我奋笔疾书。

终于完稿了，不管写得如何，我终于解脱了。

促使我提笔写作的，是农场生活的丰富多彩，我有强烈的表达愿望，我没有任何框框，我写着自己的经历。这段经历，成为我一生的财富，取之不尽，用之不竭，也许，我们这一代人的青春总有着无法弥补的缺憾，但它并不苍白，因为许多至真、至纯、至善、至爱的人和事，值得我们用一生去回味，许多曾经经历过的困苦曲折使我们有了坦然面对人生种种坎坷的勇气和力量。

早已步入知天命的年岁，凭籍往昔的人和事索取感动感念，体会到"回忆是奇美的，因为有微笑的抚慰，也有泪水的滋润"。无论是最挂念的家人，魂萦梦牵的父母，一辈子搏真情的战友或是日日陪伴的农场人文景观，都在回忆的放映室里留下难以磨灭的刻痕。即使是充满曲折和怨怼的生活轨迹，在后来都化为了一种能量和养分。

的确，对我而言，回忆是一种慰藉，一种激励，甚至是深

切的自省或释然。记忆翻腾，故事和画面纷至沓来，借着字里行间，仿佛跃然在眼前的人物和片段，把我带回到当时的每一处场景中，自己往往也不由笑泪交织。那些曾经看似芝麻豆粒的故事，经过时间沉淀成为了趣事，如同砂砾一般，在贝壳中酝酿了几十年变成了美丽的珍珠。而正是这些于琐碎之处蕴含的绵绵温情，在血液中泊泊而行。

阔别近四十年，今年5月9日，经过大家不懈努力，我们连队二百多人终于得以重聚。回首看，当年初生牛犊不怕虎的少男少女再次相见时都成为银丝斑斑的迟暮中年。遑遑几十年的光景刹那过，青春结下的纯粹情谊怎经得起这般分分合合，我常常会想，若非那些历史曲折和巧合交织起来，许是就不会在人生的岔路上遇见这些人和事，而在经过时间的筛滤之后，几乎每个人心头都只剩下笑和泪，温暖和感动，而曾经的怨和怼与愁苦和艰辛都让他们随风而去吧，因为生活就是在这般地转承起伏间。人生选择什么就应该承受什么，失去什么就会得到什么，能放得下未必忘得掉，放不下的未必不能忘。

在完成这些篇章时，一直被其触动心弦的便是那段历久弥坚的战友情，不管是《选择》《母亲的牵挂》《那些年的爱情》或是《哀悼连长》《凝聚成这一刻》……那些点点轶事如一汪柔腻清泉缓缓流过心头，或微笑、或叹息、或慈悲、或感伤。在《偷看禁书》中我引用了三毛的一句话，这位崎岖一生、漂泊一生的女性却对"朋友"有着自己的诠释和期许，"知交零落实是人生常态，能够偶尔话起，而心中仍然温暖，就是朋友"。是的，现实的存在形式与关系并不重要，重要的是那些人优美的心灵，化为自己一生的投影，影响到内心天地，使自己受到感召与启示，今生今世都默默地爱着。想起他们，我的心里只有欣慰与安宁，里面丝毫没有异样。

感慨于命运这个"粗糙"写手，可以让我用笔触描绘如此绚丽的生命片段，让我瞬间忘却生命的无常。人的成长，不就是慢慢学会接受并承担，再接着享受这安排吗？天地之间留给人所行的小道，才是人生。我们所执的态度，本该是匍匐而谦恭，珍惜眼前，把握当下。

掩卷沉思，心绪波澜，在我的人生青春年华之时何其有幸认识这些农场战友，经历那些难忘事，而在不知不觉中这一切又都成为我生命的刻痕。生活中，我们总会经历很多的故事，久了，有些也就淡了，忘了。但那些路过我们心灵的声音和温暖一定还留在那里，支撑着我们一路前行。

希冀这段经历给予心中存在美善的人的，是一幅幅在光阴的过滤网下被记忆淘洗而值得珍藏的画面。

2015年9月15日于中栌栖斋